◎山东省社科理论重点研究基地齐文化研究基地重大项目

淄博古代文献丛刊
王志民　主编

段氏三代诗文汇编

（唐）段文昌等　撰
元文广　整理

山东大学出版社
SHANDONG UNIVERSITY PRESS
·济南·

图书在版编目（CIP）数据

段氏三代诗文汇编 /（唐）段文昌等撰；元文广整理. -- 济南：山东大学出版社，2024.1
（淄博古代文献丛刊 / 王志民主编）
ISBN 978-7-5607-7965-2

Ⅰ. ①段… Ⅱ. ①段… ②元… Ⅲ. ①中国文学－古典文学－作品综合集－唐代 Ⅳ. ① I214.21

中国国家版本馆 CIP 数据核字（2023）第 203192 号

责任编辑　毛依依
封面设计　张　荔

段氏三代诗文汇编
DUANSHI SANDAI SHIWEN HUIBIAN

出版发行　山东大学出版社
社　　址　山东省济南市山大南路 20 号
邮政编码　250100
发行热线　（0531）88363008
经　　销　新华书店
印　　刷　山东蓝海文化科技有限公司
规　　格　710 毫米 ×1000 毫米　1/16
　　　　　17.75 印张　345 千字
版　　次　2024 年 1 月第 1 版
印　　次　2024 年 1 月第 1 次印刷
定　　价　70.00 元

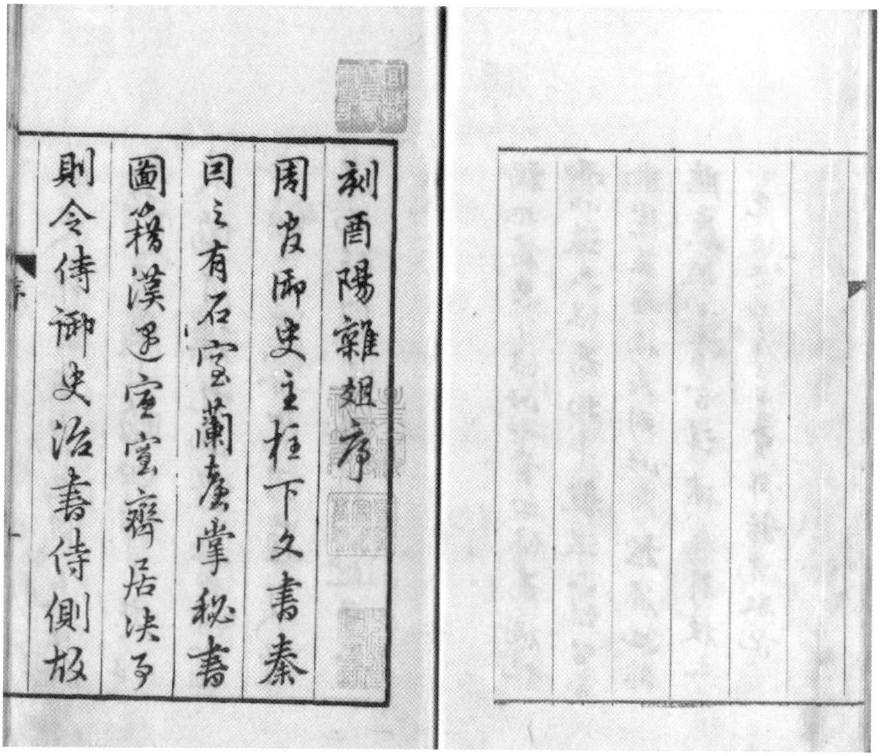

刻酉陽雜俎序

周官御史主柱下文書秦

因之有石室蘭臺掌秘書

圖籍漢遂室密齋居決子

則令侍御史治書侍側版

《酉阳杂俎》刻序，明万历三十六年（1608）内乡李云鹄刊本

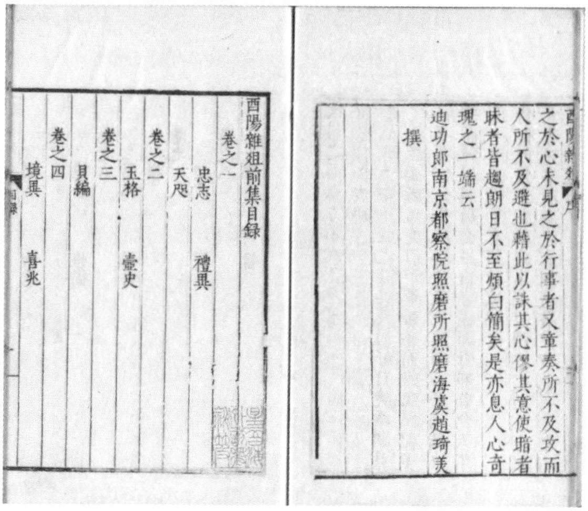

酉陽雜俎前集目録

卷之一

忠志　禮異

天咫

卷之二

玉格　壺史

貝編

卷之三

卷之四

境異　喜兆

之於心未見之於行事者又童奏所不及攻而

人所不及避也藉此以誅其心僇其意使瑁者

昧者皆趨朗日不至煩白簡矣是亦息人心奇

瑰之一竒云

廸功郎南京都察院照磨所照磨海虞趙琦美

撰

《酉阳杂俎》目录，明万历三十六年（1608）

内乡李云鹄刊本

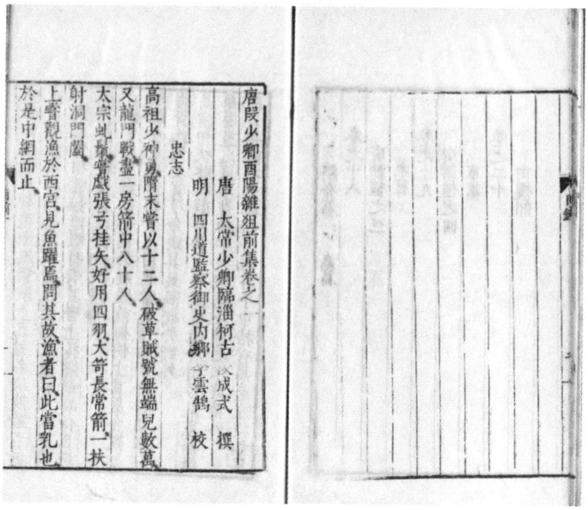

唐叚少卿酉陽雜俎前集卷之一

唐　太常少卿臨淄柯古叚成式　撰

明　四川道監察御史内鄉李雲鵠　校

忠志

高祖少神勇隋末嘗以十二人破草賊號無端兒數萬

又龍門戰盡一房箭中八十人

太宗虬鬚嘗戲張弓挂矢好用四羽大笴長常箭一扶

射洞門闔

上嘗觀漁於西宮見魚躍焉問其故漁者曰此嘗乳也

於是中綱而止

《酉阳杂俎》卷一，明万历三十六年（1608）

内乡李云鹄刊本

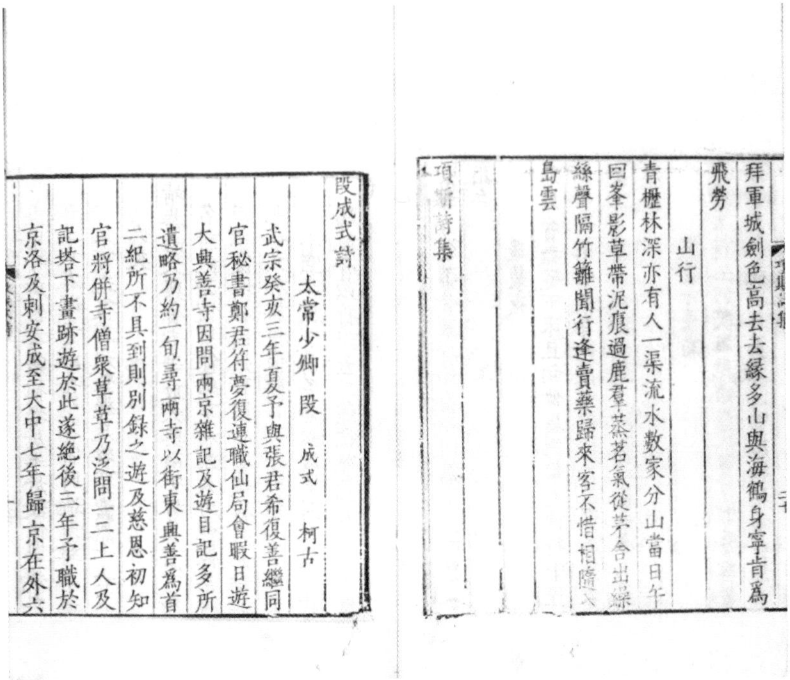

《段成式诗》，康熙四十七年（1708）东山席氏琴川书屋刊本

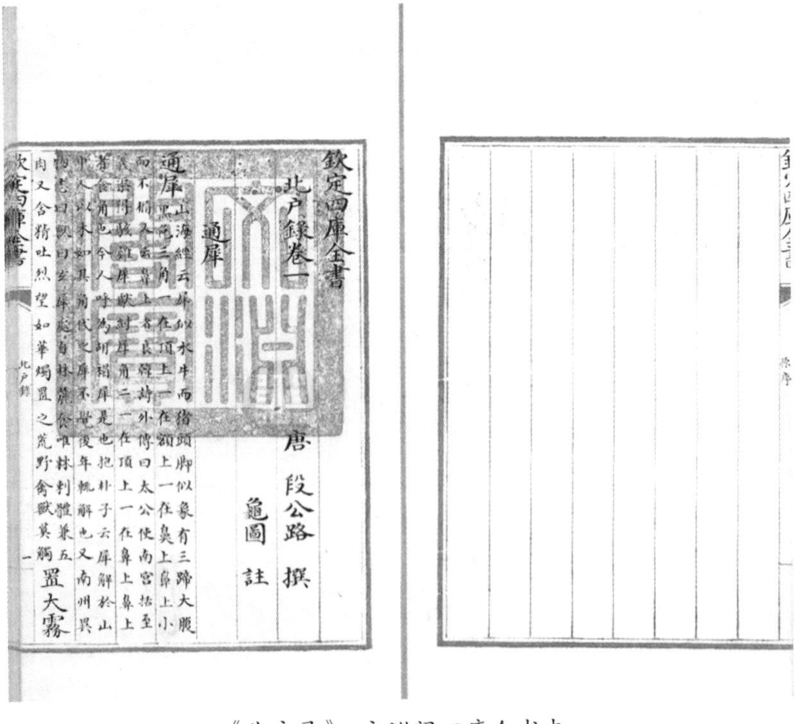

《北户录》，文渊阁四库全书本

《淄博古代文献丛刊》编委会

总　序

淄博是齐文化的发祥地，有着源远流长的著述传统。先秦时期，齐地沃土孕育了诸多文化经典，包括我国第一部手工业技术专著《考工记》、齐文化的百科全书《管子》、“无传记之名，实传记之祖”的《晏子春秋》、兵学圣典《孙子兵法》以及《孙膑兵法》《司马法》《六韬》等兵学著作，还有《慎子》《尹文子》《鲁仲连子》等稷下诸子文献。战国秦汉间，齐人在经学方面成就突出，《易》《书》《诗》《春秋》今文经学的传承，均与齐人有密切关系。魏晋以后，淄博文献众多，有史书方志、科技著作、笔记杂著、戏曲小说、诗集文集等，各呈风采。西晋左思《三都赋》曾令洛阳纸贵，北魏崔鸿《十六国春秋》是研究魏晋南北朝历史的重要著作，贾思勰《齐民要术》标志着古代农书的成熟，唐代段成式《酉阳杂俎》和宋代王辟之《渑水燕谈录》是唐宋史料笔记中的代表性作品，元末明初贾仲明的杂剧“骈俪工巧，有非他人之所能及者”[①]。特别需要注意的是，明清时期，淄博文风兴盛，涌现出了众多文化名人，留下了大量的文献著述，其中很多被收入《四库全书》，如毕自严《石隐园藏稿》、薛凤祚《两河清汇》、孙廷铨《颜山杂记》、王士禛《居易录》《池北偶谈》《香祖笔记》《古夫于亭杂录》《分甘余话》《精华录》《渔洋诗话》《衍波词》等，而蒲松龄《聊斋志异》被誉为“短篇小说之王”，成为淄博文化发展史上耀眼的风景。

古籍文献是中华优秀传统文化的重要载体。淄博古代文献不仅是研究淄博地区历史文化的珍贵史料，也是中华优秀传统文化的宝贵遗产。党的十八大以来，传承、弘扬中华优秀传统文化成为国家重大文化战略。2017年1月，中共中央办公厅、国务院办公厅印发《关于实施中华优秀传统文化传承发展工程的意见》，要求“加强中华文化典籍整理编纂出版工作”。2022年4月，中共中央办公厅、国务院办公厅印发了《关于推进新时代古籍工作的意见》，指出：“做好古籍工作，把祖国宝贵的文化遗产保护好、传承好、发展好，对赓续中华文脉、弘扬民族精神、增强国家文化软实力、建设社会主义文化强国具有重要意义。”为发掘保护淄博文献资源，传承弘

① 无名氏：《录鬼簿续编》，《中国古典戏曲论著集成》（二），中国戏剧出版社1959年版，第292页。

扬优秀传统文化，推动中华优秀传统文化创造性转化、创新性发展，助力淄博文化强市建设，山东理工大学和淄博市政协决定联合编辑出版《淄博古代文献丛刊》(以下简称《丛刊》)。山东理工大学党委和行政领导高度重视，给予了多方面的关照与支持。淄博市政协专门召开党组会研究，将《丛刊》列为市政协文史工作重点项目；张廷延主席、朱正林副主席非常关心该项目的实施和进展，提出了许多推动措施和指导意见。山东理工大学齐文化研究院和淄博市政协文化文史和学习委员会具体负责项目实施。

淄博历代文献数量宏富，根据《中国古籍总目》《山东文献书目》《山东文献书目续编》等书目及各类方志资料，今天保存下来的淄博古代文献就有近1000种。《丛刊》的收录原则，一是水平高，具有重要文化、学术价值；二是未经过点校整理，或虽有整理但不够规范系统。根据这两项原则，在充分调查的基础上，《丛刊》选取了淄博古代23位文人著述进行整理，共16册(部分文人著述篇幅较小，进行了合并)，总计700余万字。

《丛刊》项目酝酿于数年前。张宇声教授提出编纂整理《明清淄博文人别集丛刊》的建议被采纳，经过专家研讨，根据实际选目，后改为《淄博古代文献丛刊》。为做好整理工作，我们组建了四个编纂小组，分别由山东理工大学张宇声教授、巩曰国教授、上海交通大学朱丽霞教授、山东师范大学王培峰副教授担任组长，张宇声负责《孙廷铨集》《赵进美集》《张笃庆集》《高珩集》《王培荀集》，巩曰国负责《王象晋集》《王象艮集　王象明集　王与玟集》《王象春集》，朱丽霞负责《王教集　袁藩集》《刘一相集》《刘鸿训集》《毕自严集》，王培峰负责《段氏三代诗文汇编》《杨梦衮集》《何世璂集　王祖昌集》《张象津集》，延请上海交通大学、中国海洋大学、山东师范大学、重庆师范大学、山东理工大学、西安航空学院、商洛学院等高校相关学者组成了一支水平较高的整理队伍。《丛刊》编纂日常工作由山东理工大学齐文化研究院执行院长巩曰国教授负责。

整理过程中，我们统筹组织，多次召开会议，制定具体措施，严把质量关。各集整理者广泛搜集各种版本，科学选定底本与校本，严格执行整理体例和古籍整理规范。初稿完成后，各组成员之间对书稿进行了互审，各组组长对所负责的书稿进行了通审并提出修改意见，我们审阅了书稿并对各集的前言进行了统一审稿，逐一提出修改意见。各集整理者根据各家意见对书稿进行了修改完善，2022年8月，《丛刊》书稿交付山东大学出版社。山东大学出版社对《丛刊》的出版非常重视，王贻社总编、刘旭东副社长、刘森文主任统筹协调，精心组织编校，保证了《丛刊》的出版质量。

《丛刊》学术价值主要有以下几个方面：

其一，首次对淄博古代文献特别是明清时期淄博文人著述进行了较大规模的整理，填补了学术空白。文献整理是文化建设的基础工作，历来为人所重视。省一级的文献整理，前有《畿辅丛书》《云南丛书》，今有《齐鲁文库》《荆楚全书》《湖湘文库》《江苏文库》等。近些年来，地市一级的文献整理也不断推出，如《金陵全书》《苏州文献丛书》《金华丛书》等。淄博文化底蕴深厚，文献资源丰富，古代文献虽有整理，如《管子》《晏子春秋》《考工记》等先秦齐文化典籍，左思、王士禛、蒲松龄、赵执信、徐夜等文人的著述以及部分方志，但零散不成系统。《丛刊》作为第一种淄博古代文献整理丛书，弥补了淄博文化建设的这一缺憾。《丛刊》16册中，有11册的全部内容均为尘封数百年后首次整理面世。

其二，注重规范、全面挖掘整理，为淄博地方历史文化研究提供了详实资料。《丛刊》各集，对原著者的各类著述尽可能全面收录，如《张笃庆集》，不仅收录其诗集《昆仑山房郢中集》《昆仑山房诗集》，还收录传记类著作《先相国少保公年谱》《两汉高士赞》以及史评类著作《班范肪截》《五代史肪截》。每一种集子，书前都有前言，介绍作者的生平、著述及贡献，书后附录详列相关传记材料、诗文唱和、诸家评论、著录题跋、诗文辑佚以及作者年谱（年表）。这样一册在手，即可全面了解其生平、著述及各方面贡献。文献作者均为淄博人，他们有关当时历史地理、风土民情、名人掌故、名胜古迹的记述，是研究淄博历史文化的宝贵资料。如《张象津集》中《新城水利四议》包含了小清河、孝妇河、郑潢沟、乌河等河流的诸多信息，是研究淄博历史地理的重要文献。《孙廷铨集》中的《颜山杂记·琉璃志》全面、系统地记述了当时中国北方美术琉璃生产中心颜神镇（今博山）的琉璃生产工艺，包括烧造琉璃的原料、呈色、火候、配色、产品、做工、工具、吹制等，对研究名闻中外的“淄博陶琉”具有重要史料价值。

其三，整理发掘诗文、戏曲创作资料，有补于中国古代文学研究。《丛刊》的文献作者均为富有才情的文人，有很多在诗文、戏曲创作方面卓有建树。如王象春是公认的晚明山左诗坛巨擘，主张“重开诗世界，一洗俗肝肠”，推动了山左诗风的转变以及“济南诗派”在清代的繁荣；张笃庆诗歌创作不拘一格，各体兼擅，《四库全书总目》称其“才藻富有，洋洋洒洒，动辄千言，风发泉涌”；毕自严博通经史，雅好文学，高珩誉其文章可比韩愈和苏轼，《四库全书总目》认为“虽乡曲之言，未免稍溢，而以经济兼文章，则自严要不愧也”；赵进美是明末清初诗坛上由“前后七子”的格调说至王渔洋神韵说之间的一位重要诗人，同时也有《瑶台梦》《立地成佛》等戏曲作品；高珩诗文丰富，其诗“近元、白《长庆集》体”，又有通俗弹词

《醒梦戏曲》。《丛刊》各集，全面呈现相关作家的诗文、戏曲创作成果，其中包含了一些稀见的稿本、抄本，为丰富拓展古代文学特别是明清时期山左文坛的研究，提供了重要的文献依据。

需要指出的是，《丛刊》文献的作者多出自文化世家，与国内著名文学家、政治家广泛交游，其活动与当时全国的政治局势、文化创造颇有关联，其意义不局限于淄博一地。像毕自严是关涉明末政局的人物，王象春、高珩、赵进美的文学活动都与明末清初文坛发展有很大关系，段成式家族在唐代全国的地位更具代表性。因此，《丛刊》的出版不仅有益于淄博地方文化建设，对于推动山东乃至全国的文史研究和文化建设，也有积极的学术意义。

整理古代文献，弘扬中华优秀传统文化，是我们的历史使命。《丛刊》首次对淄博古代文献进行较大规模的整理，我们深知责任重大。整理中，我们尽管力求严格学术规范，严把学术质量，但校书如扫落叶，疏误在所难免，且《丛刊》是集体项目，出自众人之手，各卷质量不尽相同，恭请专家读者批评指正。

王志民

2023 年 10 月 16 日

定稿于山东理工大学齐文化研究院

前 言

一

唐代无疑是中国文学发展的一个高峰。而将唐代文学推向这个高度的一个重要力量便是唐代士族文人集团。按照地域来看，唐代有三大士族文人集团，分别是江南士族、关中士族以及山东士族。本次《段氏三代诗文汇编》整理的对象段文昌、段成式、段安节、段公路祖孙三代四人，便是唐代山东士族文人集团的重要组成部分，他们对唐代文学走向繁荣具有重要贡献。

段文昌（773—835），字墨卿，一字景初，西河人。“倜傥有气义”，初韦皋在蜀，表授校书郎。元和十五年（820），穆宗即位，拜为宰相。《太平广记》曰：“元和十五年春，穆宗皇帝龙飞，命二公入相。段自翰长中书舍人拜，植自御史中丞拜，同在中书。”长庆元年（821），授西川节度使同中书门下平章事。敬宗即位，拜刑部尚书转兵部兼判左丞事。文宗即位，迁御史大夫寻检校尚书右仆射，扬州大都督府长史同平章事，淮南节度使。太和四年（830），移镇荆南，六年（832）复为剑南西川节度，九年（835）三月卒，年六十三岁。段文昌所著颇丰，《新唐书·艺文志》曰：“段文昌集三十卷，又诏诰二十卷。”[①] 另编《食经》一部，五十卷，《清异录》曰：“文昌自编《食经》五十卷，时称《邹平公食宪章》。”[②] 然今存著作仅剩寥寥数篇，甚是遗憾。《新唐书》曰：“文昌，字墨卿，一字景初，世客荆州……子成式，字柯古……著酉阳书数十篇，子安节，乾宁中，为国子司业，善乐律，能自度曲云。”[③]

段成式（803—863），字柯古，因其父段文昌之关系，“以荫入官”，初为秘书省校书郎。段成式利用官职之便，广泛涉猎书籍文献，“秘阁书籍披阅皆遍”。咸通初，官拜江州刺史，后解印寓居襄阳，以读书著述为乐。《旧

① 欧阳修、宋祁撰：《新唐书》，中华书局1975年版，第1607页。

② 永瑢、纪昀等编纂：《文渊阁四库全书》第1047册，台湾商务印书馆1983年版，第922页。

③ 欧阳修、宋祁撰：《新唐书》，中华书局1975年版，第3763～3764页。

唐书》曰："家多书史，用以自娱。"[①] 段成式诗文皆工，诗歌与李商隐、温庭筠齐名，有"三十六体"之称，《新唐书》曰："商隐初为文瑰迈奇古，……时温廷筠、段成式俱用是相夸，号'三十六体'。"[②] 今存诗56首，文18篇，志怪小说集《酉阳杂俎》一部。

段安节，字大仪，乾宁中，授国子司业，精通音律。《新唐书》曰："安节，乾宁中，为国子司业。善乐律，能自度曲云。"[③] 段安节乃段文昌之孙，段成式之子，《新唐书·艺文志》："段安节，《乐府杂录》一卷，文昌孙。"[④]《山东通志》曰："段安节，《乐府杂录》一卷。临淄人，成式之子。"[⑤] 段安节除撰有《乐府杂录》一卷外，另撰有《琵琶录》一卷。

段公路，《新唐书·艺文志》记载段公路乃段文昌之孙。陆希声《北户录·序》亦曰："段君公路，邹平公之孙也。"但由于史料记载不详，致使段公路与段成式的关系不明。清人陆心源重刊《北户录》时提出段公路是段成式之子，段安节之弟。而方南生则提出段公路为段成式的侄子，其弟之子。两种观点今同列之，以供参考。段公路撰有《北户录》三卷。

二

段氏家族在唐代社会具有较高的社会地位，段文昌高祖段志玄是大唐建国的功臣，同时也是唐太宗玄武门之变的重要参与者，死后赐荣陪葬昭陵，并图形于凌烟阁。段文昌在唐穆宗时曾出任过宰相，在政坛上很有影响。段氏家族不仅在政治上有影响，在文学方面同样具有一定的影响力，其中以段文昌、段成式、段安节、段公路祖孙三代四人成就最高。

（一）段文昌著述

段文昌平生著述丰富，有《段文昌集》三十卷、《诏诰》二十卷、《食经》五十卷，但传世作品不多，十不存一，今存诗文仅有9篇，其中诗存4首，为《享太庙乐章》《题武担寺西台》《晚夏登张仪楼呈院中诸公》《还别业寻龙华山寺广宣上人》，文存5篇，为《修仙都观记》《菩提寺置立记》《诸葛武侯庙古柏文》《平淮西碑》《秋气帖》。段文昌今虽存文不多，但部

① 刘昫等撰：《旧唐书》，中华书局1975年版，第4369页。

② 欧阳修、宋祁撰：《新唐书》，中华书局1975年版，第5793页。

③ 欧阳修、宋祁撰：《新唐书》，中华书局1975年版，第3764页。

④ 欧阳修、宋祁撰：《新唐书》，中华书局1975年版，第1436页。

⑤ 永瑢、纪昀等编纂：《文渊阁四库全书》第541册，台湾商务印书馆1983年版，第159页。

分存文具有较高的史料价值，如《修仙都观记》《菩提寺置立记》《平淮西碑》等。

（二）段成式著述

段成式著述最为丰富，今存诗56首，文18篇，小说集《酉阳杂俎》1部。首先，诗歌著作。段成式是著名诗人，在晚唐诗坛上，与李商隐、温庭筠齐名，号称“三十六体”。存世诗歌有：《观山灯献徐尚书》《和徐商贺卢员外赐绯》《河出荣光》《哭李群玉》《寄温飞卿笺纸》《题石泉兰若》《怯酒赠周繇》《牛尊师宅看牡丹》《观棋》《题僧壁》《哭房处士》《呈轮上人》《题谷隐兰若三首》《不赴光风亭夜饮赠周繇》《嘲元中丞》《寄周繇求人参》《嘲飞卿七首》《柔卿解籍戏呈飞卿三首》《戏高侍御七首》《送僧二首》《猿》《送穆郎中赴阙》《题商山庙》《折杨柳七首》《哭李群玉》《汉宫词二首》《醉中吟》《桃源僧舍看花》《和周繇见嘲》《和张希复咏宣律和尚袈裟》《句》《闲中好》。其中，《河出荣光》《桃源僧舍看花》《观棋》《折杨柳》第一、二、四首，以及《题谷隐兰若》第三首等7首诗歌，作者归属存在较大争议。除段成式外，《折杨柳》第一、二、四首和《桃源僧舍看花》一说王贞白诗；《观棋》《题谷隐兰若》第三首一说温庭筠诗；《河出荣光》一诗作者最为复杂，另有温庭筠、朱延龄、张良器等三种说法。作者争议问题，是段成式诗歌值得研究的一个问题。其次，文章著作。今传世文章有：《寄余知古秀才散卓笔十管软健笔十管书》《寄温飞卿葫芦管笔往复书》《与温飞卿书八首》《诺皋记序》《塑像记》《好道庙记》《寺塔记》《送穷文》《毁》《寂照和尚碑》《韦斌传》《金刚经鸠异序》《连珠》。最后，小说著作。段成式最具影响的著作是《酉阳杂俎》。在众多的志怪小说中，《酉阳杂俎》是一部成就非常突出的小说，鲁迅先生在《中国小说史略》中评价说：“(《酉阳杂俎》)所涉既广，遂多珍异，为世爱玩，与传奇并驱争先矣。”[①] 鲁迅先生认为《酉阳杂俎》的艺术成就可与唐传奇小说相媲美。《酉阳杂俎》不仅在唐代小说史上具有重要地位，在中国古代小说史上也同样具有重要地位，《四库全书·提要》指出：“其书多诡怪不经之谈，荒渺无稽之物，而遗文秘籍亦往往错出其中，故论者虽病其浮夸，而不能不相征引，自唐以来推为小说之翘楚。”[②]《酉阳杂俎》三十卷，分前集二十卷，续集十卷。前集内容包括：忠志、礼异、天咫、玉格、壶史、贝编、境异、喜兆、祸兆、物革、诡习、怪术、艺绝、器奇、乐、酒食、医、黥、雷、梦、事感、盗侠、物

① 鲁迅：《中国小说史略》，上海古籍出版社1998年版，第62页。

② 永瑢、纪昀等编纂：《文渊阁四库全书》第1047册，台湾商务印书馆1983年版，第638页。

异、广知、语资、冥迹、尸穸、诺皋记、羽篇、毛篇、鳞介篇、虫篇、木篇、草篇、肉攫部等。续集内容有:支诺皋、贬误、寺塔记、金刚经鸠异、支动、支植等。

（三）段安节著述

段安节著有《乐府杂录》一卷,《琵琶录》一卷。《乐府杂录》包括《雅乐部》《云韶乐》《清乐部》《鼓吹部》《驱傩》《熊罴部》《鼓架部》《龟兹部》《胡部》《歌》《舞工》《俳优》《琵琶》《筝》《箜篌》《笙》《笛》《觱篥》《五弦》《方响》《琴》《阮咸》《羯鼓》《鼓》《拍板》《安公子》《黄骢叠》《离别难》《夜半乐》《雨霖铃》《康老子》《文叙子》《望江南》《杨柳枝》《倾杯乐》《道调子》《傀儡子》《别乐识五音轮二十八调图》《平声羽七调》《上声角七调》《去声宫七调》《入声商七调》等42个方面，全面系统地对唐代流传音乐的历史传承、乐曲组成、表演形式、创作缘由等进行了全面论述。因此,《乐府杂录》是研究唐代音乐以及中国古代音乐史的重要资料。

（四）段公路著述

段公路著有《北户录》三卷，详细记录了唐代岭南风土、民情、物产等，其中详细介绍了通犀、孔雀媒、鹧鸪、鹦鹉瘴、赤白吉了、绯猿、蚺蛇牙、红蛇、蛤蚧、红蟹壳、蛱蝶枝、红蝙蝠、金龟子、乳穴鱼、鱼种、水母、蚊母扇、鹅毛被、红虾杯、鸡毛笔、鸡卵卜、鸡骨卜、象鼻炙、鹅毛脡、桄榔炙、红盐、米饼、食目、睡菜、水韭、蕹菜、斑皮竹笋、无核荔枝、变柑、山橘子、橄榄子、山胡桃、白杨梅、偏核桃、红梅、五色藤筌蹄、香皮纸、枹木屧、红藤簟、方竹杖、山花燕、鹤子草、越王竹、无名花、指甲花、相思子蔓、睡莲等52种物产。《北户录》所记载风俗、物产非道听途说所得，而是作者南游时的所见所闻，唐陆希声评价曰 :“(段公路）以事南游五岭间，尝采其民风土俗，饮食衣制，有异于中夏者，录而志之。至于草木果蔬虫鱼羽毛之类，有瑰形诡状者，亦莫不毕载。”[①]《北户录》除作者记录所见所闻之外,更难能可贵的是能够旁征博引,陆希声曰:“非徒止于所闻见而已。又能连类引证，与奇书异说相参验，真所谓博而且信者矣。”[②] 正因《北户录》征引文献丰富,所以很多唐以后散佚资料可于此书略见一二。如清陆心源说 :“唐人著述，传世不多，可藉以见古书崖略者《书钞类聚》《初学记》而外,此其一也。”[③] 因此,段公路《北户录》对研究

① 永瑢、纪昀等编纂:《文渊阁四库全书》第589册，台湾商务印书馆1983年版，第30页。

② 同上。

③ 《〈北户录〉叙》，十卷楼重刻本。

古代岭南风俗民情、物产情况，以及对研究唐以后失传古籍文献都具有重要参考意义。

三

《段氏三代诗文汇编》收录段文昌、段成式、段安节、段公路祖孙三代四人诗文、小说、杂录等多种。具体整理底本、校本情况见下：

（一）段文昌著述整理

段文昌4首存诗，以全唐诗为底本，以《旧唐书》《文苑英华》《成都文类》《唐文粹》《全蜀艺文志》《蜀中广记》《石仓历代诗选》等为参校本进行整理。5篇存文，其中《修仙都观记》《菩提寺置立记》《诸葛武侯庙古柏文》《平淮西碑》4篇，以全唐文为底本，以《文苑英华》《成都文类》《唐文粹》《蜀中广记》《全蜀艺文志》等为参校本；《秋气帖》以《唐文拾遗》为底本进行整理。

（二）段成式著述整理

段成式诗歌以《全唐诗》为底本，以《云溪友议》《岁时杂咏》《文苑英华》《类说》《文房四谱》《记纂渊海》《万首唐人绝句》《唐诗纪事》《唐诗品汇》《古俪府》《石仓历代诗选》《唐才子传》《御定佩文斋咏物诗选》等为参校本。文章以《全唐文》为底本。

（三）段安节著述整理

段安节著有《乐府杂录》与《琵琶录》两种。《乐府杂录》一卷，在流传过程中被收录于《古今逸史》《五朝小说大观》《守山阁丛书》《类说》《说郛》(《说郛》有涵芬楼百卷本与明刻百二十卷本之分）等书中，比较各本，《古今逸史》本为最佳，据以为整理底本，而《说郛》《类说》为校本。《琵琶录》见于史籍者有两种情况，分别为三卷本和一卷本。三卷本撰者不详，一卷本为唐段安节所撰，如《说郛》卷二十曰："《琵琶录》一卷，唐段安节。"①段安节《琵琶录》有详本与略本之分，略本收录于《类说》，详本收录于《说郛》，今以涵芬楼百卷本为底本，明刻百二十卷本为校本，类说本为参校本。

（四）段公路著述整理

段公路撰有《北户录》一种。《北户录》又叫《北户杂录》，《新唐书·艺文志》曰："段公路《北户杂录》三卷。"②《四库全书·提要》曰："《唐

---

① 陶宗仪等编：《说郛三种》，上海古籍出版社1988年版，第376页。

② 欧阳修、宋祁撰：《新唐书》，中华书局1975年版，第1507页。

书·艺文志》作《北户杂录》,疑传写误衍一杂字。”[①]《北户录》今所见版本较多，据统计约有14种，如《十万卷楼丛书》本、《四库全书》本、国家图书馆藏明文始堂抄本、国家图书馆藏明抄本、南京图书馆藏《格致丛书》本、国家图书馆藏清抄本、《类说》本、《说郛》本、《古今说海》本、《续百川学海》本、《学海类编》本、《唐人说荟》本、《古今说部丛书》本、《说库》本等。在今所见版本之中，学界普遍认为《十万卷楼丛书》本为最善，因此，本次整理以《十万卷楼丛书》本为底本，以《四库全书》本为校本。

四

《酉阳杂俎》是段成式的代表作，成书之后，在唐代一直以手抄本形式广为流传，直到南宋时才出现了刻本，并且南宋之后,《酉阳杂俎》被多次刻印，出现了许多刻本。主要刻本情况如下：

首先，宋元刻本情况。《酉阳杂俎》有三个南宋刻本：一是永康周登刻本。此本刻成于嘉定七年，即公元1214年，此时《酉阳杂俎》较为罕见。周登在《酉阳杂俎》前集序中曰:“余旧不识此书。惟见诸家诗词多引据其说。及假来此，以其书之所名者访焉，则无有也。郡博士管君容成，偶得之以示余。”正是因为此书当时罕见，周登才决定雕刻付印此书，但当时只见前集二十卷，因此，永康周登刻本只有前集二十卷。二是武阳邓复刻本。此本刻成于嘉定十六年，即公元1223年。邓复家藏典籍万卷，当时极为罕见的《酉阳杂俎》续集十卷，即出自其家,《序》曰:“然是书也，世所罕睹，是以周使君访之而无有，管博士得之而未全。余家聚书万有余卷，奥编隐帙居多，而此书偶在所录。”由于邓复将《酉阳杂俎》前集二十卷，与家藏续集十卷，合二为一，刻印传世，因此，邓复刻本有前集二十卷，续集十卷，共三十卷。三是广文彭氏刻本。此本刻成于淳祐十年，即公元1250年，此本有前集二十卷，续集十卷。此本的刻印皆因当时流传的刻印本存在字迹不清等不利于阅读等问题，所以彭氏等利用诸典籍对旧本进行整理刻印。南宋刻本今已不存。《酉阳杂俎》在元代时也曾刻印过，但刻本未能流传下来，并且关于元刻本的史料记载也非常有限。

其次，明刻本是《酉阳杂俎》目前所见早期刻本，主有明初刻本、明嘉靖刻本、明万历李云鹄刻本、明万历新都汪士贤刻本、明万历商濬刻《稗海》丛书本、明崇祯常熟毛晋汲古阁刻《津逮秘书》丛书本等。明刻本分为两

① 永瑢、纪昀等编纂:《文渊阁四库全书》第589册，台湾商务印书馆1983年版，第30页。

种情况：一是只有前集二十卷本。二十卷本以明初本为祖本。明初刻本是现存最早的刻本，藏于国家图书馆，此本以南宋永康周登刻本为底本刻印，故只有前集二十卷；明嘉靖刻本，据明初本翻刻；明万历新都汪士贤刻本，以嘉靖本为底；而明万历商濬刻《稗海》丛书本，以新都汪士贤刻本为底本重刻。因此，以上几种刻本皆为只有前集二十卷的刻本。二是三十卷本，即前集二十卷，续集十卷。三十卷刻本有二,一是明万历李云鹄刻本，据宋刻本校刊，前集二十卷，续集十卷，书前李云鹄、赵琦美序两篇，另收南宋刻本序三篇，依次为淳祐十年序、邓复序，以及周登序（周序位于前集卷末），除三序外，续集卷末有段成式《酉阳杂俎续集跋》一篇；二是明崇祯常熟毛晋汲古阁刻《津逮秘书》丛书本，其中前二十卷与《稗海》丛书本属同一版本。

最后，清代主要有四种刻本，分别为《四库全书》本、《学津讨源》本、小嫏嬛山馆刻本、湖北崇文书局刻本。另据郑暋暻《段成式的〈酉阳杂俎〉研究》可知，在韩国流传有《酉阳杂俎》版本两种：一是中国木版本，刻本年代不详，卷数为二十卷，藏于精文研、奎章阁;一是韩国木版本，此本刻于朝鲜成宗二十三年（1492），藏于成均馆。

在众多刻本中，明万历李云鹄刻本最佳，本次整理以四部丛刊影印明万历李云鹄本为底本，其中前二十卷以《稗海》丛书本为校本，文渊阁四库本（以下简称“四库本”）为参校本；后十卷以《学津讨源》本为校本，四库本为参校本。

本次整理内容包括标点和校勘两个部分，校勘部分置于每页之下。整理内容有原文与注文之别，在整理中以不同字体、字号进行区分，原文五号宋体，注文小五号楷体。底本缺字处以“□”表示，底本文字辨认不清或无法辨认时，以“■”表示。整理工作严格遵照底本，校本与底本不同者，只出校不辩证。底本有明显错误时，据校本或上下文对底本进行修改，并在校勘中注明。底本中异体字改用通用规范字代替。“〇”为底本原有，为保持底本原貌，故作保留处理。《稗海》《学津讨源》《四库全书》《类说》等本,在校勘记中分别称为“稗海本”“学津本”“四库本”“类说本”,而《说郛》涵芬楼百卷本称为“说郛本”,《说郛》明刻百二十卷本称为“明刻说郛本”。底本中，非作者序跋，附录于后。

《段氏三代诗文汇编》在整理的过程中,参考了前辈学人的优秀成果,在此对前人在学术研究上做出的努力表示尊重、感谢。本书在整理过程中，得到了山东师范大学王培峰老师，商洛学院任梦池老师、王三敏老师，以及本人工作单位西安航空学院领导的指导和帮助，在此表示感谢！

另外，我的学生刘思雨、贾欣悦、常星雨、姚天哲、张艳妮、朱梦婷等，在本书前期的资料收集、录入、校对过程中参与了部分工作，在此一并感谢！

元文广

2023年7月11日

目　录

段文昌

段成式

段安节

段公路

附 录

段文昌

诗

享太庙乐章[①]

肃肃清庙，登显至德。泽周八荒，兵定四极。生物咸遂，群盗灭息。明圣钦承，子孙千亿。（《全唐诗》卷三三一）

题武担寺西台[②]

秋天如镜空，楼阁尽玲珑[③]。水暗余霞外，山明落照中。鸟行看渐远[④]，松韵听难穷。今日登临意[⑤]，多欢语笑同。（同上）

晚夏登张仪楼呈院中诸公

重楼窗户开，四望敛烟埃[⑥]。远岫林端出，清波城下回。乍疑蝉韵促，稍觉雪风来。并起乡关思，销忧在酒杯。（同上）

---

① “享太庙乐章”，《旧唐书》卷三十作“宪宗圣神章武孝皇帝室奠献用象德之舞一章”，《唐文粹》卷十作“宪宗皇帝室象德之舞”，《全唐诗》卷一三作“象德舞”。

② “题武担寺西台”，《成都文类》卷五、《蜀中广记》卷三、《全蜀艺文志》卷十四作“题武担寺西台诗”。

③ “尽”，《蜀中广记》作“化”。

④ “鸟”，《蜀中广记》作“雁”。

⑤ “意”，《成都文类》卷五作“地”。

⑥ “敛”，《成都文类》卷二、《全蜀艺文志》卷六作“剑”。

还别业寻龙华山寺广宣上人[①]

十里惟闻松桂风[②]，江山忽转见龙宫。正与休师方话旧，风烟几度入楼中[③]。（同上）

文

修仙都观记

平都山最高顶，即汉时王阴二真人蝉蜕之所也。峭壁千仞，下临湍波，老柏万株，上插峰岭，灵花彩羽，皆非图志中所载者，昏旦万状，信非人境。贞元十五年，余西游岷蜀，停舟江岸，振衣虔洁，诣诸洞所，石岩灵宝，苍焉相次[④]，苔龛古书，依稀可辨。时与道侣数人坐于下，须臾，天籁不起，万窍风息，山光耀于耳目，烟霞拂于襟袖，相顾神竦，若在紫府元圃矣。牵于形役，不得淹久，瞻眺惆怅，书名而去，尔来已三十四年。大和庚戌岁[⑤]，自淮南移镇荆门，有客由峡中来者，皆言当时题纪文字犹在，观宇岁久，台殿荒毁，不三数年，必尽摧没于岩壑矣。乃舍一月秩俸，俾令修葺，子来同力，浃旬报就。去年冬十一月，诏命换麾幢，再领全蜀，溯三峡，历旧游，依然境物，重喜登览，闻泉声而缓步，爱松色而难别，遂命笔砚，志于岩谷。时大和七年[⑥]，正月五日记[⑦]。（《全唐文》卷六一七）

---

① “还别业寻龙华山寺广宣上人”，《成都文类》卷十二、《石仓历代诗选》卷一百二十三作“寻龙华山寺广宣上人”。

② “桂”，《蜀中广记》卷一百二作“柏”。

③ “风”，《成都文类》卷十二作“岚”。

④ “焉”，《文苑英华》卷八百二十二、《蜀中广记》卷十九作“然”。

⑤ “大”，《文苑英华》卷八百二十二、《蜀中广记》卷十九作“太”。

⑥ 同上。

⑦ “记”上，《文苑英华》卷八百二十二有“剑南西川节度副大使知节度事管内观察处置，统押近界诸蛮及西山八国，云南安抚等使、金紫光禄大夫检校尚书左仆射同中书门下平章事，兼成都府上柱国邹平郡开国公，食邑三千户段文昌”七十八字。

菩提寺置立记

蜀城正南，当二江合流之上，万井联甍之内，独有冈阜，回抱数里，地形含秀而高坦，木色贯时而鲜泽，以气象言之，不有金刹梵宇，孰能主其胜势乎。天宝末，玄宗巡狩此方，崇护法教，度僧建寺，大启休福。至德二年，长史卢公元裕奏置此寺，以菩提为号焉。先是僧众乡党耆旧[①]，相厥林野，将兴塔庙，徘徊凝睇，漠然无所，乃谂于草堂寺无相大师以质之。大师傅继七祖，于坐得三昧，以不思议之知见，破群心之蒙惑，遂指兹地，宜开法门。夫风行地上，而万窍自号。大师一言，而天人感悦[②]，故得广轮栋宇，版筑垣墉，剪榛莽以立宏规，缭荒墟以罗物象。大历初，节度使相国崔公宁，以此寺创名，修建未就，乃迎彭州天饬山惠悟禅师以居焉。禅师即无相大师之升堂法子也。觉照圆朗，了于实际，以方便说，化导群生，俗流归依，其众日倍，经始之制，于兹复兴。其后有信心居士薛藏尹侃者，生于岷峨，得其灵秀，气豪量阔，宗敬二乘，皆能以财发身，悟爱为妄，捐舍宝货，同修梵场，蚩蚩之徒，随我先唱，方构云起，俨如天成。观乎崇殿巍巍，殚于宏丽，列柱屹立以壮趾[③]，攒栌分形以扶拱，豁绀宇而色明[④]，洞绮寮以霞散，金碧绚焕，逢倒景而共照，珠铎玲珑，无回飙而独响，长廊之外，江浦悠然，高槛之端，云峰对出，有岩壑之松桂，是人寰之林薮。学无生者得自在，摄威仪者无缺落，住持之益，其何博哉。繇是言之，非龙驾之巡幸，无以建法幢，悬雕榜，非大师之言授，无以识兹地，占幽奇，非居士之舍财，无以集工输，成像设，参会而来，福祥冥感，流庆昌运，推乎无穷。今皇帝缵八圣之耿光，奉三无私以端拱，则全蜀之保宁，法轮之常运，庸讵知其际耶。征其建立以来，招化檀施者，有若寺主惠严，姓张氏，操行端明，始终无替，绵历五纪，成此茂功，押寺临坛大德元极[⑤]，德高宿殖[⑥]，振起律仪。上座惠通，识敏量宽，通艺兼蕴[⑦]，都维那行持，典座行谦，聪悟多闻，探详经

① “僧众”，《成都文类》卷三十六“僧众”后有“与”字。

② “感”，《成都文类》卷三十六、《全蜀艺文志》卷三十八作“咸”。

③ “屹立”，《成都文类》卷三十六、《全蜀艺文志》卷三十八作“同力”。

④ “豁”，《成都文类》卷三十六作“豁”。

⑤ “元极”，《成都文类》卷三十六作“玄拯”，《全蜀艺文志》卷三十八作“玄极”。

⑥ “殖”，《成都文类》卷三十六“植”，《全蜀艺文志》卷三十八作“垣”。

⑦ “通”，《成都文类》卷三十六、《全蜀艺文志》卷三十八作“道”。

论，咸缁门挺秀[①]，戒行精严[②]，若众流为川，群材成厦，喜日月之既就，叹成功之莫纪。年代悠缅，易为消失，不立纂记，将何以报众士之有闻乎[③]？请余为词，用述前迹，铭曰：

时久太平，幽陵起兵。骑入宫台[④]，尘飞杳冥。翠华西巡，旋复天京。崇演法梁，为济群生。蔼蔼岗原，于江之涘。盘林走壤，或隐或起。建寺之辰，经营于此。诛茅破薮，夷高堙埤。云谁知之，大师所指。万材既构，百役齐功。日就月将，化为莲宫。正殿渠渠，觚棱倚空。长廊复宇，霞截云重。乃有二士[⑤]，回向正法。能成香刹，标于浊劫。瞻敬自生，万缘皆摄。利益宏溥，伟哉善业。西南巨镇，地足宝坊。形胜之中，爱此清凉。远对前山，终古苍苍。贞珉既刻，永播坤方[⑥]。（同上）

诸葛武侯庙古柏文

是草木有异，于草木则灵。武侯祠前，柏寿千龄，盘根拥门，势如龙形，含碧太空，散雾虚庭，合抱在于旁枝，骈梢叶之青青，百寻及于半身，蓄风雷之冥冥，攒柯垂阴，分翠间明，忽如虬螭，向空争行，上承翔云，孤鸾时鸣，下阴芳苔。凡草不生，古色天风，苍苍泠泠[⑦]，曾到灵山，老柏纵横，亦有大者，莫之与京。于惟武侯，佐蜀有程，神其不昏，表此为祯，斯庙斯柏，实播芳馨[⑧]。（同上）

---

① “咸”，《成都文类》卷三十六、《全蜀艺文志》卷三十八作“或”。

② “行精”，《成都文类》卷三十六作“用青”，《全蜀艺文志》卷三十八作“用清”。

③ “众”，《成都文类》卷三十六、《全蜀艺文志》卷三十八作“多”。“闻”，《成都文类》卷三十六、《全蜀艺文志》卷三十八作“问”。

④ “台”，《成都文类》卷三十六作“闱”。

⑤ “士”，《成都文类》卷三十六作“事”，《全蜀艺文志》卷三十八作“专”。

⑥ “永播坤方”下，《成都文类》卷三十六、《全蜀艺文志》卷三十八后有“长庆二年记”五字。

⑦ “泠泠”，《蜀中广记》卷六十一作“玲玲”。

⑧ “实播芳馨”下，《蜀中广记》卷六十一有“长庆二年六月也”七字。

平淮西碑

夫五兵之设，本以助文德而成教化，故圣人不专任之。其有桀骜暴邪，干纪作孽，道德不服，则兵以威之；文诰不谕，则兵以静之[①]，在禁暴除害而已。自黄帝尧舜，不能无诛，至汤武受命，武功浸盛，其本之以仁义，行之以吊伐。惟帝与王，率由兹道，于戏，创业之君，劳而后定，守文之主，安而忘战。故三代之衰，功在五伯，未有中叶之后，再安生灵，前古所无，归于圣代。我唐运之兴也，高祖、太宗以仁义之兵，除暴隋之乱，戎功祖武，百代丕承。玄宗尝亦内剪奸邪，外清夷狄，所以继文之代。协帝之明，既而祸起于微，乱生于理，由是髋髀之众，结固于两河，斤斧不用，绵历于五纪。肃宗代宗[②]，亲剪大憝，且务生育。德宗顺宗，观于天象，察于人事，以理运未至，沴气犹凝，运启升平，以俟后圣。惟我后握枢出震，端扆向明，考上元之心，思祖宗之意，扫涤区宇，光启帝图，不以万乘为尊，四海为富，遵大禹栉风之志，有光武乙夜之勤，以为景擒七国而汉民安[③]，成剪三监而周化洽，焉有患难未去，而德教可兴。日者李琳恃近狄之固，刘辟凭坤维之险，李锜保长江之冲，从史资太行之阻，四凶相挺，继为乱常，三数年间，尽膏铁锧。太尉茂昭以中山之地，尽室来朝，司空宏正以全魏之邦，举宗向阙，义风所激，莫不归心，况彭城从折简之召，横海展执珪之觐，向之谈虞虢之存亡[④]，议辅车之形势，莫不刳心断臂，继踵为忠，既而麟见于巴賨之间，河清于鄘卫之际，固本根之贶[⑤]，昭圣祚之符，廓清寰海，兆于此矣。而长淮右地，连山四起，控扼吴楚，密迩轘辕，有上帝濯龙之池，同冀方多马之国，戈鋋雪照，驵骏云屯，二姓三凶，凭阻作孽，岁在甲午，吴少诚积祸而毙，余殃聚于逆嗣，氛祲淮渍，我后方吊人省冤，垦灾除秽，犹命使者持节，往申宠赙，以昭柔服之义[⑥]，示含宏之仁。元济劫众拒境，滔天肆逆，剽叶县，烧舞阳，侵襄城，伊洛之间，骚然震恐，乃询廷议，咸愿假以墨绖，授以兵符，天子渊默以思，霆驰以断，独发宸虑，不询众谋。汉宣从屯田之议，晋武决平吴之计，至圣不惑，

---

① “静”，《唐文粹》卷五十九作“靖”。

② “肃宗代宗”，《唐文粹》卷五十九作“肃宗”。

③ “民”，《唐文粹》卷五十九作“氏”。

④ “之”，《唐文粹》卷五十九无“之”字。

⑤ “固本”，《唐文粹》卷五十九作“同本”。

⑥ “昭”，《唐文粹》卷五十九无“昭”。

群疑自消，于是会凫藻之师，得鹰扬之帅，以忠武军帅李光颜[①]。往者平朔边，靖庸蜀，双矛电激，孤剑飙驰，亦犹冯异之总军锋，子颜之将突骑，才气雄武，可扫欃枪，总魏博、河阳、郃阳凡三军，自临颍而前，以河阳军帅乌重允，当从史内訹邪谋[②]，外阻兵势，精诚奋发，密应王师，故得虏魏豹于军中，缚吕布于麾下，识虑中正，可革枭音，益以汝海之地。总朔方义成陕虢、剑南、西川、凤翔、延州、宁庆凡七军，由襄阳而进，宣武帅韩宏，请以子公武领精卒一万二千[③]，时集洄曲，栾书作帅，针为戎右，充国讨虏，卬统支军，是能从帅之命，成父之志。又以寿春守李文通，夙精戎韬，累习军旅，明于守备，可保金汤。总宣武、淮南、宣歙、浙西、徐泗凡五军，厄固始之险，以鄂岳都团练使李道古，以先曹王皋有任城之武。昔征凶渠，尝取安陆，授以戎柄，嗣其家声，乘五关之隘，以唐邓随帅李愬，温敏能断，静深有谋。昔赵孟慕成季之勋，复能霸晋，亚夫绍绛侯之武，亦克擒吴，想其英徽，必有以似，山南东道荆南凡两军，自文成而东，乃命御史中丞裴度，布挟纩之恩，奉如丝之命，以谕群帅，以抚舆师，且以古之会兵，必谋元帅，令归于一，势不欲分，命宣武军帅韩宏为诸道行营都统，假陆逊之钺，拜韩信之坛，指踪画奇正之机，发号申严凝之令，然后有司马之法，成节制之师。而寒暑再罹，贼巢未下，又命内掌枢密之臣梁守谦，肃将天威，尽获诸将，悬白日于千里，推赤心于万人，由是甘宁奋升城之勇，君文励击堰之志，焚上蔡以剪其翼，拔郾城以扼其吭，以轩后攻蚩尤之乱。殷宗伐鬼方之罪，周公诛淮夷之叛，虽以圣讨逆，皆三年后定，百辟之议，且谓久劳，将决其机，以安海内。复命丞相裴度，拥淮蔡之节[④]，抚将帅之臣，分邓禹之麾旆，盛窦宪之幕府，四牡业业，于藩于宣，先是光颜重允公武，戎旅同心，垒垣齐列，常蛇之势[⑤]，首尾相从。胡骑之雄，纷纭纵击，逐余孽如鸟雀，猎残寇似狐狸，干矛如林[⑥]，行次于洄曲。丞相之来也，群帅之志气逾厉，统制之号令益明，势如雷霆，功在漏刻。贼乃悉其精骑，以备洄曲之师，唐随帅李愬[⑦]，新总伤痍之军，稍厉奔北之气，城孤援绝，地逼势危，而能养貔虎之威，未尝矍视，屈鸷鸟之势，不使露形[⑧]，是以收文成栅而降吴秀琳，

---

① “忠武”，《唐文粹》卷五十九“忠武”作“中”。

② “訹”，《唐文粹》卷五十九作“诎”。

③ “二”，《唐文粹》卷五十九作“三”。

④ “拥”，《唐文粹》卷五十九作“持”。

⑤ “常”，《唐文粹》卷五十九作“长”。

⑥ “干”，《唐文粹》卷五十九作“于”。

⑦ “随”，《唐文粹》卷五十九作“隋”。

⑧ “露”，《唐文粹》卷五十九作“怒”。

下兴桥而擒李祐。祐果敢多略，众以留之，或谓蓄患，不利吾军，愬诚明在躬，秉信不挠，爰命释缚，授之亲兵，祐感慨之心，出于九死[①]，纵横之计，果效六奇。粤十月既望，阴凝雪飞，天地尽闭，愬乃遣其将史旻仇良辅留镇文城，备其侵轶，命李祐领突骑三千以为乡导，自领中权三千[②]，与监军使李诚义继进。又遣其将田进诚领马步三千以殿其后。郊云晦冥，寒可堕指，一夕卷旆，凌晨破关，铺敦淮渍，仍执丑虏。虽魏军得田畴为导，潜出卢龙，邓艾得田章先登，长驱绵竹，用奇制胜，与古为俦，四纪逋诛，一朝荡定，摅宗庙之宿愤，致黎庶之大安。周汉以还，莫斯为盛，帝命策勋，进宏为侍中，光颜重允并为司空，愬为左仆射，帅山南东道，公武加散骑常侍，节制鄜坊丹延，道古进御史大夫，文通加散骑常侍。王师获金爵之赏，环境蒙优复之恩，掩骼埋胔，除瑕宥罪，跻群生于寿域，还比户于可封[③]，东西南北，无思不服，丞相旋请来朝，后加金紫光禄大夫，封晋国公。乃眷淮渍，烝人生殖，俾择循吏，抚其疾伤，以宣慰副使刑部侍郎马总领淮蔡之任，天子议功云台，追美将帅，俾刻金石，以扬休勋，而百辟佥谋，群帅克让，推义士之志，敢贪天功，征贤臣之言，实在君德，于是搢绅之士，暨侯服之臣，上献鸿名，式昭徽册，然后光辉千古，声明百蛮，诏命掌文之臣文昌勒铭淮浦，庶乎阅周雅者，美宣王之中兴，观剑铭者，戒蜀川之恃险。铭曰：

天有肃杀，万物以成。雷风为令，霜霰为刑。君有武节，四海以宁。陈之原野，阻以甲兵。在昔圣王，格宁邦国。武以禁暴，刑以助德。牧除害马，农去蟊蠈。苟非戎功，孰静群慝。明明我后，神算精微。九重独运，千里不违。宵衣旰食，再安中宇。始剪朔漠，旋枭蜀虏。丹徒钬濞，白门缚布。服兹四罪，岂劳一旅。淮夷怙乱，四十余年。长蛇未剪，寰宇骚然。逮于孽童，逆志滔天。怀柔匪及，告谕罔悛。帝念生人，乃申薄伐。飞将鹰扬，前锋电发。斋坛命信，灵旗指越。我武惟扬，妖气未灭。集于洄曲，决战摧凶。豹略临晋，维留沓中。桓桓攘帅，奇谋成功[④]。浮罂暗渡，束马潜攻。合以长围，绝其飞走。布德灭妖[⑤]，升城获丑。商不改肆[⑥]，农安其亩。洄曲残兵，投戈束手。帝嘉群帅，赏不逾时。画社启封，珪组陆离。洎于蛮貊，服我英威。刻之金石，作戒淮夷。（同上）

① “九”，《唐文粹》卷五十九作“万”。

② “权”，《唐文粹》卷五十九作“军”。

③ “比”，《唐文粹》卷五十九作“北”。

④ “奇谋成功”，《唐文粹》卷五十九作“应变无穷”。

⑤ “灭”，《唐文粹》卷五十九作“弋”。

⑥ “商”，《唐文粹》卷五十九作“商”。

秋气帖

总不得书，何为如此。秋气稍冷，不知当如何也？有华消息，可报委曲，十四日报。《宝真斋法书赞》(《唐文拾遗》卷二六)

段成式

诗

观山灯献徐尚书并序[①]

尚书东苑公镇襄之三年，四维具举，而仍岁谷熟。及上元日，百姓请事山灯，以报穰祈祉也。时从事及上客从公登城南楼观之。初烁空焮谷，漫若朝炬，忽惊狂烧卷风，扑缘一峰，如尘烘旆色，如波残鲸鬣，如霞驳，如珊瑚露，如丹蛇岐离，如朱草丛丛，如芝之曲，如莲之擎，布字而疾抵电书，写塔而争同蜃构，亦天下一绝也。成式辞多嗤累，学未该悉，策山灯事，唯记陈后主宴光壁殿，遥咏山灯诗云："杂桂还如月，依柳更疑星。"辄成三首，以纪壮观。

风杪影凌乱，露轻光陆离。如霞散仙掌，似烧上峨嵋[②]。道树千花发，扶桑九日移。因山成众像，不复藉蟠螭。

涌出多宝塔，往来飞锡僧。分明三五月，传照百千灯。驯狖移高柱一作炷，庆云遮半层。夜深寒焰白[③]，犹自缀金绳[④]。

磊落风初定，轻明云乍妨。疏中摇月彩[⑤]，繁处杂星芒。火树枝柯密，烛龙鳞甲张。穷愁读书者，应得假余光。(《全唐诗》卷五八四)

---

① "并序",《岁时杂咏》卷七作"二首并序"，实为三首。

② "峨嵋",《岁时杂咏》卷七作"蛾眉"。

③ "焰",《岁时杂咏》卷七作"夜"。

④ "绳",《岁时杂咏》卷一作"渑"。

⑤ "月",《岁时杂咏》卷一作"日"。

和徐商贺卢员外赐绯[1] 作和徐相公贺襄阳徐副使加章服

云雨轩悬莺语新，一篇佳句占阳春。银黄年少偏欺酒，金紫风流不让人。连璧座中斜日满，贯珠歌里落花频。莫辞倒载吟归去[2]，看欲东山又吐茵。（同上）

河出荣光[3]

符命自陶唐，吾君应会昌。千年清德水，九折满荣光。极岸浮佳气，微波照夕阳。澄辉明贝阙，散彩入龙堂。近带关云紫，遥连日道黄。冯夷矜海若，汉武贵宣房。渐没孤槎影，仍呈一苇航[4]。抚躬悲未济，作颂喜时康。（同上）

哭李群玉

曾话黄陵事，今为白日催。老无儿女累[5]，谁哭到泉台。（同上）

寄温飞卿笺纸

予在九江造云蓝纸，既乏左伯之法，全无张永之功，辄送五十板。[6]

---

① “和徐商贺卢员外赐绯”，《石仓历代诗选》卷一百二十一作“贺卢员外赐绯”。

② “载”，《石仓历代诗选》卷一百二十一、《定佩文斋咏物诗选》卷一百六十一作“戴”。

③ “河出荣光”，《文苑英华》卷一百八十三、《唐诗品汇》卷八十一列此诗为无名氏之作，《古俪府》卷二将其置于张良器之下，《御定佩文斋咏物诗选》卷十七则将其置于朱延龄之下。

④ “航”，《文苑英华》卷一百八十三、《唐诗品汇》卷八十一、《古俪府》卷二、《御定佩文斋咏物诗选》卷十七作“杭”。

⑤ “儿”，《云溪友议》卷中、《类说》卷四十一、《唐才子传》卷六作“男”。

⑥ “予在九江造云蓝纸，既乏左伯之法，全无张永之功，辄送五十板”，《文房四谱》卷四作“一日辱飞卿九寸小纸，两行亲书，云要采笺十番，录少诗为。予有杂笺数角，多抽拣与人，既玩之轻明，复用殊麻滑。尚愧大庾所得，犹至四百枚，岂及右军不节，尽付九万幅。因知碧云棋上，重翻懊恼之辞，红叶沟中，更拟相思之曲。固应桑根作本，藤角为封，古拙不重蔡侯，新样偏饶桓氏。何啻奔墨驰骋，有贵长帘，下笔纵横，偏求侧理。所恨无色如鸭卵，状如马肝，称写《璇玑》，且题裂帛者。予在九江，出意造云蓝纸。既乏左伯之法，全无张永之功。辄分五十枚，并绝句一首，或得闲中暂当药饵也”。

三十六鳞充使时，数番犹得裹相思[①]。待将袍袄重抄了，尽写襄阳播掿一作掘拓词。（同上）

题石泉兰若

矗竹为篱松作门，石楠阴底藉芳荪。方袍近日少平叔，注得逍遥无处论。（同上）

怯酒赠周繇[②]一作答周为宪看牡丹

大白东西飞正狂，新刍石冻杂梅香。诗中反语常回避，尤怯花前唤索郎[③]。（同上）

牛尊师宅看牡丹

洞里仙春日更长，翠丛风剪紫霞芳。若为萧史通家客，情愿扛壶入醉乡。（同上）

观棋一作温庭筠诗

闲对弈楸倾一壶，黄羊枰上几成都。他时谒帝铜池晓一作晚，便赌宣城太守无。（同上）

题僧壁一本下有和韦蟾三字

有僧支颊捻眉毫，起就夕阳磨剃刀。到此既知闲最一作处乐[④]，俗心何啻九牛毛。（同上）

哭房处士

独上黄坛几度盟，印开龙渥喜丹成。岂同叔夜终无分，空向人间著养生。（同上）

① “裹”，《记纂渊海》卷八十二作“寄”。

② “怯酒赠周繇”，《万首唐人绝句》卷四十四、《石仓历代诗选》卷一百二十三作“怯酒”。

③ “尤”，《万首唐人绝句》卷四十四、《石仓历代诗选》卷一百二十三作“犹”。

④ “最”，《唐诗纪事》卷五十八作“处”。

呈轮上人

虎到前头心不惊，残阳择虱懒逢迎。东林水石未胜此，要假远公方有名。（同上）

题谷隐兰若三首

风惹闲云半谷阴，岩西隐者醉相寻。草衰乍觉径增险，叶尽却疑溪不深。
鸟啄灵雏恋落晖，村情山趣顿忘机。丹成道士过门数，叶尽寒猿下岭稀。
风带巢熊拗树声，老僧相引入云行。半陂新路畲才了，一谷寒烟烧不成。（同上）

不赴光风亭夜饮赠周繇

屏开屈膝见吴娃，蛮蜡同心四照花。姹女不愁难管领，斩新铅里得黄牙。（同上）

嘲元中丞一作襄阳中堂赏花为宪与妓人戏语嘲之

莺里花前选孟光，东山逋客酒初狂。素娥毕竟难防备，烧得河车莫遣尝。（同上）

寄一作与周繇一作为宪求人参

少赋令才犹强作，众医多识不能呼。九茎仙草真难得，五叶灵根许惠无。（同上）

嘲飞卿七首

曾见当垆一个人，入时装束好腰身。少年花蒂多芳思，只向诗中写取真。
醉袂几侵鱼子缬，飘缨长罥凤皇钗。知君欲作闲情赋，应愿将身作锦鞋。
翠蝶密偎金叉一作七首，青虫危泊玉钗梁。愁生半额不开靥，只为多情团扇郎。
柳烟梅雪隐青楼，残日黄鹂语未休。见说自能裁衵腹，不知谁更著帩头。
愁机懒织同心苣，闷绣先描连理枝。多少风流词句里，愁中空咏早环诗。
燕支山色重能轻，南阳水泽斗分明。不烦射雉先张翳，自有琴中威凤声。
半岁愁中镜似荷，牵环撩鬓却须磨。花前不复抱瓶渴，月底还应琢刺歌。（同上）

柔卿解籍戏呈飞卿三首

长担犊车初入门，金牙新酝盈深樽。良人为渍木瓜粉，遮却红腮交午痕。
最宜全幅碧鲛绡，自㡚春罗等舞腰。未有长钱求邺锦，且令裁取一团娇。
出意挑鬟一尺长，金为钿鸟簇钗梁。郁金种得花茸细，添入春衫领里香。（同上）

戏高侍御七首

百媚城中一个人，紫罗垂手见精神。青琴仙子长教示，自小来来号阿真。
七尺发犹三角梳，玳牛独驾长檐车。曾城自有三青鸟，不要莲东双鲤鱼。
花恨红腰一作腮柳妒眉，东邻墙短不曾窥。犹怜最小分瓜日，奈许迎春得藕时。
自等腰身尺六强，两重危鬓尽钗长。欲熏罗荐嫌龙脑，须为寻求石叶香。
别起青楼作几层，斜阳幔卷鹿卢绳[①]。厌裁鱼子深红缬，泥觅蜻蜓浅碧绫。
诈嫌嚼贝磨衣钝，私带男钱压鬓低。不独邯郸新嫁女，四枝鬟上插通犀。
可羡罗敷自有夫，愁中漫捋白髭须。豹钱骢子能擎举，兼著连乾许换无。（同上）

送僧二首

形神不灭论初成，爱马乘闲入帝京。四十三年虚过了，方知僧里有唐生。
想到头陀最上方，桂阴犹认惠宗房。因行恋烧归来晚，窗下犹残一字香。（同上）

猿

却忆书斋值晚晴，挽枝闲啸激蝉清。影沉巴峡夜岩色，踪绝石塘寒濑声。（同上）

送穆郎中赴阙

应念愁中恨索居，鹂歌声里且踟蹰。若逢金马门前客，为说虞卿久著书。（同上）

---

① “幔”，《万首唐人绝句》卷四十四作“慢”。

题商山庙

偶出云泉谒礼闱，篇章曾沐汉皇知。无谋静国东归去，羞过商山四老祠。（同上）

折杨柳七首

枝枝交影锁长门，嫩色曾沾雨露恩。凤辇不来春欲尽，空留莺语到黄昏。此篇一作王贞白诗。

水殿年年占早芳，柔条偏惹御炉香。而今万乘多巡狩，辇路无阴绿草长。此篇一作王贞白诗。

玉楼烟薄不胜芳，金屋寒轻翠带长。公子骅骝往何处，绿阴堪系紫游缰。

嫩叶初齐不耐寒，风和时拂玉栏干。君王去日曾攀折，泣雨伤春翠黛残。此篇一作王贞白诗。

微黄才绽未成阴，绣户珠帘相映深。长恨早梅无赖极，先将春色出前林。

隋家堤上已成尘，汉将营边不复春。只向江南并塞北，酒旗相伴惹行人。

陌上河边千万枝，怕寒愁雨尽低垂。黄金穟短人多折，已恨东风不展眉。（同上）

哭李群玉

酒里诗中三十年，纵横唐突世喧喧，明时不作祢衡死，傲尽公卿归九泉。（同上）

汉宫词二首

歌舞初承恩宠时，六宫学妾画蛾眉。君王厌世妾头白，闻唱歌声却泪垂。

二八能歌得进名，人言选入便光荣。岂知妃后多娇妒，不许君前唱一声。（同上）

醉中吟

只爱糟床滴滴声，长愁声绝又醒醒。人间荣辱不常定，唯有南山依旧青。（同上）

桃源僧舍看花①

前年帝里探春时，寺寺名花我尽知。今日长安已灰烬，忍能南国对芳枝。（同上）

和周繇见嘲一作和周为宪广阳公宴见嘲诗并序

近者初开金埒，大敞红筵，骑历块而风生，鼓掺挝而雷发。成式未曾盘马，徒效执鞭，喜过君子之营，徒接将军之第，款段辞退，因得坐观。是时满目铅黄，逆鼻兰麝，晚薪余论，恨织素而不怜；斜柯新知，叹因针而难假。化符端公，妾换名马；赋辟长门，莫逆赏心；形于善谑，为宪老舅；吟飘白雪，思效碧云；六韵传观，不得落地；铿如佩玉，粲若列星。僦眼讵贵于千金，贷心只劳于一句。辄鸣瓦缶，方应金铙，拗辅宜哈，足代谐笑。

才甘鱼目并，艺怯马蹄间。王谢初飞盖，姬姜尽下山。缚鸡方一作难角逐，射雉岂开颜。乱翠移林色，狂红照座殷。防梭齿虽在，乞帽鬓惭斑。傥恕相如瘦，应容累骑还。（同上）

和张希复咏宣律和尚袈裟

南山披时寒夜中，一角不动毗岚风。何人见此生惭愧，断续犹应护得龙。（同上）

句

高谈敬风鉴，古貌怯冰棱。以下见《海录碎事》。

虱暴妨归梦，虫喧彻曙更。梦里思甘露，言中惜惠灯。新破毗昙义，相期卜夜论。梦得句云云，因续成十韵。随樵劫猿藏，隈石觑熊缘。隐山书事，见《襄阳志》。捽胡云彩落，疻面月痕消。光风亭夜宴，妓有醉殴者。掷履仙凫起，扯衣蝴蝶飘。羞中含薄怒，颦里带余娇。醒后犹攘臂，归时更折腰。狂夫自缨绝，眉势倩人描。题同上，见《纪事》。不愿石郎戴笠，难甘玉女披衣。苦雨。（同上）

---

① “桃源僧舍看花”，《全唐诗》卷八百五十作“看天王院牡丹”。

闲中好

闲中好，尘务不萦心。坐对当窗木，看移三面阴。(《全唐诗》卷八九一)

文

寄余知古秀才散卓笔十管软健笔十管书

窃以《孝经》援神契，夫子播之拜北极。《尚书》中候，周公授之以出元图。其后仲将稍精，右军益妙，张芝遗法，庾氏新规。其毫则景都愈于中山，麝柔劣于羊劲。或得悬蒸之要，或传痛颉之方。起自蒙恬，盖臻其妙。不惟元首黄琯之制，含丹缠素之华，软健备于一床，雕镂工于二管而已。跗则大白麦穗，临贺石班。格为仙掌之形，架作莲花之状。限书一万字，应贵鹿毛；书纸四十枚，讵兼人发。前寄笔出自新铨，散卓尤精。能用青毫之长，似学铁头之短。况虎仆久绝，桐烛难成。鹰固无惭，兔或增惧。足使王朗遽阁，君苗欲焚。户牖门墙，足备其阙也。(《全唐文》卷七百八十七)

寄温飞卿葫芦管笔往复书

桐乡往还，见遗葫芦笔管，辄分一枚寄上。下走困于守拙，不能大用。濩落之实，有同于惠施；平原之种，本惭于屈毂。然雨思茶器，愁想酒杯。嫌苦菜而不吟，持长柄而为赠。未曾安笔，却省岁书。八月断来，固是佳者。方知绿沉赤管，过于浅俗。求大白麦穗，获临贺石班，盖可为副也。飞卿穷素缃之业，擅雄伯之名。沿溯九流，订铨百氏。笔洒沥而转润，纸襞绩而不供。或助操弹，且非玩好。便望审安承墨，细度覆毫，勿令仲宣等闲中咏也。成式状。(同上)

与温飞卿书八首

近集仙旧吏献墨二挺，谨分一挺送上。虽名殊九子，状异二螺，如虎掌者非佳，似兔支者差胜。不思吴兴道士，勿遇因取上章。越王神女，得之遂能注《易》。但所恨鸡山松节，绝已多时，上谷榭头，求之未获也。成式述作中踬，草隶非工。惟兹白事，足以驱策。讵可供成冢之砚，夺如椽之笔乎！

昨献小墨，殆不任用。借枨之力，殊未坚刚。和彝之余，固非精好。既非怀化所得，岂是筑阳可求。况某从来政能，惭伯祖之市果。自少学业，愧稚川之代薪。飞卿掔肘功深，淬掌□倦。齐奋五笔，捷发百函。愁中复解元嘲，病里犹屠墨守。□□□□□□□□□□承讯忻怿兼襟，莫测诐辞，难知古训。行当只谒，条访阙疑。

昨更拾□□□□之余，自谓无遗策矣。但愧井蛙尚犹自恃，醯鸡未知大全。忽奉毫白，复新耳目。重耳□彻□□□生惭张奂致□研味难尽。讵同王远术士，题字入木。班孟仙人，喷墨竟纸。虽赵壹非草，□□□□□□□□□□□□□□□□肝胆将破，翰答已疲。有力负之，更迟承问。

赫日初升，白汗四匝。愁议墨阳之地，懒窥兼爱之书。次复八行，盈襞交互。访伏牛之夜骨，岂望登真。迷艮兽之沈脂，虚成委任。更得四供晋寝，五入汉陵。隐侯辞着于麝胶，葛元术成于鱼吐。宁止千松政染，三丸可和。僧虔独擅之才，周禺自谓无愧而已。支策长望，梯几熟观。方困九攻，徒荣十部。齐师其遁，讵知脱扃。

蓝染未青，元嘲转白。责羝羊以求乳，耨石田而望苗。殆将□肠，岂止憎貌。犹记烟磨青石，黛渍□书。施根易思，号介难晓。苏秦同志佣力，有而可题。王隐南游著书，无而谁给。今则石流琅砚，光滴彩毫。腹笥未减，初不停缀。疲兵怯战，惟愿竖降。

飞卿博穷奥典，敏给芳词。吐水千瓶，有才一石。成式寸纸寒暑，素所不闲，一卷篇题，从来盖寡。窃以墨事故有，巾箱先无。可谓附骐骥而虽疲，遵绳墨而不跌者。忽记郯西古井，更欲探寻。虢略镂盘，谁当仿效。况又剧间可答，但愧于子安。一见之赐，敢同于到恽乎。阵崩鹤唳，歌怯鸡鸣。复将晨压我军，望之如墨也。岂胜□居慑处之至。

韫椟遍寻，缄簕穷索。思安世箧内，搜伯喈帐中。更睹沈家令之谢笺，思生松黛。杨师道之佳句，才发暖华。抑又时方得贤，地不爱宝。定知灾祥不两，谁识穹昊所无。还介方酬，郁仪未晲。羽驿沓集，笔路载驰。岂知石室之书，能迷中散。麻襦之语，独辨光和。底滞之时，征引多误。殚笔搦纸，惭怯倍增。

问义不休，揽笔即作，何啻悬鼓得槌也。小生方更陪鲲，尚自举尾。更搜屋犬，得复刀圭。因记风人辞中，将书乌皂。长歌行里，谓出松烟。供椒掖量用百丸，给兰台率以六石。棠梨所染，滋润多方。黎勒共和，周遮无法。傅元称为正色，岂虚言欤！飞卿笔阵堂堂，舌端衮衮。一盟城下，甘作附庸。（同上）

诺皋记序

夫度朔司刑，可以知其情状。葆登掌祀，将以著于感通。有生尽幻，游魂为变。乃圣人定璇玑之式，立巫祝之官。考乎十辉之祥，正乎九黎之乱。当有道之日，鬼不伤人。在观德之时，神无乏主。若列生言灶下之驹掇，庄生言户内之雷霆。楚庄争随兕而祸移，齐桓睹委蛇而病愈。征祥变化，无日无之，在乎不伤人不乏主而已。成式因览历代怪书，偶疏所记，题曰《诺皋记》。街谈鄙俚，舆言风波，不足以辨九鼎之象，广七车之对。然游息之暇，足为观览一作鼓吹。云耳。（同上）

塑像记

在世间攘巨寇，必思衽金浴铁强矫雄毅者，虽空门亦忿怒麈扑，为法大防也。据内典，下天处苏迷卢之半，为忉利尉候北方毗沙门统药义众所治，水精宫城护世，其住处曰纷陀利，曰质多罗，曰七林，曰摩偷，曰如意等。下压象迹，当欢喜之地；上接蜂歌，杂庄严之境。常憍尸迦将破怨敌圣者，夺勇健臂，出甲胄林，独揭胜幢，不顿一戟。暂迦娄而垂翅，挨修罗而束手。犹怒折莲柄，狂搜藕丝。盖多闻位居初地，离十二失，故经云：毗沙门得方便救护之门。昔缚喝伽蓝北虏，感梦而忏悔；近于阗聚落西羌，睹相而来降。其威神营卫，肹蚼灵应，事无虚译，世不绝书。相传北方天王与瞻部有缘，谓西域瞿萨国，本天王栖神之处也。

庐陵龙兴寺西北隅，先有设色遗像，武宗五年毁废。至大中初重建寺，其处为僧乾立所居。乾每谄呓不安，旬日方晤。遽徙他室，昉誓造化方变，请押衙熊略为导首。辂遂与执白筹者郭宣熊师佐等纵臾闾伍，为说第一施，结增上缘。获零憏货贝共二十万，辂厚自损彻，周岁功就。乃多闻仪形，严毅如生。眉结云聚，目棱电击，猛焰彗肩，蚑蜂抢轩。金涂错落而磷乱，形彩陆离而芒角，得工巧明矣。其或夔魖蛊猘觋，是不翅击三尸磔五冢也。及素天女主藏神凡四四事。堂内三壁，写载部落。雷公拗怒，忖留恶觑，吁可畏也。吉之人香火徼福，林篿乞灵，福既据我，灵讵乏主。噫！予曾阅《正法念经》，说摩醯陀山六斋日四天于此，会计阎浮提善业，岂容不归敬与。

辂为学性端介敏辩，王公多伏之。复晤禅那宗要，得总持契诀，常持北方真言。大中三年病且死，忽梦天王操戟卓地，有泉迸射，抟之及面。因惊觉，汗洽而愈。十二年，洪州狂贼盗兵杀吏，寻定州差辂上府，至新涂，梦天王文塑张目曰:“世途若此，尔欲何往？”即宿留数日。贼毛鹤果脍肝饮头，尤恣残酷，

其践较著如是。十三年秋，予闲居汉上，辂为交趾使入京，请予纪释氏事。以上事请予明张北方，故实焉。（同上）

好道庙记

大凡非境之望，及吏无著绩，冒配于社，皆曰淫祠。然肸蚼感通，无方不测。神有所胪，鬼有所归。苟不乏主，亦不为厉。或降而观祸，格而飨德。能为云雷，诛殛奸凶。俾苗之硕，俾货之阜。绁魃籍虎，磔蝮与蛊。可以尸祝者，何必著诸祀典乎？缙云郡之东南十五里，抵古祠曰好道。询于旧云：置自后周，莫详年月。好溪本曰恶溪，时有陈氏子失名，尝任永嘉长史。秩满北归，卒于溪阴。意乎骨青独勇，目紫方视。负垂冠之一敌，耻结绶于千石。赍志就木，竟不呼医。岂泰山伍伯，敦道而行；昊天藏吏，请告而返。何魂不敛于秋柏，气不散于焄蒿。若伯有见怪，据传巫语，是时陆擅蛇虎，水制蛟螭。道茀路绝，一境相恐。吏民始为建庙。木人长史，徒俨衣冠。桐郎诸侯，未加印绶。州内昉定，畏涂坦夷，安流涟漪。遂名溪曰好溪，路曰好道。里人因以署庙焉。计其岁月，逾六甲子矣。

庙据水之阳，有堂一区。连甍四注，庭幅甚褊。图像偶像，观怪多骇。缯罩旋风，楮钱流苏。马窃衔而欲蹀，犬摇镈而欲嗾。神状凭怒，帻而褒衣。詟伏寇厉，政在阿堵。其匡床古媛，盖南帝女郎也。萱支纺绩，狎十巫之语言；甘罗伯求，遵五路以巡逻。阖境毕事，咸若户到。致敬不渎，徼福有征。岂同度朔地衰，蒋山灵歇。予大中九年到郡，越月方谒。至十年夏旱，悬祭沈祀。毒泉亹石，初无一应。始斋沐诣神，以诚附篿，一掷而吉。其日远峰殷雷，犯电焮云。半夜连震，大雨如瀑。自一更至二更，中如散丝，迟明稍止。沟塍涌汛，斥卤沉淖，信宿又作。梓潼之祠纳著，王门之庙输礳。事岂虚传欤！以后涉旬不雨，田无荫者。复惧，再命大将郑达一杯直祝，来日雨一时，阴一夕，田苗斗长，其长隐隐。稻巨葆，禾长稠，菽多旋，麻疏节。农夫大庆，乃撰日而祭焉。标二牲首，杳列方丈。参乎舍稌捐黍，彻犬以鱼。干松阳之鲞，映石亭之鲤。蟹螯蛪额，备海错之珍;三菁七菹，殚陆毛之品。酹泥九酝，沥溜十浆。伐鼓交符，笙竽狂会。巫忽嚏云，神大喜，因效神轩渠焉。手又为迎神曲，著辞七章，俾优巫踏之。

予学儒外，游心释老，每远神订鬼，初无所信。常希命不付于管辂，性不劳于郭璞。至于夷坚异说，阴阳怪书，一览辄弃。自临此郡，郡人尚鬼，病不呼医，或拜馌播间，火焚楮镪，故病患率以钓为名，有天钓、树钓、檐钓，所治曰吹、曰方，其病多已。予晓之不回，抑知元规忘解牛，太真因毁犀，悉能为祸，前史所著。以好道州人所向，不得不为百姓降志枉尺，非矫举以媚神也。因肆笔直书，用酬神之不予欺。大中岁在景子季秋中丁日建。（同上）

寺塔记

武宗癸亥三年夏，予与张君希复善继同官秘书，郑君符梦复连职仙署。会暇日，游大兴善寺，因问《两京新记》及《游目记》，多所遗略。乃约一旬寻两街寺，以街东兴善为首。二记所不具，则别录之。游及慈恩，初知官将并寺，僧众草草，乃泛问一二上人，及记塔下画迹，游于此遂绝。后三年，予职于京洛，及刺安成，至大中七年归京，在外六甲子。所留书籍，揃坏居半，于故简中睹与二亡友游寺，沥血泪交，当时造适乐事，邈不可追。复方刊整，才足续穿蠹。然十亡五六矣。次成两卷，传诸释子。（同上）

送穷文

予大中八年作《留穷辞》，词人谓予辞反之胜也。至十三年客汉上，复作《送穷祝》。是年正之晦，童稚戏为送穷船。判筒而槽，比箨而闾。细枲缠幅楮，饰木偶。家督被酒，请禳穷，将酹地歌舞，予谓穷曰：予送非馋憏历戚，循阴索隙，肯荦瀹饼，直脰涎沥者。非寒哭蔟磷，败衣网身，恶觑墙间，冷啸凄辛者。非吓觋嗾巫，欺痴娆衰，炽薮潴泉，扰押狐狸者。噫！有才歉升窄，腠肠唠咯，几童其笔，燥心汗滴，以是而殁者去些。有开卷数幅，窒心妨目，袭经攻史，方寸日戚，以是而殁者去些。有议古酌今，左凌右侵，麄垤酒涔，短浅不禁，以是而殁者去些。（同上）

毁

古之非人也，张口沫舌，指数于众人，人得而防之。今之非人也，有张其所违，嚬蹙而忧之，人不得而防也，岂雕刻机杼有淫巧乎？言非有乎。（同上）

寂照和尚碑

释氏徒毗尼者，虽不辙乎意地，而形骸之外，是钉是辐。火宅熇赫，羊鹿效驾，亦各也，视中夏圣人，刑自墨数三千，或由性戾，将墨而之赎金也，将赎而之画衣惭惧也。以至蹙刍视袷，未尝犯者。信生于手，乡可约束，至颜氏子也。西方圣人设戒二百五十，俾堤限身口，径出生死，今言法者彀喉舌镝铠其人。我性镘戾垢，不常澡雪，近非延樊，或不能孕业人天也。言禅者失之理圯，渐磴一念五位不及能者，吾见其为泥人，若射箭也。至乎畛生死之流，阑身口之岐，其在毗尼乎。国初有宣声乎毗尼，寂寂然将二百年，有照公嗣焉。

大德号寂照，字法广，族庞氏，京兆兴平人。父诠，灌钟府折冲镇于咸阳马跑泉精祠；母窦氏，尝梦礼掌塔，既而有娠，不嗜荤腴。及产，吮而不啼，敏而始谁。窦氏日滋善种，福塍颖硕，请介处不馌，其夫许之。块然若居士之室，太常之斋也。虽蚖口于床，将蠚不触。遂同谒总持寺积禅师，始具五戒，大德隶执箑。年昉七岁，宇泰定者，仡如颠白。积公异之。父即留为童，俾勤汲炀，不难辞别。初读《法华经》，五行俱下。次授《维摩经》《俱舍论》，未终热际腹三百幅。众号神童，遂毁发焉。如匠之度木，中若蠹蝎，心入震火，叩之其声虚嘶，为桴则速腐，不能久持大厦。故鼓地之桐，大士之种也；涧梓之腹，大士之声也；荆氏之林，大士之用也。而猊弦号种，一鼓殷然。

大历十四年，西明寺遇方等坛试得度，隶于慈悲寺。初肄《四分》，勤不交睫。即开讲于海觉寺，著名两街。后弋志于《涅槃经》《起信论》。功汰六尘，理混四生。坏堤瀵激，宗流于性。或有墨守慢堞，利喙三尺，一被偈答，暗革埏范，固毗耶比邱不足以解疑悔也。贞元六年，诏启无优王寺舍利，因游凤翔。檀律学者从而响臻。大德规规不怠，处众如表，影惟直矣。或珥多罗叶者，钵蒲萄蔓者，不病面而鉴壁者，染瓜而半月形者，志惭由右门而出也。

十年春，将夏于清凉山。清凉山曼殊大士是司鳞长，游之不诚，必有疾雷烈风。大德胝趼膜拜，终日不息。见若白构而梁，木散而缸，虡乳剽于霓末，戟网梅于曦表。其光大而绠直，细而萤滴，诡状云互，瞥影电煺。千变万化，不可穷极。居山雪首者惊曰：“自有此山，未有此相。”由大德行洁诚著也。因屦及蔚州，入到此山。险如楞伽，势如乔陟。梗桧骈植，衢柯四布。夏籁所及，百俊苔色。其下楬车夜千，锦挛芊芊。相传云普贤地也。大德望麓一礼，五云触石。越一年，之太白。复宾于虢，止发会福庆寺。往来于渭滨鄜坞间。十余年后，教授陇州。稠林槎桥，魔界日蹩。时昭义刘公邕在普润，息女出家，请大德具戒焉。

元和初，釁钟创钜，戚难跂及。至三年，于咸阳魏店立尊胜幢，祈褫法界也。其年功德使请住安国寺，寻移圣容院。俾二望僧主之，锡二时服，各隶七人，大德一数也。自长庆中、宝历末、太和初，皆驾幸安国寺，大德导于前跸，仪容偈答，不隔旈纩。因诏入内，夏于神龙寺。太和二年，来延唐寺。数乎菩提，恻乎禅郙。洎七年冬季，上弦而疾，下弦而病。将化之夕，异香满风，体可折支。其月阇维于寺北原。僧年七十六，僧夏五十七。置幢于积祖师塔院。门人神晏、启初纪日于幢，其词蔚然矣。门人律大德智文其行唯肖，门人契元驾说者也。大德设臬元构，心迹规矩，若日出于汤谷，至于昆吾，是谓正中。其徒化之，宾宾然不差净触。噫！大德之去，佛日虞泉矣。门人兴善寺实相上人，恶俗决肒，顅处尘外，嗣师之志。以成式腹笥三藏，请词其德。铭曰：

汗汗元流，导于港沟。觉路坦夷，羭麋其锁。燧明厚夜，业白东晷。由之不懈，二乘其轵。惟宣斯述，惟寂斯绍。伛盭樛枉，影直其表。性苦擢筠，貌寒耸冰。珠数绝贯，衣持坏塍。志完海囊，为正法朋。堤防意地，林猿不腾。薝卜惟嗅，多罗不断。鸣痴翼慧，无明破卵。烬其业苐，弦厥乘缓。驶绝中流，平沤抉潬。一雨濯枝，岚飙鼓翰。偈古云碧，庭秋桂丹。群木绳方，众景圭端。资粮跰跣，长途仅半。翛然而往，慧曦晼晚。卯树螬实，柰萎霜苑。甚垢斯泞，众缚斯茧。觉源昉醮，大宅灾烨。迪豪讵昏，品莲讵凋。行著高石，劫穷不消。（同上）

韦斌传

韦斌虽生于贵门，而性颇厚质。然其地望素高，冠冕特盛。虽门风稍奢，而斌立朝侃侃，容止尊严，有大臣之体。每会朝，未尝与同列笑语。旧制，群臣立殿庭，既而遇雨雪，亦不移步于廊下。忽一旦，密雪骤降，自三事以下，莫不振其簪裾，或更共立位，独斌意色益恭，俄雪甚至膝。朝既罢，斌于雪中拔身而去，见之者咸叹重焉。斌兄陟，早以文学识度著名于时，善属文，攻草隶书。出入清显，践历崇贵，自以门地才华，坐取卿相。而接物简傲，未尝与人款曲。衣服车马，犹尚奢侈，侍儿阉竖，左右常数十人。或隐凡揞颐，竟日懒为一言。其子馔羞犹为精洁，仍以乌羽择米，每食毕，视厨中所委弃，不啻万钱之直。若宴于公卿，虽水陆具陈，曾不下筯。每令侍婢主尺牌往来复章奏，常自札受意而已，词旨重轻，正合陟意，而书体遒利，皆有楷法。陟唯署名，尝自谓所书陟字，如五朵云，当时人多仿效，谓之郇公五云体。尝以五彩纸为缄题，其侈纵自奉，皆此类也。然家法整肃，其子允，课习经史，日加诲督，夜分犹使人视之。若允习读不辍，旦夕问安，颜色必悦；若稍怠惰，即遽使人止之，令立于堂下，或弥旬不与语。陟虽家僮数千人，应门宾客，必遣允为之，寒暑未尝辍也，颇为当时称之。然陟竟以简倨恃才，为持权者所忌。（同上）

金刚经鸠异序

贞元十七年，先君自荆入蜀，应韦南康辟命。洎韦之暮年，为贼辟谗构，遂摄尉灵池县。韦寻薨，贼辟知留后。先君旧与辟不合，闻之，连夜离县。至城东门，辟寻有帖，不令诸县官离县。其夕阴风，及返，出郭二里，见火两炬夹道，百步为导。初意县吏迎候，且怪其不前，高下远近不差，欲及县郭方灭。及问县吏，尚未知府帖也。时先君念《金刚经》。已五六年，数无虚日，信乎至诚必感，有感必应，向之导火，乃经所著迹也。后辟逆节渐露，诏以袁公滋为节度使。成式再从叔少从军，知左营事，惧及祸，与监军定计，以蜡丸帛书通谋于袁。事旋发，悉为鱼肉，贼谓先君知其谋。于一时先君念经夜久，不觉因寐，门户悉闭。忽觉，闻开户而入，言“不畏者”再三。若物投案，嚗然有声。惊起之际，音犹在耳，顾视左右，吏仆皆睡。俾烛桦四索，初无所见，向之关扃，已开辟矣。先君受持此经十余万遍，征应事孔著。成式近观晋宋已来，时人咸著传记，彰明其事。又先命受持讲解有唐已来《金刚经灵验记》三卷，成式当奉先命受持讲解。太和二年，于扬州僧栖简处听《平消御注》一遍。六年，于荆州僧靖奢处听《大云疏》一遍。开成元年，于上都怀楚法师处听《青龙疏》一遍。复日念书写，犹希传照罔极，尽形流通，摭拾遗逸，以备阙佛事，号《金刚经鸠异》。（《全唐文拾遗》卷三《酉阳杂俎》）

连珠

窃以铜街丽人，恨尘泥之将隔；石室素女，怨仙侣之易分。因知三鸟孤鸾，从来要匹；金鸡玉鹄，不愿成群。

名比大乔，怨佳期之未卜；居连小市，恨的信之可移。因知愁逼夜长，斜汉回时脉脉；寒侵梦浅，行云去以迟迟。（湘烟录）

酉阳杂俎

酉阳杂俎序[①]

唐太常少卿段成式撰

夫易象一车之言，近于怪也；诗人南箕之奥，近乎戏也。固服缝掖者，肆笔之余，及怪及戏，无侵于儒。无若诗书之味太羹[②]，史为折俎，子为醯醢也。炙鸮羞鳖，岂容下箸乎？固役而不耻者，抑志怪小说之书也。成式学落词蔓，未尝覃思，无崔骃真龙之叹[③]，有孔璋画虎之讥。饱食之暇，偶录记忆，号《酉阳杂俎》，凡三十篇，为二十卷，不以此闲录味也。

唐段少卿酉阳杂俎前集卷之一

唐太常少卿临淄柯古段成式撰

忠志

高祖少神勇，隋末，尝以十二人破草贼号无端儿数万。又龙门战，尽一房箭，中八十人。

太宗虬须，尝戏张弓挂矢，好用四羽大笴，长常箭一扶[④]，射洞门阖。

上尝观渔于西宫，见鱼跃焉，问其故，渔者曰："此当乳也。"于是中网而止。[⑤]

骨利干国献马百匹，十匹尤骏，上为制名。决波騟者，近后足有距，走历门三限不踬，上尤惜之。隋内库有交臂玉猿，二臂相贯如连环，将表其辔。上

① "酉阳杂俎序"，四库本作"酉阳杂俎自序"。

② "太"原作"大"，据四库本改。

③ "骃"原作"骃"，据四库本改。

④ "扶"，稗海本作"肤"。

⑤ 此条稗海本与上条相接，未单独成条。

后尝骑与侍臣游，恶其饰，以鞭击碎之。一曰文皇御制十骏名。[①]

贞观中，忽有白鹊构巢于寝殿前槐树上。其巢合欢如腰鼓，左右拜舞称贺。上曰:“我尝笑隋炀帝好祥瑞，瑞在得贤，此何足贺！”乃命毁其巢，鹊放于野外。

高宗初扶床，将戏弄笔，左右试置纸于前，乃乱画满纸，角边画处成草书“敕”字，太宗遽令焚之，不许传外。

则天初诞之夕，雌雉皆雊。右手中指有黑毫，左旋如黑子，引之长尺余。

骆宾王为徐敬业作檄，极疏大周过恶。则天览及“蛾眉不肯让人”“狐媚偏能惑主”，微笑而已，至“一抔之土未干，六尺之孤安在”，不悦，曰：“宰相何得失如此人。”

中宗景龙中，召学士赐猎，作吐陪行，前方后圆也。有二大一作人。雕，上仰望之，有放挫啼曰：“臣能取之。”乃悬死鼠于鸢足，联其目，放而钓焉，二雕果击于鸢盘。狡兔起前，上举挝击毙之，帝称那庚，从臣皆呼万岁。

三月三日，赐侍臣细柳圈，言带之免虿毒。

寒食日，赐侍臣帖缲球[②]，绣草宣台。

立春日，赐侍臣彩花树。

腊日，赐北门学士口脂、蜡脂，盛以碧镂牙筒。

上尝梦日乌飞[③]，蝙蝠数十逐而堕地，惊觉，召万回，僧曰：“大家即是上天时。”翌日而崩。

睿宗尝阅内库，见一鞭，金色，长四尺，数节有虫啮处，状如盘龙。靶上悬牙牌，题象耳皮，或言隋宫库旧物也。上为冀王时，寝斋壁上蜗迹成天字，上惧，遽扫之，经数日如初。及即位，雕玉铸黄金为蜗形，分置于释道像前。

玄宗，禁中尝称阿瞒，亦称鸦。寿安公主，曹野那姬所生也。以其九月而诞，遂不出降，常令衣道服，主香火，小字虫娘，上呼为师娘。为太上皇时，代宗起居，上曰:“汝在东宫，甚有令名。”因指寿安，“虫娘是鸦女，汝后与一名号”。及代宗在灵武，遂令苏澄尚之，封寿安焉。

天宝末，交趾贡龙脑，如蝉蚕形。波斯言：老龙脑树节方有，禁中呼为瑞龙脑。上唯赐贵妃十枚，香气彻十余步。上夏日尝与亲王棋，令贺怀智独弹琵琶，贵妃立于局前观之。上数枰子将输，贵妃放康国猧子于坐侧，猧子乃上局，局子乱，上大悦。时，风吹贵妃领巾于贺怀智巾上，良久，回身方落。贺怀智归，觉满身香气非常，乃卸幞头，贮于锦囊中。及上皇复宫阙，追思贵妃不已，

① “‘隋内’至‘骏名’共四十四字”，稗海本单独成条。

② “缲”，稗海本作“彩”。

③ “日”，稗海本作“曰，一曰白”。

怀智乃进所贮幞头，具奏他日事。上皇发囊，泣曰："此瑞龙脑香也。"

安禄山恩宠莫比，锡赉无数，其所赐品目有：桑落酒、阔尾羊窟利、马酪、音声人两部、野猪鲊、鲫鱼并鲙手刀子、清酒、大锦、苏造真符宝舆、余甘煎、辽泽野鸡、五术汤、金石凌汤一剂及药童昔贤子就宅煎、蒸梨、金平脱犀头匙箸、金银平脱隔馄饨盘、平脱著足叠子、金花狮子瓶[①]、熟线绫接靿、金大脑盘、银平脱破觚、八角花乌屏风、银凿镂铁锁、帖白一作花。檀香床、绿白平细背席、绣鹅毛毡兼令瑶令光就宅张设、金鸾紫罗绯罗立马宝、鸡袍、龙须夹帖、八斗金渡银酒瓮、银瓶平脱掏魁织锦筐、银笊篱、银平脱食台盘、油画食藏。又贵妃赐禄山金平脱装具玉合、金平脱铁面碗。

肃宗将至灵武一驿，黄昏，有妇人长大，携双鲤咤于营门，曰："皇帝何在？"众谓风狂，遽白上，潜视举止。妇人言已，止大树下。军人有逼视，见其臂上有鳞。俄天黑，失所在。及上即位，归京阙，虢州刺史王奇光奏女娲坟云："天宝十三载，大雨晦冥忽沉。今月一日夜，河上有人觉风雷声，晓见其坟涌出，上生双柳树，高丈余，下有巨石。"兼画图进。上初克复，使祝史就其所祭之。至是而见，众疑向妇人其神也。

代宗即位日，庆云见，黄气抱日。初，楚州献定国宝一十二，乃诏上监国。诏曰："上天降宝，献自楚州，神明生历数之符，合璧定妖灾之气。"初，楚州有尼真如，忽有人接去天上。天帝言："下方有灾，令此宝镇之。"其数十二，楚州刺史崔侁表献焉。一曰玄黄，形如笏，长八寸，有孔，辟人间兵疫；二曰玉鸡，毛白，玉也，王者以孝理天下，则见；三曰谷璧，白玉也，如粟粒，无雕镌之迹，王者得之，五谷丰熟；四曰西王母白环，二枚，所在处，外国归伏；五曰阙名。六曰如意宝珠，大如鸡卵；七曰红靺鞨，大如巨栗[②]；八曰琅玕珠，二枚，逾常珠，有逾径一寸三分；九曰玉玦，形如玉环，四分缺一；十曰玉印，大如半手，理如鹿形，啖入印中；十一曰皇后采桑钩，细如箸，屈其末；十二曰雷公石，斧形，无孔。诸宝置之日中，皆白气连天。

礼异

西汉，帝见丞相，谒者赞曰："皇帝为丞相起。"御史大夫见，皇帝称谨谢。

汉木主，缠以桔木皮，置牖中，张绵絮以障外。不出时，玄堂之上，以笼为俑人，无头，坐起如生时。

① "平脱著足叠子、金花狮子瓶"，稗海本、四库本作"金花狮子瓶、平脱著足叠子"。

② "栗"，四库本作"粟"。

凡节，守国用玉节，守都鄙用角节，使山邦用虎节，土邦用人节，泽邦用龙节，门关用符节，货贿用玺节，道路用旌节。古者安平用璧，兴事用圭，成功用璋，边戎用珩，战斗用璩，城围用环，灾乱用隽，大旱用龙，龙节也，大丧用琮。

北齐迎南使，太学博士、监舍迎使，传诏二人骑马荷信在前，羊车二人捉刀在传诏后。监舍一人，典客令一人，并进贤冠。生朱衣骑马罩伞十余，绛衫一人，引从使车前。又绛衫骑马、平巾帻六人，使主副各乘车，但马在车后。铁甲者百余人，仪仗百余人，剪彩如衣带，白羽间为稍，髻发绛袍，帽凡五色，袍随髻色，以木为稍、刃、戟，画彩为虾蟆幡[①]。

梁正旦，使北使乘车至阙下，入端门，其门上层题曰“朱明观”；次曰“应门”，门下有一大画鼓；次曰“太阳门”，左有高楼，悬一大钟。门右有朝堂，门辟，左右亦有二大画鼓。北使入门，击钟磬，至马道北、悬钟内道西北立。引其宣城王等数人后入，击磬，道东北面立。其钟悬外东西厢，皆有陛臣。马道南、近道东，有茹昆仑客。道西近道有高句丽、百济客，及其升殿之官三千许人。位定，梁主从东堂中出，云斋在外宿，故不由上阁来。击钟鼓，乘舆警跸，侍从升东阶，南面幄内坐。幄是绿油天皂裙，甚高，用绳系着四柱，凭黑漆曲几。坐定，梁诸臣从西门入，着具服、博山远游冠，缨末以翠羽、真珠为饰，双双佩带剑，黑舄。初入，二人在前导引，次二人并行，次一人擎牙箱、班剑箱，别二十人具省服，从者百余人。至宣城王前数步，北面有重席为位，再拜，便次出，引王公登献玉，梁主不为兴。

魏使李同轨、陆操聘梁，入乐游苑西门内青油幕下。梁主备三仗，乘舆从南门入，操等东面再拜，梁主北入林光殿。未几，引台使入。梁主坐皂帐，南面，诸宾及群官俱坐定，遣书舍人殷灵宣旨慰劳，具有辞答。其中庭设钟悬及百戏。殿上流杯池中行酒具。进梁主者题曰“御杯”，自余各题官姓之杯，至前者即饮。又图象旧事，令随流而转，始至讫于座罢，首尾不绝也。

梁主常遣传诏童赐群臣岁旦酒、辟恶散、却鬼丸三种。

北朝婚礼，青布幔为屋，在门内外，谓之青庐，于此交拜。迎妇，夫家领百余人或十数人，随其奢俭，挟车俱呼“新妇子，催出来”，至新妇登车乃止。婿拜阁日，妇家亲宾妇女毕集，各以杖打聟为戏乐，至有大委顿者。聟，《说文》婿字。[②]

律有甲娶，乙丙其戏甲。旁有柜，比之为狱，举置柜中，覆之。甲因气绝，论当鬼薪。

---

① “彩”，稗海本、四库本作“绛”。

② “聟，《说文》婿字”，四库本作“聟，《说文》云：即婿字。”

近代婚礼，当迎妇，以粟三升填臼，席一枚以覆井，枲三斤以塞窗，箭三只置户上。妇上车，壻骑而环车三匝，女嫁之明日，其家作黍臛。女将上车，以蔽膝覆面。妇入门，舅姑以下悉从便门出，更从门入，言当躏新妇迹[①]。又妇入门，先拜猪樴及灶。〇娶妇，夫妇并拜，或共结镜纽。〇又娶妇之家，弄新妇。〇腊月娶妇，不见姑。

婚礼纳采有：合欢、嘉禾、阿胶、九子蒲、朱苇、双石、绵絮、长命缕、干漆。九事皆有词：胶、漆，取其固；绵絮，取其调柔；蒲、苇为心，可屈可伸也；嘉禾，分福也；双石，义在两固也。

北朝妇人，常以冬至日进履袜及靴。正月进箕帚、长生花。立春进春书，以青缯为韈，一作青絡为帜。刻龙像衔之，或为虾蟆。五月进五时图、五时花，施帐之上。是日，又进长命缕、宛转绳，皆结为人像带之。夏至日，进扇及粉脂囊，皆有辞。

秦汉以来，于天子言"陛下"，于皇太子言"殿下"，将言"麾下"，使者言"节下""毂下"，二千石长史言"阁下"，父母言"膝下"，通类相言称"足下"。

天咫

旧言：月中有桂，有蟾蜍，故异书言：月桂高五百丈，下有一人常斫之，树创随合。人姓吴名刚，西河人，学仙有过，谪令伐树。

释氏书言：须弥山南面有阎扶树，月过，树影入月中。或言月中蟾桂，地影也；空处，水影也。此语差近。[②]

僧一行，博览无不知，犹善于数，钩深藏往，当时学者莫能测。幼时家贫，邻有王姥，前后济之数十万。及一行开元中承上敬遇，言无不可，常思报之。寻，王姥儿犯杀人罪，狱未具，姥访一行求救。一行曰："姥要金帛，当十倍酬也，明君执法，难以请一作情。求，如何？"王姥戟手大骂，曰："何用识此僧！"一行从而谢之，终不顾。一行心计浑天寺中工役数百，乃命空其室内，徙大瓮于中。又密选常住奴二人，授以布囊，谓曰："某坊某角有废园，汝向中潜伺，从午至昏，当有物入来，其数七，可尽掩之，失一则杖汝。"奴如言而往。至酉后，果有群豕至，奴悉获而归。一行大喜，令置瓮中，覆以木盖，封以六一泥，朱题梵字数十，其徒莫测。诘朝，中使叩门急召。至便殿，玄宗迎问曰："太史奏'昨夜北斗不见'，是何祥也？师有以禳之乎？"一行曰："后魏时，失荧惑，至今

① "躏"，稗海本、四库本作"躙"。

② 此条稗海本、四库本与上条相接，未单独成条。

帝车不见，古所无者，天将大警于陛下也。夫匹妇、匹夫不得其所，则陨霜赤旱。盛德所感，乃能退舍。感之切者，其在葬枯出系乎？释门以瞋心坏一切善，慈心降一切魔。如臣曲见，莫若大赦天下。”玄宗从之。又其夕，太史奏“北斗一星见”，凡七日而复。成式以此事颇怪，然大传众口，不得不著之。

永贞年，东市百姓王布知书，藏镪千万，商旅多宾之。有女年十四五，艳丽聪悟，鼻两孔各垂息肉，如皂荚子，其根如麻线，长寸许，触之痛入心髓。其父破钱数百万治之，不差。忽一日，有梵僧乞食，因问布：“知君女有异疾，可一见，吾能止之。”布被问大喜，即见其女。僧乃取药，色正白，吹其鼻中。少顷，摘去之，出少黄水，都无所苦。布赏之百金，梵僧曰：“吾修道之人，不受厚施，唯乞此息肉。”遂珍重而去，行疾如飞，布亦意其贤圣也。计僧去五六坊，复有一少年，美如冠玉，骑白马，遂叩其门曰[①]：“适有胡僧到无？”布遽延入，具述胡僧事，其人吁嗟不悦，曰：“马小蹶足，竟后此僧。”布惊异，诘其故，曰：“上帝失乐神二人，近知藏于君女鼻中，我天人也，奉帝命来取，不意此僧先取之，当获谴矣。”布方作礼，举首而失。

长庆中，八月十五夜有人玩月，见林中光属天，如匹布。[②]其人寻视之，见一金背虾蟆，疑是月中者。工部员外郎张周封尝说此事，忘人姓名。

太和中，郑仁本表弟，不记姓名，尝与一王秀才游嵩山[③]，扪萝越涧，境极幽夐，遂迷归路。将暮，不知所之，徙倚间，忽觉丛中鼾睡声，披榛窥之，见一人布衣，甚洁白，枕一幞物，方眠熟，即呼之，曰：“某偶入此径，迷路，君知向官道否？”其人举首略视，不应，复寝。又再三呼之，乃起坐，顾曰：“来此。”二人因就之，且问其所自。其人笑一作言。曰：“君知月乃七宝合成乎？月势如丸，其影，日烁其凸处也。常有八万二千户修之，予即一数。”因开幞，有斤凿数事，玉屑饭两裹，授与二人，曰：“分食此，虽不足长生，可一生无疾耳。”乃起，与二人指一支径：“但由此，自合官道矣！”言已不见。

---

① “其”，稗海本、四库本缺。

② “长庆中，八月十五夜有人玩月，见林中光属天，如匹布”，稗海本、四库本作“长庆中，有人玩八月十五夜，月光属于林中，如匹布”。

③ “尝”原作“常”，据四库本改。

唐段少卿酉阳杂俎前集卷之二

明四川道监察御史内乡李云鹄校

玉格

道列三界诸天数与释氏同，但名别耳。〇三界外曰四人境，谓常融、玉隆、梵度、贾奕四天也[①]。〇四人天外曰三清，大赤、禹余、清微也。〇三清上曰大罗，又有九天波利等九名。

天圆十二纲，运关三百六十转为一周，天运三千六百周为阳孛；地纪推机三百三十转为一度，地转三千三百度为阳蚀。天地相去四十万九千里，四方相去万万九千里。

名山三百六十，福地七十二，昆仑为天地之齐。〇又九地、四十六土、八酒仙宫，言冥谪阴者之所。

有罗酆山，在北方癸地，周回三万里，高二千六百里。

洞天六宫，周一万里，高二千六百里[②]，是为六天鬼神之宫。

六天：一曰纣绝阴天宫，二曰泰煞谅事宫，三曰明辰耐犯宫，四曰怙照罪气宫，五曰宗灵七非宫，六曰敢司连苑一作宛。[③]宫。人死皆至其中，人欲常念六天宫名。〇空洞之小天，三阴所治也。〇又耐犯宫主生，纣绝天主死。〇祸福续命，由怙照第四天，鬼官北斗君所治，即七辰北斗之考官也。项梁城《酆都宫颂》曰："纣绝标帝晨，谅事构重阿。炎如霄汉烟，勃若景耀华[④]。武阳带神锋，怙照吞清河。开阖临丹井，云门郁嵯峨。七非通奇灵，连苑亦敷魔。六天横北道，此是鬼神家。"凡有二万言，此唯天宫名耳。夜中微读之，辟鬼魅。[⑤]

酆都稻名重思，其米如石榴子，粒稍大，味如菱。杜琼作《重思赋》曰："霏霏春暮，翠矣重思。云气交被，嘉谷应时。"

夏启为东明公，文王为西明公，邵公为南明公，季札为北明公，四时主四

---

① "贾"，稗海本、四库本作"覆"。

② "里"下，稗海本、四库本有"洞天六宫"四字。

③ "宛"，四库本作"究"。

④ "若"，原脱，四库本于"勃"下标"阙"。《锦绣万花谷》《云笈七签》《天中记》作"炎如霄汉烟，勃若景耀华"，据此补。

⑤ 以上四库本不分段。

方鬼。至忠至孝之人，命终皆为地下主者，一百四十年，乃授下仙之教，授以大道。有上圣之德，命终受三官书，为地下主者，一千年，乃转三官之五帝，复一千四百年，方得游行太清，为九宫之中仙。又有为善爽鬼者，三官清鬼者，或先世有功，在三官流，逮后嗣易世练化，改氏更生①。此七世阴德，根叶相及也，命终当道遗脚一骨，以归三官，余骨随身而迁。男左女右，皆受书为地下主者，二百八十年，乃得进处地仙之道矣。

炎帝甲为北太帝君，主天下鬼神。三元品式、明真科、九幽章，皆律也。连苑、曲泉、泰煞、九幽、云夜、九都、三灵、万掠、四极、九科，皆治所也。三十六狱，流沙赤等号溟泠狱，北岳狱也。又二十四狱，有九平、元正、女青、河北等号。人犯五千恶为五狱鬼，六千恶为二十八狱狱囚，万恶乃堕薜荔也。

罪簿有黑、绿、白簿，赤丹编简。刑有搪蒙山石、副太山、搪夜山石、寒河源及西津水置、东海风刀、电一作雷。风、积夜河。

鬼官有七十五品，仙位有九：太帝二十七，天君一千二百，仙官二万四千，灵司三十二，司命三品、九品、七城、一作域，一作地。九阶、二十七位、七十二万之次第也。

老君西越流沙，历八十一国。乌弋、身毒为浮屠，化被三千国，有《九万品戒经》，汉所获大月支《复立经》是也。孔子为元宫仙。

佛为三十三天仙，延宾官主所为。道在竺乾有古先生，善入无为。②

《释老志》亦曰："佛于西域得道。"陶胜力言："小方诸国多奉佛，不死，服五笙精，读《夏归藏》，用之以飞行也。"

藏经，菩萨戒也。③

方诸山在乙地。

太极真仙中，庄周为闱编郎。八十一戒，千二百善，入洞天。二百三十戒，二千善，登山上灵官；万善，升玉清。

白志见腹，名在琼简者；目有绿筋，名在金赤书者；阴有伏骨，名在琳札青书者；胸有偃骨，名在星书者；眼四规，名在方诸者；掌理回菌，名在绿籍者。有前相皆上仙也，可不学，其道自至。其次，鼻有玄山，腹有玄丘，亦仙相也，或口气不洁，性耐秽，则坏玄丘之相矣。④

五藏、九宫、十二室、四支、五体、三焦、九窍、百八十机关、三百六十骨节、

---

① "氏"，稗海本、四库本作"世"。

② 此条稗海本、四库本与上条相接，未单独成条。

③ 此条稗海本、四库本与上条相接，未单独成条。

④ 此条四库本与上条相接，未单独成条。

三万六千神，随其所而居之。魂以精为根，魄以目为户，三魂可拘，七魄可制。庚申日，伏尸言人过。本命日，天曹计人行。三尸一日三朝：上尸青姑，伐人眼；中尸白姑，伐人五藏；下尸血姑，伐人胃。命亦曰玄灵，又曰一居人头中，令人多思欲，好车马，其色黑；一居人腹，令人好食饮，恚怒，其色青；一居人足，令人好色，喜煞。七守庚申三尸灭，三守庚申三尸伏。

仙药有：钟山白胶、阆风石脑、黑河蔡瑚、太微紫麻、太极井泉、夜津日草、青津碧荻、圆丘紫柰、白水灵蛤、八天赤薤、高丘余粮、沧浪青钱、三十六芝、龙胎醴、九鼎鱼、火枣交梨、凤林鸣醅、中央紫蜜、崩岳电柳、玄郭绮葱、夜牛伏骨、神吾黄藻、炎山夜日、玄霜绛雪、环刚树子、赤树白子、徊水玉精、白琅霜、紫酱、一作浆。月醴、虹丹、鸿丹。

药草异号：丹山魂，雄黄；青要女，空青；灵华泛腴，薰陆香；北帝玄珠，消石；东华童子，青木香；五精金，羊起石；流丹白膏，胡粉；亭炅独生，鸡舌香；倒行神骨，戎盐；白虎脱齿，金牙石；灵黄，石流黄[①]；陆虚遗生[②]，龙骨；章阳羽玄，白附子；绿伏石，母慈石；绛晨伏胎，茯苓；一曰灵。伏龙，李；苏牙，树；蔬薤，白华，一名守宅，一名家芝，凡二十四名。[③]

图籍有符图七千章：雌一玉检、四规明镜、五柱中经、飞龟帙、飞黄子经、鹿卢跷经、含景图、卧引图、园芝图[④]、木芝图、大隗新芝图、牵牛经、玉珍记、腊成记、玉案记、丹台经、一作记。日月厨食经、金楼经、三十六水经、中黄丈人经、协龙子鹿台经、玉胎经、官氏经、凤纲经、六阴玉女经、白虎七变经、九仙经、十上化经、滕中有首摄提经、三纲六纪经、白子变化经、隐首经、入军经、泉枢经、赤甲经、金刚八叠录。一作经。[⑤]

老君母曰玄妙玉女，天降玄黄，气如弹丸，入口而孕，凝神琼胎宫

---

① “流”，四库本作“硫”。

② “虚”，四库本作“虎”。

③ “绛晨伏胎，茯苓；一曰灵。伏龙，李；苏牙，树；蔬薤，白华，一名守宅，一名家芝，凡二十四名”，原作“绛晨伏胎；茯苓七白灵；蔬薤曰华，一名守宅，一名家芝，凡二十四名。伏龙，李；苏牙，树”，据四库本改。

④ “园”，稗海本作“圆”。

⑤ 四库本作“雌一玉检、四规明镜、五柱中经、飞黄子经、鹿卢跷经、飞龟帙、园芝图、木芝图、玉胎经、官氏经、牵牛经、玉案记、玉珍记、腊成记、丹台经、一作记。金刚八叠录、一作经。金楼经、三十六水经、大隗新芝图、中黄丈人经、协龙子鹿台经、滕中有首摄提经、凤纲经、六阴玉女经、白虎七变经、九仙经、十上化经、日月厨食经、三纲六纪经、白子变化经、含景图、隐首经、入军经、泉枢经、赤甲经、卧引图”。

三千七百年，赤明开运，岁在甲子，诞于扶刀，盖天西那王国，郁寥山丹玄之阿。〇又曰：老君在胎八十一年，剖左腋而生，生而白首。〇又曰：青帝劫末，元气改运，托形于洪氏之胞。〇又曰：李母，本元君也。日精入口，吞而有孕，三色气绕身，五行兽卫形，如此七十二年，而生陈国苦县赖乡涡水之阳，九井西李下，具三十六号，七十二名。又有九名，又千二百。老君又曰九大一作天。上皇洞真第一君、大千法王、九灵老子、太上真人、天老玄中法师、上清太极真人、上景君等号。形长九尺，或曰二丈九尺。耳三门，又耳附连环，又耳无轮郭。眉如北斗，色绿，中有紫毛，长五寸。目方瞳，绿筋贯之，有紫光。鼻双柱，口方，齿数六八。颐若方丘，颊如横垄，龙颜金容。额三理，腹三志，顶三约把。十蹈五身，绿毛白血，顶有紫气。

人死形如生，足皮不青恶，目光不毁，头发尽脱，皆尸解也。白日去，曰上解；夜半去，曰下解。向晓、向暮，谓之地下主者。太乙守尸，三魂营骨，七魄卫肉，胎灵录气，所谓太阴练形也。赵成子后五六年，肉朽骨在，液血于内，紫色发外。又曰：若人暂死，适太阴权过三官，血沈脉散，而五藏自生，白骨如玉，三光惟息，太神内闭，或三年至三十年。

又曰：白日尸解，自是仙，非解尸也[①]。鹿皮公吞玉华而流虫出尸，王西城漱龙胎而死诀，饮琼精而叩棺。仇季子咽金液而臭彻百里，季主服霜散以潜升，而头足异处。黑狄咽虹丹而投水，宁生服石脑而赴火，柏成纳气而胃肠三腐。

句曲山五芝，求之者投金环二双于石间，勿顾念，必得矣。第一芝名龙仙，食之为太极仙；第二芝名参成，食之为太极大夫；第三芝名燕胎，食之为正一郎中；第四芝名夜光洞鼻，食之为太清左御史；第五芝名料玉，食之为三官真御史。

真人用宝剑以尸解者，蝉化之上品也。锻用七月庚申、八月辛酉日，长三尺九寸，广一寸四分，厚三分半，杪九寸[②]，名子干，字良非。

青乌公入华山，四百七十一岁，十二试三不过。一作遇。后服金汋而升太极，以为试三不过，但仙人而已，不得真人位。

有传先生入焦山七年，老君与之木钻，使穿一盘石，石厚五尺，曰："此石穴，当得道。"积四十七年，石穿，得神丹。

范零子随司马季主入常山石室。石室东北角有石匮，季主戒勿开。零子思归，发之，见其家父母大小，近而不远，乃悲思，季主遂逐之。经数载，复令守一铜匮，又违戒，所见如前，竟不得道。

---

① "解尸"，稗海本、四库本作"尸解"。

② "杪"，原作"抄"，据稗海本、四库本改。

卫国县西南有瓜穴，冬夏常出水，望之如练，时有瓜叶出焉。相传苻秦时有李班者，颇好道术，入穴中行可三百步，朗然有宫宇[①]，床榻上有经书，见二人对坐，须发皓白。班前拜于床下，一人顾曰："卿可还，无宜久住。"班辞出，至穴口，有瓜数个，欲取，乃化为石，寻故道得还。至家，家人云："班去来已经四十年矣。"

长白山，相传古肃然一作肃慎。山也。岘南有钟鸣，燕世桑门释惠霄者，自广固至此岘，听钟声。稍前，忽见一寺，门宇炳焕，遂求中食，见一沙弥，乃摘一桃与霄。须臾，又与一桃，语霄曰："至此已淹留，可去矣！"霄出，回头顾，失寺。至广固，见弟子，言："失和尚已二年矣。"霄始知二桃兆二年矣。

高唐县鸣石山，岩高百余仞，人以物叩岩，声甚清越。晋太康中，逸士田宣隐于岩下，叶风霜月，常拊石自娱。每见一人着白单衣，徘徊岩上，及晓方去。宣于后令人击石，乃于岩上潜伺。俄然果来，因遽执袂一作玦。诘之。自言姓王，字中伦，卫人，周宣王时，入少室山学道，比频适方壶，去来经此，爱此石响，故辄留听。宣乃求其养生，唯留一石，如雀卵。初则凌空百余步犹见，渐渐烟雾障之。宣得石，含辄百日不饥。

荆州利水间，有二石若阙，名曰韶石。晋永和中，有飞仙，衣冠如雪，各憩一石，旬日而去，人咸见之。

贝丘西有玉女山，传云：晋太始中，北海蓬球，字伯坚，入山伐木，忽觉异香，遂溯风寻之。至此山，廓然宫殿盘郁，楼台博敞，球入门窥之，见五株玉树。复稍前，有四妇人，端妙绝世，自弹棋于堂上，见球俱惊起，谓球曰："蓬君何故得来？"球曰："寻香而至。"遂复还戏。一小者便上楼弹琴，留戏者呼之，曰："元晖，何为独升楼[②]？"球树下立，觉少饥，乃舌舐叶上垂露[③]。俄然，有一女乘鹤西至[④]，逆恚曰："玉华，汝等何故有此俗人！"王母即令王方平行诸仙室。球惧而出门，回顾，忽然不见。至家，乃是建平中，其旧居闾舍，皆为墟墓矣。

晋许旌阳，吴猛弟子也。当时江东多蛇祸，猛将除之，选徒百余人，至高安，令具炭百斤，乃度尺而断之，置诸坛上。一夕，悉化为玉女，惑其徒。至晓，吴猛悉命弟子，无不涅其衣者，唯许君独无，乃与许至辽江。及遇巨蛇，吴年衰，力不能制，许遂禹步敕剑登其首，斩之。

---

① "朗"，稗海本、四库本作"廓"。

② "为"，四库本作"谓"。

③ "乃"下，稗海本、四库本有"以"。

④ "西"，稗海本、四库本作"而"。

孙思邈尝隐终南山，与宣律和尚相接，每来往互参宗旨。时大旱，西域僧请于昆明池结坛祈雨，诏有司备香灯，凡七日缩水数尺。忽有老人夜诣宣律和尚求救，曰："弟子昆明池龙也，无雨久，匪由弟子。胡僧利弟子脑，将为药，欺天子言祈雨，命在旦夕，乞和尚法力加护。"宣公辞曰："贫道持律而已，可求孙先生。"老人因至思邈石室求救。孙谓曰："我知昆明龙宫有仙方三十首[①]，尔传与予，予将救汝。"老人曰:"此方上帝不许妄传，今急矣，固无所吝。"有顷，捧方而至，孙曰："尔第还，无虑胡僧也。"自是池水忽涨，数日溢岸，胡僧羞恚而死。孙复著《千金方》三十卷[②]，每卷入一方，人不得晓。及卒后，时有人见之。

玄宗幸蜀，梦思邈乞武都雄黄，乃命中使赍雄黄十斤[③]，送于峨眉顶上。中使上山未半，见一人幅巾被褐，须鬓皓白，二童青衣丸髻，夹侍立屏风侧，以手指大盘石曰[④]:"可致药于此，上有表录上皇帝。"中使视石上朱书百余字[⑤]，遂录之，随写随灭，写毕，石上无复字矣。须臾，白气漫起，因忽不见。[⑥]

同州司马裴沆常说，再从伯自洛中将往郑州，在路数日，晚程偶下马，觉道左有人呻吟声，因披蒿莱寻之。荆丛下见一病鹤，垂翼俯咮，翅关上疮坏无毛，且异其声。忽有老人，白衣曳杖，数十步而至，谓曰:"郎君年少，岂解哀此鹤耶？若得人血一涂，则能飞矣！"裴颇知道，性甚高逸，遽曰:"某请刺此臂血不难。"老人曰："君此志甚劲，然须三世是人，其血方中。郎君前生非人，唯洛中葫芦生三世是人矣。郎君此行非有急切，可能却至洛中干葫芦生乎？"裴欣然而返，未信宿至洛，乃访葫芦生，具陈其事，且拜祈之。葫芦生初无难色，开幞取一石合，大若两指，援针刺臂，滴血下满其合，授裴曰："无多言也。"及至鹤处，老人已至，喜曰："固是信士。"乃令尽其血涂鹤，言与之结缘。复邀裴曰："我所居去此不远，可少留也。"裴觉非常人，以丈人呼之，因随行。才数里，至一庄，竹落草舍，庭庑狼籍。裴渴甚求茗，老人指一土龛："此中有少浆，可就取。"裴视龛中，有杏核一扇如笠，满中有浆，浆色正白，乃力举饮之，不复饥渴。浆味如杏酪。裴知隐者，拜请为奴仆。老人曰:"君有世间微禄，纵住亦不终其志。贤叔真有所得，吾久与之游，君自不知。今有一信，凭君必达。"

① "十"，原作"千"，下注"一作十"，今据注文改。

② "十"，原作"千"，据《新唐书》改。

③ "雄黄"，稗海本、四库本无。

④ "曰"，原作"白"，据四库本改。

⑤ "中"，稗海本、四库本无。

⑥ "玄宗幸蜀"条，稗海本、四库本与上条相接。

因裹一襆物，大如羹碗，戒无窃开。复引裴视鹤，鹤所损处，毛已生矣。又谓裴曰:“君向饮杏浆，当哭九族亲情，且以酒色为戒也。”裴还洛，中路阅其附信，将发之，襆四角各有赤蛇出头，裴乃止。其叔得信即开之，有物如干大麦饭升余，其叔后因游王屋，不知其终。裴寿至九十七矣。

明经赵业，贞元中，选授巴州清化县令，失志成疾，恶明，不饮食四十余日。忽觉空中雷鸣[①]，顷有赤气如鼓，轮转至床，腾上当心而住。初觉精神游散，奄如梦中，有朱衣平帻者引之东行，出山断处有水东西流，人甚众，久立视。又之东行，一桥饰以金碧，过桥北入一城，至曹司中，人吏甚众，见妹聓贾奕与已争杀牛事，疑是冥司，遽逃避至一壁间，墙如石黑，高数丈，听有呵喝声。朱衣者遂领入大院，吏通曰："司命过人。"复见贾奕，因与辩对，奕固执之，无以自明。忽有巨镜径丈，虚悬空中，仰视之，宛见贾奕鼓刀，赵负门有不忍之色，奕始伏罪。朱衣人又引至司人院，一人被褐帔紫霞冠，状如尊像，责曰："何故窃拨一作他。幞头二事，在滑州市隐橡子三升。"因拜之无数。朱衣者复引出，谓曰："能游上清乎？"乃共登一山，下临流水，其水悬注腾沫，人随流而入者千万，不觉身亦随流。良久，住大石上，有青白晕道。朱衣者变成两人，一道之，一促之，乃升石崖上立，坦然无尘。行数里，旁有草如红蓝，茎叶密，无刺，其花拂拂然飞散空中。又有草如苣附地，亦飞花，初出如马勃，破大如叠，赤黄色。过此，见火如山，横亘天，候焰绝乃前。至大城，城上重谯，街列果树，仙子为伍，迭谣鼓乐，仙姿绝世。凡历三重门，丹雘交焕，其地及壁，澄光可鉴。上不见天，若有绛晕都覆之。正殿三重，悉列尊像。见道士一人，如旧相识，赵求为弟子，不许。诸乐中如琴者，长四尺，九弦，近头尺余方广，中有两道横，以变声。又如一酒榼，三弦，长三尺，腹面上广下狭，背丰隆。顷有过录，乃引出阙南一院，中有绛冠紫霞帔，命与二朱衣人坐厅事，乃命先过戊申录。录如人间词状，首冠人生辰，次言姓名年纪，下注生月日，别行横布六旬甲子，所有功过，日下具之，如无即书无事。赵自窥其录[②]，姓名生辰日月，一无差错也。过录者数盈亿兆。朱衣人言："每六十年，天下人一过录，以考校善恶，增损其算也。"朱衣者引出北门，至向路，执手别，曰:“游此是子之魂也，可寻此行，勿返顾，当达家矣。”依其言，行稍急，蹶倒，如梦觉，死已七日矣。赵著《魂游上清记》，叙事甚详悉。

史论在齐州时，出猎，至一县界，憩兰若中，觉桃香异常，访其僧。僧不及隐，言："近有人施二桃。"因从经案下取出献论，大如饭碗。时饥，尽食之，

① “空”，四库本作“室”。

② “窥”，四库本作“视”。

核大如鸡卵，论因诘其所自，僧笑："向实谬言之。此桃去此十余里，道路危险，贫道偶行脚见之，觉异，因掇数枚。"论曰："今去骑从，与和尚偕往。"僧不得已，导论北去荒榛中。经五里许，抵一水，僧曰："恐中丞不能渡此。"论志决往，乃依僧解衣戴之而浮，登岸。又经西北，涉二小水，上山越涧数里，至一处，奇泉怪石[①]，非人境也。有桃数百株，干扫地，高二三尺，其香破鼻。论与僧各食一蒂，腹果然矣。论解衣将尽力苞之，僧曰："此或灵境，不可多取。贫道尝听长老说，昔日有人亦尝至此，怀五六枚，迷不得出。"论亦疑僧非常，取两个而返，僧切戒论不得言。论至州使招僧，僧已逝矣。

壶史

武攸绪，天后从子，年十四，潜于长安市中卖卜。一处不过五六日，因徙升中岳，遂隐居，服赤箭、伏苓。贵人王公所遗鹿裘藤器，上积尘萝，弃而不用。晚年肌肉殆尽，目有紫光[②]，昼见星月，又能辨数里外语。安乐公主出降，上遣玺书召，令勉受国命，暂屈高标。至京，亲贵候谒，寒温之外，不交一言。封国公，及还山，敕学士赋诗送之。

玄宗学隐形于罗公远，或衣带，或巾脚不能隐。上诘之，公远极言曰："陛下未能脱屣天下，而以道为戏，若尽臣术，必怀玺入人家[③]，将困于鱼服也[④]。"玄宗怒，谩骂之。公远遂走入殿柱中，极疏上失。上愈怒，令易柱破之。复大言于石碣中[⑤]，乃易碣观之。碣明莹，见公远形在其中，长寸余，因碎为十数段，悉有公远形。上惧，谢焉，忽不复见。后中使于蜀道见之，公远笑曰："为我谢陛下。"

邢和璞，偏得黄老之道，善心算，作《颖阳书疏》。有叩一作印。奇旋入空，或言有草，初未尝睹。成式见山人郑昉说，崔司马者，寄居荆州，与邢有旧。崔病积年且死，心常恃于邢。崔一日觉卧室北墙有人劚声，命左右视之，都无所见。卧室之北，家人所居也。如此七日，劚不已，墙忽透明如一粟，问左右，复不见。经一日，穴大如盘，崔窥之，墙外乃野外耳。有数人荷锹镢立于穴前，一作侧。崔问之，皆云："邢真人处分开此，司马厄重，倍费功力。"有顷，导驺五六，悉平帻朱衣，辟曰："真人至。"见邢舆中，白帢垂绥，执五明扇，侍

① "奇"，四库本作"布"。

② "目"，原作"日"，据稗海本、四库本改。

③ "怀"，原作"坏，一作怀"，据四库本改。"入"原无，据四库本补。

④ "服"，原作"腹"，据四库本改。

⑤ "石"，原作"五"，据稗海本、四库本改。

卫数十，去穴数步而止，谓崔曰："公算尽，璞为公再三论，得延一纪，自此无苦也。"言毕，壁如旧，旬日病愈。〇又曾居终南，好道者多卜筑依之。崔曙年少，亦随焉。伐薪汲泉，皆是名士。邢尝谓其徒曰："三五日，有一异客，君等可为予办一味也。"数日备诸水陆，遂张筵于一亭，戒无妄窥，众皆闭户，不敢謦欬。邢下山延一客，长五尺，阔三尺，首居其半，绯衣宽博，横执象笏，其睫疏长，色若削瓜，鼓髯大笑，吻角侵耳。与邢剧谈，多非人间事故也。崔曙不耐，因走而过庭，客熟视，顾邢曰："此非泰山老师乎？"邢应曰："是。"客复曰："更一转，则失之千里[①]，可惜。"及暮而去。邢命崔曙谓曰："向客，上帝戏臣也，言泰山老师[②]，颇记无？"崔垂泣言："某实泰山老师后身，不复忆，幼尝听先人言之。"〇房琯太尉祈邢算终身之事，邢言："若来由东南止西北，禄命卒矣。降魄之处，非馆非寺，非途非署。病起于鱼飧，休于龟兹板。"后房自袁州除汉州，及罢，归至阆州。舍紫极宫，适雇工治木，房怪其木理成形，问之，道士称数月前，有贾客施数段龟兹板，今治为屠苏也，房始忆邢之言。有顷，刺史具鲙邀房，房叹曰[③]："邢君，神人也。"乃具白于刺史，且以龟兹板为讬。其夕，病鲙而终。

王皎一作畋。先生善他术，于数未尝言。天宝中，偶与客夜中露坐，指星月曰："时将乱矣！"为邻人所传。时，上春秋高，颇拘忌，其语为人所奏，上令密诏杀之。刑者镢其头数十方死，因破其脑视之，脑骨厚一寸八分。皎先与达奚侍郎来往[④]，及安史平，皎忽杖屦至达奚家，方知异人也。

翟天师名乾祐，峡中人，长六尺，手大尺余，每揖人，手过胸前，卧常虚枕，晚年往往言将来事。常入夔州市，大言曰："今夕当有八人过此，可善待之。"人不知悟[⑤]，其夜火焚数百家。八人，乃火字也。每入山，虎群随之。曾于江岸与弟子数十玩月，或曰："此中竟何有？"翟笑曰："可随吾指观。"弟子中两人见月规半天，琼楼金阙满焉，数息间不复见。

蜀有道士阳狂，俗号为灰袋，翟天师晚年弟子也。翟每戒其徒："勿欺此人，吾所不及。"常大雪中，衣布褐入青城山，暮投兰若，求僧寄宿。僧曰："贫僧一衲而已，天寒如此，恐不能相活。"但言："容一床足矣。"至夜半，雪深风起，僧虑道者已死，就视之。去床数尺，气蒸如炊，流汗袒寝，僧知其异人。未明，

---

① "失之千里"，原作"先一作失。千里"，据稗海本、四库本改。

② "泰"，四库本作"太"。

③ "房"，四库本无。

④ "来"，四库本作"还"。

⑤ "知"，四库本作"之"。

不辞而去。多住村落，每住不逾信宿。曾病口疮，不食数月，状若将死，人素神之，因为设道场。斋散，忽起就谓众人曰："试窥吾口中有何物也？"乃张口如箕，五脏悉露，同类惊异，作礼问之，唯曰："此足恶，此足恶。"后不知所终。成式见蜀郡郭采真尊师说也。

秀才权同休友人，元和中落第，旅游苏湖间，遇疾贫窘，走使者本村墅一作墅。[1]人，雇已一年矣。疾中思甘豆汤，令其取甘草[2]，雇者久而不去，但具火汤水。秀才且意其怠于祗承，复见折树枝盈握，仍再三搓之，微近火上，忽成甘草，秀才心大异之，且意必有道者。良久，取粗沙数掊，挼挲，已成豆矣。及汤成，与饮无异[3]，疾亦渐差。秀才谓曰："余贫迫若此，无以寸步。"因褫垢衣授之："可以此办少酒肉，予将会村老，丐少道路资也。"雇者微笑："此固不足办，某当营之。"乃斫一枯桑树，成数筐札，聚于盘上噀之，悉成牛肉。复汲数瓶水，顷之，乃旨酒也。村老皆醉饱，获束缣三千。秀才惭[4]，谢雇者曰："某本骄稚，不识道者久[5]，今返请为仆。"雇者曰："予固异人，有少失，谪于下贱，合役于秀才，若限未足，复须力于他人[6]，请秀才勿变常，庶卒某事也。"秀才虽诺之，每呼指，色上面，蹙蹙不安。雇者乃辞曰："秀才若此，果妨某事也。"因说秀才修短穷达之数，且言万物无不化者，唯淤泥中朱漆箸及发，药力不能化。因去，不知所之也。

宝历中，荆州有卢山人，常贩桡朴石灰，往来于白洑[7]一作洑。南草市，时时微露奇迹，人不之测。贾人赵元卿好事，将从之游，乃频市其所货，设果茗，诈访其息利之术。卢觉，竟谓曰："观子意，似不在所市，意有何也？"赵乃言："窃知长者埋形隐德，洞过蓍龟，愿垂一言。"卢笑曰："今且验，君主人午时有非常之祸也，若是吾言当免，君可告之。将午，当有匠饼者，负囊而至。囊中有钱二千余，而必非意相干也。可闭关，戒妻孥勿轻应对，及午必极骂，须尽家临水避之。若尔，徒费三千四百钱也。"时赵停于百姓张家，即遽归语之。张亦素神卢生，乃闭门伺也。欲午，果有人状如卢所言，叩门求籴，怒其不应，

---

① "一作墅"，四库本无。

② "取"，四库本作"市"。

③ "饮"，稗海本、四库本作"甘豆"。

④ "惭"上，四库本有"方"。

⑤ "久"，四库本无。

⑥ "他"，四库本作"它"。

⑦ "洑"，稗海本、四库本作"湫"。

因足其户，张重箦捍之。顷聚人数百，张乃自后门率妻孥回避之[①]。差午，其人乃去，行数百步，忽蹶倒而死。其妻至，众人具告其所为，妻痛切，乃号适张所，诬其夫死有因[②]。官不能评，众具言张闭户逃避之状，识者谓张曰:“汝固无罪，可为办其死。”张欣然从断，其妻亦喜。及市槥就舆，正当三千四百文。因是，人赴之如市。卢不耐竟潜逝。至复州界，维舟于陆奇秀才庄门。或语陆，卢山人非常人也，陆乃谒。陆时将入京投相知，因请决疑。卢曰："君今年不可动，忧旦夕祸作。君所居堂后有钱一甒，覆以板，非君有也。钱主今始三岁，君慎勿用一钱，用必成祸，能从吾戒乎。”陆矍然谢之。及卢生去，水波未定，陆笑谓妻子曰:“卢生言如是，吾更何求乎。”乃命家童锹其地，未数尺，果遇板，彻之，有巨瓮，散钱满焉。陆喜，其妻以裙运纫草贯之。将及一万，儿女忽暴头痛不可忍，陆曰:“岂卢生言将征乎！”因奔马追及，且谢违戒。卢生怒曰:“君用之必祸骨肉。骨肉与利，轻重君自度也。”棹舟去之不顾。陆驰归，醮而瘗焉，儿女豁愈矣。卢生到复州，又尝与数人闲行，途遇六七人，盛服俱带[③]，酒气逆鼻，卢生忽叱之曰:“汝等所为不悛，性命无几。”其人悉罗拜尘中，曰:“不敢，不敢。”其侣讶之，卢曰:“此辈尽劫江贼也。”其异如此。赵元和言卢生状貌，老少不常，亦不常见其饮食。尝语赵生曰:“世间刺客隐形者不少，道者得隐形术，能不试，二十年可易形，名曰脱离，后二十年，名籍于地仙矣。”又言："刺客之死，尸亦不见。”所论多奇怪，盖神仙之流也。

长庆初，山人杨隐之在郴州，常寻访道者。有唐居士，土人谓百岁人，杨谒之，因留杨止宿。及夜，呼其女曰:“可将一下弦月子来。”其女遂帖月于壁上，如片纸耳。唐即起祝之曰："今夕有客，可赐光明。”言讫，一室朗若张烛。

南中有百姓，行路遇风雨，与一老人同庇树阴，其人偏坐敬让之。雨止，老人遗其丹三丸，言有急事，即服。岁余，妻暴病卒，数日方忆老人丹事，乃毁齿灌之，微有煖气，颜色如生。今死已四年矣，状如沉醉，爪甲亦长。其人至今舆以相随，说者于四明见之矣。

---

① “之”，四库本无。

② “因”，四库本作“自”。

③ “俱”，四库本作“具”。

唐段少卿酉阳杂俎前集卷之三

唐太常少卿临淄柯古段成式撰

贝编

释门三界二十八天、四州至华严藏世界、八寒八热地狱等。法自三身、五位、四果、七支至十八界、三十七道品等。入释者率能言之，今不复具，录其事尤异者。

鬘持天，十住处，十六分中轮王，乐不及其二。

四种乐，一无怨，二随念，及天女不念余天等，身香百由旬。迦留波陀天，此由象迹有十地也。

目不瞚，众蜂出妙音。○六天香风，皆入此天。○四天王，十地彩地。○质多罗，地八林。○箜篌天，十地金流河。○无影山。○有影游。一作随。[①] ○乌随。一作众。[②] ○其行处，池同其色。○众乌说偈。○白身天。○身色如拘勿头花。○无足柔耎。○随足上下。○乐游戏天。○乘鹅殿。○宝树枝叶如殿。○三十三天，九十九那由天女。○忆念树，物随意而出。○十花池。○千柱殿[③]。○六时林，一日具六时。

千辐轮殿，天妃舍友所坐也[④]。○衣无经纬。○将死者尘着身。○马殿千鹅驾。○金刚绖带。○行林随天所至。○众乌金臆。○大象百头，头有十牙，牙端有百浴池，顶有山，名曰界庄严，鼻有河，如阎牟那河水，散落世界为雾，胁有二园，一名喜林，二名乐林。象名伊罗婆那。○光明林，四维有意树。帝释将与修罗战，入此林四树间，自见胜败之相。○甲胄林，甲胄从树而生，不可破坏。

莲出摩偷美饮也，修一千二百善业者，生此天[⑤]。上妙之触，如触迦旃邻提鸟，此鸟轮王出世方见。

开合林，开目常见光明。

夜摩天，住虚空，阎婆风所持也。

积崖山，高三百由旬，有七榻七箱。

① “作”，稗海本、四库本作“曰”。

② “作”，稗海本、四库本作“曰”。

③ “柱”，稗海本作“桂”。

④ “友”，稗海本、四库本作“支”，并下有注“一曰女”。

⑤ “生此天”，原作“此生天”，据稗海本、四库本改。

始生天者五相：一光覆身而无衣，二见物生希有心，三弱颜，四疑，五怖。○又五木：一近莲池花不开，一无不字。二近林蜂一作绛。离树，三听天女歌而出厌离，四近树花萎，五殿不行空。○又见身光衣触如金刚，及照毗琉璃镜，不见其道。

天女九退相：一皮缓；二头花散落；三赤花在道变为黄；四风吹无缕衣，如人依触；五飞行意倦；六触水而浊；七取树花高不可及；八见天子无媚；九发散粗涩。○又唇动不止，璎珞花鬘皆重。

十二种离垢布施生此天，群鸟青影覆万由旬。

摩尼珠中，有金字偈。

四天王天，有十二失坏，常与修罗斗战等[①]。○三十三天八种失坏，有劣天，不为帝释所识等。○夜摩天，六失坏，食劣生惭等。

兜率陀天，四失坏，不乐鹅王说法声等。○化乐天，四失坏，天业将尽，其足无影等。

他化自在天，四失坏，宝翅蜂舍去等。

色界天下石，经十万八千三百八十三年，方至地。

阎浮提人生三肘半至四肘，骨四一作五。[②]十五，脉十三，身虫有毛灯瞋血[③]。○禅都摩虫，流行血中。○善色虫，处粪中，令人安乐。○起根虫，饱则喜。○欢喜根虫[④]，能见众梦。○又有瘭瘓瞢等。

赊婆罗人穿唇。○驼面目有诸人二足，师子有翼，女人狗面。有林名吱多迦，罗刹所住。眴目间行百千由旬，洲有赤地黑玉铜康白等。

郁单越鸡多迦等，天河七十。

自在无畏四天王否如鸭音林。○麒麟陀树。○迦吱多那等。○二十五鹿名，有山多牛头。

旃檀，天人与阿修罗斗，伤者于此涂香。

提罗迦树花，见日光即开。○拘尼陀树花，见月光即开。○无忧树，女人触之花方开。○尸利沙树，足蹈即长。○又白龙、活鹅、旋鼻境界等花。

瞿陀尼女人主乳，有十亿聚落，一万二城大国。○多伽多支五大河，月力等弗婆提。○三大林峪髻等。○三一作王。大城，大者三亿五十万三千五百五十六聚落。

---

① “斗战”，稗海本作“战鬭”，四库本作“战斗”。

② “作”，稗海本、四库本作“曰”。

③ “瞋”，稗海本、四库本作“膜”。

④ “欢喜根虫”，原作“欢喜虫”，稗海本“喜”下有“区”，据四库本改。

南洲耳发庄严。○北洲眼庄严。○西洲顶腹庄严。○东洲肩胜庄严。

生赡部者，见白氎；生郁林越，见赤氎，见母如鹅；生瞿陀夷、生黄屋，见母如牛；生弗婆提，见青氎，见母如马。

阿修罗，以鬼摄魔及鬼有神通者[①]，二畜摄在海地下，八万四千有由旬。

酒树。○又有树，群蜂流蜜，其色如金。○婆罗婆树，其实如瓮。

四婇女如影等，各有十二亿那由他侍女，寿五千岁，地名月鬘。○不见顶山十三处，鹿迷蜂旋。○赤目鱼，正走水行[②]，住空住山窟[③]。○爱池鱼口等。○黄鬘林。

鎗毗罗城。○战时手足断而更生，半身及道即死。

鬼怪，阎浮提下五百由旬，有三十六种魔罗令鬘鬼，此言鬼子魔。遮叱迦鸟，唯得食鱼[④]，舍鹅鬼受此身。

畜生有三十四一作六。亿种，龙住阎浮提者五十七亿，龙于瞿陀尼，不降浊水。西洲人食浊水则夭，单越人恶冷风。○龙不发冷，弗婆提洲不作雷声，不起电光，东洲恶也。○其雷声，兜率天作歌呗音，阎浮提作海潮音。○其雨，兜率天上雨摩尼，护世城雨美膳，海中注雨不绝如连轮，阿修罗中雨兵仗，阎浮提中雨清净水。

地狱一百三十六。○三角生死善无记也。○团生死诸天也。○青出死地狱。○黄出死饿鬼。○赤业一作出。畜生。

活地狱十六别处，下天五千年，此狱一昼夜。金刚虫瓮热黄蓝花心，弥泥鱼。○排筒。

黑绳地狱。○旃茶一作荼。剧[⑤]。○畏鹫。

处合地狱，上中下笞铜汁河中身。○洋如苏鹫腹火人。割刳处，坚鞠一作靳。炎口，夜于一作千。朱诛虫。○铁蚁。○泪火处，以佉陀罗灰致眼中，钀池鼋。

号叫地狱。○发流火处。○火末虫处，四百四痛火厚二百肘。

大号叫地狱。○阔广三居赊，口生确一作碓。虫火鬓一作须。处，金舒迦色，肉泥色也。○赤树鱼腹苦。

燋热地狱。○十二炎处。○火生十方及饥渴火也。○针风生龙口中，弥泥鱼。○镬量五十由旬，沸沫高半由旬，吹下三十六亿由旬，鬘块乌处地盆虫。○置

① “魔”，原作“摩”，据稗海本、四库本改。

② “水”，四库本作“冰”。

③ “住山窟”，稗海本、四库本作“主山窟”。

④ “唯”，四库本作“惟”。

⑤ “荼一作茶”，稗海本、四库本作“荼一曰荼”。

之鼓牛鼓出恶声。〇千头龙。

阿鼻十六别剧。〇衣裳健破浣而速垢[①]。〇将生阿鼻之相，死时见身如八岁儿，面在下空中，风吹三千年受苦，胜如阿迦尼吒天乐。狱中臭气能坏欲界六天，有出没之二山遮之。乌口处，黑肚处，一角、二角处。

八寒地狱，多与常说同。

凡生地狱有三种形：罪轻作人形，其次畜形，极苦无形，如肉轩、肉屏等。今佛寺中画地狱变，唯子隔狱稍如经说[②]，其苦具悉，图人间者曾无一据。

旧说地狱中荫，牛头阿傍，无情业所感现。

人渐死时足后最冷[③]，出地狱之相也。

器世将坏，无生地狱者。

阿修罗有一切观见池，战之胜败，悉见池中。

鬘持天，镜林中，天人自见善恶因缘。〇正行天，颇梨树，见人行与非法[④]。〇毗留博天，常于此观之。〇忉利天，及人中七生事，见于殿壁中。〇无法第八生波利邪多天，有波利邪多树，见阎浮提人善不善相，行善则照百由旬，行不善则凋枯，半行善则半荣。〇微细行天，宝树枝叶悉见，天人影像，上中下业，亦见其中。〇阎摩那婆罗天，娑罗树中见果报，其殿净如镜，悉见天人所作之业果报。〇又第二树中有千柱殿，有业网，诸地狱十六隔剧，悉见其中。

夜摩天，抚垢镜池，池中见自身额上所见过见业果。

又阎浮那施塔影中，见欲界罪福及三恶，趣言天象异者，若有将一作所。食肥腻沉水。乌下飞，日将蚀，诸方赤。

二十八宿。〇昴一作角。为首，一夜行三十一有六字。时，形如剃刀，姓鞞耶尼，祭用乳，属火。〇毕形如笠，又属木，祭用鹿肉，祭颇罗堕。〇觜属日一无日字。月之子，姓毗梨佉耶尼，形如鹿头，祭用果。〇参属日，姓天婆斯失绨[⑤]，形如妇人黡，祭用醍醐。〇井属日，姓同参[⑥]，形如足迹，祭用粳米和蜜。〇鬼属木，姓炮波罗毗，形如佛胸，祭同井。〇柳属蛇[⑦]，姓祭与参同，形如蛇。

① “浣”，原作“完”，据四库本改。

② “子隔”，四库本作“隔子”。

③ “最冷”，原作“最令冷”，据稗海本、四库本改。

④ “行”下，稗海本、四库本有“法”字。

⑤ “姓天”，四库本作“天姓”。“失”，稗海本、四库本无。

⑥ “同”，原缺，据四库本补。

⑦ “蛇”，原缺，据四库本补。

○星属火，形如河岸[①]，姓宾伽耶尼，祭用乌麻。○张属福德天，姓瞿昙[②]，形祭如井。○翼属林天，姓憍陈如，祭用黑豆，形同上。○轸属毗沙梨帝，形如人手，姓迦遮延，祭用荠稗。○角属喜乐天，姓质多罗[③]，形如上，祭用花。○亢姓迦旃延，祭用菉豆。○氐姓多罗尼，以花祭。○房属慈天，姓阿蓝婆，形如璎珞，祭用酒肉。○心属忉利天，姓迦罗延，形如大麦，祭用粳米。○尾属腊师天，姓遮耶尼，形如蝎尾，祭用果根。○箕属清净天，姓持叉迦[④]，形如牛角。○斗姓莫迦逻[⑤]，形如人拓石，祭如井。○牛属梵天，姓梵岚摩，形如牛头，祭如参。○女属毗纽天，姓帝利迦遮耶尼，形如心，祭以鸟肉。○虚姓同翼，形如鸟，祭用乌豆汁。○危姓单罗尼，形如参，一作心。祭以粳米。○室属蛇头天，蝎天之子，姓阎浮都迦，祭用血。○壁姓陀难阇。○奎姓阿瑟吒，祭用酪。○娄属乾闼婆天，姓阿含婆，形如马头，祭用大麦。○胃姓驮伽毗，形如鼎足。

亢、虚、参、胃四星，不得入阵。

轸宿生人，七步无蛇。○角宿生人，好嘲戏。○女宿生人，亢、参、危三宿日作事不成。○虚角一有事字。胜。

一千六百刹那为一迦那，倍六十名横呼律多，倍三十名为一日夜[⑥]。

夜义口烟为慧。○龙王身光曰忧流迦，此言天狗。

汉明帝始造白马寺[⑦]，寺中悬幡，影入内，帝怪，问左右曰："佛有何神，人敬事之？"

乌仗那国有佛迹，随人身福寿，量有长短。

那揭罗曷国，城东塔中有佛顶骨，周二尺，欲知善恶者，以香涂印骨，其迹焕然，善恶相悉见。

北天健驮罗国，有大窣堵波，佛悬记，七烧七立佛方城。玄奘言："城坏已三年。[⑧]"

西域佛金刚座，有标界铜观自在像两躯。国人相传菩萨身没，佛法亦尽，隋末已没过胸臆矣。

---

① "河"，原作"何"，据稗海本、四库本改。

② "昙"下，四库本有"弥"。

③ "质"，原作"货"，据四库本改。

④ "叉"，原作"父"，据四库本改。

⑤ "逻"，原作"还"，据四库本改。

⑥ "名"，四库本作"日"。

⑦ "汉明帝"，原作"魏明帝"，据《魏书·释老志》改。

⑧ "城坏已三年"，原作"成坏已三"，据四库本改。

乾陀国，头河岸有系白象树，花叶似枣，季冬方熟。相传此树灭，佛法亦灭。

北朝时，徐州角城县之北，僧尼着白布法服，时有青布袈裟者。

波斯属国有阿夆茶国，城北大林中有伽蓝音佛，于此听比丘着函缚屣。函缚，此言靴也。

宁王宪寝疾，上命中使送医药，相望于道。僧崇一疗宪稍瘳，上悦，特赐崇一绯袍鱼袋。

梁简文帝有《谢赐郁泥纳袈裟表》。

魏使陆操至梁，梁王座小舆，使再拜，遣中书舍人殷炅宣旨劳问。至重云殿，引升殿，梁主着菩萨衣北面，太子以下皆菩萨衣，侍卫如法。操西向以次立，其人悉西厢东面。一道人赞礼，佛词凡有三卷，其赞第三卷中称为魏主、魏相高并南北二境士女。礼佛讫，台使与其群臣俱再拜矣。

魏李骞、崔劼至梁同泰寺，主客王克、舍人贺季友及三僧迎门引接。至浮图中，佛旁有执板笔者，僧谓骞曰："此是尸头，专记人罪。"骞曰："便是僧之董狐。"复入二堂，佛前有铜钵，中燃灯，劼曰："可谓日月出矣，爝火不息。"

卢县东有金榆山，昔朗法师令弟子至此采榆荚，诣瑕丘市易，皆化为金钱。

后魏胡后尝问沙门一作法师。[1] 宝志国祚，且言把枣与鸡唤朱朱，盖尔朱也。〇有赵法和请占，志公曰："大箭，不须羽。东箱屋，急手作。"法和寻丧父。

历城县光政寺有磬石，形如半月，腻光若滴。扣之[2]，声及百里。北齐时移于都内，使人击之，其声杳绝。却令归本寺，扣之声如故[3]。士人语曰[4]："磬神圣，恋光政。"

国初，僧玄奘往五印取经，西域敬之。成式见倭国僧金刚三昧言，尝至中天，寺中多画玄奘麻屩及匙箸，以彩云乘之，盖西域所无者，每至斋日，辄膜拜焉。

又言：那兰陀寺僧食堂中，热际有巨蝇数万，至僧上堂时，悉自飞集于庭树。

僧万回年二十余，貌痴不语。其兄戍辽阳，久绝音问，或传其死，其家为作斋。万回忽卷饼茹，大言曰："兄在，我将馈之。"出门如飞，马驰不及。及暮而还，得其兄书，缄封犹湿，计往返一日万里，因号焉。

天后任酷吏罗织，位稍隆者日别妻子。博陵王崔玄晖，位望俱极，其母忧之，曰："汝可一迎万回，此僧宝志之流，可以观其举止祸福也。"及至，母垂泣作礼，兼施银匙箸一双。万回忽下阶，掷其匙箸于堂屋上，掉臂而去，一家

---

① "作"，稗海本、四库本作"曰"。

② "扣"，四库本作"叩"。

③ "扣"，四库本作"叩"。

④ "士人"，四库本作"土人"。

谓为不祥。经日[1]，令上屋取之，匙箸下得书一卷。观之，谶纬书也[2]，遽令焚之。数日，有司忽即其家，大索图谶不获，得雪。时酷吏多令盗夜埋蛊遗谶于人家。经月，告密籍之[3]。博陵微万回，则灭族矣。

梵僧不空，得总持门，能役百神，玄宗敬之。岁常旱，上令祈雨，不空言："可过某日令祈之[4]，必暴雨。"上乃令金刚三藏设坛请雨，连日暴雨不止，坊市有漂溺者，遽召不空，令止之。不空遂于寺庭中，捏泥龙五六，当溜水，胡言骂之[5]。良久，复置之，乃大笑，有顷，雨霁。

玄宗又尝召术士罗公远与不空同祈雨，互校功力[6]。上俱召问之，不空曰："臣昨焚白檀香龙。"上令左右掬庭水嗅之，果有檀香气。

又与罗公远同在便殿，罗时反手搔背。不空曰："借尊师如意。"殿上花石莹滑，遂激一作击。窣至其前，罗再三取之不得，上欲取之，不空曰："三郎勿起[7]，此影耳。"因举手示罗如意。[8]〇又邛山有大蛇，樵者常见，头若丘陵，夜常承露气。见不空作人语曰："弟子恶报，和尚何以见度？常欲翻河水陷洛阳城，以快所居也。"不空为受戒，说苦空，且曰："汝以瞋心受此苦，复忿恨，吾力何及，当思吾言，此身自舍昔而来。"后旬月，樵者见蛇死于涧中，臭达数十里。不空每祈雨，无他轨则，但设数绣座，手簸旋数寸木神，念咒掷之，自立于座上，伺木神吻角牙出，目瞚，则雨至。[9]

僧一行穷数有异术。开元中尝旱，玄宗令祈雨，一行言当得一器，上有龙状者，方可致雨。上令于内库中遍视之，皆言不类。数日后，指一古镜，鼻盘龙，喜曰："此有真龙矣。"乃持入道场，一夕而雨。或云是扬州所进，初范模时，有异人至，请闭户入室，数日开户，模成，其人已失。有图并传于世。此镜五月五日，于扬子江心铸之。[10]

---

① "经"，稗海本、四库本作"一"。

② "谶"上，四库本有"乃"。

③ "告"，稗海本、四库本作"乃"。

④ "令"，四库本作"今"。

⑤ "胡"上，稗海本、四库本有"作"。

⑥ "校"，四库本作"挍"。

⑦ "起"，四库本作"取"。

⑧ 此条与上条相接，未单独成条，稗海本、四库本皆是。

⑨ "'又邛山'至'则雨至'"，稗海本、四库本单独作一条。

⑩ "'或云'至'铸之'"四十九字，稗海本、四库本无。

荆州贞元初，有狂僧些僧其名者[①]，善歌《河满子》，尝遇醉，五百涂辱之[②]，令歌，僧即发声，其词皆五百从前非慝也，五百惊而自悔。

苏州贞元中，有义师状如风狂。有百姓起店十余间，义师忽运斤坏其檐，禁之不止。其人素知其神，礼曰："弟子活计赖此。"顾曰："尔惜乎。"乃掷斤于地而去。其夜市火，唯义师所坏檐屋数间存焉。常止于废寺殿中，无冬夏常积火，坏幡木象悉火之。好活烧鲤鱼，不待熟而食，垢面不洗，洗之辄雨，吴中以为雨候。将死，饮灰汁数斛，乃念佛而坐，不复饮食，百姓日观之，坐七日而死。时盛暑，色不变，肢不摧[③]。安国寺僧熟地，常烧木佛，往往与人语，颇知宗要，寺僧亦不之测。

睿宗初生含凉殿，则天乃于殿内造佛氏，有玉像焉。及长，闲观其侧，玉像忽言："尔后当为天子。"[④]

唐段少卿酉阳杂俎前集卷之四

唐太常少卿临淄柯古段成式撰

境异

东方之人鼻大，窍通于目，筋力属焉。南方之人口大，窍通于耳。西方之人面大，窍通于鼻。北方之人，窍通于阴，短颈。中央之人，窍通于口。

无启民，居穴，食土，其人死，其心不朽，埋之百年化为人。录民膝不朽，埋之百二十年化为人。细民肝不朽，埋之八年化为人。

息土人美，耗土人丑。

帝女子泽，性妒，有从婢散逐四山，无所依托。东偶狐狸，生子曰殃；南交猴，有子曰溪；北通玃猳，所育为伧。

突厥之先曰射摩舍利海神，神在阿史德窟西。射摩有神异，海神女每日暮[⑤]，以白鹿迎射摩入海，至明送出，经数十年。后部落将大猎，至夜中，海神谓射摩曰："明日猎时，尔上代所生之窟，当有金角白鹿出。尔若射中此鹿，

---

① "些僧其名者"，稗海本、四库本无。

② "五百"，稗海本作"伍伯"，四库本作"伍百"。

③ "肢"，稗海本、四库本作"支"。

④ "'睿宗'至'天子'"三十六字，原缺，据稗海本、四库本补。

⑤ "海"上，稗海本、四库本有"又"。

毕形与吾来往，或射不中，即缘绝矣。”至明入围，果所生窟中有白鹿金角起，射摩遣其左右固其围，将跳出围，遂杀之。射摩怒，遂手斩呵嚼首领，仍誓之曰：“自杀此之后，须人祭天。”即取呵嚼部落子孙斩之以祭也。至今，突厥以人祭纛，常取呵嚼部落用之。射摩即斩呵嚼，至暮还，海神女报射摩曰：“尔手斩人，血气腥秽，因缘绝矣。”

突厥事祆神，无祠庙。刻毡为形，盛于皮袋，行动之处，以脂酥涂之，或系之竿上，四时祀之。

坚昆部落非狼种，其先所生之窟在曲漫山北。自谓上代有神与牸牛交于此窟。其人发黄，目绿，赤髭髯。其髭髯俱黑者，汉将李陵及其兵众之胤也。

西屠俗，染齿令黑。[①]

獠在牂牁，其妇人七月生子死，则竖棺埋之。

木耳夷，旧牢西，以鹿角为器，其死则屈而烧之，埋其骨。

木耳夷，人黑如漆，小寒则揞沙自处，但出其面。

木饮州，珠崖一州，其地无泉，民不作井，皆仰树汁为用。

木仆，尾若龟，长数寸，居木上，食人。

阿萨部，多猎虫鹿，剖其肉，重叠之，以石压沥汁。税波斯、拂林等国米及草子[②]，酿于肉汁之中，经数日，即变成酒，饮之可醉。

孝亿国界周三千余里，在平川中，以木为栅，周十余里。栅内百姓二千余家，周国大栅五百余所。气候常暖，冬不凋落，宜羊马[③]，无驼牛。俗性质直，好客侣，躯貌长大，褰鼻黄发，绿眼赤髭，被发，面如血色。战具唯矟一色，宜五谷，出金铁，衣麻布，举俗事祆，不识佛法。有祆祠三百一作千。[④]余所，马步甲兵一万，不尚商贩，自称孝亿人。丈夫、妇人俱佩带[⑤]，每一日造食，一月食之，常吃宿食。

仍建国，无井及河涧，所有种植，待雨而生。以紫矿泥地，承雨水用之。穿井即若海水，又咸。土俗俟海潮落之后[⑥]，平地为池，收鱼以作食[⑦]。

婆弥烂国，去京师二万五千五百五十里。此国西有山，巉岩峻崄，上多猿，

① “西屠俗，染齿令黑”，稗海本、四库本与上条相接，未单独成条。

② “林”，四库本作“菻”。

③ “羊”，稗海本、四库本作“牟”。

④ “作”，稗海本、四库本作“曰”。

⑤ “佩”，稗海本、四库本无。

⑥ “俟海”，稗海本、四库本无。

⑦ “收”，稗海本、四库本作“取”。此条稗海本与上条接。

猿形绝长大，常暴田种，每年有二三十万[①]。国中起春以后，屯集甲兵与猿战，虽岁杀数万，不能尽其巢穴。

拨拔力国，在西南海中，不食五谷，食肉而已。常针牛畜脉，取血和乳生食。无衣服，唯腰下用羊皮掩之。其妇人洁白端正，国人自掠卖与外国商人，其价数倍。土地唯有象牙及阿末香，波斯商人欲入此国，团集数千，斋绁一作彩。布，没老幼共刺血立誓，乃市其物。自古不属外国。战用象牙排、野牛角为矟，衣甲弓矢之器，步兵二十万。大食频讨袭之。

昆吾国，累墼为丘，象浮屠，有三层，尸干居上，尸湿居下，以近葬为至孝。集大毡，居中悬衣服彩缯，哭祀之。

龟兹国，元日斗牛马驼，为戏七日，观胜负，以占一年羊马减耗繁息也。

婆罗遮，并服狗头猴面，男女无昼夜歌舞。八月十五日，行像及透索为戏。

焉耆国，元日、二月八日婆摩遮，三日野祀，四月十五日游林，五月五日弥勒下生，七月七日祀先祖，九月九日床一作麻。撒，十月十日王为厌法。王出酋家[②]，酋领骑王马[③]，一日一夜处分王事，十月十四日作乐至岁穷。

拔汗那，十二月及元日[④]，王及酋领分为两朋，各出一人着甲，众人执瓦石棒杖[⑤]，东西互击，甲人先死即止，以占当年丰俭。

苏都识匿国有夜叉城。城旧有野叉，其窟见在。人近窟住者五百余家，窟口作舍，设关籥，一年再祭。人有逼窟口，烟气出，先触者死，因以尸掷窟中[⑥]，其窟不知深浅。

马伏波有余兵十家不返，居寿洽县，自相婚姻，有二百户，以其流寓，号马留。衣食与华同。山川移易，铜柱入海，以此民为识耳，亦曰马留。

峡中俗，夷风不改，武宁蛮好着芒心接离，名曰苧绥。尝以稻记年月，葬时以笄向天，谓之刺北斗。相传盘瓠初死，置于树，以笄刺之下[⑦]，其后为象临。

临邑县有雁翅泊[⑧]，泊旁无树木。土人至春夏，常于此泽罗雁鸟，取其翅以御暑。

---

① “常暴田种，每年有二三十万”，稗海本、四库本作“常暴雨年有二三十万”。

② “酋家”，稗海本、四库本作“首领家”。

③ “酋领”，稗海本、四库本作“首领”。

④ “及元日”，稗海本、四库本作“十九日”。

⑤ “瓦石”，稗海本作“尾石”。“瓦石”下，四库本有“东西”二字。

⑥ “中”，稗海本、四库本作“口”。

⑦ “之”，稗海本、四库本作“其”。

⑧ “临邑县”，四库本作“林邑国”。

乌秅西有悬渡国，山溪不通，引绳而渡，朽索相引二千里。其土人佃于石间，垒石为室，接手而饮，所谓猿饮也。

鄯善之东，龙城之西南，地广千里，皆为盐田。行人所经，牛马皆布毡卧焉。

岭南溪洞中，往往有飞头者，故有飞头獠子之号。头将飞一日前，颈有痕，匝项如红缕，妻子遂看守之。其人及夜状如病，头忽生翼，脱身而去，乃于岸泥寻蟹蚓之类食之，将晓飞还，如梦觉，其腹实矣。〇梵僧菩萨胜又言："阇婆国中，有飞头者，其人目无瞳子，聚落时有一人据。"〇于氏《志怪》："南方落民，其头能飞，其俗所祠，名曰虫落，因号落民。"[①]〇晋朱桓有一婢，其头夜飞。[②]

《王子年拾遗记》言[③]："汉武时，因墀国使言[④]：'南方有解形之民[⑤]，能先使头飞南海[⑥]，左手飞东海[⑦]，右手飞西泽，至暮，头还肩上，两手遇疾风，飘于海水外。'"

近有海客往新罗，吹至一岛上，满岛悉是黑漆匙箸[⑧]，其处多大木，客仰窥匙箸，乃木之花与须也。因拾百余双还，用之肥不能使，后偶取搅茶，随搅而消焉。

喜兆

集贤张希复学士尝言："李揆相公将拜相前一月，日将夕，有虾蟆大如床，见于寝堂中，俄失所在。"又言："初授新州，将拜相，井忽涨水，深尺余。"

郑细相公宅在招国坊南门，忽有物投瓦砾，五六夜不绝，乃移于安仁西门宅避之，瓦砾又随而至，经久复归招国。郑公归心释门，禅室方丈，及归，将入丈室，蟢子满室悬丝，去地一二尺，不知其数。其夕瓦砾亦绝，翌日，拜相。

成式见大理丞郑复说："淮西用兵时，刘沔为小将，军头颇易之[⑨]。每捉生踏伏，沔必在数，前后重创，将死数四。后因月黑风甚，又令沔捉生，沔愤激

① "'梵僧'至'落民'"，稗海本、四库本单独作条。

② "晋朱桓有一婢，其头夜飞"，稗海本、四库本单独作一条。

③ "王子年拾遗记"，稗海本、四库本作"王子年拾遗"。

④ "言"，原脱，据四库本补。

⑤ "南"，四库本作"东"。

⑥ "先"，四库本无。

⑦ "海"，四库本作"山"。

⑧ "岛"，稗海本、四库本作"山"。

⑨ "易"下，稗海本、四库本注"一曰异"。

深入，意必死。行十余里，因坐将睡，忽有人觉之，授以双烛，曰：‘君方大贵，但心存此烛在，无忧也。’沔后拜将，常见烛影在双旌上，及不复见烛，乃诈疾归宗[①]。”

祸兆

杨慎矜兄弟富贵，常不自安[②]，每诘朝礼佛像，默祈冥卫。或一日[③]，像前土榻上聚尘三堆，如冢状，慎矜恶之，且虑儿戏，命扫去，一夕如初，寻而祸作。

姜楚公皎[④]，尝游禅定寺[⑤]。京兆办局甚盛，及饮酒，座上一妓绝色，献杯整鬟，未尝见手，众怪之。有客被酒，戏曰："勿六指乎？"乃强牵视，妓随牵而倒，乃枯骸也，姜竟及祸焉。

萧浣初至遂州，造二幡竿施于寺[⑥]，设斋庆之。斋毕作乐，忽暴雷霹雳，竿各成数十片。至来年，当雷霹日，浣死。

物革

谘议朱景玄见鲍容说[⑦]："陈司徒在扬州时，东市塔影忽倒。老人言：‘海影翻则如此。’"

崔玄亮常侍在洛中，常步沙岸，得一石子，大如鸡卵，黑润可爱，玩之。行一里余，砉然而破，有鸟大如巧妇，飞去。

进士段硕常识南孝廉者，善斫鲙，縠薄丝缕，轻可吹起，操刀向捷，若合节奏。因会客炫技，先起鱼架之，忽暴风雨，雷震一声，鲙悉化为蝴蝶飞去。南惊惧，遂折刀，誓不复作。

开成末，河阳黄鱼池，冰作花如缬。

河阳城南百姓王氏，庄有小池，池边巨柳数株。开成末，叶落池中，旋化为鱼，大小如叶，食之无味。至冬，其家有官事。

---

① “诈疾”，稗海本作“变诈”。

② “常不自安”，原作“常自不安”，据稗海本、四库本改。

③ “或”，四库本作“忽”。

④ “皎”，稗海本、四库本无。

⑤ “尝”，稗海本、四库本作“常”。

⑥ “竿”，原作“刹”，据稗海本、四库本改。

⑦ “容”，稗海本作“客”，并注“一曰容”。

婺州僧清简家园蔓菁，忽变为莲。

唐段少卿酉阳杂俎前集卷之五

唐太常少卿临淄柯古段成式撰

诡习

大历中，东都天津桥有乞儿无两手，以右足夹笔，写经乞钱。欲书时，先再三掷笔，高尺余，未曾失落。书迹官楷，手书不如也。

于頔在襄州，尝有山人王固谒见于。于性快，见其拜伏迟缓，不甚知书生。别日游宴，不复得进，王殊怏怏。因至使院造判官曾叔政，颇礼接之。王谓曾曰:“予以相公好奇，故不远而来，今实乖望矣！予有一艺，自古无者，今将归，且荷公见待之厚，今为一设。”遂诣曾所居，怀中出竹一节及小鼓，规才运寸。良久，去竹之塞，折枝连击鼓子。筒中有蝇虎子数十[①]，分行而出，为二队，如对阵势。每击鼓，或三或五，随鼓音变阵，天衡地轴，鱼丽鹤列，无不备也。进退离附，人所不及。凡变阵数十，乃行入筒中。曾观之大骇，方言于于公，王已潜去。于悔恨，令物色求之，不获。

张芬曾为韦南康亲随行军，曲艺过人，力举七尺碑，定双轮水硙。常于福感寺趯鞠，高及半塔，弹力五斗。常拣向阳巨笋，织竹笼之，随长旋培，常留寸许，度竹笼高四尺，然后放长，秋深方去笼伐之，一尺十节，其色如金，用成弓焉。一作弹弓。[②]每涂墙方丈，弹成天下太平字，字体端严，如人模成焉。[③]

建中初，有河北军将姓夏者[④]，弯弓数百斤。尝于球场中，累钱十余，走马以击鞠杖击之，一击一钱飞起六七丈，其妙如此。又于新泥墙安棘刺数十，取烂豆，相去一丈，一一掷豆，贯于刺上，百不差一。又能走马书一纸。

元和中，江淮术士王琼，尝在段君秀家，令坐客取一瓦子，画作龟甲怀之。一食顷取出，乃一龟，放于庭中，循垣西行，经宿却成瓦子。又取花含默封于密器中，一夕开花。[⑤]

---

① “中”，四库本无。

② “用成弓焉。一作弹弓”，稗海本、四库本无。

③ “字体端严，如人模成焉”，稗海本、四库本无。

④ “者”，稗海本、四库本无。

⑤ “元和中”条，稗海本、四库本无。

元和末，均州郧乡县有百姓，年七十，养獭十余头，捕鱼为业，隔日一放出[①]。放时[②]，先闭于深沟斗门内，令饥，然后放之。无网罟之劳，而获利相若。老人抵掌呼之，群獭皆至。缘衿藉膝，驯若守狗。户部郎中李福亲观之。

怪术

大历中，荆州有术士从南来，止于陟屺寺。好酒，少有醒时。因寺中大斋会，人众数千，术士忽曰："余有一伎，可代抃瓦盫珠之欢也。"乃合彩色于一器中，驔步抓目，徐祝数十言，方欱一作饮。水再三噀壁上，成维摩问疾变相，五色相宣如新写，逮半日余，色渐薄，至暮都灭。唯金粟纶巾鹙子衣上一花，经两日犹在。成式见寺僧惟肃说，忘其姓名。

丞相张魏公延赏在蜀时[③]，有梵僧难陀，得如幻三昧，入水火，贯金石，变化无穷。初入蜀，与三少尼俱行，或大醉狂歌，戍将将断之。及僧至，且曰："某寄迹桑门，别有药术[④]。"因指三尼："此妙于歌管。"戍将反敬之，遂留连为办酒肉。夜会客，与之剧饮。僧假襕裆巾帼，市铅黛，伎其三尼。及坐，含睇调笑，逸态绝世。饮将阑，僧谓尼曰："可为押衙踏其曲也。"因徐对对舞，曳绪回雪，迅赴摩跌，技又绝伦也[⑤]。良久曲终，而舞不已[⑥]。僧喝曰[⑦]："妇女风邪？"忽起取戍将佩刀，众谓酒狂，各惊走，僧乃拔刀斫之，皆踣于地，血及数丈。戍将大惧，呼左右缚僧。僧笑曰："无草草。"徐举尼，三支筇杖也，血乃酒耳。又尝在饮会，令人断其头，钉耳于柱，无血。身坐席上，酒至，泻入脰疮中，面赤而歌，手复抵节。会罢，自起提首安之，初无痕也。时时预言人凶衰，皆谜语，事过方晓。成都有百姓供养数日，僧不欲住，闭关留之，僧因是走入壁角，百姓遽牵，渐入，唯余袈裟角，顷亦不见。来日壁上有画僧焉，其状形似，日日色渐薄。积七日，空有黑迹，至八日，迹亦灭，僧已在彭州矣。后不知所之。

虞部郎中陆绍，元和中，尝看表兄于定水寺，因为院僧具蜜饵、时果，邻院僧亦陆所熟也，遂令左右邀之。良久，僧与一李秀才偕至，乃环坐，笑语颇

---

① "出"，稗海本、四库本无。

② "放"上，稗海本、四库本有"将"。

③ "丞相""延赏"，稗海本、四库本无。

④ "药"，稗海本、四库本作"乐"。

⑤ "技"，稗海本、四库本作"伎"。

⑥ "曲终，而舞不已"六字，稗海本、四库本无。

⑦ "僧"，稗海本、四库本无。

剧。院僧顾弟子煮新茗，巡将匝而不及李秀才。陆不平曰："茶初未及李秀才，何也？"僧笑曰："如此秀才，亦要知茶味？"且以余茶饮之。邻院僧曰："秀才乃术士，座主不可轻言。"其僧又言："不逞之子弟，何所惮！"秀才忽怒曰："我与上人素未相识，焉知予不逞徒也？"僧复大言："望酒旗玩变场者，岂有佳者乎？"李乃白座客："某不免对贵客作造次矣。"因奉手袖中，据两膝，叱其僧曰："粗行阿师，争敢辄无礼，拄杖何在？可击之。"其僧房门后有筇杖子[①]，忽跳出[②]，连击其僧。时众亦为蔽护，杖伺人隙捷中，若有物执持也。李复叱曰："捉此僧向墙。"僧乃负墙拱手，色青气短[③]，唯言乞命。李又曰："阿师可下阶。"僧又趋下，自投无数，衄鼻败颡不已。众为请之，李徐曰："缘对衣冠，不能杀此为累。"因揖客而去。僧半日方能言，如中恶状，竟不之测矣。

元和末，盐城脚力张俨，递牒入京。至宋州，遇一人，因求为伴。其人朝宿郑州，因谓张曰："君受我料理，可倍行数百。"乃掘二小坑，深五六寸，令张背立，垂踵坑口[④]，针其两足。张初不知痛，又自膝下至骭[⑤]，再三捋之，黑血满坑中。张大觉举足轻捷，才午至汴，复要于陕州宿，张辞力不能。又曰："君可暂卸膝盖骨，且无所苦，当日行八百里。"张惧，辞之。其人亦不强，乃曰："我有事，须暮及陕。"遂去，行如飞，顷刻不见。

蜀有费鸡师，目赤无黑睛，本濮人也。成式长庆初见之，已年七十余。或为人解灾，必用一鸡，设祭于庭。又取江石如鸡卵，令疾者握之，乃踏步作气嘘叱[⑥]，鸡旋转而死，石亦四破。成式旧家人永安，初不信，尝谓曰："尔有厄。"因丸符逼令吞之。复去其左足鞋及袜，符展在足心矣。又谓奴沧海曰："尔将病。"令袒而负户，以笔再三画于户外，大言曰："过！过！"墨遂透背焉。

长寿寺僧䛒言，他时在衡山，村人为毒蛇所噬，须臾而死，发解肿起尺余。其子曰："昝老若在，何虑！"遂迎昝至。乃以灰围其尸，开四门，先曰："若从足入，则不救矣！"遂踏步握固，久而蛇不至。昝大怒，乃取饭数升，捣蛇形诅之，忽蠕动出门。有顷，饭蛇引一蛇从死者头入，径吸其疮，尸渐低，蛇疱缩而死，村人乃活。

---

① "子"，稗海本、四库本作"孑"。

② "忽"，稗海本、四库本作"孑"。

③ "气短"，稗海本、四库本作"短气"。

④ "踵"，稗海本、四库本作"足"。

⑤ "骭"，稗海本、四库本作"骭"。

⑥ "嘘"，稗海本、四库本作"虚"。

王潜在荆州，百姓张七政，善治伤折[①]。有军人损胫，求张治之，张饮以药酒，破肉去碎骨一片，大如两指，涂膏封之，数日如旧。经二年余，胫忽痛，复问张，张言前为君所出骨，寒则痛，可遽觅也，果获于床下。令以汤洗贮于絮中，其痛即愈。王公子弟与之狎，尝祈其戏术。张取马草一掬，再三挼之，悉成灯蛾飞。又画一妇人于壁，酌酒满杯饮之，酒无遗滴。逡巡，画妇人面赤，半日许可尽，湿起坏落，其术终不肯传人。

韩佽在桂州，有妖贼封盈，能为数里雾。先是常行野外，见黄蛱蝶数十，因逐之，至一大树下忽灭，掘之得石函，素书大如臂，遂成左道，百姓归之如市。乃声言某日将攻桂州，有紫气者，我必胜。至期，果紫气如匹帛，自山亘于州城。白气直冲之，紫气遂散。天忽大雾，至午稍开霁，州宅诸树滴下小铜佛，大如麦，不知其数，其年韩卒。

海州司马韦敷，曾往嘉兴，道遇释子希遁，深于缮生之术。又能用日辰可代药石，见敷镊白，曰："贫道为公择日拔之。"经五六日，僧请镊其半。及生，色若黳矣。凡三镊之，鬓不复变。座客有祈镊者，僧言取时稍差。别后，髭色果带绿，其妙如此。

众言石旻有奇术，在扬州，成式数年不隔旬与之相见，言事十不一中。家人头痛、嚏咳者，服其药，未尝效也。至开成初，在城亲故间，往往说石旻术不可测。盛传宝历中，石随钱徽尚书至湖州，尝在学院，子弟皆以文丈呼之。于钱氏兄弟求兔汤饼。时暑月，猎师数日方获，因与子弟共食，笑曰："可留兔皮，聊志一事。"遂钉皮于地，垒墼涂之，上朱书一符。独言曰："恨校迟！恨校迟！[②]"钱氏兄弟诘之[③]，石曰："欲共诸君共记卯年也。"至太和九年，钱可复凤翔遇害，岁在乙卯。

江西人有善展竹，数节可成器[④]。○又有人能葫芦[⑤]，云[⑥]："翻葫芦易于翻鞠。"

厌鼠法，七日以鼠九枚置笼中，埋于地，秤九百斤土覆坎[⑦]，深各二尺五寸，筑之令坚固，杂五行书曰："亭部地上土。"涂灶，水火盗贼不经；涂屋四角，

① "治"，原作"止"，据稗海本、四库本改。

② "恨校迟"，四库本作"恨较迟"。

③ "诘"，原作"语"，据稗海本、四库本改。

④ "数"上，四库本有"展"。

⑤ "葫芦"上，四库本有"翻"。

⑥ "云"，四库本作"曰"。

⑦ "土"，原作"上"，据四库本改。

鼠不食蚕；涂仓，鼠不食稻[①]；以塞坎，百鼠种绝。

雍益坚云："主夜神咒，持之有功德，夜行及寐，可已恐怖恶梦。"咒曰："婆珊婆演底。"

宋居士说，掷骰子，咒云："伊谛弥谛弥揭罗谛。"念满万遍，采随呼而成。

云安井，自大江溯别派，凡三十里。近井十五里，澄清如镜，舟楫无虞。近江十五里，皆滩石险恶，难于沿溯。天师翟乾祐，念商旅之劳，于汉城山上，结坛考召，追命群龙。凡一十四处，皆化为老人，应召而止[②]。乾祐谕以滩波之险，害物劳人，使皆平之。一夕之间，风雷震击，一十四里尽为平潭矣。惟一滩仍旧，龙亦不至。乾祐复严敕神吏追之。又三日，有一女子至焉，因责其不伏应召之意。女子曰："某所以不来者，欲助天师广济物之功耳。且富商大贾，力皆有余，而佣力负运者，力皆不足。云安之贫民，自江口负财货至近井潭，以给衣食者众矣。今若轻舟利涉，平江无虞，即邑之贫民，无佣负之所，绝衣食之路，所困者多矣。余宁险滩波以赡佣负，不可利舟楫以安富商，所以不至者，理在此也。"乾祐善其言，因使诸龙皆复其故，风雷顷刻，而长滩如旧。天宝中，诏赴上京，恩遇隆厚。岁余，还故山，寻得道而去。

玄宗既召见一行，谓曰："师何能？"对曰："惟善记览。"玄宗因诏掖庭，取宫人籍以示之。周览既毕，覆其本，记念精熟，如素所习读。数幅之后，玄宗不觉降御榻为之作礼，呼为圣人。先是一行既从释氏，师事普寂于嵩山。师尝设食于寺，大会群僧及沙门，居数百里者，皆如期而至，聚且千余人。时有卢鸿者，道高学富，隐于嵩山。因请鸿为文赞叹其会。至日，鸿持其文至寺，其师受之，致于几案上。钟梵既作，鸿请普寂曰："某为文数千言，况其字僻而言怪，盍于群僧中选其聪悟者，鸿当亲为传授。"乃令召一行。既至，伸纸微笑，止于一览，复致于几上。鸿轻其疏脱而窃怪之。俄而群僧会于堂，一行攘袂而进，抗音兴裁，一无遗忘。鸿惊愕久之，谓寂曰："非君所能教导也，当从其游学。"一行因穷大衍，自此访求师资，不远数千里。尝至天台国清寺，见一院，古松数十步，门有流水。一行立于门屏间，闻院中僧于庭布算，其声蔌蔌。既而谓其徒曰："今日当有弟子求吾算法，已合到门，岂无人道达耶？"即除一算，又谓曰："门前水合却西流，弟子当至。"一行承言而入，稽首请法，尽受其术焉。而门水旧东流，今忽改为西流矣。邢和璞尝谓尹愔曰[③]："一

① "稻"，四库本作"谷"。

② "止"，四库本作"至"。

③ "愔"，四库本作"愔"。

行，其圣人乎？汉之洛下闳造《大衍历》[①]，云后八百岁当差一日，则有圣人定之，今年期毕矣，而一行造《大衍历》，正在差谬[②]，则洛下闳之言信矣。”一行又尝诣道士尹崇借扬雄《太玄经》，数日，复诣崇还其书。崇曰：“此书意旨深远，吾寻之数年，尚不能晓，吾子试更研求，何遽还也。”一行曰:“究其义矣。”因出所撰《太衍玄图》及《义诀》一卷以示崇，崇大嗟服。曰：“此后生颜子也。”至开元末，裴宽为河南尹，深信释氏，师事普寂禅师，日夕造焉。居一日，宽诣寂，寂云：“方有小事，未暇款语，且请迟回休憩也。”宽乃屏息，止于空室。见寂洁正堂，焚香端坐。坐未久，忽闻叩门，连云：“天师一行和尚至矣[③]。”一行入，诣寂作礼，礼讫，附耳密语，其貌绝恭，但颔云无不可者[④]。语讫礼，礼讫又语，如是者三，寂惟云是是，无不可者。一行语讫，降阶入南室，自阖其户。寂乃徐命弟子云：“遣钟，一行和尚灭度矣。”左右疾走视之，一行如其言灭度。后宽乃服衰绖葬之，自徒步出城送之。[⑤]

唐段少卿酉阳杂俎前集卷之六

唐太常少卿临淄柯古段成式撰

艺绝

南朝有姥善作笔，萧子云常书用，笔心用胎发。开元中，笔匠名铁头，能莹管如玉，莫传其法。

成都宝相寺，偏院小殿中有菩提像，其尘不集如新塑者。相传此像初造时，匠人依明堂先具五藏，次四肢百节。将百余年，纤尘不凝焉。

李叔詹常识一范阳山人，停于私第，时语休咎必中，兼善推步禁咒。上半年[⑥]，忽谓李曰:“某有一艺，将去，欲以为别，所谓水画也。”乃请后厅上掘地为池，方丈，深尺余，泥以麻灰，日汲水满之。候水不耗，具丹青墨砚，先援笔叩齿良久，乃纵笔毫水上，就视，但见水色浑浑耳。经二日，拓以穉一作致。

① “大衍”，四库本作“太初”。

② “在”，四库本作“其”。

③ “天”，四库本作“大”。

④ “颔”，原作“额”，据四库本改。

⑤ “‘江西’至‘出城送之’”，稗海本缺。

⑥ “上”，稗海本、四库本作“止”。

绢四幅[1]。食顷，举出观之，古松、怪石、人物、屋木，无不备也。李惊异，苦诘之，惟言善能禁彩色，不令沉散而已。

天宝末，术士钱知微尝至洛，遂榜天津桥表柱卖卜，一卦帛十匹。历旬，人皆不诣之。一日，有贵公子意其必异，命取帛如数卜焉。钱命蓍布卦成，曰："予筮可期一生，君何戏焉？"其人曰："卜事甚切，先生岂误乎？"钱云："请为韵语曰：雨头点土，中心虚悬，人足踏跋，不肯下钱。"其人本意卖天津桥给之，其精如此。[2]

旧记藏弨令人生离，或言古语有征也。举人高映善意弨。成式尝于荆州藏钩，每曹五十余人，十中其九，同曹钩亦知其处，当时疑有他术。访之[3]，映言但意举止辞色，若察囚视盗也。

山人石旻犹妙打弨[4]，与张又新兄弟善，暇夜会客，因试其意弨，注之必中。张遂置钩于巾襞中。旻曰："尽张空拳[5]。"有顷，左眼钩在张君幞头左翅中[6]，其妙如此。旻后居扬州，成式因识之，曾祈其术，石谓成式曰："可先画人首数十，遣吴越异辨则相授[7]。"疑其见欺，竟不及画。[8]

器奇

开元中，河西骑将宋青春，骁果暴戾，为众所忌。及西戎岁犯边，青春每阵常运稍大呼[9]，执馘而旋，未尝中锋镝，西戎惮之，一军始赖焉。后吐蕃大地[10]，获生口数千。军帅令译问衣大虫皮者："尔何不能害青春？[11]"答曰："尝见龙突阵而来[12]，兵刃所及，若叩铜铁，我为神助将军也[13]。"青春乃知剑一作钩。

---

① "一作致"，四库本无。

② "天宝末"条，稗海本缺，四库本位于卷五末。

③ "之"，稗海本、四库本作"知"。

④ "犹"，稗海本、四库本作"尤"。

⑤ "拳"下，原有"左"字，据四库本改。

⑥ "眼"上，原无"左"字，据四库本改。

⑦ "吴越"，原作"胡越"，据四库本改。

⑧ "山人"条，稗海本、四库本与上条相接，未单独成条。

⑨ "稍"，稗海本、四库本作"臂"。

⑩ "地"，四库本作"衄"。

⑪ "青春"，四库本作"其人"。

⑫ "龙"上，稗海本、四库本有"青"。

⑬ "为"，四库本作"谓"。

之有灵。青春死后，剑为瓜州刺史李广琛所得，或风雨后，迸光出室，环烛方丈。哥舒镇西知之，求易以他宝，广琛不与，因赠诗："刻舟寻化去，弹铗未酬恩。"

郑云达少时得一剑，鳞铗星镡，有时而吼。常在庄居，晴日藉膝玩之。忽有一人从庭树窣然而下，衣朱紫，纠髯露剑而立[①]，黑气周身，状如重雾。郑素有胆气，佯若不见。其人因言："我上界人，知公有异剑，愿借一观。"郑谓曰："此凡铁耳，不堪君玩，上界岂籍此乎？"其人求之不已。郑伺便良久，疾起斫之，不中，忽坠黑气着地，数日方散。

成式相识温介云："大历中，高邮百姓张存，以踏藕为业。尝于陂中见旱藕，梢大如臂，遂并力掘之，深二丈，大至合抱，以不可穷，乃断之。中得一剑，长二尺，色青无刃，存不之宝。邑人有知者，以十束薪获焉。其藕无丝。"

元和末，海陵夏侯乙，庭前生百合花，大于常数倍，异之。因发其下，得甓匣十三重，各匣一镜，第七者光不蚀，照日光环一丈，其余规铜而已。

高瑀在蔡州，有军将田知回易折欠数百万。回至外县，去州三百余里，高方令锢身勘田。忧迫，计无所出，其颊因为设酒食开解之。坐客十余，中有称处士皇甫玄真者，衣白若鹅羽，貌甚都雅。众皆有宽勉之辞，皇但微笑曰："此亦小事。"众散，乃独留，谓田曰："予尝游海东，获二宝物，当为君解此难。"田谢之，请具车马，悉辞，行甚疾。其晚至州，舍于店中，遂晨谒高。高一见不觉敬之，因谓高曰："玄真此来，特从尚书乞田性命。"高遽曰："田欠官钱，非瑀私财，如何？"皇请避左右："某于新罗获一巾子辟尘，欲献此赎田。"于怀内探出授高[②]。高才执，已觉体中虚凉，惊曰："此非人臣所有，且无价矣，田之性命，恐不足酬也。"皇甫请试之。翌日，因宴于郭外。时久旱，埃尘且甚，高顾视马尾鬣及左右驺卒数人，并无纤尘。监军使觉，问高："何事尚书独不尘坌，岂遇异人获至宝乎？"高不敢隐，监军固求见处士[③]，高乃与俱往。监军戏曰："道者独知有尚书乎？更有何宝，愿得一观。"皇甫具述救田之意，且言药出海东，今余一针，力弱不及巾，可令一身无尘。监军拜请曰："获此足矣！"皇即于巾上抽与之。针金色，大如布针，监军乃札于巾试之。骤于尘中，尘唯及马鬃尾焉。高与监军日日礼谒，将请其道要[④]，一夕忽失所在矣。

---

① "衣朱紫"，稗海本作"紫衣朱"。"衣朱紫，纠发露剑而立"，四库本作"紫衣朱，虬发当剑而立"。

② "于"上，稗海本、四库本有"即"。

③ "监军"下，稗海本、四库本有"不悦"二字。

④ "请"，稗海本、四库本作"讨"。

乐

咸阳宫中，有铸铜人十二枚，坐皆三五尺，列在一筵上。琴筑笙竽，各有所执，皆组绶花彩，俨若生人。筵下有铜管，吐口高数尺，其一管空，内有绳大如指，使一人吹空管，一人纫绳，则琴瑟竽筑皆作，与真乐不异。有琴长六尺，安十三弦，二十六徽，皆七宝饰之，铭曰玙璠之乐。玉笛长二尺三寸，二十六孔，吹之则见车马出山林，隐隐相次，息亦不见，铭曰昭华之管。

魏高阳王雍美人徐月华，能弹卧箜篌，为明妃出塞之声。

有田一作由。僧超能吹笳，为壮士歌、项羽吟。将军崔延伯出师，每临敌，令僧超为壮士声，遂单马入阵。

古琵琶用鹍鸡股。开元中，叚师能弹琵琶[①]，用皮弦，贺怀智破拨弹之，不能成声。

蜀将军皇甫直，别音律，击陶器能知时月，好弹琵琶。元和中，尝造一调，乘凉临水池弹之，本黄钟而声入蕤宾，因更弦再三奏之，声犹蕤宾也。直甚惑，不悦，自意为不祥。隔日，又奏于池上，声如故，试弹于他处，则黄钟也。直因调蕤宾，夜复鸣弹于池上，觉近岸波动，有物激水，如鱼跃，及下弦则没矣。直遂集客，车水竭池，穷池索之。数日，泥下丈余得铁一片，乃方响蕤宾铁也。

王沂者，平生不解弦管。忽旦睡，至夜乃寤，索琵琶弦之[②]，成数曲，一名《雀啅蛇》，一名《胡王调》，一名《胡瓜苑》。人不识闻，听之莫不流涕。其妹请学之，乃教数声，须臾总忘，后不成曲。

有人以猿臂骨为笛，吹之，其声清圆，胜于丝竹。

琴有气，常识一道者，相琴知吉凶。[③]

---

① “叚”，四库本作“段”。

② “弦”，四库本作“弹”。

③ “王沂者”至“琴有气”三条，稗海本缺。

唐段少卿酉阳杂俎前集卷之七

唐太常少卿临淄柯古段成式撰

酒食

魏贾琳家累千金，博学善著作。有苍头善别水，常令乘小艇于黄河中，以瓠匏接河源水。一日不过七八升，经宿，器中色赤如绛，以酿酒，名昆仑觞。酒之芳味，世中所绝，曾以三十斛上魏庄帝。

历城北有使君林，魏正始中，郑公慤一作悫。三伏之际，每率宾僚避暑于此。取大莲叶置砚格上，盛酒三升①，以簪刺叶，令与柄通，屈茎上轮囷如象鼻，传吸之，名为碧筒杯。历下学之②，言酒味杂莲气，香冷胜于水。

青田核，莫知其树实之形。核大如六升瓠，注水其中，俄顷水成酒③，一名青田壶，亦曰青田酒。蜀后主有桃核两扇，每扇着仁处，约盛水五升。良久，水成酒，味醉人，更互贮水，以供其宴，即不知得自何处。

武溪夷田强，遣长子鲁居上城，次子玉居中城，小子仓居下城，三垒相次，一作望。以拒王莽。光武二十四年，遣武威将军刘尚征之。尚未至，仓获白鳖为臛，举烽请两兄，兄至无事。及尚军来，仓举火，鲁等以为不实，仓遂战而死。

梁刘孝仪食鲭鲊，曰："五侯九伯，令尽征之。"魏使崔劼、李骞在坐，劼曰："中丞之任，未应已得分陕？"骞曰："若然，中丞四履，当至穆陵。一作穆陵陵。"孝仪曰："邺中鹿尾，乃酒肴之最。"劼曰："生鱼熊掌，孟子所称；鸡跖猩唇，吕氏所尚。鹿尾乃有奇味，竟不载书籍，每用为怪。"孝仪曰："实自如此，或是古今好尚不同。"梁贺季曰："青州蟹黄，乃为郑氏所记，此物不书，未解所以。"骞曰："郑亦称益州鹿尾，但未是珍味。"

何胤侈于味，食必方丈，后稍欲去其甚者，犹食白鱼、䱇腊、糖蟹，使门人议之。学士钟岏一作岏。议曰："䱇之就腊④，骤于屈伸，而蟹之将糖，躁扰弥甚。仁人用意，深怀如怛⑤。至于车螯母蛎，眉目内阙，惭浑沌之奇；唇吻外缄，非

① "三"，稗海本、四库本作"二"。

② "历"，原作"以"，据稗海本、四库本改。

③ "顷"，原作"倾"，据稗海本、四库本改。

④ "腊"，原作"品"，据稗海本、四库本作。

⑤ "如"，四库本作"恻"。

金人之慎。不荣不悴，曾草木之不若；无馨无臭，与瓦砾而何异？故宜长充庖厨，永为口实。”

后梁韦琳，京兆人，南迁于襄阳。天保中为舍人，涉猎有才藻，善剧谈，常为䱇表以讥刺时人。其词曰：“臣䱇言，伏见除书，以臣为粽一作糁。熬将军、油蒸校尉、臛州刺史，脯腊如故。肃承将命，含灰屏息。凭笼临鼎，载兢载惕。臣美愧夏鳣，味惭冬鲤。常怀鲐腹之诮，每惧鳖岩之讥。是以嗽流湖底，枕石泥中。不意高赏殊私，曲蒙钓拔，遂得超升绮席，忝预玉盘。远厕玳筵，猥颁象箸，泽覃紫腨，一作腴。恩加黄腹。方当鸣姜动椒，纡苏佩榄。轻瓢才动，则枢盘如烟。浓汁暂停，则兰肴成列。宛转绿齑之中，逍遥朱唇之内。衔恩噬泽，九殒弗辞。不任屏营之诚，谨到铜枪门[①]，奉表以闻。诏答曰：“省表具知，卿池沼搢绅，陂池俊乂[②]。穿蒲入荇，肥滑有闻。允堪兹选，无劳谢也。”[③]

伊尹干汤，言天子可具三群之虫，谓水居者腥，肉玃者臊，草食者膻也。

五味、三材、九沸、九变、三臡、七菹、具酸、楚酪、芍药之酱、秋黄之苏、楚苗、山肤太一作大。苦、挫糟。[④]

甘而不噮，酸而不嚛，咸而不减，辛而不耀，淡而不薄，肥而不腴。

猩唇、获炙、鹴翠[⑤]、挡腴、麋腱[⑥]、述荡之掔、旄象之约、桂蠹石鲮、河隈之稣、巩洛之鳟、洞庭之鲋、灌水之鲤、一作鳐。珠翠之珍、莱黄之鲐、臑鳖、炮羔、腾凫[⑦]、玭臛、御宿青祭、一作粲。瓜州红菱、冀野之粱、芳菰、精稗、会稽之菰、不周之稻、玄山之禾、杨山之穄、南海之秬、寿木之华、玄木之叶、梦泽之芹、具区之菁、杨朴之姜、招摇之桂、越酪之菌、长泽之卵、三危之露、昆仑之井、黄颔臛、醒酒鲭、餅糊饫馆、粔籹、寒具、小蛳、熟蚬、炙糍、蛆子、蟹蝑、葫精、细乌贼、细飘、一作鱼鳔。[⑧]梨酹、筀酱、干栗、曲阿酒、麻酒、搌酒、新鳅子、石耳、蒲叶菘、西捭[⑨]、竹根粟[⑩]、菰首、鳛子鮈、熊蒸、麻胡麦、藏荔

① “到”，稗海本、四库本作“列”。

② “池”，四库本作“渠”。

③ “后梁”条，稗海本、四库本与上条相接，不另起。

④ “挫槽”，稗海本、四库本位于“山肤”前。

⑤ “翠”，四库本作“髀”。

⑥ “麋”，稗海本、四库本作“麇”。

⑦ “凫”，四库本作“鹎”。

⑧ “作”，稗海本、四库本作“曰”。

⑨ “捭”，稗海本、四库本作“椑”。

⑩ “竹”，稗海本、四库本作“青”。

支、绿施笋、紫鳙、千里莼、鲙曰万丈、蚊一作虫。足、红綷精细曰万、凿百炼、蝇首如虰、张掖九蒸豉、一丈三节蔗、一岁二花梨[1]、行米、丈松、炰鳅、蚶酱、苏膏、糖颓蜼子、新乌蛔、纀酿法[2]、乐浪酒法、二月二日法酒、酱酿法、绿酃法、猪骸羹、白羹、麻羹、鸽臛、隔冒法、肚铜法、大貊炙、蜀梼炙、路时腊、棋腊、攫天腊[3]、细面法、飞面法、薄演法、笼上牢丸、汤中牢丸、樱桃饆、蝎饼、阿韩特饼、凡当饼、兜猪肉、悬熟、杏炙、蛙炙、脂血、大扁锡、马鞍锡、黄丑、白丑、白龙舍、黄龙舍、荆锡、竿炙、羌煮、一作炙。[4]疏饼、餅糊饼。

饼谓之托，或谓之饦馄。饴谓之餦，一作餭。饱餩谓之餷，一作餶。餥飵飴，飴本二字皆从鱼。茹、叽，食也。

膜、一作餤。[5]腰、胀、膰，肉也。膠、膶，膜也。臇、膹、一作膭。[6]腪，臛也。粩[7]、糈、麸，馓也。饆、一作饽。饙、脺、饎、饩，饵也。醦、醶、酮、醾，醋也[8]。酪、截、醇，浆也。鹺、鹺、鹺、鹺，盐也。醢、醡、醶、醧、醤，酱也。

折粟米法：取简胜粟一石，加粟奴五斗舂之，粟奴能令馨香。

乳煮羊胯利法：槟榔詹阔一寸，长一寸半，胡饭皮。

鲤鲋鲊法：次第以竹枝赍头置日中，书复为记。

赍字五色饼法：刻木莲花，藉禽兽形按成之，合中累积五色竖作道，名为斗钉。色作一合者皆糖蜜，副起粄法、汤胘法、沙棋法、甘口法。

蔓菁薤菹法：饱霜柄者，合眼掘取作樗蒲形。

蒸饼法：用大例面一升，炼猪膏三合。梨漤法、腴肉法、脺肉法、沦鲇法。治犊头，去月骨，舌本近喉，有骨如月。木耳鲙、汉瓜菹切用骨刀、豆牙菹、肺饼法、覆肝法、起起肝如起鱼菹。菹族并乙去法。一作升。

又鲙法，鲤一尺，鲫八寸，去排泥之羽，鲫员天肉腮后鬐前，用腹腴拭刀，亦用鱼脑，皆能令鲙缕不着刀。

鱼肉冻肚法：渌肉酸肚，用鲫鱼、白鲤、鲂、鯸、鳜、鯐，煮驴、马肉用助底。郁驴肉，驴作鲈贮反。炙肉，鳣鱼第一，白其次，已前日味。

---

① “二”，稗海本、四库本作“一”。

② “纀酿”，稗海本作“纀胶”。

③ “攫”，稗海本、四库本作“玃”。

④ “作”，稗海本、四库本作“曰”。

⑤ “一作餤”，稗海本、四库本作“一曰馂”。

⑥ “一作膭”，稗海本、四库本作“一曰馈”。

⑦ “粩”，稗海本、四库本作“格”。

⑧ “醋”，稗海本、四库本作“酷”。

今衣冠家名食，有萧家馄饨，漉去汤肥，可以瀹茗。庾家粽子，白莹如玉。韩约能作樱桃饆饠，其色不变。又能造冷胡突[1]、鲙鳢鱼、臆连蒸诈草草[2]一本无蒸字，草草作獐獐。[3]皮索饼。将军曲良翰，能为驴驼峰炙。

贞元中[4]，有一将军家出饭食，每说物无不堪吃，唯在火候，善均五味。尝取败障泥胡禄，一作鹿。修理食之，其味极佳。

道流陈景思说，敕使齐日升养樱桃，至五月中，皮皱如鸿柿不落，其味数倍，人不测其法。

医

卢城之东有扁鹊冢，云魏时针药之士，以卮腊祷之，所谓卢医也。

魏时，有句骊客善用针，取寸发斩为十余段，以针贯取之，言发中虚也，其妙如此。

王玄荣俘中天竺王阿罗那顺以诣阙，兼得术士那罗迩一有娑字。娑，言寿二百岁。太宗奇之，馆于金飙门内，造延年药，令兵部尚书崔敦礼监主之，言婆罗门国有药名畔茶佉水，出大山中石臼内。有七种色，或热或冷，能消草木金铁，人手入则消烂。若欲取水，以骆驼髑髅沉于石臼，取水转注瓠芦中。每有此水，则有石柱似人形守之。若彼山人传道此水者则死。又有药名咀赖罗，在高山石崖下。山腹中有石孔，孔前有树，状如桑树，孔中有大毒蛇守之。取以大方箭射枝叶[5]，叶下便有乌鸟衔之飞去，则众箭射乌而取其叶也。后死于长安。

荆人道士王彦伯，天性善医，尤别脉，断人生死寿夭，百不差一。裴胄尚书子忽暴中病，众医拱手，或说彦伯，遽迎使视。脉之良久，曰："都无疾。"乃煮散数味，入口而愈。裴问其状，彦伯曰："中无腮鲤鱼毒也。"其子因鲙得病，裴初不信，乃脍鲤鱼无腮者，令左右食之，其候悉同，始大惊异焉。

柳芳为郎中，子登疾重。时名医张方福初除泗州，与芳故旧，芳贺之，且言子病，唯恃故人一顾也。张诘旦候芳，芳遽引视登。遥见登顶曰："有此顶骨，何忧也。"因按脉五息，复曰："不错，寿且逾八十。"乃留方数十字，谓登曰："不服此亦得。"登后为庶子，年至九十而卒。

---

① "又"，稗海本、四库本作"有"。

② "蒸"，稗海本、四库本作"烝"。

③ "一本无蒸字，草草作獐獐"，稗海本、四库本无。

④ "贞"，原作"真"，据稗海本、四库本改。

⑤ "射"，原缺，据稗海本、四库本补。

唐段少卿酉阳杂俎前集卷之八

唐太常少卿临淄柯古段成式撰

黥

上都街肆恶少，率髡而肤札，备众物形状。恃诸军[①]，张拳强劫，一作弓剑。至有以蛇集酒家，捉羊胛击人者。今京兆薛公元赏[②]，上言白，令里长潜部，约三千一作十。余人，悉杖杀，尸于市。市人有点青者，皆炙灭之。时大宁坊力者张干，札左膊曰“生不怕京兆尹”，右膊曰“死不畏阎罗王”。又有王力奴，以钱五千召札工，可胸腹为山[③]、亭院、池榭、草木、鸟兽，无不悉具，细若设色。公悉杖杀之。〇又贼赵武建，札一百六十处番印、盘鹊等，左右膊刺言：“野鸭滩头宿，朝朝被鹘梢。忽惊飞入水，留命到今朝。”〇又高陵县捉得镂身者宋元素，刺七十一处，左臂曰：“昔日已前家未贫，苦将钱物结交亲。如今失路寻知己，行尽关山无一人。”右臂上刺葫芦，上出人首，如傀儡戏郭公者。县吏不解，问之，言葫芦精也。[④]

李夷简，元和末在蜀。蜀市人赵高好斗，常入狱，满背镂毗沙门天王，吏欲杖背，见之辄止，恃此转为坊市患害。左右言于李，李大怒，擒就厅前，索新造筋棒，头径三寸，叱杖子打天王，尽则已，数三十余不绝。经旬日，袒衣而历门，叫呼乞修理功德钱。

蜀小将韦少卿，韦表微堂兄也。少不喜书，嗜好札青。其季父尝令解衣视之，胸上刺一树，树杪集鸟数十，其下悬镜，镜鼻系索，有人止侧牵之。叔不解，问焉。少卿笑曰：“叔不曾读张燕公诗否？《挽镜寒鸦集》耳。”

荆州街子葛清，勇不肤挠，自颈已下，遍刺白居易舍人诗。成式常与荆客陈至呼观之，令其自解，背上亦能暗记。反手指其札处[⑤]，至“不是此花偏爱菊”[⑥]，则有一人持杯临菊丛。又“黄夹缬林寒有叶”，则指一树，树上挂缬，缬窠锁

---

① “恃”，稗海本、四库本作“时”。

② “元赏”，稗海本、四库本无。

③ “可”，四库本作“刺”。

④ “又贼赵”至“芦精也”，稗海本、四库本另起一条。

⑤ “札”，稗海本、四库本作“去”。

⑥ “花”，四库本作“翁”。

胜一作膝。绝细。凡刻三十余处首，体无完肤，陈至呼为白舍人行诗图也。

成式门下驺路神通，每军较力[①]，能戴石簦靸六百斤石，啮破石粟数十。背刺天王，自言得神力，入场人助多则力生。常至朔望日，具乳糜，焚香袒坐，使妻儿供养其背而拜焉。

崔承宠少从军，善驴鞠[②]，逗脱杖捷如胶焉。后为黔南观察使，少，遍身刺一蛇，始自右手，口张臂食两指，绕腕匝颈，龃龉在腹，拖股而尾及骭焉。对宾侣常衣覆其手，然酒酣辄袒而努臂戟手[③]，捉优伶辈，曰："蛇咬尔！"优伶等即大叫毁而为痛状，以此为戏乐。

宝历中，长乐里门有百姓刺臂，数十人环瞩之。忽有一人，白襴屠苏，顷首微笑而去[④]。未十步，百姓子刺血如衄，痛苦次骨。食顷[⑤]，出血斗余，众人疑向观者，令其父从而求之。其人不承，其父拜数十，乃捻撮土若祝[⑥]。"可傅此。"如其言，血止。

成式三从兄遘，贞元中，尝过黄坑，有从者拾髑颅骨数片将为药，一片上有"逃走奴"三字[⑦]，痕如淡墨，方知黥踪入骨也。从者夜梦一人，掩面从其索骨，曰："我羞甚，幸君为我深藏之，当福君。"从者惊觉毛戴，遽为埋之。后有事，鬼仿佛梦中报之，以是获财，欲至十万而卒。

蜀将尹偃营有卒，晚点后数刻，偃将责之。卒被酒，自理声高，偃怒，杖数十，几至死。卒弟为营典，性友爱，不平偃，乃以刀劈肌作"杀尹"两字，以墨涅之。偃阴知，乃以他事杖杀典。及太和中，南蛮入寇，偃领众数万保邛崃关。偃膂力绝人，常戏左右，以枣节杖击其胫，随击筋涨拥肿，初无痕挞。恃其力，悉众出关，逐蛮数里。蛮伏发，夹攻之，大败，马倒，中数十枪而死。初出关日，忽见所杀典拥黄案，大如毂，在前引，心恶之，问左右，咸无见者，竟死于阵。

房孺复妻崔氏，性忌，左右婢不得浓妆高髻，月给胭脂一豆、粉一钱。有一婢新买，妆稍佳，崔怒谓曰："汝好妆耶？我为汝妆。"乃令刻其眉，以青填之，烧锲梁，灼其两眼角，皮随手燋卷，以朱傅之。及痂脱，瘢如妆焉。

杨虞卿为京兆尹时，市里有三王子，力能揭巨石。遍身图刺，体无完肤。

---

① "较"，稗海本、四库本作"设"。

② "驴"，四库本作"击"。

③ "努"，四库本作"弩"。

④ "顷首微笑"，稗海本作"少顷微笑"，四库本作"倾首微笑"。

⑤ "食"，稗海本、四库本作"俄"。

⑥ "撮"，稗海本、四库本作"辙"。

⑦ "三"，原缺，据稗海本、四库本补。

前后合抵死数四，皆匿军以免。一日有过，杨令五百人捕获，闭门杖杀之。判云：“錾刺四肢[①]，只称王子[②]，何须讯问，便合当辜[③]。”

蜀人工于刺，分明如画。或言以黛则色鲜。成式问奴辈，言但用好墨而已。

荆州贞元中，市有鬻刺者有印，印上簇针为众物状，如蟾蝎杵臼，随人所欲。一印之，刷以石墨，疮愈后，细于随求印[④]。

近代妆尚靥，如射月曰黄星一作是。靥。靥钿之名，盖自吴孙和邓夫人也。和宠夫人，尝醉舞如意，误伤邓颊，血流，娇婉弥苦，命太医合药，医言：“得白獭髓，杂玉与琥珀屑[⑤]，当灭痕。”和以百金购得白獭，乃合膏。琥珀太多，及痕不灭[⑥]，左颊有赤点如意[⑦]，视之更益甚妍也。诸嬖欲要宠者，皆以丹点颊[⑧]，而后进幸焉。

今妇人面饰用花子，起自昭容上官氏所制，以掩黥迹。大历已前，士大夫妻多妒悍者，婢妾小不如意，辄印面，故有月点、钱点。

百姓间有面戴青志如黥。旧言妇人在草蓐亡者，以墨点其面，不尔，则不利后人。

越人习水，必镂身以避蛟龙之患。今南中绣面狫子[⑨]，盖雕题之遗俗也。

《周官》：“墨刑罚三百。”郑言：“先刻面，以墨窒之，窒墨者使守门。”《尚书刑德考》曰：“涿鹿者，凿人颡也。黥人者，马羁笮人面也。”郑云：“涿鹿者，黥世谓之刀墨之民。”

《尚书大传》：“虞舜象刑，犯墨者皂巾。”《白虎通》：“墨者，额也。取汉法，火之胜金。”

《汉书》：“除肉刑，当黥者髡钳为城旦舂。”

又《汉书》：“使王乌等窥匈奴。匈奴法，汉使不去节，不以墨黥面，不得入穹庐。王乌等去节，黥面，得入穹庐，单于爱之。”

晋令，奴始亡，加铜青若墨，黥两眼；从再亡，黥两颊上；三亡，横黥目下：

---

① “肢”，稗海本作“友”，四库本作“支”。

② “只”，四库本作“自”。

③ “便”，原作“何”，据稗海本、四库本改。

④ “疮愈后，细于随求印”，原作“细于随求印疮愈后”，据稗海本、四库本改。

⑤ “琥珀”，原作“虎珀”，下同，据四库本改。

⑥ “及”下，四库本有“愈”字。

⑦ “意”，四库本作“志”。

⑧ “丹”下，稗海本、四库本有“青”。

⑨ “狫”，稗海本作“老”，四库本作“獠”。

皆长一寸五分。

梁朝杂律，凡囚未断，先刻面作劫字。

释僧祇律涅槃印者，比丘作梵王法，破肉以孔雀胆、铜青等画身、作字及鸟兽形，名为印黥。

《天宝实录》云："日南厩山连接，不知几千里，裸人所居，白民之后也。刺其胸前作花，有物如粉而紫色，画其两目下，去前二齿，以为美饰。成式以君子耻一物而不知。陶贞白每云，一事不知，以为深耻。况相定黥布当王，淫著红花欲落，刑之墨属，布在典册乎！偶录所记寄同志，愁者一展眉头也。

雷

安丰县尉裴颢，士淹孙也。言玄宗尝冬月召山人包超，令致雷声，超对曰："来日及午有雷。"遂令高力士监之。一夕醮式作法，及明至已矣，天无纤翳，力士惧之。超曰："将军视南山，当有黑气如盘矣。"力士望之，如其言。有顷风起，黑气弥漫矣①，雷数声②。明皇又每令随哥舒西征③，每阵常得胜风。

贞元初，郑州百姓王干有胆勇，夏中作田，忽暴雨雷，因入蚕室中避雨。有顷，雷电入室中，黑气陡暗。干遂掩户，把锄乱击。声渐小，云气亦敛。干大呼，击之不已，气复如半床，已至如盘，辖然坠地，变成熨斗、折刀、小折脚铛焉。

李鄘在北都，介休县百姓送解牒，夜止晋祠宇下。夜半有人叩门云："介休王暂借霹雳车，某日至介休收麦。"良久，有人应曰："大王传语，霹雳车正忙，不及借。"其人再三借之，遂见五六人，秉烛自庙后出，介山使者亦自门骑而入④，数人共持一物如幢，扛上环缀旗幡，授与骑者曰："可点领。"骑者即数其幡，凡十八叶，每叶有光如电起。百姓遂遍报邻村⑤，令速收麦，将有大风雨。村人悉不信，乃自收刈。至其日，百姓率亲情，据高阜，候天色。及午，介山上有黑云，气如窑烟。斯须蔽天，注雨如绠，风吼雷震。凡损麦千余顷，数村以百姓为妖讼之。工部员外郎张周封，亲睹其推案。

成式至德坊三从伯父，少时于阳羡家乃亲故也。夜遇雷雨，每电起，光中见有人头数十，大如栲栳。

---

① "矣"，稗海本、四库本无。

② "雷"上，稗海本、四库本有"疾"字。

③ "明皇"，稗海本、四库本"玄宗"。

④ "山"，稗海本、四库本作"休"。

⑤ "遂"，稗海本、四库本无。

柳公权侍郎尝见亲故说，元和末，止建州山寺中，夜半觉门外喧闹，因潜于窗棂中观之，见数人运斤造雷车，如图画者。久之，一嚏气，忽陡暗[①]，其人两目遂昏焉。[②]

处士周洪言，宝历中，邑客十余人，逃暑会饮。忽暴风雨，有物坠如玃，两目睒睒。众人惊伏床下。倏忽上阶，历视众人，俄失所在。及雨定，稍稍能起，相顾，耳悉泥矣。邑人言，向来雷震，牛战鸟堕[③]，邑客但觉殷殷而已。

元稹在江夏襄州贾堑有庄[④]，新起堂，上梁才毕，疾风甚雨。时庄客输油六七瓮，忽震一声，油瓮悉列于梁上，一滴不漏，其年元卒。

贞元年中，宣州忽大雷雨，一物堕地，猪首，手足各两指，执一赤蛇啮之。俄顷，云暗而失，时皆图而传之。[⑤]

梦

魏杨元稹能解梦，广阳王元渊梦着衮衣，倚槐树，问元稹。元稹言："当得三公。"退谓人曰："死后得三公耳，槐字木傍鬼。"果为尔朱荣所杀，赠司徒。

许超梦盗羊入狱，元稹曰："当得城阳令。"后封城阳侯。[⑥]

补阙杨子孙一作于，又作玉。堇，善占梦。一人梦松生户前，一人梦枣生屋上。堇言："松，丘垄间所植。'枣'字重'来'，重来，呼魄之象。"二人俱卒。[⑦]

侯君集与承乾谋通逆，意不自安，忽梦二甲士录至一处，见一人高冠鼓髯，叱左右取君集威骨来。俄有数人操屠刀，开其脑上及右臂间，各取骨一片，状如鱼尾。因嗆吒而觉，脑臂犹痛。自是心悸力耗，至不能引一钧弓。欲自首，不决而败。

扬州东陵圣母庙主女道士康紫霞，自言少时梦中被人录于一处，言天符令摄将军巡南岳，遂擐以金锁甲，令骑，道从千余人，马蹀虚南去。须臾至，岳神拜迎马前，梦中如有处分。岳中峰岭溪谷，无不历也。恍惚而返，鸡鸣惊觉，自是生须数十根。

---

① "陡"，稗海本、四库本作"斗"。

② 此条稗海本、四库本与上条相接。

③ "堕"，四库本作"坠"。

④ "元稹"，四库本作"微之"。

⑤ "贞元"条，稗海本无。

⑥ "封"下，四库本有"为"字。以上两条中的"元稹"，四库本作"元祯"。

⑦ "补阙"条，四库本位于"梦篇"末。

司农卿韦正贯应举时，尝至汝州，汝州刺史柳凌，留署军事判官。柳尝梦有一人呈案，中言欠柴一千七百束。因访韦解之，韦曰："柴，薪木也。公将此不久乎！"月余，柳疾卒。素贫，韦为部署，米麦镪帛，悉前请于官数月矣。唯官中欠柴一千七百束，韦披案，方省柳前梦。

道士秦霞霁，少勤香火，存想不怠。尝梦大树，树忽穴，有小儿青折鬐发，自穴而出，语秦曰："合土尊师。"因惊觉，自是休咎之事，小儿仿佛报焉。凡五年，秦意为妖，偶以事访于师，师遽戒勿言："此修行有功之证。"因此遂绝。旧说梦不欲数占，信矣。

蜀医昝殷言："藏气阴多则数梦，阳壮则梦少，梦亦不复记。"《周礼》："有掌三梦，又以日月星辰各占六梦，谓日有甲乙，月有建破，星辰有居直，星有扶一作符。刻也。"又曰："舍萌于四方，以赠恶梦。谓会民方相氏，四面逐送恶梦至四郊也。"

《汉仪》大傩侲子辞，有"伯奇食梦"。道门言梦者魄妖，或谓三尸所为。释门言有四：一善恶种子，二四大偏增，三贤圣加持，四善恶征祥。成式尝见僧首素言之，言出《藏经》，亦未暇寻讨。又言梦不可取，取则著，著则怪入。夫瞽者无梦，则知梦者习也。

成式表兄卢有则，梦看击鼓，及觉，小弟戏叩门为街鼓也。

又成式姑婿裴元裕言："群从中有悦邻女者，梦女遗二樱桃食之。"及觉，核坠枕侧。[①]

李铉著《李子正辩》，言至精之梦，则梦中身人可见。如刘幽求见妻，梦中身也。则知梦不可以一事推矣。愚者少梦，不独至人，问一作闻。之驺皂，百夕无一梦也。

秘书郎韩泉善解梦。卫中行为中书舍人时，有故旧子弟选，投卫论属，卫欣然许之。驳榜将出，其人忽梦乘驴蹶坠水中，登岸而靴不湿焉。选人与韩有旧，访之，韩被酒半戏曰："公今选事不谐矣！据梦，卫生相负，足下不沾。"及榜出，果驳放。韩有学术，韩仆射犹子也。

威远军小将梅伯成以善占梦，近有优人李伯怜游泾州，乞钱得米百斛。及归，令弟取之，过期不至。昼梦洗白马，访伯成占之。伯成伫思曰："凡人好反语，洗白马，泻白米也。君所忧或有风水之虞乎？"数日，弟至，果言渭河中覆舟，一粒无余。

卜人徐道升言："江淮有王生者，榜言解梦。"贾客张瞻将归，梦炊于臼中。问王生，生言："君归不见妻矣。臼中炊，固无釜也。"贾客至家，妻果卒已数月，方知王生之言不诬矣。

---

① "成式"条与"又成式"条，稗海本、四库本与"汉仪"条相接，不另起。

唐段少卿酉阳杂俎前集卷之九

唐太常少卿临淄柯古段成式撰

事感

平原高苑城东有渔津[①]，传云，魏末平原潘府君，字惠延，自白马登舟之部，手中算囊，遂坠于水，囊中本有钟乳一两。在郡三年，济水泛溢，得一鱼，长三丈，广五尺，刳其腹中，有得一坠水之囊。金针尚在，钟乳消尽，其鱼得脂数十斛，时人异之。

谯郡有功曹涧。天统初，济南来府君出除谯郡，时功曹清河崔公恕。弱冠有令德，于时春夏积旱，送别者千余人。至此涧上，众渴甚思水，升直万钱矣，来公有思水色。恕独见一青乌，于涧中乍飞乍止，怪而就焉。乌起，见一石方五六寸，以鞭拨之，清泉涌出，因盛以银瓶，瓶满，水立竭，唯来公与恕供疗而已。议者以为盛德所感致焉，时人异之，故以为目。

李彦佐在沧景，太和九年，有诏诏浮阳兵北渡黄河。时冬十二月，至济南郡，使击冰延舟[②]，冰触舟，舟覆诏失。李公惊惧，不寝食六日，鬓发暴白，至貌侵肤削，从事亦讶其仪形也。乃令津吏，不得诏尽死。吏惧，且请公一祝，沉浮于河，吏凭公诚明，以死索之。李公乃令具爵酒，言祝传语诘河伯[③]，其旨曰："明天子在上，川渎山岳，祝史咸秩，予境之内，祀未尝匮[④]，尔河伯洎鳞之长，当卫天子诏，何返溺之？予或不获，予斋告于天，天将谪尔。"吏酹冰，辞已，忽有声如震，河冰中断可三十丈，吏知李公精诚已达，乃沉钩索之，一钓而出，封角如旧，唯篆印微湿耳。李公所至，令务严简，推诚于物，着于官下。如河水色浑，驶流大木与纤芥，顷而千里矣。安有舟覆六日，一酹而坚冰陷，一钓而沉诏获，得非精诚之至乎？

---

① "苑"，原作"菀"，据四库本改。

② "冰"，原作"水"，据四库本改。

③ "言"，稗海本、四库本作"使"。

④ "祀"，原作"祝"，据稗海本改。

盗侠

魏明帝起凌云台，峻峙数十丈，即韦诞白首处。有人铃下能着屐登缘，不异践地，明帝怪而杀之，腋下有两肉翅，长数寸。

高堂县南有鲜卑城，旧传鲜卑聘燕，停于此矣。城傍有盗跖冢，冢极高大，贼盗尝私祈焉。齐天保初，土鼓一本无土鼓二字。县令丁永兴，有群贼劫其部内，兴乃密令人冢傍伺之。果有祈祀者，乃执诸县案杀之，自后祀者颇绝。《皇览》言："盗跖冢在河东。"按盗跖死于东陵，此地古名东平陵，疑此近之。

或言刺客，飞天夜叉术也。韩晋公在浙西时，瓦官寺因商人无遮斋，众中有一年少请弄阁，乃投盖而上，单练䙰履膜皮，猿挂鸟跂，捷若神鬼。复建罂水于结脊下，先溜至檐，空一足欹身承其溜焉，睹者无不毛戴。

马侍中尝宝一玉精碗，夏蝇不近，盛水经月，不腐不耗。或目痛，含之立愈。尝匣于卧内，有小奴七八岁，偷弄坠破焉。时马出未归，左右惊惧，忽失小奴。马知之大怒，鞭左右数百，将杀小奴，三日寻之不获。有婢晨治地，见紫衣带垂于寝床下，视之，乃小奴蹶张其床而负焉，不食三日而力不衰。马睹之大骇，曰："破吾碗乃细过也。"即令左右摞杀之。

韦行规自言，少时游京西，暮止店中，更欲前进，店前老人方工作，谓曰："客勿夜行，此中多盗。"韦曰："某留心弧矢，无所患也。"因进发。行数十里，天黑，有人起草中尾之，韦叱不应，连发矢中之，复不退。矢尽，韦惧，奔马。有顷，风雷总至[①]，韦下马负一树，见空中有电光相逐如鞠杖，势渐逼树杪，觉物纷纷坠其前，韦视之，乃木札也。须臾，积札埋至膝，韦惊惧，投弓矢，仰空乞命，拜数十，电光渐高而灭，风雷亦息。韦顾大树，枝干童矣。鞍驮已失，遂返前店，见老人方箍筒，韦意其异人，拜之，且谢有误也。老人笑曰："客勿恃弓矢，须知剑术。"引韦入院后，指鞍驮言："却须取相试耳。"又出桶板一片，昨夜之箭，悉中其上。韦请役力汲汤，不许，微露击剑事，韦亦得其一二焉。

相传黎干为京兆尹时，曲江涂龙祈雨，观者数千。黎至，独有老人植杖不避。干怒，杖背二十，如击鞔革，掉臂而去。黎疑其非常人，命老坊卒寻之。至兰陵里之内，入小门，大言曰："我今日困辱甚，可具汤也。"坊卒遽返白黎，黎大惧，因弊衣怀公服与坊卒至其处。时已昏黑，坊卒直入，通黎之官阀。黎唯而趋入[②]，拜伏曰："向迷丈人物色，罪当十死。"老人惊起，曰："谁引君来此？"

---

① "风雷总至"，稗海本、四库本作"风雨忽至"。

② "而趋"，稗海本、四库本作"趋而"。

即牵上阶。黎知可以理夺，徐曰：“某为京兆尹，威稍损则失官政，丈人埋形杂迹，非证惠眼，不能知也。若以此罪人，是钓人以贼，非义士之心也。”老人笑曰：“老夫之过。”乃具酒设席于地，招坊卒令坐。夜深，语及养生之术，言约理辩，黎转敬惧。因曰：“老夫有一伎，请为尹设。”遂入。良久，紫衣朱鬓，拥剑长短七口，舞于庭中，迭跃挥霍，批光电激，或横若裂盘，旋若规尺。有短剑二尺余，时时及黎之衽，黎叩头股栗。食顷，掷剑植地，如北斗状，顾黎曰：“向试黎君胆气。”黎拜曰：“今日已后，性命丈人所赐，乞役左右。”老人曰：“君骨相无道气，非可遽教，别日更相顾也。”揖黎而入。黎归，气色如病，临镜方觉须剃落寸余[①]。翌日复往，室已空矣。

建中初，士人韦生，移家汝州，中路逢一僧，因与连镳，言论颇洽。日将衔山，僧指路谓曰：“此数里是贫道兰若，郎君岂不能左顾乎？”士人许之，因令家口先行。僧即处分步者先。排比行十余里，不至，韦生问之，即指一处林烟曰：“此是矣！”又前进，日已没，韦生疑之，素善弹，乃密于靴中取弓卸弹，怀铜丸十余，方责僧曰：“弟子有程期，适偶贪上人清论，勉副相邀，今已行二十里不至，何也？”僧但言且行。至是，僧前行百余步，韦知其盗也，乃弹之，正中其脑。僧初不觉，凡五发中之，僧始扪中处，徐曰：“郎君莫恶作剧[②]。”韦知无奈何，亦不复弹。见僧方至一庄，数十人列炬出迎。僧延韦坐一厅中，唤云：“郎君勿忧。”因问左右：“夫人下处如法无？”复曰：“郎君且自慰安之，即就此也。”韦生见妻女别在一处，供帐甚盛，相顾涕泣。即就僧，僧前执韦生手曰：“贫道，盗也。本无好意，不知郎君艺若此，非贫道亦不支也[③]。今日故无他，幸不疑也。适来贫道所中郎君弹悉在。”乃举手搦脑后，五丸坠地焉。盖脑衔弹丸而无伤，虽列言“无痕挞”，孟称“不肤挠”，不啻过也。有顷，布筵具蒸犊，犊札刀子十余，以齑饼环之，揖韦生就坐，复曰：“贫道有义弟数人，欲令伏谒。”言未已，朱衣巨带者五六辈，列于阶下。僧呼曰：“拜郎君！汝等向遇郎君，则成齑粉矣。”食毕，僧曰：“贫道久为此业，今向迟暮，欲改前非，不幸有一子，技过老僧[④]，欲请郎君为老僧断之。”乃呼飞飞出参郎君。飞飞年才十六七，碧衣长袖，皮肉如脂[⑤]。僧叱曰：“向后堂侍郎君。”僧乃授韦一剑及五丸，且曰：“乞郎君尽艺杀之，无为老僧累也。”引韦入一堂中，乃反锁之。堂中四隅，明灯而已。

① “寸”，稗海本、四库本作“十”。

② “恶作剧”，原作“作恶剧”，据稗海本、四库本改。

③ “支”，原作“及”，据四库本改。

④ “技”，稗海本、四库本作“伎”。

⑤ “脂”，原作“腊”，据稗海本、四库本改。

飞飞当堂执一短马鞭。韦引弹，意必中，丸已敲落。不觉跳在梁上，循壁虚摄，捷若猱玃，弹丸尽不复中。韦乃运剑逐之，飞飞倏忽逗闪，去韦身不尺。韦断其鞭节，竟不能伤。僧久乃开门，问韦："与老僧除得害乎？"韦具言之，僧怅然，顾飞飞曰："郎君证成汝为贼也，知复如何。"僧终夕与韦论剑及弧矢之事。天将晓，僧送韦路口，赠绢百匹，垂泣而别。

元和中，江淮中唐山人者，涉猎史传，好道，常游名山。自言善缩锡，颇有师之者。后于楚州逆旅遇一卢生，气相合，卢亦语及炉火，称唐族乃外氏，遂呼唐为舅。唐不能相舍，因邀同之南岳。卢亦言亲故在阳羡，将访之，今且贪舅山林之程也。中途止一兰若，夜半语笑方酣，卢曰："知舅善缩锡，可以梗概语之？"唐笑曰："某数十年重趼一作迹。[①]从师，只得此术，岂可轻道耶！"卢复祈之不已，唐辞以师授有时日，可达岳中相传[②]。卢因作色："舅今夕须传，勿等闲也。"唐责之："某与公风马牛耳，不意盱眙相遇[③]，实慕君子，何至驺卒不若也。"卢攘臂瞋目眄之[④]，良久，曰："某刺客也，舅不得，将死于此。"因怀中探乌韦囊，出匕首，刃势如偃月，执火前熨斗削之如札。唐恐惧具述，卢乃笑语唐："几误杀舅[⑤]。"此术十得五六，方谢曰："某师，仙也。令某等十人，索天下妄传黄白术者杀之。至添金缩锡，传者亦死，某久得乘跷之道者。"因拱揖唐，忽失所在。唐自后遇道流，辄陈此事戒之。

李廓在颍州，获光火贼七人，前后杀人，必食其肉。狱具，廓问食人之故。其首言："某受教于巨盗食人肉者[⑥]，夜入人家，必昏沉，或有魇不悟者，故不得不食。"两京逆旅中，多画鹳鹆及茶碗[⑦]。贼谓之鹳鹆辣者，记嘴所向；碗子辣者，亦示其缓急也。

---

① "一作迹"，四库本无。

② "达"，稗海本、四库本作"迟"。

③ "盱眙"，原作"盱暗"下注"一作盱眙"，据《太平广记》卷一百九十五改。

④ "瞋"，原作"瞑"，据四库本改。

⑤ "误"，原作"悟"，据稗海本、四库本改。

⑥ "受"，原作"授"，据稗海本、四库本改。

⑦ "画"，原作"尽"，下注"一作画"，据稗海本、四库本改。

唐段少卿酉阳杂俎前集卷之十

唐太常少卿临淄柯古段成式撰

物异

秦镜，舞溪古岸石窟有方镜，径丈余，照人五藏。秦皇世号为照骨宝，在无劳县境山。

风声木，东方朔西那汗国回，得风声木枝，帝以赐大臣。人有疾则枝汗，将死则折。里语曰："生年未半枝不汗。"

汉高祖入咸阳宫，宝中尤异者有青玉灯。檠高七尺五寸，下作蟠螭，以口衔灯，灯燃则鳞甲皆动，炳焕若列星。

珊瑚，汉积草池中珊瑚[①]，高一丈二尺，一本三柯，上有四百六十二条，是南越王赵佗所献，号为烽火树，夜有光影，常似欲燃。

石墨，无劳县山出石墨，爨之弥年不消。

异字境，山西有石壁，壁间千余字，色黄，不似镌刻，状如科斗，莫有识者。

田公泉，华阳雷平山有田公泉，饮之除肠中三虫。用以浣衣，胜灰汁。

萤火芝，良常山有萤火芝，其叶似草，实大如豆，紫花，夜视有光。食一枚，心中一孔明，食至七，心七窍洞彻，可以夜书。

石人，寻阳山上有石人，高丈余，虎至此辄倒石人前。

冬瓜，晋高衡为魏郡太守，戍石头。其孙雅之在厩中，有神来降，自称白头公，所拄杖光照一室。又有一物如冬瓜，眼遍其上也。

豫章船，昆明池汉时有豫章船一艘，载一千人。

铜驼，汉元帝竟宁元年，长陵铜驼生毛，毛端开花。

簇，晋时钱塘有人作簇，年收鱼亿计，号万匠簇[②]。

碑龟，临邑县北有华一作燕。公墓碑，寻失，唯趺龟存焉。石赵世，此龟夜常负碑入水，至晓方出，其上常有萍藻。有伺之者，果见龟将入水，因叫呼，龟乃走，坠折碑焉。

陆盐，昆吾国陆盐周十余里，无水自生末盐。月满则如积雪，味甘；月亏

---

① "草"，稗海本、四库本作"翠"。

② "号"下，稗海本、四库本有"为"字。

则如薄霜，味苦；月尽亦全尽[①]。

颍阳碑"魏曹丕受禅处"，后六字生金。司马氏金行，明六世迁魏也。

泉，元街县有泉，泉眼中水交旋如盘龙。或试挠破之，寻手成龙状。驴马饮之，皆惊走。

石漆，高奴县石脂水，水腻浮水上如漆，采以膏车及燃灯，极明。

麝橙，晋时有徐景，于宣阳门外得一锦麝橙。至家开视，有虫如蝉，五色，后两足各缀一五铢钱[②]。

玉龙，梁大同八年，戍主杨光欣，获玉龙一枚，长一尺二寸，高五寸，雕镂精妙，不似人作。腹中容斗余，颈亦空曲，置水中，令水满。倒之，水从口出，水声如琴瑟，水尽方止[③]。

木字，齐永明九年，秣陵安明寺有古树，伐以为薪，木理自然有"法大德"三字[④]。

木简，齐建元初，延陵季子庙，旧有涌井。井北忽有金石声，掘深二尺，得沸泉[⑤]。泉中得木简，长一尺，广一寸二分，隐起字曰"庐山道士张陵再拜谒"。木坚而白，字色黄。

赤木，宗庙地中生赤木，人君礼名得其宜也。

红沫，练丹砂为黄金，碎以染笔，书入石中，削去逾明，名曰红沫。

镜石，济南郡有方山，相传有奂生得仙于此。山南有明镜崖，石方三丈，魑魅行伏，了了然在镜中。南燕时，镜上遂使漆焉。俗言山神恶其照物，故漆之。

承受石，筑阳县水中有孤石挺出，其下澄潭，时有见此石根如竹跟，色黄，见者多凶，俗号承受石。

锥，中牟县魏任城王台下池中，有汉时铁锥，长六尺，入地三尺，头西南指，不可动。

釜石，夷道县有釜濑，其石大者如釜，小者如斗，形色乱真，唯实中耳。

鱼石，衡阳湘乡县有石鱼山，山石色黑，理若生雌黄，开发一重，辄有鱼形，鳞鳍首尾有若画，长数寸，烧之作鱼腥。

铜神，衡阳唐安县东有略塘，塘有铜神，往往铜声激水，水为变绿，作铜腥，鱼尽死。

---

① "亦"，稗海本、四库本作"则"。

② "后"，原缺，据稗海本、四库本补。

③ "方"，稗海本、四库本作"乃"。

④ "理"，稗海本、四库本无。

⑤ "沸"，稗海本、四库本作"涌"。

中宿县山下有神宇，溱水至此沸腾鼓怒，槎木泛至此沦没，竟无出者，世人以为河伯下材。

鼓杖，含洭县翁水口下东岸有圣鼓杖，即阳山之鼓杖也。横在川侧，冲波所激，未尝移动，众鸟飞鸣，莫有萃者，船人误以篙触，必患疟。

井，石阳县有井，水半青半黄，黄者如灰汁，取作粥饮，悉作金色，气甚芬馥。

燃石，建城县出燃石，色黄理疏，以水灌之则热，安鼎其上，可以炊也。

石鼓，冀县有天鼓山，山有石如鼓。河鼓星摇动，则石鼓鸣，鸣则秦土有殃。

半汤湖，句容县吴渎塘有半汤湖，湖水半冷半热，热可以瀹鸡。皆有鱼，发入辄死。

盐，朐腮县盐井，有盐方寸，中央隆起如张伞，名曰伞子盐。

泉，玉门军有芦葭泉，周二丈，深一丈，驼马千头饮之不竭。

伏苓，沈约谢始安王赐伏苓一枚，重十二斤八两，有表。

古镬，虢州陵县石城岗有古镬一口，树生其内，大数围。

君王盐，白盐崖有盐如水精，名为君王盐。

手板，宋山阳王休祐屡以言语忤颜。有庾道敏者，善相手板，休祐以己手板托言他人者，庾曰："此板乃贵，然使人多忤。"休祐以褚渊详密，乃换其手板。别日，褚于帝前称下官，帝甚不悦。

鼠丸，王肃造逐鼠丸，以铜为之，昼夜自转。

木囚，《论衡》言："李子长为政，欲知囚情，以梧桐为人，象囚之形。凿地为臼，以芦苇为郭，藉卧木囚于其中。囚当罪，木囚不动；囚或冤，木囚乃奋起。"

苏秦金，魏时洛阳令史高显掘得黄金百斤，铭曰："苏秦金。"

梨，洛阳报德寺梨，重六斤。

甑花，滕景真在广州七层寺，永徽中罢职归家[①]。婢炊，釜中忽有声如雷，米上芃芃隆起。滕就视，声转壮，甑上花生数十，渐长似莲花，色赤，有光似金，俄顷萎灭。旬日，滕得病卒。

官金中蝼顶金最上，六两为一垛，有卧蝼蛄穴及水皋形，当中陷处名曰趾腹。又铤上凹处有紫色，名紫胆。开元中，有大唐金，一有印字。即官金也。

玄金，太宗时，汾州言青龙、白龙吐物在空中[②]，有光如火，坠地陷入二尺，掘之，得玄金，广尺余，高七寸。

芝，天保初，临川人李嘉胤所居，柱上生芝草，状如天尊，太守张景佚拔柱献焉。

① "永"，稗海本、四库本作"元"。

② "白龙"，稗海本、四库本作"白虎"。

龟，建中四年，赵州宁晋县沙河北有大棠梨树，百姓常祈祷，忽有群蛇数十自东南来，渡北岸，集棠梨树下为二积，留南岸者为一积。俄见三龟径寸，绕行积傍，积蛇尽死。乃各登其积，视蛇腹悉有疮，若矢所中。刺史康日知图甘棠梨三龟来献[①]。

雪，贞元二年，长安大雪，平地深尺余，雪上有薰黑色。

雨木，贞元四年，雨木于陈留，大如指，长寸许，每木有孔通中，所下其立如植，遍十余里。

齿，梵那衍国有金轮王齿，长三寸。

石柱，劫化他国有石柱，高七十余尺，无忧王所建，色绀光润，随人罪福影其上。

旃檀鼓，于阗城东南有大河，溉一国之田。忽然绝流，其国王问罗洪僧，言龙所为也。王乃祠龙，水中有一女子，凌波而来，拜曰："妾夫死，愿得大臣为夫，水当复旧。"有大臣请行，举国送之，其臣车驾白马，入水不溺，中河而后白马浮出，负一旃檀鼓及书一函。发书，言大鼓悬城东南，寇至鼓当自鸣，后寇至，鼓辄自鸣。

石靴，于阗国刹利寺有石靴。

石阜石，河目县有石阜石，破之有禄马迹。

舍利，东迦毕诚国有窣堵波，舍利常见，如缀珠幡，循绕表树。一作柱。

虮像，健驮逻国石壁上有佛像。初，石壁有金色虮，大者如指，小者如米，啮石壁如雕镌，成立佛状。

燋米，乾陀国昔尸毗王仓库为火所烧，其中粳米燋者，于今尚存，服一粒，永不患疟。

辟支佛靴，于阗国赞摩寺有辟支佛靴，非皮非彩，岁久不烂。

石驼溺，拘夷国北山有石驼溺，水溺下以金、银、铜、铁、瓦、木等器盛之皆漏，掌承之亦透，唯瓢不漏。服之令人身上臭毛落尽得仙。出《论衡》。

人木，大食西南二千里有国，山谷间树枝上，化生人首，如花不解语。人借问，笑而已，频笑辄落。

马，俱位国以马种莳，大食国马解人语。

石人，莱子国海上有石人，长一丈五尺，大十围。昔秦始皇遣此石人追劳山不，遂立于此。

铜马，俱德建国乌浒河中，滩派中有火祆祠。相传祆神本自波斯国乘神通来此，常见灵异，因立祆祠。内无象，于大屋下置大小炉，舍檐向西，人向东礼。

---

① "梨"，稗海本、四库本作"奉"。

有一铜马，大如次马，国人言自天下，屈前脚在空中而对神立，后脚入土。自古数有穿视者，深数十丈，竟不及其蹄。西域以五月为岁，每岁日，乌浒河中有马出，其色金，与此铜马嘶相应，俄复入水。近有大食王不信，入祆祠，将坏之，忽有火烧其兵，遂不敢毁。

蛇碛，苏都瑟匿国西北有蛇碛，南北蛇原五百余里，中间遍地毒气如烟，飞鸟悉坠地，蛇吞食，或大小相噬，及食生草。

石鼍，私诃条国金辽山寺中有石鼍，众僧饮食将尽，向石鼍作礼，于是饮食悉具。

神厨，俱振提国尚鬼神，城北隔珍珠江二十里有神[①]，春秋祠之。时国王所须什物金银器，神厨中自然而出，祠毕亦灭。天后使验之，不妄。

毒槊，南蛮有毒槊，无刃，状如朽铁，中人无血而死。言从天雨下，入地丈余，祭地方撅得之。

甲，辽城东有锁甲，高丽言："前燕时自天而落。"

土槟榔，状如槟榔，在孔穴间得之。新者犹软，相传蟾蜍矢也，不常有之，主治恶疮。

鬼矢，生阴湿地，浅黄白色，或时见之，主疮。

石栏干，生大海底，高尺余，有根，茎上有孔如物点，渔人网罥取之。初出水正红色，见风渐渐青色，主石淋。

壁影，高邮县有一寺，不记名，讲堂西壁枕道，每日晚，人马车舆影悉透壁上，衣红紫者影中卤莽可辨。壁厚数尺，难以理究。辰午之时则无。相传如此二十余年矣，或一年半年不见。成式太和初，扬州见寄客及僧说。

醢石，成式群从有言，少时尝毁鸟巢，得一黑石如雀卵，圆滑可爱，后偶置醋器中，忽觉石动，徐视之，有四足如蜓，举之，足亦随缩。

桃核，水部员外郎杜陟，常见江淮市人以桃核扇量米，正容一升，言于九嶷山溪中得。

人足，处士元固言，贞元初，尝与道侣游华山，谷中见一人股，袜履甚新，断如膝头，初无疮迹。

瓷碗，江淮有士人庄居，其子年二十余，常病厌[②]。其父一日饮茗，瓯中忽靤起如沤，高出瓯外，莹净若琉璃。中有一人，长一寸，立于沤，高出瓯中。细视之，衣服状貌，乃其子也。食顷爆破，一无所见，茶碗如旧，但有微璺耳。数日，其子遂着神，译神言，断人休咎不差谬。

---

① “珍”，稗海本、四库本作“真”。

② “厌”，稗海本、四库本作“魇”。

铁镜，荀讽者，善药性，好读道书，能言名理，樊晃常给其絮帛。有铁镜径五寸余，鼻大如拳，言于道者处传得，亦无他异。但数人同照，各自见其影，不见别人影。

大虫皮，永宁王盐铁旧有大虫皮，大如一掌，须尾斑点如犬者。

人腊，李章武有人腊，长三尺一作寸。余，头项骭肋成就[①]，云是僬侥国人。

牛黄，牛黄在胆中，牛有黄者，或吐弄之。集贤校理张希复言[②]：“尝有人得其所吐黄剖之[③]，中有物如蝶飞去。”

上清珠，肃宗为儿时，常为玄宗所器，每坐于前，熟视其貌，谓武惠妃曰：“此儿甚有异相，他日亦吾家一有福天子。”因命取上清玉珠，以绛纱裹之，系于颈。是开元中，罽宾国所贡。光明洁白，可照一室。视之则仙人、玉女、云鹤、绛节之形，摇动于其中。及即位，宝库中往往有神光。异日掌库者具以事告，帝曰：“岂非上清珠耶？”遂令出之，绛纱犹在，因流泣遍示近臣曰：“此我为儿时，明皇所赐也。”遂令贮之以翠玉函，置之于卧内。四方忽有水旱兵革之灾[④]，则虔恳祝之，无不应验也。

汉太上皇为□□秦王子婴所奉白玉玺、高祖斩白蛇剑，剑□□彩□□、九华玉以为饰，杂厕五色琉璃为剑匣。剑在匣中，□景犹照于外，与挺剑不昧。十二年一加磨龙，刃□□雪。开匣板鞘，辄有风气，光彩射人。[⑤]

楚州界有小山，山上有室而无水。僧智一掘井，深三丈遇石。凿石穴及土，又深五十尺，得一玉，长尺二，阔四寸[⑥]，赤如琥珀[⑦]，每面有六龟子，灿耀可爱[⑧]，中若可贮水状。僧偶击一角视之，遂沥血，半月日方止。

虞乡有山观，甚幽寂，有涤阳道士居焉。太和中，道士尝一夕独登坛，望见庭忽有异光[⑨]。自井泉中发。俄有一物状若兔，其色若精金，随光而出，环绕醮坛，久之，复入于井。自是每夕辄见，道士异其事，不敢告于人。后因淘井得一金兔，甚小，奇光烂然，即置于巾箱中。时御史李戎职于蒲津，与道士友善，

---

① “头项骭肋成就”，稗海本作“头项中骨筋成就”，四库本作“头项骨筋成就”。

② “校理”，稗海本、四库本作“校书”。

③ “之”，原缺，据四库本补。

④ “忽”，四库本作“或”。

⑤ “汉太上皇”条，四库本缺。

⑥ “寸”，四库本作“尺”。

⑦ “琥珀”，原作□□，据四库本改。

⑧ “灿耀”，原作□□，据四库本改。

⑨ “庭”下，四库本有“内”。

道士因以遗之。其后戎自奉先县令为忻州刺史，其金免忽亡去，后月余而戎卒。

李师古治山亭，掘得一物，类铁斧头。时李章武游东平，师古示之，武惊曰："此禁物也，可饮血三斗。"验之而信。①

唐段少卿酉阳杂俎前集卷之十一

唐太常少卿临淄柯古段成式撰

广知

俗讳五月上屋，言五月人蜕，上屋见影，魂当去。

金曾经在丘塜及为钗钏、溲器者②，陶隐居谓之辱金，不可合炼。

炼铜时与一童女俱，以水灌铜，铜当自分为两段，有凸起者牡铜也，凹陷者牝铜也。

爨釜不沸者，有物如豚居之，去之无也。

灶无故自湿润者，赤虾蟆名钩注居之，去则止。

饮酒者，肝气微则面青，心气微则面赤也。

脉勇怒而面青，骨勇怒而面白，血勇怒而面赤。

山气多男，泽气多女，水气多喑，风气多聋，木气多伛，石气多力，阻险气多瘿，暑气多残，云气多寿，谷气多痹，丘气多尪，衍气多仁，陵气多贪。

身神及诸神名异者，脑神曰觉元，发神曰玄华，目神曰虚监，鼻神曰冲龙玉，舌神曰始梁。

夫学道之人，须鸣天鼓以召众神也。左相叩为天钟，卒遇凶恶不祥叩之。右相为天磬，若经山泽邪僻威神大祝叩之。中央上下相叩名天鼓，存思念当道鸣之。叩之数三十六，或三十二，或二十七，或二十四，或十二③。

玉女以黄玉为痣，大如黍，在鼻上无此志者，鬼使也。

入山忌日，大月忌：三日、十一日、十五日、十八日、二十四日、二十六日、三十日。小月忌：一日、五日、十三一作二。日、十六日、二十六日、二十八日。

凡梦五藏得五谷，肺为麻，肝为麦，心为黍，肾为菽，脾为粟。

凡人不可北向，理发脱衣，及唾大小便。

① "上清珠"至"李师古"五条，稗海本无。

② "者"，原缺，据四库本补。

③ "或二十四，或十二"，稗海本作"或月七日"。

月朔日勿怒。

三月三日不可食百草心，四月四日勿伐树木，五月五日勿见血，六月六日勿起土，七月七日勿思忖恶事，八月四日勿市履屣，九月九日勿起床席，十月五日勿罚责人，十一月十一日可沐浴，十二月三日可戒斋，如此忌，三官所察，凡存修不可叩头，则倾九天，覆泥九天，帝号于上境，太乙泣于中田，但心存叩头而已。

老子拔白日，正月四日、二月八日、三月十二日、四月十六日、五月二十一有六字。日、六月二十四日、七月二十八日、八月十九日、九月十六日、十月十三日、十一月十日、十二月七日。[①]

《隐诀》言：太清外术，生人发挂果树，乌鸟不敢食其实。苽两鼻两蒂，食之杀人。檐下滴菜，有毒，堇、黄花及赤芥一曰介。杀人。瓠牛践苗则子苦。大醉不可卧黍穰上，汗出眉发落。妇人有娠，食干姜，令胎内消。十月食霜菜，令人面无光。三月不可食陈菹。莎衣结治蠼螋疮。井口边草，主小儿夜啼[②]，着母卧荐下，勿令知之。船底苔，疗天行。寡妇藁荐草节，去小儿霍乱。自缢死绳主颠狂。孝子衿灰傅面皯。东家门鸡栖木作灰，治失音。砧垢能蚀人履底。古衬板作琴底，合阴阳、通神。鱼有睫，及目合，腹中自连珠，二目不同，连鳞、白鬐，腹下丹字，并杀人。鳖目白，腹下五一曰卅。字、卜一曰十。字者，不可食。蟹腹下有毛，杀人。蛇以桑柴烧之，则见足出。兽歧尾，鹿斑如豹，羊心有窍，悉害人。马夜眼，五月以后食之杀人。犬悬蹄肉有毒。白马鞍下肉食之[③]，伤人五藏。乌自死，目不闭，鸭目白，乌四距，卵有八字，并杀人。凡飞鸟投人家井中，必有物，当拔而放之。水脉不可断，井水沸不可饮，酒浆无影者，不可饮。蝮与青蛙，蛇中最毒。蛇怒时，毒在头尾。凡冢井间气，秋夏中之杀人。先以鸡毛投之，毛直下无毒；回旋而下，不可犯，当以醋数斗浇之，方可入矣。颇梨，千岁冰所化也。琉璃马脑先以自然灰煮之令软，可以雕刻。自然灰，生南海。玛瑙，鬼血所化也。《玄中记》言："枫脂入地为琥珀。"《世说》曰："桃湩入地所化也。"《淮南子》云："兔丝，琥珀苗也。"

鬼书有业煞、刁斗出于古器[④]。

百体中有悬针书、垂露书、秦王破冢书、金鹊书、虎爪书、倒薤书、偃波书、

---

① "玉女"至"老子"七条，稗海本、四库本缺。

② "主"，稗海本、四库本作"止"。

③ "食之"，原缺，稗海本、四库本补。

④ "刁斗出于古器"，稗海本、四库本作"刀斗出于言器"。

信幡书、飞白书[①]、籀书、谬一云缪。篆书、制书、列书、日书、月书、风书、署书、虫食叶书、胡书、蓬书、天竺书、楷书、横书、芝英隶、钟隶、鼓隶、龙虎篆、麒麟篆、鱼篆、虫篆、鸟篆、鼠篆、牛书、兔书、草书、龙草书、狼书、犬书、鸡书、震书、反左书、行押书、攕书、景书、半草书。

召奏用虎爪为不可学，以防诈伪。诰下用偃波书。谢章诏板用蚋脚书。节信用鸟书[②]。朝贺用慎书，一曰填。亦施于婚姻。

西域书有驴唇书、莲叶书、节分书、大秦书、驮乘书、牸牛书、树叶书、起尸书、石旋书、覆书、天书、龙书、鸟音书等，有六十四种。

胡综博物，孙权时掘得铜匣，长二尺七寸，以琉璃为盖。又一白玉如意，所执处皆刻龙虎及蝉形，莫能识其由。使人问综，综曰："昔秦皇以金陵有天子气，平诸山阜，处处辄埋宝物，以当王气，此盖是乎？"

邓城西百余里有谷城，谷伯绥之国。城门有石人焉，刊其腹云："摩兜鞬，摩兜鞬，鞬慎言[③]。"疑此亦同太庙金人缄口铭。

历城北二里有莲子湖，周环二十里，湖中多莲花，红绿间明，乍疑濯锦。又渔船掩映，罟罾疏布，远望之者，若蛛网浮杯也。魏袁翻曾在湖宴集，参军张伯瑜谘公言，向为血羹，频不能就。公曰："取洛水必成也[④]。"遂如公语，果成。时清河王怪而异焉，乃谘公："未审何义得尔？"公曰："可思湖目。"清河笑而然之，而实未解。坐散，语主簿房叔道曰："湖目之事，吾实未晓。"叔道对曰："藕能散血，湖目莲子，故令公思。"清河叹曰："人不读书，其犹夜行。二毛之叟，不如白面书生。"

梁主客陆缅谓魏使尉瑾曰："我至邺，见双阙极高，图饰甚丽，此间石阙亦为不下。我家有荀勖所造尺[⑤]，以铜为之，金字成铭，家世所宝此物。往昭明太子好集古器，遂将入内。此阙既成，用铜尺量之，其高六丈。"瑾曰："我京师象魏，固中天之华阙。此间地势过下，理不得高。"魏肇师曰："荀勖之尺是积黍所为，用调钟律，阮咸讥其声有湫隘之韵，后得玉尺度之，过短。"

旧说不见辅星者，将死。成式亲故常会修行里，有不见者，未周岁而卒。

相传识人星不患疟，成式亲识中，识者悉患疟。又俗不欲看天狱星，有流

---

① "飞白书"，稗海本、四库本作"飞帛书"。

② "鸟"，稗海本作"乌"。

③ "鞬慎言"，稗海本、四库本作"慎莫言"。

④ "洛"，四库本作"泺"。

⑤ "所造"，稗海本、四库本缺。

星入，当被发坐哭之，候星却出，灾方弭。《金楼子》言:“余以仰占辛苦[①]，侵犯霜露，又恐流星入天牢。方知俗忌之久矣。”

荆州陟屺寺僧那照善射，每言射之法[②]。凡光长而摇者鹿，帖地而明灭者兔，低而不动者虎。又言夜格虎时，必见三虎并来，夹者虎威，当刺其中者。虎死威乃入地，得之可却百邪。虎初死，记其头所藉处，候月黑夜掘之。欲掘时，而有虎来吼掷前后[③]，不足畏，此虎之鬼也。深二尺当得物如琥珀，盖虎目光沦入地所为也。

又言：雕翎能食诸鸟羽，复善作风羽。风羽法，去括三寸钻小孔，令透笴及镂风渠深一粒，自括达于孔，则不必羽也。

道士郭采真言：“人影数至九。”成式常试之，至六七而已，外乱莫能辨，郭言渐益炬则可别。又说九影各有名，影神一名右皇，二名魍魉，三名泄节枢，四名尺凫，五名索关，六名魄奴，七名灶囧，一曰圂。旧抄九影名在麻面纸中，向下两字鱼食不记，八名亥灵胎，九鱼全食不辨。

宝历中，有王山人取人本命日，五更张灯相人影，知休咎。言人影欲深，深则贵而寿，影不欲照水[④]、照井及浴盆中，古人避影亦为此。古蠼螋、短狐、踏影蛊，皆中人影为害。近有人善灸人影治病者。

都下佛寺，往往有神像，鸟雀不污者。凤翔山人张盈善飞化甲子，言或有佛寺金刚，鸟不集者，非其灵验也。盖由取土处及塑像时，偶与日辰旺相相符也[⑤]。

又言，相寺观当阳像可知其贫富。故洛阳修梵寺有金刚二，鸟雀不集。元魏时，梵僧菩提达摩，称得其真相也。

或言龙血入地为琥珀。《南蛮记》：“宁州沙中有折腰蜂，岸崩则蜂出，土人烧治，以为琥珀。”

李洪山人善符箓，博知，常谓成式：“瓷瓦器璺者可弃[⑥]。昔遇道者言，雷蛊及鬼魅，多遁其中。”

近佛画中有天藏菩萨、地藏菩萨，近明谛观之，规彩铄目，若放光也。或言以曾青和壁鱼设色，则近目有光。又往往壁画僧及神鬼，目随人转，点眸子

---

① “余”，稗海本、四库本作“予”。

② “射之法”，稗海本、四库本缺。

③ “而”，稗海本、四库本作“必”。

④ “水”，原作“冰”，据稗海本、四库本改。

⑤ “旺”，稗海本、四库本作“王”。

⑥ “可”下，稗海本、四库本有“以”字。

极正则尔。

秀才顾非熊言，钓鱼当钓其有旋绕者[1]，失其所主，众鳞不复去，顷刻可尽。

慈恩寺僧广升言：“贞元末，阆州僧灵鉴善弹[2]，其弹丸方，用洞庭沙岸下一日上[3]。土三斤，炭末三两，瓷末一两，榆皮半两，泔淀二勺，紫矿二两，细沙三分，藤纸五张，渴拓汁半合，九味和捣三千杵，齐手丸之，阴干。”郑汇为刺史时，有富家名寅，读书善饮酒，汇甚重之。后为盗，事发而死。寅常诣灵鉴角放弹，寅指一树节，其节目相去数十步，曰：“中之获五千。”一发而中，弹丸反射不破，至灵鉴，乃陷节碎弹焉。

王彦威尚书在汴州之二年[4]，夏旱，时袁王傅季玘遇汴[5]，因宴，王以旱为言。季醉曰：“欲雨甚易耳，可求蛇医四头，十石瓮二枚，每瓮实以水，浮二蛇医，以木盖密泥之，分置于闹处，瓮前后设席烧香，选小儿十岁以下十余[6]，令执小青竹，昼夜更击其瓮，不得少辄。”王如言试之，一日两夜，雨大注。旧说龙与蛇师为亲家焉。

唐段少卿酉阳杂俎前集卷之十二

唐太常少卿临淄柯古段成式撰

语资

历城县魏明寺中有韩公碑，太和中所造也。魏公曾令人遍录州界石碑，言此碑词义最善。常藏一本于枕中，故家人名此枕为麒麟函。韩公讳麒麟。庾信作诗用《西京杂记》事，旋自追改，曰：“此吴均语，恐不足用也。”魏肇师曰：“古人托曲者多矣，然《鹦鹉赋》，祢衡、潘尼二集并载。《弈赋》，曹植、左思之言正同。古人用意，何至于此？”君房曰：“词人自是好相采取，一字不异，良是后人莫辩。”魏尉瑾曰：“《九锡》或称王粲，《六代》亦言曹植。”信曰：“我江南才士，今日亦无。举世所推，如温子升独擅邺下，常见其词笔，亦足称是

① “有”，稗海本、四库本无。

② “弹”，原作“强”，据稗海本、四库本改。

③ “上”，稗海本、四库本作“畔”。

④ “之”，稗海本、四库本无。

⑤ “遇”，稗海本、四库本作“寓”。

⑥ “以”，稗海本、四库本作“已”。

远名。近得魏收数卷碑，制作富逸，特是高才也。”[①]

梁遣黄门侍郎明少遐、秣陵令谢藻、信威长史王缵冲、宣城王文学萧恺、兼散骑常侍袁狎、兼通直散骑常侍贺文发，宴魏使李骞、崔劼。温凉毕[②]，少遐咏骞赠其诗曰:“萧萧一曰肃。风帘举，依依然可想。”骞曰:“未若‘灯花寒不结’最附时事。”少遐报诗中有此语。劼问少遐曰：“今岁奇寒，江淮之间，不乃冰冻？”少遐曰:“在此虽有薄冰，亦不废行，不似河冰一合，便胜车马。”狎曰:“河冰上有狸迹，便堪人渡。”劼曰:“狸当为狐，应是字错。”少遐曰:“是狐性多疑，鼬性多预[③]，狐疑犹预[④]，因此而传耳。”劼曰:“鹊巢避风，雉去恶政，乃是鸟之一长；狐疑鼬预[⑤]，可谓兽之一短也。”

梁徐君房劝魏使尉瑾酒，一吸即尽。笑曰：“奇快！”瑾曰：“乡郵饮酒[⑥]，未尝倾卮。武州已来，举无遗滴。”君房曰：“我饮实少，亦是习惯。微学其进，非有由然。”庾信曰：“庶子年之高卑，酒之多少，与时升降，便不可得而度。”魏肇师曰：“徐君年随情少，酒因境多，未知方十复作，若为轻重？”

梁宴魏使，魏肇师举酒劝陈昭曰：“此席已后，便与卿少时阻阔，念此甚以凄眷。”昭曰：“我钦仰名贤，亦何已也。路中都不尽深心，便复乖隔，泫叹如何！”俄而酒至鹦鹉杯，徐君房饮不尽，属肇师，肇师曰：“海蠡蜿蜒，尾翅皆张。非独为玩好，亦所以为罚，卿今日真不得辞责。”信曰：“庶子好为术数。”遂命更满酌。君房谓信曰：“相持何乃急。”肇师曰：“此谓直道而行，乃非豆箕之喻。”君房乃覆碗。信谓瑾、肇师曰：“适信家饷致沾酥酒数器，泥封全，但不知其味若为。必不敢先尝，谨当奉荐。”肇师曰:“每有珍旨[⑦]，多相费累，顾更以多惭。”

魏仆射收临代[⑧]，七月七日登舜山，徘徊顾眺，谓主簿崔曰:“吾所经多矣，至于山川沃壤，衿带形胜，天下名州，不能过此。唯未审东阳何如。”崔对曰：“青有古名，齐得旧号，二处山川，形胜相似[⑨]，曾听所论，不能逾越。”公遂命

---

① “‘庾信’至‘才也’”，稗海本、四库本另起一条。

② “凉”，稗海本、四库本作“良”。

③ “预”，稗海本、四库本作“豫”。

④ “预”，四库本作“豫”。

⑤ “预”，四库本作“豫”。

⑥ “乡郵饮酒”，稗海本、四库本作“卿在郵饮酒”。

⑦ “旨”，稗海本、四库本作“藏”。

⑧ “魏仆射收临代”，稗海本作“魏仆射临□代”。

⑨ “胜”，稗海本、四库本作“势”。

笔为诗。于时，新故之际，司存缺然，求笔不得，乃以五伯杖画堂北壁为诗曰："述职无风政，复路阻山河。还思麾盖日，留谢此山阿。"

舜祠东有大石，广三丈许，有凿"不醉不归"四字于其上，公曰："此非遗德。"令凿去之。

梁宴魏使李骞、崔劼。乐作，梁舍人贺季曰："音声感人深也。"劼曰："昔申喜听歌怆然，知是其母，理实精妙然也。"梁主客王克曰："听音观俗，转是精者。"劼曰："延陵昔聘上国，实有观风之美。"季曰："卿发此言，乃欲挑战？"骞曰："请执鞭弭，与君周旋。"季曰："未敢三舍。"劼曰："数奔之事，久已相谢。"季曰："车乱旗靡，恐有所归。"劼曰："平阴之役，先鸣已久。"克曰："吾方欲馆谷而旌武功。"骞曰："王夷师熸，将以谁属？"遂共大笑而止。乐欲讫，有马数十匹驰过，末有阉人。骞曰："巷伯乃同趣马，讵非侵官？"季曰："此乃貌似。"劼曰："若值袁绍，恐不能免。"[①]

历城房家园，齐博陵君豹之山池，其中杂树森竦，泉石崇邃，历中祓禊之胜也。曾有人折其桐枝者，公曰："何谓伤吾凤条。"自后人不复敢折。公语参军尹孝逸曰："昔季伦金谷山泉，何必逾此？"孝逸对曰："曾诣洛西，游其故所。彼此相方，诚如明教。"孝逸常欲还邺，词人饯宿于此。逸为诗曰[②]："风沦历城水，月倚华山树。"时人以此两句，比谢灵运池塘十字焉。

单雄信幼时，学堂前植一枣树，至年十八，伐为枪，长丈七尺，拱围不合。刃重七十斤，号为寒骨白。尝与秦王卒相遇，秦王以大白羽射中刃，火出，因为尉迟敬德拉折。

秦叔宝所乘马，号忽雷驳，常饮以酒，每于月明中试，能竖越三领黑毡。及胡公卒，嘶鸣不食而死。

徐敬业年十余岁，好弹射，英公每曰："此儿相不善，将赤吾族。"射必溢镝，走马若灭，老骑不能及。英公常猎，命敬业入林趁兽，因乘风纵火，意欲杀之。敬业知无所避，遂屠马腹，伏其中，火过，浴血而立，英公大奇之。

玄宗常伺察诸王，宁王常夏中挥汗鞔鼓，所读书乃龟兹乐谱也。上知之，喜曰："天子兄弟，当极醉乐耳。"[③]

宁王常猎于鄠县界，搜林，忽见草中一柜，扃锁甚固，王命发视之，乃一少女也。问其所自，女言："姓莫氏，父亦曾作仕[④]，叔伯庄居。昨夜遇光火贼，

---

① "魏仆射"至"梁宴魏使"三条，稗海本、四库本位于下文之"玄宗"条之后。

② "逸"，四库本作"豹"。

③ "历城"至"玄宗"五条，四库本位于下文之"黄鼬儿"条之后。

④ "父亦曾作仕"，稗海本、四库本缺。

贼中二人是僧，因劫某至此。动婉含嚬，冶态横生。”王惊悦之，乃载以后乘。时慕荦者方生获一熊，置柜中，如旧锁之。时上方求极色，王以莫氏衣冠子女，即日表上之，具其所由。上令充才人。经三日，京兆奏鄠县食店有僧二人，以钱一万，独赁店一日一夜，言作法事，唯舁一柜入店中。夜久，腷膊有声，店户人怪日出不启门，撤户视之，有熊冲人走出，二僧已死，骸骨悉露。上知之，大笑，书报宁王：“宁哥大能处置此僧也。”莫才人能为秦声，当时号“莫才人啭”焉。

一行公本不解奕，因会燕公宅，观王积薪棋一局，遂与之敌，笑谓燕公曰：“此但争先耳，若念贫道四句乘除语，则人人为国手。”

晋罗什与人棋，拾敌死子，空处如龙凤形。或言王积薪对玄宗棋局毕，悉持一曰时。出。

黄䫙儿矮陋机惠，玄宗常凭之行，问外间事，动有锡赉，号曰肉机。一日入迟，上怪之，对曰：“今日雨淖，向逢捕贼官与臣争道，臣掀之坠马。”因下阶叩头，上曰：“外无奏，汝无惧。”复凭之。有顷，京兆上表论，上即叱出，令杖杀焉。

王勃每为碑颂，先墨磨数升，引被覆面而卧，忽起，一笔书之，初不窜点，时人谓之腹藁。少梦人遗以丸墨盈袖。

燕公常读其夫子学堂碑，颂头自“帝车”至“太甲”四句，悉不解，访之一公。一公言：“北斗建午[①]，七曜在南方，有是之祥，无位圣人当出。”华盖已下，卒不可悉。

李白名播海内，玄宗于便殿召见，神气高朗，轩轩然若霞举，上不觉亡万乘之尊[②]，因命纳屦。白遂展足与高力士，曰：“去靴。”力士失势，遽为脱之，及出，上指白谓力士曰：“此人固穷相。”白前后三拟词选，不如意，悉焚之。唯留《恨》《别赋》。及禄山反，制《胡无人》[③]，言：“太白入月敌可摧”。及禄山死，太白蚀月。众言李白唯戏杜考功饭颗山头之句，成式偶见李白《祠亭上宴别杜考功诗》，今录首尾曰：“我觉秋兴逸，谁言秋兴悲？山将落日去，水共晴空宜。”“烟归碧海夕，雁度青天时。相失各万里，茫然空尔思。”

薛平司徒常送太仆卿周皓，上诸色人吏中，末有一老人，八十余，着绯。皓独问：“君属此司多少时？”老人言：“某本艺正伤折，天宝初，高将军郎君被人打，下颔骨脱，某为正之，高将军赏钱千万，兼特奏绯。”皓因颔遣之。唯薛觉皓颜色不足。伺客散，独留，从容谓周曰：“向卿问着绯老吏，似觉卿

---

① “午”，原作“干”，据稗海本、四库本改。

② “亡”，四库本作“忘”。

③ “胡无人”，四库本作“乐府诗”。

不悦，何也？”皓惊曰：“公用心如此精也。”乃去仆，邀薛宿，曰：“此事长，可缓言之。某年少常结豪族为花柳之游，竟蓄亡命[①]，访城中名姬，如蝇袭膻，无不获者。时靖恭坊有姬，字夜来，稚齿巧笑，歌舞绝伦，贵公子破产迎之。予时与数辈富于财[②]，更擅之。会一日，其母白皓曰：“某日夜来生日，岂可寂寞乎？”皓与往还，竟求珍货，合钱数十万，会饮其家[③]。乐工贺怀智、纪孩孩，皆一时绝手。扃方合，忽觉击门声，皓不许开。良久，折关而入。有少年紫裘，骑从数十，大诟其母，母与夜来泣拜，诸客将散。皓时气方刚，且恃扛鼎，顾从者敌。因前让其怙势，攘臂殴之，踣于拳下，遂突出。时都亭驿有魏贞，有心义，好养私客[④]，皓以情投之，贞乃藏于妻女间。时有司追捉急切，贞恐踪露，乃夜办装具[⑤]，腰白金数挺[⑥]，谓皓曰：“汴州周简老，义士也。复与郎君当家，今可依之，且宜谦恭不怠。”周简老，盖大侠之流[⑦]，见魏贞书，甚喜。皓因拜之为叔，遂言状。简老命居一船中，戒无妄出，供与极厚。居岁余，忽听船上哭泣声，皓潜窥之，见一少妇，缟素甚美，与简老相慰。其夕，简老忽至皓处，问：“君婚未？某有表妹，嫁与甲，甲卒，无子，今无所归，可事君子。”皓拜谢之，即夕其表妹归皓。有女二人，男一人，犹在舟中。简老忽语皓：“事已息，君貌寝，必无人识者，可游江淮。”乃赠百余千。皓号哭而别，简老寻卒。皓官已达，简老表妹尚在，儿娶女嫁，将四十余年，人无所知者。适被老吏言之，不觉自愧，不知君子察人之微也。有人亲见薛司徒说之也。

大历末，禅师玄览住荆州陟屺寺，道高有风韵，人不可得而亲。张璪常画古松于斋壁，符载赞之，卫象诗之，亦一时三绝，览悉加垩焉。人问其故，曰：“无事疥吾壁也。”僧那即其甥，为寺之患。发瓦探彀，坏墙薰鼠，览未尝责。有弟子义诠，布衣一食，览亦不称，或怪之。乃题诗于竹曰：“大海从鱼跃，长空任鸟飞。欲知吾道廓，不与物情违。[⑧]”忽一夕，有梵僧拨户而进，曰：“和尚速作道场。”览言：“有为之事，吾未尝作。”僧熟视而出，反手阖户，门扃如旧。览笑谓左右：“吾将归欤！”遂遽浴讫，一曰早起。隐几而化。

---

① “蓄”，稗海本、四库本作“畜”。

② “与”，稗海本、四库本无。

③ “会饮其家”，稗海本、四库本无。

④ “客”，稗海本、四库本作“名”。

⑤ “具”，稗海本、四库本无。

⑥ “白”上，稗海本、四库本有“其”。

⑦ “之流”，稗海本、四库本作“也”。

⑧ “欲知吾道廓，不与物情违”，稗海本、四库本无。

马仆射一曰侍中。既立勋业，颇自矜伐，常有陶侃之意，故呼田悦为钱龙，至今为义士非之。当时有揣其意者，乃先著谣于军中，曰："斋钟动也，和尚不上堂。"月余，方异其服色，谒之，言善相，马遽见。因请远左右，曰："公相非人臣，然小有未通处，当得宝物直数千万者，可以通之。"马初不实之。客曰："公岂不闻谣乎？正谓公也。斋钟动，时至也。和尚，公之名。不上堂，不自取也。"马既听之始惑[①]，即为具肪玉、纹犀及贝珠焉。客一去不复知之，马病剧，方悔之[②]。

信都民苏氏有二女，择良婿，张文成往成[③]。苏曰："子虽有财，不能富贵，得五品官即死。"时魏知古方及第，苏曰："此虽黑小，后必贵。"乃以长女妻之。女发长七尺，黑光如漆，相者云大富贵。后知古拜相，封夫人云。

明皇封禅泰山，张说为封禅使。说女婿郑镒，本九品官，旧例封禅后，自三公以下皆迁转一级，惟郑镒因说骤迁五品，兼赐绯服。因大脯次，玄宗见镒官位腾跃，怪而问之，镒无词以对。黄幡绰曰："此泰山之力也。"

成式曾一夕堂中会，时妓女玉壶忌鱼炙，见之色动。因访诸妓所恶者，有蓬山忌鼠，金子忌虱尤甚。坐客乃竞征虱拿鼠事，多至百余条，予戏摭其事，作《破虱录》。[④]

唐段少卿酉阳杂俎前集卷之十三

唐太常少卿临淄柯古段成式撰

冥迹

魏韦英卒后，妻梁氏嫁向子集。嫁日，英归至庭，呼曰："阿梁，卿忘我耶？"子集惊，张弓射之，即变为桃人、茅马。

长白山西有夫人墓，魏孝昭之世，搜扬天下才俊，清河崔罗什，弱冠有令望，被征诣州，夜经于此。忽见朱门粉壁，楼台相望。俄有一青衣出，语什曰："女郎须见崔郎。"什怳然下马，入两重门，内有一青衣通问引前，什曰："行李之中，忽蒙厚命，素既不叙，无宜深入。"青衣曰："女郎乃平陵刘府君之妻，侍中吴

① "马既听之"，原作"马不听之"，据四库本改。

② "之"下，稗海本、四库本有"也"字。

③ "张文成往成"，四库本作"张父成往求"。

④ "信都民"至"成式"三条，稗海本缺。

质之女。府君先行，故欲相见。”什遂前，入就床坐。其女在户东立，与什叙温凉。室内二婢秉烛，呼一婢令以玉夹膝置什前。什素有才藻，颇善风咏，虽疑其非人，亦惬心好也。女曰：“比见崔郎息驾庭树，嘉君吟啸，故欲一叙玉颜。”什遂问曰：“魏帝与尊公书，称尊公为元城令，然否？”女曰：“家君元城之日，妾生之岁。”什乃与论汉魏时事[①]，悉与《魏史》符合。言多不能备载。什曰：“贵夫刘氏，愿告其名。”女曰：“狂夫，刘孔才之第二子，名瑶，字仲璋，比有罪被摄，乃去不返[②]。”什乃下床辞出，女曰：“从此十年当更相逢。”什遂以玳瑁簪留之，女以指上玉环赠什。什上马行数十步，回顾，乃一大冢。什届历下，以为不祥，遂请僧为斋，以环布施。天统末，什为王事所牵，筑河于垣冢[③]，一作桓冢。遂于幕下话斯事于济南奚叔布。因下泣曰：“今岁乃是十年，可如何也作罢。”什在园中食杏，唯云：“报女郎信。”俄即去[④]，食一杏未尽而卒。什十二为郡功曹，为州里推重，及死，无不伤叹。

南巨川尝识判冥者张叔言，因撰《续神异记》，具载其灵验。叔言判冥鬼十人，十人数内，两人是妇人。

又乌龟狐亦判冥。[⑤]

于襄阳頔在镇时，选人刘某入京，逢一举人，年二十许，言语明晤[⑥]，同行数里，意甚相得，因藉草。刘有酒，倾数杯。日暮，举人指支迳曰：“某弊止从此数里，能左顾乎？”刘辞以程期，举人因赋诗曰：“流水涓涓芹努一曰吐。牙，织鸟双飞客还家[⑦]。荒村无人作寒食，殡宫空对棠梨花。”至明旦，刘归襄州，寻访举人，殡宫存焉。

顾况丧一子，年十七，其子魂游，恍惚如梦，不离其家。顾悲伤不已，因作诗，吟之且哭。诗云：“老人丧一子[⑧]，日暮泣成血。心逐断猿惊，迹随飞鸟灭。[⑨]老人年七十，不作多时别。”其子听之感恸，因自誓：“忽若作人[⑩]，当再为顾家

① “时”，稗海本、四库本作“大”。

② “乃”，稗海本、四库本作“仍”。

③ “于”上，稗海本、四库本有“堤”字。

④ “俄”，稗海本、四库本作“我”。

⑤ “又乌龟”条，稗海本、四库本与上条相接。

⑥ “晤”，四库本作“悟”。

⑦ “鸟”，四库本作“乌”。

⑧ “一”，稗海本、四库本作“其”。

⑨ “心逐断猿惊，迹随飞鸟灭”，稗海本、四库本无。

⑩ “忽”，四库本作“吾”。

子。”经日，如被人执至一处，若县吏者，断令托生顾家，复都无所知。忽觉心醒，开目认其屋宇，兄弟亲爱满侧[1]，唯语不得。当其生也，以后又不记。年至七岁，其兄戏批之，忽曰:“我是尔兄，何故批我！”一家惊异，方叙前生事，历历不误。弟妹小名，悉遍呼之。抑知羊叔子事非怪也。即进士顾非熊，成式常访之，涕泣为成式言。释氏《处胎经》，言人之住胎，与此稍差。

尸穸

近代丧礼，初死内棺，而截亡人衣后幅留之。又内棺加盖，以肉饭黍酒着棺前，摇盖叩棺，呼亡者名字，言起食，三度，然后止。

琢钉及漆棺止哭，哭便漆不干也。

铭旌出门，众人掣裂将去。送亡人不可选韦革[2]，铁物及铜磨镜使盖，言死者不可使见明也。董勋言:“《礼》:‘弁服韎韐。’此用韦也。一曰茅韦。”[3]

刻木为屋舍、车马、奴婢、抵蛊等，周之前用涂车，刍灵，周以来用俑。

送亡者又以黄卷、蜡钱、兔毫、弩机、纸疏、挂树之属，又作辌车。车，古蒌也，蒌似屏。

世人死者有作伎乐，名为乐丧。魌头，所以存亡者之魂气也。一名苏衣被，苏苏如也。一曰狂阻，一曰触圹。四目曰方相，两目曰僛。据费长房识李娥一曰俄。药丸，谓之方相脑，则方相或鬼物也，前圣设官象之。

又忌狗见尸，令有重丧。

亡人坐上作魂衣，谓之上天衣。

送亡者不赍镜奁盖。

裳，鬼衣也。桐人起虞卿，明衣起左伯桃，挽歌起绋讴，故旧律发冢弃市。冢者，重也，言为孝子所重，发一茧土则坐，不须物也。

吊字，矢贯弓也，古者葬弃中野。《礼》:“贯弓而吊，以助鸟兽之害。”

后魏俗竟厚葬，棺厚高大，多用柏木，两边作大铜环钮，不问公私贵贱，悉白油络幰輴车，迾素䩪仗，打虏鼓，哭声欲似南朝。传哭挽歌无破声，亦小异于京师焉。[4]

《周礼》:“方相氏殴罔象。罔象好食亡者肝，而畏虎与柏。墓上树柏，路

① “爱”，四库本无。

② “选”，稗海本、四库本作“送”。

③ “送亡人”条，稗海本、四库本另起一条。

④ “后魏”条，稗海本、四库本与上条相接。

口致石虎，为此也。”

昔秦时陈仓人，猎得兽若彘而不知名。道逢二童子，曰：“此名弗述[①]，常在地中食死人脑，欲杀之，当以柏插其首。”

遭丧妇人有面衣，期以下妇人着帼，不着面衣。

又妇人哭以扇掩面，或有帷幄内哭者。

汉平陵王墓，墓多狐，狐自穴出者皆毛上坌灰。魏末有人至狐穴前，得金刀镊、玉唾壶。

贝丘县东北有齐景公墓，近世有人开之，下入三丈，石函中得一鹅，鹅回转翅以拨石。复下入一丈，便有青气上腾，望之如陶烟，飞鸟过之辄堕死，遂不敢入。

元魏时，菩提寺僧多一曰达多。发冢取砖[②]，得一人，自言姓崔名涵，字子洪，在地下十二年，如醉人，时复游行，不甚辨了，畏日及水火兵刃。常走，疲极则止。洛阳奉洛里多卖送死之具，涵言：“作柏棺，莫作桑欀。吾地下见发鬼兵[③]，一鬼称是柏棺，主者曰：‘虽是柏棺，乃桑欀也。’”

南朝薨卒赠予者以密，应看貂蝉者以雁代之[④]，绶者以书。

先贤大臣家墓[⑤]，揭杙题其官号姓名，五品以上漆棺，六品以下但得漆际。

南阳县民苏调女，死三年，自开棺还家，言：“冥将吏畏[⑥]，赤小豆、黄豆，死有持此二豆一石者，无复作苦。”又言：“可用梓木为棺。”

刘晏判官李邈，庄在高陵，庄客悬欠租课，积五六年。邈因官罢归庄，方欲勘责，见仓库盈羡，输尚未毕。邈怪问，悉曰：“某作端公庄客二三年矣，久为盗，近开一古冢，冢西去庄十里，极高大，入松林二百步方至墓。墓侧有碑，断倒草中，字磨灭不可读。初，旁掘数十丈，遇一石门，固以铁汁，累日羊粪沃之方开[⑦]。开时箭出如雨，射杀数人，众惧，欲出，某审无他，必机关耳。乃令投石其中，每投箭辄出，投十余石，箭不复发，因列炬而入。至开第二重门，有木人数十，张目运剑，又伤数人，众以棒击之，兵仗悉落。四壁各画兵卫之像。南壁有大漆棺，悬以铁索，其下金玉珠玑堆集，众惧，未即掠之。棺两角

① “弗”上，四库本有“犊”字。

② “僧”，稗海本、四库本作“增”。

③ “下”，四库本无。

④ “看”，四库本作“著”。

⑤ “家”，四库本作“冢”。

⑥ “冥将吏畏”，原作“夫将军事”，据四库本改。

⑦ “羊”，稗海本作“洋”，四库本作“烊”。

忽飒飒风起，有沙迸扑人面。须臾风甚，沙出如注，遂没至膝[1]，众惊恐走[2]，比出，门已塞矣。一人复一曰后。为沙埋死，乃同酬地谢之，誓不发冢。”

《水经》言：“越王勾践都琅琊，欲移允一曰元。常冢，冢中风生，飞沙射人，人不得近，遂止。”按《汉旧仪》，将作营陵地，内方石，外沙演，户交横莫耶，设伏弩，伏火、弓矢与沙，盖古制有其机也。〇又候白《旌异记》曰一作言。：“盗发白茅冢，棺内大吼如雷，野雉悉雊，窟内火起，飞焰赫然，盗被烧死，得非伏火乎？”[3]

永泰初，有王生者，住在扬州孝感寺北。夏月被酒，手垂于床，其妻恐风射，将举之。忽有巨手出于床前，牵王臂坠床，身渐入地。其妻与奴婢共曳之，不禁，地如裂状，初余衣带，顷亦不见。其家并力掘之，深二丈许，得枯骸一具，已如数百年者，竟不知何怪。

江淮元和中有百姓耕地，地陷，乃古墓也，棺中得裈五十腰。

处士郑宾于言：“尝客河北，有村正妻新死，未殓。日暮，其儿女忽觉有乐声渐近，至庭宇，尸已动矣。及入房，如在梁栋间，尸遂起舞，乐声复出，尸倒，旋出门，随乐声而去。其家惊惧，时月黑，亦不敢寻逐。一更，村正方归，知之，乃折一桑枝如臂，被酒大骂寻之。入墓林约五六里，复闻乐声在一柏林上，及近树，树下有火荧荧然，尸方舞矣。村正举杖击之，尸倒，乐声亦住，遂负尸而返。”

医僧行儒说：“福州有弘济上人，斋戒清苦，常于沙岸得一颅骨，遂贮衣篮中，归寺。数日，忽眠中有物啮其耳，以手拨之落，声如数升物，疑其颅骨所为也。及明，果坠在床下。遂破为六片，零置瓦沟中。夜半，有火如鸡卵，次第入瓦下，烛之，弘济责曰：‘不能求生人天，凭朽骨何也？’于是怪绝。”

近有盗发蜀先主墓。墓穴，盗数人齐见两人张灯对弈，侍卫十余，盗惊惧，拜谢。一人顾曰：“尔饮乎？”乃各饮以一杯，兼乞与玉腰带数条，命速出。盗至外，口已漆矣，带乃巨蛇也，视其穴，已如旧矣。

---

① “没”，稗海本、四库本作“投”。

② “惊”，稗海本、四库本作“皆”。

③ “‘又候白’至‘伏火乎’”，四库本另起一条。

唐段少卿酉阳杂俎前集卷之十四

唐太常少卿临淄柯古段成式撰

诺皋记上

夫度朔司刑，可以知其情状；葆登掌祀，将以着于感通。有生尽幻，游魂为变。乃圣人定璇玑之式，立巫祝之官，考乎十辉之祥，正乎九黎之乱。当有道之日，鬼不伤人；在观德之时，神无乏主。若列生言灶下之驹掇，庄生言户内之雷霆，楚庄争随兕而祸移，齐桓睹委蛇而病愈。征祥变化，无日无之，在乎不伤人，不乏主而已。成式因览历代怪书，偶疏所记，题曰《诺皋记》。街谈鄙俚，与言风波，不足以辨九鼎之象，广七车之对，然游息之暇，足为鼓吹耳。

昆仑之墟，帝之下都，百神所在也。

大荒中有灵山，有十巫：咸、即、盼、彭、姑、具、礼、抵、谢、罗，从此升降。[①]

天山有神，是名浑潡[②]，状如橐而光，其光如火，六足重翼，无面目，是识一曰嗜音。歌舞，实为帝江。形天与帝争神[③]，帝断其首，葬之常羊山，乃以乳为目，脐为口，操干戚而舞焉。

汉竹宫用紫泥为坛，天神下若流火，玉饰器七千枚，一作枝。舞女三百人。○一曰汉祭天神用万二千杯，养牛五岁，重三千斤。

太一君讳腊，天秩万二千石。

天翁姓张名坚，字刺渴，渔阳人。少不羁，无所拘忌。常张罗，得一白雀，爱而养之。梦天刘翁责怒，每欲杀之，白雀辄以报坚，坚设诸方待之，终莫能害。天翁遂下观之，坚盛设宾主，乃窃骑天翁车，乘白龙，振策登天，天翁乘余龙追之，不及。坚既到玄宫，易百官，杜塞北门，封白雀为上卿侯，改白雀之胤不产于下土。刘翁失治，徘徊五岳作灾，坚患之，以刘翁为泰山太守[④]，主生死之籍。

---

① “咸”下，原有“曰”字，据《山海经》改。此条稗海本、四库本与上条相接。

② “名”，稗海本、四库本作“为”。

③ “形天”，原作“形夭”，据四库本改。

④ “泰”，稗海本、四库本作“太”。

北斗魁第一星神名曰执一曰报。阴[1]，第二星曰叶诣，一作谐。第三星曰视金，第四星曰拒一作洰。理，第五星曰防仵，第六星曰开宝，第七星曰招摇。一曰始。

东王公讳倪，字君明。天下未有人民时，秩二万六千石，佩杂色绶[2]，绶长六丈六尺，从女九千，以丁亥日死。

西王母姓杨，讳回，治昆仑西北隅，以丁丑日死。一曰婉衿。

灶神名隗，状如美女。又姓张，名单，字子郭。夫人字卿忌，有六女皆名察一作祭。洽。常以月晦日上天白人罪状，大者夺纪，纪三百日；小者夺算，算一百日。故为天帝督使，下为地精。己丑日，日出卯时上天，禺中下行署，此日祭得福。其属神有天帝娇孙、天帝大夫、天帝都尉、天帝长兄、硎上童子、突上紫宫君、太和君、玉池夫人等。一曰灶神，名壤子也。

河伯人面，乘两龙，一曰冰夷，一曰冯夷。又曰人面鱼身。《金一匮》言:“名冯循。一作修。”《河图》言:“姓吕，名夷。”《穆天子传》言:“无夷。”《淮南子》言：“冯迟。”《圣贤记》言：“服八石，得水仙。”《抱朴子》曰：“八月上庚日，溺河。”

甲子神名弓隆，欲入水内，呼之，河泊九千导引，入水不溺。

甲戌神名执明，呼之，入火不烧。

《太真科经》说有鬼仙：丙戌日鬼名龙生，丙午日鬼名挺张，乙卯日鬼名天陪[3]，戊午日鬼名耳述，壬戌日鬼名舂，辛丑日鬼名迡，乙酉日鬼名聂左，丙辰日鬼名天遾，辛卯日鬼名憓，酉虫鬼名发廷毛，厕鬼名项天竺。一曰笙。语忘、敬遗二鬼名，妇人临产呼之，不害人，长三寸三分，上下乌衣。马鬼名赐，蛇鬼名俐石圭，一曰硅[4]。井鬼名琼，衣服鬼名甚辽。神荼、郁垒领万鬼，旧傩词曰“申作食”。狒胃食虎，雄伯食魅，腾兰一曰简。食祥，搅一曰揽。诸食咎，伯倚食梦，强梁祖名共，食砾一曰磔。死。寄生、穷奇、腾根，共食蛊。王延寿所梦有游光、夔毅、诸渠、印尧、夔瞿、伦衍、将剧、擿脉、尧岘寺。一曰尧岘等。[5]

吐火罗国缚底野城，古波斯王乌瑟多习之所筑也。王初筑此城，高二三尺即坏，叹曰:“吾应无道，天令筑此城不成矣！”有小女名那息，见父优恚，问曰:“王有邻敌乎？”王曰:“吾是波斯国王，领千余国，今至吐火罗国中，欲筑此城，垂功万代。既不遂心，所以忧耳。”女曰：“愿王无忧，明旦令匠视我所履之迹

① “名曰”，稗海本、四库本作“名”。

② “色绶”，稗海本、四库本作“绶”。

③ “陪”，稗海本、四库本作“陪”。

④ “硅”，稗海本、四库本作“厘”。

⑤ “‘旧傩词曰’至‘一曰尧岘等’”，稗海本、四库本缺。

筑之，即立。”王异之。至明，女起步西北，自截右手小指，遗血成踪，匠随血筑之，逐日转踪匝，女遂化为海神。其海神至今犹在堡子下，澄清如镜，周五百余步。[1]

古龟兹国王阿主儿者，有神异，力能降伏毒龙。时有贾人买市人金银宝货，至夜中，钱并化为炭，境内数百家皆失金宝。王有男先出家，成阿罗汉果。王问之，罗汉曰："此龙所为，龙居北山，其头若虎，今在某处眠耳。"王乃易衣持剑，默出至龙所，见龙卧，将欲斩之，因曰："吾斩寐龙，谁知吾有神力！"遂叱龙，龙惊起，化为师子[2]。王即乘其上，龙怒作雷声，腾空至城北二十里，王谓龙曰："尔不降，当断尔头。"龙惧王神力，乃作人语曰："勿杀我，我当与王乘，欲有所向，随心即至。"王许之，后常乘龙而行。

乾陀国昔有王神勇多谋，号伽当，一曰加色伽当。讨袭诸国，所向悉降。至五天竺国，得上细绁二条，自留一，一与妃。妃因衣其绁谒王，绁当妃乳上有郁金香手印迹，王见惊恐，谓妃曰："尔忽着此手迹之服，何也？"妃言："向王所赐之绁。"王怒问藏臣，藏臣曰："绁本有是，非臣之咎。"王追商者问之，商言："南天竺国娑陀婆恨王，有宿愿，每年所赋细绁，并重叠积之，手染郁金柘于绁上，千万重手印悉透。丈夫衣之，手印当背；妇人衣之，手印当乳。"王令左右披之，皆如商者言。王因叩剑曰："吾若不以此剑裁娑陀婆恨王手足[3]，无以寝食。"乃遣使就南天竺索娑陀婆恨王手足。使至其国，娑陀婆恨王与群臣绐报曰："我国虽有王名娑陀婆恨，原无王也，但以金为王，设于殿上，凡统领教习，在臣下耳。"王遂起象马兵南讨其国，其国隐其王于地窟中，铸金人来迎。伽色伽王知其伪[4]，且自恃福力，因断金人手足，娑陀婆恨王于窟中，手足亦自落也。

齐郡接历山，上有古铁锁，大如人臂，绕其峰再浃。相传本海中山，山神好移，故海神锁之，挽锁断，飞来于此矣。

太原郡东有崖山，天旱，土人常烧此山以求雨。俗传崖山神娶河伯女，故河伯见火，必降雨救之。今山上多生水草。

华不注泉，齐顷公取水处，方圆百余步。北齐时，有人以绳千尺沉石试之不穷，石出，赤如血，其人不久坐事死。

---

① "吐火罗"条，稗海本、四库本缺。

② "师"，稗海本、四库本作"狮"。

③ "此"，稗海本、四库本无。

④ "伽色伽"，稗海本、四库本无。

荆州永丰县东乡里有卧石一，长九尺六寸，其形似人，而举体青黄隐起[1]，状若雕刻。境若旱，便齐手一作祭，无齐字。而举之，小举小雨，大举大雨。相传此石忽见于此，本长九尺，今加六寸矣。

荆之清一曰清。水宛一曰穴。口傍[2]，义兴十二年，有儿群浴此水，忽然岸侧有钱出如流沙，因竟取之，手满置地，随复去，乃衣襟结之，然后各有所得。流钱中有铜车，以铜牛牵之，势甚迅速[3]，诸童奔逐，掣得车一脚，径可五寸许，猪鼻毂有六幅，通体青色，毂内黄锐，状如常运。于时沈敬一作敞。守南阳，求得车脚钱，行时贯草辄便停破，竟不知所终往。

虎窟山，相传燕建平中，济南太守胡谘，于此山窟得白虎，因名焉。

乌山下无水，魏末有人掘井五丈，得一石函，函中得一龟，大如马蹄，积炭五枝于函傍。复掘三丈，遇盘石，下有水流汹汹然，遂凿石穿水，北流甚驶。俄有一船触石而上，匠人窥船上得一杉木板，板刻字曰:“吴赤乌二年八月十日，武昌王子义之船。”

平原县西十里旧有杜林，南燕太上时[4]，有邵敬伯者，家于长白山。有人寄敬伯一函书，言:“我吴江使也，令吾通问于济伯，今须过长白，幸君为通之。仍教敬伯，但于杜林中取树叶投之于水[5]，当有人出。”敬伯从之，果见人引入[6]，敬伯惧水，其人令敬伯闭目，似入水中，豁然宫殿宏丽。见一翁年可八九十，坐水精床，发函开书曰:“裕兴超灭。”侍卫者皆圆眼，具甲胄。敬伯辞出，以一刀子赠敬伯曰:“好去，但持此刀，当无水厄矣。”敬伯出，还至杜林中，而衣裳初无沾湿，果其年宋武帝灭燕。敬伯三年居两河间，夜中忽大水，举村俱没，唯敬伯坐一榻床，至晓着岸[7]，敬伯下看之[8]，乃是一大鼋一曰龟。也。敬伯死，刀子亦失。世传杜林下有河伯家[9]。

临清有妒妇津[10]。相传言，晋泰始中，刘伯玉妻段氏，字明光，性妒忌。伯

---

① “而举”，稗海本、四库本无。

② “荆之”，稗海本、四库本无。“傍”，四库本作“旁”。

③ “势”，稗海本、四库本作“行”。

④ “时”，稗海本、四库本作“末”。

⑤ “树”，稗海本、四库本作“杜”。

⑥ “引入”，稗海本作“引出”，四库本作“出引”。

⑦ “岸”，稗海本、四库本作“履”。

⑧ “之”下，稗海本、四库本有“床”字。

⑨ “家”，稗海本、四库本作“冢”。

⑩ “临清有”，稗海本、四库本无。

玉常于妻前诵《洛神赋》，语其妻曰："娶妇得如此，吾无憾焉。"明光曰："君何得以水神美而欲轻我[①]？吾死。何愁不为水神。"其夜乃自沈而死。死后七日，托梦语伯玉曰："君本愿神，吾今得为神也。"伯玉寤而觉之，遂终身不复渡水。有妇人渡此津者，皆坏衣一作攘衣。枉妆，然后敢济，不尔，风波暴发。丑妇虽妆饰而渡，其神亦不妒也。妇人渡河无风浪者，以为己丑，不致水神怒。丑妇讳之，无不皆自毁形容，以塞嗤笑也。故齐人语曰："欲求好妇，立在津口。妇立水傍，好丑自彰。"

虞道施，义熙中乘车山行，忽有一人，乌衣，径上车言寄载。头上有光，口目皆赤，面被毛，行十里方去，临别语施曰："我是驱除大将军，感尔相容。"因留赠银环一双。

晋隆安中，吴兴有人年可二十，自号圣公，姓谢，死。已百年，忽诣陈氏宅，言是己旧宅，可见还，不尔烧汝。一夕火发荡尽，因有鸟毛插地，绕宅周匝数重，百姓乃起庙。

大足初[②]，有士人随新罗使，风吹至一处，人皆长须，语与唐言通，号长须国。人物茂盛，栋宇衣冠，稍异中国。地曰扶桑洲，其署官品有正长[③]、戢波、目役、一作日波。岛逻等号。士人历谒数处，其国皆敬之。忽一日，有车马数十，言大王召客，行两日方至一大城，甲士守门焉。使者导士人入伏谒，殿宇高敞，仪卫如王者。见士人拜伏，小起，乃拜士人为司风长，兼驸马。其主甚美，有须数十根。士人威势烜赫，富有珠玉，然每归见其妻则不悦。其王多月满夜则大会。后遇会，士人见姬嫔悉有须，因赋诗曰："花无蕊不妍，女无须亦丑。丈人试遣总无，未必不如总有。"王大笑曰："驸马竟未能忘情于小女颐颔间乎[④]？"经十余年，士人有一儿二女。忽一日，其君臣忧戚，士人怪问之。王泣曰："吾国有难，祸在旦夕，非驸马不能救。"士人惊曰："苟难可弭，性命不敢辞也。"王乃令具舟，令两使随士人，谓曰："烦驸马一谒海龙王，但言东海第三汊第七岛长须国有难求救。我国绝微，须再三言之。"因涕泣执手而别。士人登舟，瞬息至岸。岸沙悉七宝，人皆衣冠长大。士人乃前，求谒龙王。龙宫状如佛寺所图天宫，光明迭激，目不能视。龙王降阶迎士人，齐级升殿，访其来意。士人具说，龙王即令速勘。良久，一人自外白曰："境内并无此国。"

---

① "得"，稗海本、四库本无。

② "大足初"，稗海本、四库本作"大定初"。

③ "正"，稗海本、四库本作"王"。

④ "颔"，原作"额"，稗海本、四库本改。

士人复哀祈[①]，言长须国在东海第三汊第七岛。龙王复叱使者细寻勘，速报。经食顷，使者返，曰："此岛虾合供大王此月食料，前日已追到。"龙王笑曰："客固为虾所魅耳。吾虽为王，所食皆禀天符，不得妄食，今为客减食。"乃令引客视之，见铁镬数十如屋，满中是虾。有五六头色赤，大如臂，见客跳跃，似求救状。引者曰："此虾王也。"士人不觉悲泣，龙王命放虾王一镬，令二使送客归中国。一夕至登舟，回顾二使，乃巨龙也。

天宝初，安思顺进五色玉带，又于左藏库中得五色玉杯。上怪近日西贶一作贡。无五色玉，令责安西诸蕃。蕃言比常进，皆为小勃律所劫，不达。上怒，欲征之，群臣多谏。独李右座林甫赞成上意[②]，且言武臣王天运谋勇可将。乃命王天运将四万人，兼统诸蕃兵伐之。及逼勃律城下，勃律君长恐惧请罪，悉出宝玉，愿岁贡献。天运不许，即屠城，虏三千人及其珠玑而还。勃律中有术者言："将军无义，不祥，天将大风雪矣。"行数百里，忽飓风四起[③]，雪花如翼，风激小海水成冰柱，起而复摧。经半日，小海涨涌，四万人一时冻死，唯蕃汉各一人得还。具奏，玄宗大惊异，即令中使随二人验之。至小海侧，冰犹峥嵘如山，隔冰见兵士尸，立者、坐者，莹澈可数[④]。中使将返，冰忽稍释，众尸亦不复见。

郭代公常山居[⑤]，中夜有人面如盘，瞚目出于灯下。公了无惧色，徐染翰题其颊曰："久戍人偏老，长征马不肥。"公之警句也。题毕吟之，其物遂灭。数日，公随樵闲步，见巨木上有白耳，大如数斗，所题句在焉。

大历中，有士人庄在渭南，遇疾卒于京，妻柳氏因庄居。一子年十一二。夏夜，其子忽恐悸不眠。三更后，忽见一老人，白衣，两牙出吻外，熟视之。良久，渐近床前。床前有婢眠熟，因扼其喉，咬然有声，衣随手碎，攫食之。须臾骨露，乃举起饮其五藏。见老人口大如簸箕，子方叫，一无所见，婢已骨矣。数月后亦无他。士人祥斋，日暮，柳氏露坐逐凉，有胡蜂绕其首面，柳氏以扇击堕地，乃胡桃也。柳氏遽取玩之掌中，遂长，初如拳、如碗，惊顾之际，已如盘矣。嚗然分为两扇，空中轮转，声如分蜂。忽合于柳氏首，柳氏碎首，齿着于树。其物因飞去，竟不知何怪也。

贾相公耽在滑州[⑥]，境内大旱，秋稼尽损。贾召大将二人，谓曰："今岁荒旱，

① "士"，稗海本、四库本作"其"。

② "林甫"，稗海本、四库本无。

③ "飓"，原脱，据四库本补，稗海本作"起"。

④ "澈"，稗海本、四库本作"彻"。

⑤ "常"，稗海本、四库本作"尝"。

⑥ "耽"，稗海本、四库本无。

烦君二人救三军百姓也。”皆言：“苟利军州，死不足辞。”贾笑曰：“君可辱为健步，乙一作明。日当有两骑，衣惨绯，所乘马蕃步鬣长，经市出城，君等踪之，识其所灭处，则吾事谐矣。”二将乃裹粮，衣皂衣寻之[①]。一如贾言，自市至野二百余里，映大冢而灭，遂垒石标表志焉。经信而返，贾大喜，令军健数百人具畚锸，与二将偕往其所，因发冢，获陈粟数十万斛，人竟不之测。

胡珦为虢州时，猎人杀得鹿，重一百八十斤。蹄下贯铜环，环上有篆字，博物者不能识之。

博士丘濡说，汝州傍县[②]，五十年前，村人失其女。数岁忽自归，言初被物寐中牵去，倏止一处，及明，乃在古塔中。见美丈夫谓曰：“我天人，分合得汝为妻，自有年限，勿生疑惧。”且戒其不窥外也。日两返，下取食，有时炙饵犹热。经年，女伺其去，窃窥之，见其腾空如飞，火发蓝肤，磔磔耳如驴焉，至地乃复人矣，惊怖汗洽。其物返，觉曰：“尔固窥我，我实野叉，与尔有缘，终不害汝[③]。”女素惠，谢曰:“我既为君妻，岂有恶乎？君既灵异，何不居人间，使我时见父母乎？”其物言:“我辈罪业，或与人杂处，则疫疠作。今形迹已露，任尔纵观，不久当尔归也。”其塔去人居止甚近，女常下视，其物在空中不能化形，至地方与人杂。或有白衣尘中者，其物敛手侧避;或见挠其头[④]，唾其面者，行人悉若不见。及归，女问之:“向见君街中有敬之者，有戏狎之者，何也？”物笑曰：“世有吃牛肉者，予得而欺之。或遇忠直孝养，释道守戒律、法箓者，吾误犯之，当为天戮。”又经年，忽悲泣语女：“缘已尽，候风雨送尔归。”因授一青石，大如鸡卵，言至家可磨此服之，能下毒气。后一夕风雷[⑤]，其物遽持女曰:“可去矣。”如释氏言:“屈伸臂顷，已至其家，坠之庭中。其母因磨石饮之，下物如青泥斗余。”

李公佐，大历中在庐州，有书吏王庚请假归，夜行郭外，忽值引骑呵辟，书吏遽映大树窥之，且怪此无尊官也。导骑后一人紫衣，仪卫如节使，后有车一乘，方渡水。御者前白：“车軥索断。”紫衣者言：“检簿[⑥]。”遂见数吏检簿曰[⑦]:“合取庐州某里张某妻脊筋。”乃书吏之姨也。顷刻吏回，持两条白物，各

---

① “衣”，稗海本、四库本作“行”。

② “傍”，四库本作“旁”。

③ “汝”，稗海本、四库本作“尔”。

④ “挠”，稗海本作“枕”，四库本作“拂”。

⑤ “后”，稗海本、四库本无。

⑥ “检”，四库本作“捡”。

⑦ “检”，稗海本作“叶”，四库本作“捡”。

长数尺，乃渡水而去。至家，姨尚无恙，经宿忽患背疼，半日而卒。

元和初，有一士人失姓字，因醉卧厅中。及醒，见古屏上妇人等，悉于床前踏歌，歌曰："长安女儿踏春阳，无处春阳不断肠。舞袖弓腰浑忘却，蛾眉空带九秋霜。"其中双鬟者问曰："如何是弓腰？"歌者笑曰："汝不见我作弓腰乎？"乃反首，髻及地，腰势如规焉。士人惊惧，因叱之，忽然上屏，亦无其他。

郑相余庆在梁州[①]，有龙兴寺僧智圆，善总持敕勒之术，制邪理痛多着效[②]，日有数十人候门。智圆腊高稍倦，郑公颇敬之，因求住城东隙地。郑公为起草屋种植，有沙弥、行者各一人，居之数年，暇日，智圆向阳科脚甲。有妇人布衣甚端丽，至阶作礼。智圆遽整衣，怪问："弟子何由至此？"妇人因泣曰："妾不幸夫亡而子幼小，老母危病。知和尚神咒助力，乞加救护。"智圆曰："贫道本厌城隍喧啾，兼烦于招谢，弟子母病，可就此为加持也。"妇人复再三泣请，且言母病剧，不可举扶，智圆亦哀而许之。乃言从此向北二十余里至一村，村侧近有鲁家庄，但访韦十娘所居也。智圆诘朝如言行二十余里，历访悉无而返。来日妇人复至，僧责曰："贫道昨日远赴约，何差谬如此？"妇人言："只去和尚所止处二三里耳，和尚慈悲，必为再往。"僧怒曰："老僧衰暮，今誓不出。"妇人乃声高曰："慈悲何在耶？今事须去。"因上阶牵僧臂，惊迫，亦疑其非人，恍惚间以刀子刺之，妇人遂倒，乃沙弥误中刀，流血死矣。僧忙然，遽与行者瘗之于饭瓮下。沙弥本村人，家去兰若十七八里。其日，其家悉在田，有人皂衣揭襆，乞浆于田中。村人访其所由，乃言居近智圆和尚兰若。沙弥之父欣然访其子耗，其人请问，具言其事，盖魅所为也。沙弥父母尽皆号哭诣僧，僧犹绐焉。其父乃锹索而获，即诉于官。郑公大骇，俾求盗吏细按，意其必冤也。僧具陈状，贫道宿债，有死而已。按者亦以死论，僧求假七日，令持念为将来资粮[③]，郑公哀而许之。僧沐浴设坛，急印契缚檏考其魅。凡三夕，妇人见于坛上，言我类不少，所求食处，辄为和尚破除，沙弥且在，能为誓不持念，必相还也。智圆恳为设誓，妇人喜曰："沙弥在城南某村几里古丘中。"僧言于官吏，用其言寻之，沙弥果在，神已痴矣。发沙弥棺，中乃苕帚也。僧始得雪，自是绝不复道一梵字[④]。

元和初，洛阳村百姓王清，佣力得钱五环，因买田畔一枯栗树，将为薪以

---

① "余庆"，稗海本、四库本无。

② "痛"，四库本作"病"。

③ "持"，稗海本、四库本作"待"。

④ "绝"下，稗海本、四库本有"珠贯"二字。

求利。经宿，为邻人盗斫，创及腹，忽有黑蛇举首如臂，人语曰:“我王清本也，汝勿斫。”其人惊惧，失斤而走。及明，王清率子孙薪之，复掘其根，根下得大瓮二，散钱实之，王清因是获利而归。十余年巨富，遂甃钱成龙形，号王清本。

元和中，苏湛游蓬鹊山，裹粮钻火，境无遗址[①]。忽谓妻曰："我行山中，睹倒崖有光若镜[②]，必灵境也，明日将投之，今与卿诀。”妻子号泣，止之不得。及明遂行，妻子领奴婢潜随之。入山数十里，遥望岩有白光，圆明径丈，苏遂逼之，才及其光，长叫一声，妻儿遽前救之，身如茧矣。有蜘蛛黑色，大如钴鉧，走集岩下。奴以利刃决其网，方断，苏已脑陷而死[③]。妻乃积薪烧其崖，臭满一山中。

相传裴旻山行，有山蜘蛛垂丝如匹布，将及旻，旻引弓射杀之，大如车轮，因断其丝数尺收之。部下有金创者，剪方寸贴之，血立止也。

唐段少卿酉阳杂组前集卷之十五

唐太常少卿临淄柯古段成式撰

诺皋记下

和州刘录事者，大历中，罢官居和州旁县，食兼数人，尤能食鲙，常言鲙味未尝果腹。邑客乃网鱼百余斤，会于野亭，观其下箸。初食鲙数叠，忽似哽，咯出一骨珠子，大如黑豆，乃置于茶瓯中，以叠覆之。食未半，怪覆瓯倾侧，刘举视之，向者骨珠已长数寸，如人状，坐客竞观之，随视而长。顷刻长及人，遂捽刘，因殴流血。良久，各散走。一循厅之西，一转厅之左，俱及后门，相触，翕成一人，乃刘也，神已痴矣。半日方能言，访其所以，皆不省，自是恶鲙。

冯坦者，常有疾，医令浸蛇酒服之。初服一瓮子，疾减半。又令家人园中执一蛇，投瓮中，封闭七日。及开，蛇跃出，举首尺余，出门因失所在。其过迹，地坟起数寸。

陆绍郎中言，常记一人浸蛇酒[④]，前后杀蛇数十头。一日自临瓮窥酒，有物

① “址”，稗海本、四库本作“跬”。

② “若”，原脱，据四库本补。

③ “脑”，稗海本作“腊” 四库本作“脰”。

④ “常”，稗海本、四库本作“尝”。

跳出啮其鼻将落，视之乃蛇头骨。因疮毁其鼻如劓焉。[①]

有陈朴，元和中住崇贤里北街。大门外有大槐树，朴常黄昏徙倚窥外，见若妇人及狐大老乌之类[②]，飞入树中，遂伐视之。树凡三槎：一槎空中，一槎有独头栗一百二十，一槎中襁一死儿，长尺余。

僧无可言，近传有白将军者，常于曲江洗马，马忽跳出惊走，前足有物，色白如衣带，萦绕数匝。遽令解之，血流数升。白异之，遂封纸帖中，藏衣箱内。一日，送客至浐水，出示诸客，客曰："盍以水试之。"白以鞭筑地成窍，置虫于中，沃盥其上。少顷，虫蠕蠕而长[③]，窍中泉涌，倏忽自盘若一席，有黑气如香烟，径出檐外，众惧曰："必龙也。"遂急归，未数里，风雨骤至[④]，大震数声。

景公寺前街中旧有巨井，俗呼为八角井。元和初，有公主夏中过，见百姓方汲，令从婢以银棱碗就井承水[⑤]，误坠碗，经月余，出于渭河。

东平未用兵，有举人孟不疑，客昭义。夜至一驿，方欲濯足，有称淄青张评事者，仆从数十，孟欲参谒，张被酒，初不顾，孟因退就西间。张连呼驿吏索煎饼，孟默然窥之，且怒其傲。良久，煎饼熟，孟见一黑物如猪，随盘至灯影而立。如此五六返，张竟不察。孟因恐惧无睡，张寻大鼾，至三更后，孟才交睫，忽见一人皂衣，与张角力，久乃相捽入东偏房中，拳声如杵。一饷间，张被发双袒而出，还寝床上。入五更，张乃唤仆，使张烛巾栉，就孟曰："某昨醉中，都不知秀才同厅。"因命食，谈笑甚欢，时时小声曰："昨夜甚惭长者，乞不言也。"孟但唯唯。复曰："某有程须早发，秀才可先也。"遂摸靴中，得金一挺授曰[⑥]："薄贶，乞密前事。"孟不敢辞，即为前去。行数日，方听捕杀人贼。孟询诸道路，皆曰："淄青张评事。"至某驿[⑦]，早发。迟明，空鞍失所在。驿吏返至驿寻索，驿西阁中有席角，发之，白骨而已，无洎一蝇肉也，地上滴血无余，惟一双履在旁。相传此驿旧凶，竟不知何怪。举人祝元膺常言："亲见孟不疑说，每每戒夜食，必须发祭也。"祝又言："孟素不信释氏，颇能诗，其句云：'白日故乡远，青山佳句中。'后常持念游览，不复应举。"

刘积中常于京近县庄居，妻病重。于一夕，刘未眠，忽有妇人白首，长才

① 此条稗海本、四库本与上条接。

② "大"，四库本作"犬"。

③ "而"，稗海本、四库本作"如"。

④ "骤"，稗海本、四库本作"忽"。

⑤ "承"，稗海本、四库本作"取"。

⑥ "挺"，四库本作"铤"。

⑦ "某"，稗海本、四库本作"其"。

三尺，自灯影中出，谓刘曰："夫人病，唯我能理，何不祈我？"刘素刚，咄之，姥徐戟手曰："勿悔！勿悔！"遂灭。妻因暴心痛，殆将卒，刘不得已，祝之。言已，复出，刘揖之坐，乃索茶一瓯，向口如咒状，顾命灌夫人，茶才入口，痛愈。后时时辄出，家人亦不之惧。经年，复谓刘曰："我有女子及笄，烦主人求一佳婿。"刘笑曰："人鬼路殊，固难遂所托。"姥曰："非求人也，但为刻桐木为形稍工者[①]，则为佳矣。"刘许诺[②]，因为具之。经宿，木人失矣。又谓刘曰："兼烦主人作铺公、铺母，若可，某夕我自具车轮奉迎。"刘心计无奈何，亦许。至一日过酉，有仆马车乘至门，姥亦至，曰："主人可往。"刘与妻各登其车马，天黑至一处，朱门崇墉，笼烛列迎，宾客供帐之盛，如王公家。引刘至一厅，朱紫数十，有与相识者，有已殁者，各相视无言。妻至一堂，蜡炬如臂，锦翠争焕，亦有妇人数十，存殁相识各半，但相视而已。及五更，刘与妻恍惚间却还至家如醉醒，十不记其一二矣。经数月，姥复来拜谢，曰："小女成长，今复托主人。"刘不耐，以枕抵之曰："老魅敢如此扰人。"姥随枕而灭，妻遂疾发。刘与男女酹地祷之，不复出矣。妻竟以心痛卒，刘妹复病心痛，刘欲徙居，一切物胶着其处，轻若履屣，亦不可举。迎道流上章，梵僧持咒，悉不禁。刘常暇日检药方[③]，其婢小碧自外来，垂手缓步，大言："刘四颇忆平昔无？"既而嘶咽曰："省躬近从泰山回，路逢飞天野叉携贤妹心肝，我亦夺得。"因举袖，袖中蠕蠕有物，左顾似有所命，曰："可为安置。"又觉袖中风生，冲帘幌，入堂中，乃上堂对刘坐，问存殁，叙平生事。刘与杜省躬同年及第，有分，其婢举止笑语，无不肖也。顷曰："我有事，不可久留。"执刘手呜咽，刘亦悲不自胜，婢忽然而倒。及觉，一无所记。其妹亦自此无恙。

临川郡南城县令戴察，初买宅于馆娃坊。暇日与弟闲坐厅中，忽听妇人聚笑声，或近或远，察颇异之。笑声渐近，忽见妇人数十，散在厅前，倏忽不见。如是累日，察不知所为，厅阶前枯梨树大合抱，意其为祥，因伐之。根下有石露如块，掘之转阔，势如鏊形，乃火上沃酰，凿深五六尺不透。忽见妇人绕坑抵掌大笑。有顷，共牵察入坑，投于石上。一家惊惧之际，妇人复还，大笑，察亦随出。察才出，又失其弟，家人恸哭，察独不哭，曰："他亦甚快活，何用哭也。"察至死不肯言其情状。

独孤叔牙尝令家人汲水，重不可转，数人助出之，乃人也。戴席帽，攀栏大笑，却坠井中。汲者揽得席帽，挂于庭树。每雨，所溜雨处，辄生黄菌。

① "工"，稗海本、四库本作"上"。

② "诺"，稗海本、四库本作"诸"。

③ "日"，四库本无。"检"，原脱，据四库本补。

有史秀才者，元和中曾与道流游华山。时暑，环憩一小溪，忽有一叶大如掌，红润可爱，随流而下，史独接得，置怀中。坐食顷[1]，觉怀中渐重，潜起观之，觉叶上鳞起，栗栗而动。史惊惧，弃林中，遽白众曰："此必龙也，可速去矣。"须臾，林中白烟生，弥于一谷，史下山未半[2]，风雷大至。

史论作将军时，忽觉妻所居房中有光，异之，因与妻遍索房中，且无所见。一日，妻早妆开奁，奁中忽有五一作金。色龟，大如钱，吐五色气，弥满一室，后常养之。

工部员外郎张周封言："旧庄城东狗脊觜《水经注》言此狗架觜。西，常筑墙于太岁上[3]，一夕尽崩。且意其基虚，工不至[4]，乃率庄客指挥筑之。高未数尺，炊者惊叫曰：'怪作矣！'遽视之，饭数斗悉跃出蔽地，着墙匀若蚕子，无一粒重者，矗墙之半如界焉。因诣巫酹地谢之，亦无他焉。"

山萧，一名山臊，《神异经》作㺐，一曰操。《永嘉郡记》作山魅，一名山骆，一名蛟，一曰妭。一名濯肉，一名热肉，一名晖，一名飞龙。如鸠青色，亦曰治乌。巢大如五斗器，饰以土垩，赤白相间，状如射侯，犯者能役虎害人，烧人庐舍，俗言山魈[5]。

伍相奴或扰人，许于伍相庙多已。旧说一姓姚，二姓王，三姓汪。昔值洪水，食都树皮，饿死，化为鸟都。皮骨为猪都，妇女为人都。鸟一曰乌。都左腋下有镜印[6]，阔二寸一分，右脚无大指，右手无三指，左耳缺，右目盲。在树根居者名猪都，在树半可攀及者名人都，在树尾者名鸟都。其禁有打土垄法、山鹊法。其掌诀：右手第二指上节边禁山都眼，左手目禁其喉。南中多食其巢，味如木芝。窠表可为履屉，治脚气。

旧说野狐名紫狐，夜击尾火出，将为怪，必戴髑髅拜北斗。髑髅不坠，则化为人矣。

刘元鼎为蔡州，蔡州新破，食一曰仓。场狐暴，刘遣吏生捕，日于球场纵犬逐之为乐。经年，所杀百数。后获一疥狐，纵五六犬，皆不敢逐，狐亦不走。刘大异之，令访大将家猎狗，及监军亦自夸巨犬，至皆弭耳环守之。狐良久缓迹直上设厅，穿台盘出厅后，及城墙，俄失所在，刘自是不复令捕。道术中有

---

① "顷"，稗海本、四库本无。

② "史"，稗海本、四库本作"中"。

③ "常"，稗海本、四库本作"尝"。

④ "工"，稗海本、四库本作"功"。

⑤ "魈"，原作"萧"，据稗海本、四库本改。

⑥ "腋"，原作"液"，据稗海本、四库本改。

天狐别行法，言天狐九尾金色，役于日月宫，有符有醮日，可洞达阴阳。

南中有兽名风狸，如狙，眉长好羞，见人辄低头，其溺能理风疾。术士多言风狸杖难得于翳形草。南人以上长绳系于野外大树下，人匿于旁树穴中以伺之。三日后知无人至，乃于草中寻摸，忽得一草茎，折之长尺许，窥树上有鸟集，指之，随指而堕，因取而食之。人候其怠，劲走夺之。见人遽啮食之，或不及，则弃于草中。若不可得[①]，当打之数百，方肯为人取。有得之者，禽兽随指而毙，有所欲者，指之如意。

开成末，永兴坊百姓王乙掘井，过常井一丈余，无水。忽听向下有人语及鸡声，甚喧闹，近如隔壁，井匠惧不敢掘。街司申金吾韦处仁将军，韦以事涉怪异，不复奏，遽令塞之。据亡新求周秦故事[②]，谒者阁上得骊山本。李斯领徒七十二万人作陵，凿之以韦一作章。程，三十七岁，固地中水泉[③]。奏曰："已深已极，凿之不入，烧之不燃，叩之空空，如下天状。一曰如存天状。[④]"抑知厚地之下，别有天地也。

太和三年，寿州虞候景乙，京西防秋回。其妻久病，才相见，遽言："我半身被斫，去往东园矣，可速逐之。"乙大惊，因趣园中。时昏黑，见一物长六尺余，状如婴儿裸立，挈一竹器。乙情急将击之，物遂走，遗其器。乙就视，见其妻半身。乙惊倒，或亡所见[⑤]。反视妻，自发际、眉间及胸，有莹如指，映膜赤色。又谓乙曰："可办乳二升，沃于园中所见物处，我前生为人后妻，节其子乳致死，因为所讼，冥断还其半身，向无君则死矣。"

太和末，荆南松滋县南有士人，寄居亲故庄中肄业。初到之夕二更后，方张灯临案，忽有小人才半寸，葛巾杖策，入门谓士人曰："乍到无主人，当寂寞。"其声大如苍蝇。士人素有胆气，初若不见，乃登床责曰："遽不存主客礼乎？"复升案窥书，诟骂不已。因覆砚于书上，士人不耐，以笔击之堕地，叫数声，出门而灭。顷有妇人四五，或姥或少，皆长一寸，呼曰："真官以君独学，故令郎君言展，且论精奥，何痴顽狂率，辄致损害，今可见真官。"其来索续如蚁，状如驺卒，扑缘士人，士人恍然若梦，因啮四肢痛苦甚[⑥]。复曰："汝不去，将损汝眼。"四五头遂上其面，士人惊惧。随出门，至堂东，遥望见一门

① "得"，稗海本、四库本作"下"。

② "亡"，四库本无。"新"下，四库本有"莽"字。

③ "固"，四库本作"锢"。

④ "如下天状。一曰如存天状"，原作"如下天一曰如存天状状"，据四库本改。

⑤ "或"，四库本作"忽"。

⑥ "肢"，稗海本、四库本作"支"。

绝小。如节使之门。士人乃叫："何物怪魅，敢凌人如此！"复被㨃且众啮之，恍惚间已入小门内。见一人峨冠当殿，阶下侍卫千数，悉长寸余，叱士人曰："吾怜汝独处，俾小儿往，何苦致害，罪当腰斩。"乃见数十人悉持刀攘臂迫之①。士人大惧，谢曰："某愚騃，肉眼不识真官，乞赐余生。"久乃曰且解知悔，叱令曳出，不觉已在小门外。及归书堂，已五更矣，残灯犹在。及明，寻其踪迹，东壁古培下有小穴如栗②，守宫出入焉。士人即率数夫发之，深数丈，有守宫十余石，大者色赤，长尺许，盖其王也。壤土如楼状，士人聚苏焚之，后亦无他。

京宣平坊，有官人夜归入曲，有卖油者张帽，驱驴驮桶不避，导者搏之，头随而落，遂遽入一大宅门。官人异之，随入，至大槐树下遂灭。因告其家，即掘之，深数尺，其树根枯，下有大虾蟆如叠，挟二笔鎝，他答反，补器。又云器鎝③，物头也。④树溜津满其中也。及巨白菌如殿门浮沤钉，其盖已落，虾蟆即驴矣，笔鎝乃油桶也，菌即其人也。里有沽其油者月余，怪其油好而贱。及怪露，食者悉病呕泄。

陵州龙兴寺僧惠恪，不拘戒律，力举石臼。好客，往来多依之。常夜会寺僧十余⑤，设煎饼。二更，有巨手被毛如胡鹿，大言曰："乞一煎饼。"众僧惊散，惟惠恪掇煎饼数枚，置其掌中，魅因合拳，僧遂极力急握之。魅哀祈，声甚切，惠恪呼家人斫之。及断，乃鸟一羽也。明日，随其血踪出寺，西南入溪，至一岩罅而灭。惠恪率人发掘，乃一坑礜石。

开成初，东市百姓丧父，骑驴市凶具。行百步，驴忽曰："我姓白，名元通，负君家力已足，勿复骑我。南市卖麸家，欠我五千四百，我又负君，钱数亦如之，今可卖我。"其人惊异，即牵行，旋访主卖之。驴甚壮，报价只及五千，诣麸行，乃还五千四百，因卖之，两宿而死。

郓州阚司仓者，家在荆州。其女乳母钮氏，有一子，妻爱之，与其子均焉，衣物饮食悉等。忽一日，妻偶得林檎一蒂，戏与己子，乳母乃怒曰："小娘子成长，忘我矣。常有物与我子停，今何容偏？"因啮吻攘臂，再三反覆主人之子。一家惊怖，逐夺之，其子状貌长短，正与乳母儿不下也。妻知其怪，谢之。钮氏复手簸主人之子，始如旧矣。阚为灾祥，密令人持镢暗击之⑥，正当其脑，𫘤然

① "臂"，稗海本、四库本作"背"。

② "培"，四库本作"墙"。

③ "鎝"，稗海本作"物"。

④ "补器。又云器鎝，物头也"，四库本无。

⑤ "常"，稗海本作"当"。

⑥ "人"，稗海本、四库本作"奴"。

反中门扇。钮大怒，诟阚曰："尔如此勿悔。"阚知无可奈何，与妻拜祈之，怒方解。钮至今尚在，其家敬之如神，更有事甚多矣。

荆州处士侯又玄常出郊，厕于荒冢上。及下，跌伤其肘，疮甚。行数百步，逢一老人，问何所苦也。又玄见其肘，老人言偶有良药可封之，十日不开必愈。又玄如其言，及解视之，一臂遂落。又玄兄弟五六互病，病必出血。月余，又玄兄两臂忽病疮六七处，小者如榆钱，大者如钱皆人面，至死不差。时荆秀才杜晔话此事于座客。

许卑山人言，江左数十年前，有商人左膊上有疮如人面，亦无它苦。商人戏滴酒口中，其面亦赤，以物食之，凡物必食，食多，觉膊内肉涨起，疑胃在其中也。或不食之，则一臂痹焉。有善医者，教其历试诸药，金石草木悉与之。至贝母，其疮乃聚眉闭口。商人喜曰："此药必治也。"因以小苇筒毁其口灌之，数日成痂，遂愈。

工部员外张周封言："今年春拜扫假回，至湖城逆旅。说去年秋，有河北军将过此，至郊外数里，忽有旋风如斗器①，常起于马前，军将以鞭击之，转大，遂旋马首，鬣起如植。军将惧，下马观之，觉鬣长数尺，中有细绠如红线焉②。时马立嘶鸣③，军将怒，乃取佩刀拂之。风因散灭，马亦死。军将割马腹视之，腹中无伤，不知是何怪也。"

唐段少卿酉阳杂组前集卷之十六

唐太常少卿临淄柯古段成式撰

广动植之一并序

成式以天地间造化所产④，突而旋成形者樊然矣，故《山海经》《尔雅》所不能究。因拾前儒所著，有草木、禽鱼，未列经史，或经史已载⑤，事未悉者，或接诸耳目，简编所无者，作《广动植》，冀掊土培丘陵之学也。昔曹丕著论

① "斗"，稗海本、四库本作"升"。

② "焉"，原作"马"，据稗海本、四库本改。

③ "马"，原缺，据稗海本、四库本补。

④ "造"，稗海本、四库本作"所"。

⑤ "或经史"，稗海本、四库本无。

于火布，滕循献疑于虾须，蔡谋不识彭蜞[1]，刘绦误呼荔挺，至今可笑，学者岂容略乎？

总叙。〇羽嘉生飞龙，飞龙生凤，凤生鸾，鸾生庶鸟。〇应龙生建鸟，建鸟生麒麟，麒麟生庶兽。〇分鳞生蛟龙，蛟龙生鲲鲠，鲲鲠生建邪，建邪生庶鱼。〇分潭生先龙，先龙生玄鼋，玄鼋生灵龟，灵龟生庶龟。〇日冯生玄阳阏，玄阳阏生鳞胎，鳞胎生干木，干木生庶木。〇招摇生程君，一曰若。程君生玄玉，玄玉生醴泉，醴泉生应黄，应黄生黄华，黄华生庶草。〇海间生屈龙，屈一曰尾。龙生容华，容华生蔈，蔈生藻，藻生浮草。〇甲虫影伏，羽虫体伏。〇食草者多力而愚，食肉者勇敢而悍。〇龁吞者八窍而卵生，咀嚼者九窍而胎生。〇无角者膏而先前，有角者脂而先后。〇食叶者有丝，食土者不息。食而不饮者蚕，饮而不食者蝉，不饮不食者蜉蝣。蜊一曰蚵。属却行，蛇属纡行，蜻蛚属注鸣[2]，蜩属旁鸣，发皇翼鸣，蚣蝑股鸣，蝾螈胃鸣。〇蜩三十日而死。〇鳣鱼三月上官于孟津。〇鹧鸪向日飞。〇鳊与鲫鱼，车螯与移角并相似。〇凤雄鸣节节，雌鸣足足，行鸣曰归嬉，止鸣曰提扶。〇麒麟牡鸣曰逝一曰游。圣，牝鸣曰归和，春鸣曰扶助，夏鸣曰养绥。〇鳖无耳为守神。〇虎五指为貙。〇鱼满三百六十年则为蛟龙，引飞去水。〇鱼二千斤为蛟。〇武阳小鱼，一斤千头。〇东海大鱼，瞳子大如三斗盎。〇桃文竹以四寸为一节，木瓜一尺一百二十一节。〇木兰去皮不死。荆木心方。〇蛇有水、草、木、土四种。〇孔雀尾端一寸名珠毛。〇鹤左右脚里第一指名兵爪。〇蜀郡无兔、鸽。〇江南一曰来。无狼、马。〇朱提以南无鸠、鹊。〇鸟有四千五百种，兽有二千四百种。〇鹗楚鸠所生。〇骡不滋乳[3]。〇蔡中郎以反舌为虾蟆，《淮南子》以蛩为蟣蠓，诗义以螽为蝼蛄，高诱以乾鹊为蟋蟀。〇兔吐子，鸬鹚吐雏。〇瓜瓠子曰犀，胡桃人曰虾蟆。〇虾蟆无肠。〇龟肠一曰鼋。属于头[4]。〇科斗尾脱则足生。〇鸟未孕者为禽[5]，鸟养子曰乳。〇蛇蟠向王，鹊巢背太岁，燕伏戊巳，虎奋冲破，乾鹊知来，猩猩知往。〇鹳影抱，虾蟆声抱。〇蝉化齐后，鸟生杜宇。〇椰子为越王头，壶楼为杜宇项。〇鹧鸪鸣曰向南不北，逃闾鸣悬壶卢系项[6]。一曰颈。〇豆以二七为族，粟累十二为寸。

---

① “谋”，稗海本、四库本作“谟”。

② “注”，原作“往”，据四库本改。

③ “骡不滋乳”，稗海本无，四库本作小字注。

④ “龟肠一曰鼋”，稗海本、四库本作“龟一曰鼋肠”。

⑤ “鸟”下，原有“兽”，据稗海本、四库本改。

⑥ “悬”，稗海本、四库本作“玄”。

人参处处生，兰长生为瑞。〇有实曰果，又在木曰果。〇小麦忌戌，大麦忌子。〇荠、葶苈、菥蓂为三叶，孟夏煞之。〇乌头壳外有毛，石劫应节生花。〇木再花，夏有雹。李再花，秋大霜。〇木无故丛。〇枝尽向下，又生及一尺至一丈自死，皆凶。〇邑中终岁无乌，有寇。郡中忽无鸟者，日乌亡。〇鸡无故自飞去，家有蛊。鸡日中不下树，妻妾奸谋。〇见蛇交，三年死。蛇冬见寝室，为急兵[①]。人夜卧无故失髻者，鼠妖也。〇屋柱木无故生芝者，白为丧，赤为血，黑为贼，黄为喜。其形如人面者亡财，如牛马者远役，如龟蛇者田蚕耗。〇德及幽隐，则比目鱼至。一曰生。〇妾媵有制，则白燕来巢。〇山上有葱，下有银。山上有薤，下有金。山上有姜，下有铜锡。山有宝玉，木旁枝皆下垂。〇葛稚川尝就上林令鱼泉，得朝臣所上草木名二千余种，邻人石琼就之求借，一皆遗弃。语曰："买鱼得鲄，不如食茹。宁去累世宅，不去鯆鱼额。洛鲤伊鲂，贵于牛羊。"〇得合澜蠣，虽不足豪，亦足以高。[②]〇槟榔扶留，可以忘忧。〇白马甜榴，一实直牛。〇草木晖晖，苍黄乱飞。

羽篇

凤，骨黑，雄雌夕旦鸣各异。黄帝使伶伦制十二籥写之，其雄声，其雌音。乐有凤凰台，此凤脚下物，如白石者。凤有时来仪，候其所止处，掘深三尺，有圆石如卵，正白，服之安心神。

孔雀，释氏书言："孔雀因雷声而孕。"

鹳，江淮谓群鹳旋飞为鹳井。鹤亦好旋飞，必有风雨。人探巢取鹳子，六十里早。能群飞，薄霄激雨，雨为之散。

乌，鸣地上无好声。人临行，乌鸣而前引，多喜，此旧占所不载。〇贞元十四年，郑、汴二州群乌飞入田绪、李纳境内，衔木为城，高至二三尺，方十余里。纳、绪恶而命焚之，信宿如旧，乌口皆流血。

俗候乌飞翅重，天将雨。

鹊巢中必有梁。崔圆相公妻在家时，与姊妹戏于后园，见二鹊构巢，共衔一木如笔管，长尺余，安巢中，众悉不见。俗言见鹊上梁必贵。

大历八年，乾陵上仙观天尊殿，有双鹊衔柴及泥，补葺隙坏一十五处。宰臣上表贺。

贞元三年，中书省梧桐树上有鹊，以泥为巢。焚其巢可禳狐魅。

燕，凡狐白、貉、鼠之类，燕见之则毛脱。或言燕蛰于水一曰井。底，旧

① "为"，稗海本、四库本作"主"。

② "'葛稚川'至'亦足以高'"，稗海本、四库本另起一条。

说燕不入室，是井之虚也。取桐为男女各一投井中，燕必来。胸班黑，声大，名胡燕，其巢有容匹素者[①]。

雀，释氏书言："雀沙生，因浴沙尘受卵。"蜀吊乌山，至雉雀来吊最悲，百姓夜燃火伺取之。无嗉不食，似持一曰特。悲者，以为义，则不杀。

鸽，大理丞郑复礼言："波斯舶上多养鸽。鸽能飞行数千里，辄放一只至家，以为平安信。"

鹦鹉，能飞，众鸟趾前三后一，唯鹦鹉四趾齐分。凡鸟下睑眨上，独此鸟两睑俱动，如人目。

玄宗时，有五色鹦鹉能言，上令左右试牵帝衣，鸟辄瞋目叱咤。岐府文学能延京，献《鹦鹉篇》以赞其事，张燕公有表贺，称为时乐鸟。

杜鹃，始阳相催而鸣，先鸣者吐血死。尝有人山行，见一群寂然，聊学其声，即死。初鸣先听其声者主离别，厕上听其声不祥。厌之法，当为大声应之。

雏鸲，旧言可使取火，效人言胜鹦鹉。取其目睛和人乳研，滴眼中，能见烟霄外物也。

鹅，济南郡张公城西北有鹅浦。南燕世，有渔人居水侧，常听鹅之声，众中有铃声甚清亮，候之。见一鹅咽颈极长，罗得之，项上有铜铃，缀以银锁，隐起"元鼎元年"字。

晋时营道县令何潜之，于县界得鸟，大如白鹭，膝上髀下，自然有铜环贯之。

鸩鹊，旧言辟火灾。巢于高树，生子穴中，衔其母翅，飞下养之。

䳄[②]，相传鹘生三子，一为䳄。肃宗张皇后专权，每进酒，常置䳄脑酒。䳄脑酒令人久醉健忘。

异鸟，天宝二年，平卢有紫虫食禾苗。时东北有赤头鸟，群飞食之。

开元二十三年，榆关有蚜蛢虫[③]，延入平州界，亦有群雀食之。○又开元中，贝州蝗虫食禾，有大白鸟数千，小白鸟数万，尽食其虫。

大历八年，大鸟见武功，群鸟随噪之，行营将张日芬射获之。肉翅，狐首，四足，足有爪，广四尺三寸，状类蝙蝠。又邠州有白头鸟，乳鸲鹆。

王母使者，齐郡函山有鸟，足青，嘴赤，黄素翼，绛颡，名王母使者。昔汉武登此山得玉函，长五寸。帝下山，玉函忽化为白鸟飞去。世传山上有王母药函，常令鸟守之。

吐绶鸟，鱼复县南山有鸟大如鸲鹆，羽色一曰毛。多黑，杂以黄白，头颊似雉，

① "素"下，稗海本、四库本有"练"。

② "䳄"下，稗海本、四库本注有"即鸱字"。

③ "蚜"，原作"蚜"，据稗海本、四库本改。

有时吐物长数寸，丹彩彪炳，形色类绶，因名为吐绶鸟。又食必蓄嗉，臆前大如斗，虑触其嗉，行每远草木，故一名避株鸟。

鸛鶇，一名堕羿，形似鹊，人射之则衔矢反射人。

鹲雕，喙大而勾，长一尺，赤黄色，受二升，南人以为酒杯也。

菘节鸟，四脚，尾似鼠，形如雀，终南深谷中有之。

老鸕，秦中山谷间有鸟如枭，色青黄，肉翅，好食烟。见人辄惊落，隐首草穴中，常露身。其声如婴儿啼，名老鸕。

柴蒿，京之近山有柴蒿鸟，头有冠如戴胜，大若野鸡。

兜兜鸟，其声自号，正月以后作声，至五月节不知所在，其形似鸲鹆。

虾蟆护，南山下有鸟名虾蟆护，多在田中，头有冠，色苍，足赤，形似鹭。

夜行游女，一曰天帝女，一曰钓星。夜飞昼隐如鬼神，衣毛为飞鸟，脱毛为妇人。无子，喜取人子，胸前有乳。凡人饴小儿不可露处，小儿衣亦不可露晒，毛落衣中，当为鸟祟。或以血点其衣为志，或言产死者所化。

鬼车鸟，相传此鸟昔有十首，能收人魂，一首为犬所噬。秦中天阴，有时有声，声如力车鸣，或言是水鸡过也。

《白泽图》谓之苍鸆，《帝喾书》谓之逆鸧[①]，夫子、子夏所见。宝历中，国子四门助教史迥语成式，常见裴瑜所注《尔雅》言："鸧糜鸹是九头鸟也。"

细鸟，汉武时，毕勒国献细鸟，以方尺玉为笼，数百头状如蝇，声如鸿鹄，此国以候日，因名候日虫。集宫人衣，辄蒙爱幸。

嗽金鸟，出昆明国，形如雀，色黄，常翱翔于海上。魏明帝时，其国来献此鸟，饴以真珠及龟脑，常吐金屑如粟，铸之，乃为器服。宫人争以鸟所吐金为钗珥，谓之辟寒金，以鸟不畏寒也。宫人相嘲弄曰："不服辟寒金，那得帝王心；不服辟寒钿，那得帝王怜。"

背明鸟，吴时，越雟之南献背明鸟，形如鹤，止不向明，巢必对北，其声百变。

岢岚鸟，出河西赤坞镇，状似乌而大，飞翔于阵上，多不利。

鹔鹴，状如燕，稍大，足短，趾似鼠。未尝见下地，常止林中，偶失势控地，不能自振，及举，上凌青霄，出凉州也。

鸐鸟，武周县合火山，山上有鸐鸟，形类乌，觜赤如丹。一名赤觜鸟，亦曰阿鸐鸟。

训胡，恶鸟也，鸣则后窍应之。

百劳，博劳也。相传伯奇所化，取其所踏枝鞭小儿，能令速语。南人继母有娠乳儿，儿病如虐，唯鵙毛治之。

---

① "喾"，原作"皓"，据稗海本、四库本改。

毛篇

师子，释氏书言："师子筋为弦，鼓之众弦皆绝。"

西域有黑师子、捧师子。〇集贤校理张希复言："旧有师子尾拂，夏月，蝇蚋不敢集其上。"

旧说苏合香，师子粪也。

象，旧说象性久识，见其子皮必泣，一枚重千斤。释氏书言："象七久柱地六牙①，牙生理必因雷声。"

又言："龙象六十岁骨方足。"今荆地象色黑，两牙，江猪也。

咸亨三年②，周澄国遣使上表，言："诃伽国有白象，首垂四牙，身运五足。象之所在，其土必丰，以水洗牙，饮之愈疾，请发兵迎取。"

象胆，随四时在四腿，春在前左，夏在前右，如龟无定体也。鼻端有爪，可拾针。肉有十二般，惟鼻是其本肉③。

陶贞白言："夏月合药，宜置象牙于药旁。"南人言象妒，恶犬声。猎者裹粮登高树，构熊巢伺之。有群象过，则为犬声，悉举鼻吼叫，循守不复去，或经五六日，困倒其下，因潜杀之。耳后有穴，薄如鼓皮，一刺而毙。胸前小横骨，灰之酒服，令人能浮水出没。食其肉，令人体重。

古训言，象孕五岁始生。

虎，交而月晕。仙人郑思远常骑虎，故人许隐齿痛求治，郑曰："唯得虎须，及热插齿间即愈。"郑为拔数茎与之，因知虎须治齿也。〇虎杀人能令尸起自解衣，方食之。虎威如乙字，长一寸，在胁两旁皮内，尾端亦有之。佩之临官佳，无官，人所媢嫉。〇虎夜视，一目放光，一目看物。猎人候而射之，光坠入地成白石，主小儿惊。

马，虏中护兰马，五白马也，亦曰玉面谙真马，十三岁马也，以十三岁已下可以留种。旧种马，戎马八尺，田马七尺，怒马六尺。〇瓜州饲马以蒉草，沙州以茨萁，凉州以勃突浑，蜀以稗草。以萝卜根饲马，马肥。安比饲马以沙蓬根针。〇大食国马解人语。〇悉怛国、怛干国出好马。〇马四岁，两齿，至二十岁，齿尽平。〇体名有输鼠、外凫、乌头、龙翅、虎口。〇猪槽饲马，石灰泥槽，汗而系门，三事落驹。〇回毛在颈，白马。黑马鞍下腋下回毛，右胁白毛，左右后足白。

---

① "久"，稗海本作"九"，四库本作"牙"。

② "三"，稗海本、四库本作"二"。

③ "惟"，四库本作"唯"。

马四足黑，目下横毛，黄马白喙，旋毛在吻后，汗沟上通尾本，目赤，睫乱及反睫。白马黑目，目白却视，并不可骑。夜眼名附蝉，尸肝名悬燧，亦曰鸡舌绿帙。方言以地黄、甘草啖五十岁，生三驹。

牛，北人牛瘦者，多以蛇灌鼻口，则为独肝。水牛有独肝者杀人，逆贼李希烈食之而死。〇相牛法，岐胡有寿，膺匡欲广，毫筋欲揁[①]，蹄后筋也。常有声，有黄也，角泠有病[②]，旋毛在珠泉无寿，睫乱触人，衔乌角偏妨主，毛少骨多有力。溺射前，良牛也，疏肋难养，三岁二齿，四岁四齿，五岁六齿，六岁以后，每一年接脊骨一节。

宁公所饭牛，阴虹属颈。阴虹，双筋自尾属颈也。

北虏之先索国有泥师都，二妻生四子，一子化为鸿，遂委三子，谓曰："尔可从古旃。"古旃，牛也。三子因随牛，牛所粪，悉成肉酪。〇太原县北有银牛山，汉建武二十一年，有人骑白牛蹊人田，田父诃诘之，乃曰："吾北海使，将看天子登封。"遂乘牛上山，田父寻至山上，唯见牛迹，遗粪皆为银也。明年，世祖封禅。

鹿，虞部郎中陆绍弟为卢氏县尉，常观猎人猎[③]，忽遇鹿五六头临涧，见人不惊，毛斑如画[④]。陆怪猎人不射，问之，猎者言："此仙鹿也，射之不能伤，且复不利。"陆不信，强之。猎者不得已，一发矢，鹿带箭而去。及返，射者坠崖，折左足。

《南康记》云："合浦有鹿，额上戴科藤一枝，四条直上，各一丈。"

犀之通天者必恶影，常饮浊水，当其溺时，人趁不复移足。角之理形似百物。或云犀角通者是其病。然其理有倒插、正插、腰鼓插。倒者，一半已下通；正者，一半已上通；腰鼓者，中断不通。故波斯谓牙为白暗，犀为黑暗。成式门下医人吴士皋，尝职于南海郡，见舶主说本国取犀，先于山路多植木，如狙杙，一作杙。[⑤]云犀前脚直，常倚木而息，木栏折则不能起。犀牛一名奴角，有鸩处必有犀也。犀，三毛一孔。刘孝标言："犀堕角埋之，人以假角易之。"

驼，性羞。《木兰篇》"明驼千里脚"，多误作"鸣"字。驼卧，腹不贴地，屈足漏明，则行千里。

天铁熊，高宗时，加一曰伽。毗叶国献天铁熊，擒白象、狮子。

① "揁"，四库本作"横"。

② "泠"，稗海本、四库本作"冷"。

③ "常"，稗海本、四库本作"尝"。

④ "斑"，稗海本、四库本作"班"。

⑤ "一作杙"，稗海本、四库本无。

狼，大如狗，苍色，作声诸窍皆沸。䏲中筋大如鸭卵，有犯盗者，薰之当令手挛缩。或言狼筋如织络，小囊虫所作也。狼粪烟直上，烽火用之。〇或言狼狈是两物，狈前足绝短，每行常驾两狼，失狼则不能动[①]，故世言事乖者称狼狈。〇临济郡西有狼冢。近世曾有人独行于野，遇狼数十头，其人窘急，遂登草积上。有两狼乃入穴中，负出一老狼。老狼至，以口拔数茎草，群狼遂竞拔之。积将崩，遇猎者救之而免。其人相率掘此冢，得狼百余头杀之。疑老狼即狈也。

貊泽，大如犬，其膏宣利，以手所承及于铜铁瓦器中，贮悉透，以骨盛则不漏。

狤猸，徼外勃樊州，熏陆香所出也，如枫脂，狤猸好啖之。大者重十斤，状似獭，其头身四肢了无毛，唯从鼻上竟脊至尾有青毛，广一寸，长三四分。猎得者斫刺不伤，积薪焚之不死，乃大杖击之，骨碎乃死。

黄腰，一名唐已，人见之不祥，俗相传食虎。

香狸，取其水道连囊，以酒烧干之[②]，其气如真麝。

耶希，有鹿两头，食毒草，是其胎矢也。夷谓鹿为耶，矢为希。

䰰，似黄狗，圊有常处，若行远不及其家，一云处。则以草塞其尻。

猳玃，蜀西南高山上有物如猴状，长七尺，名猳玃，一曰马化。好窃人妻，多时形皆类之，尽姓杨，蜀中姓杨者往往玃爪。

狒狒，饮其血可以见鬼。力负千斤，笑辄上吻掩额，状如猕猴，作人言，如鸟声，能知生死。血可染绯，发可为髲。旧说反踵，猎者言无膝，睡常倚物。宋建武高城郡进雌雄二头。

在子者，鳖身人首，炙之以藿，则鸣曰在子。

大尾羊，康居出大尾羊，尾上旁广，重十斤。又僧玄奘至西域，大雪山高岭下有一村，养羊大如驴。宾国出野青羊，尾如翠色，土人食之。

---

① “每行常驾两狼，失狼则不能动”，稗海本、四库本作“每行常驾于狼腿上，狈失狼则不能动”。

② “烧”，稗海本、四库本作“浇”。

唐段少卿酉阳杂俎前集卷之十七

唐太常少卿临淄柯古段成式撰

广动植之二

鳞介篇

龙，头上有一物，如博山形，名尺木。龙无尺木，不能升天。

井鱼，井鱼脑有穴，每翕水辄于脑穴蹙出，如飞泉散落海中，舟人竞以空器贮之。海水咸苦，经鱼脑穴出，反淡如泉水焉。成式见梵僧普一曰菩。[①]提胜说。[②]

异鱼，东海渔人言，近获鱼，长五六尺，肠胃成胡鹿刀槊之状，或号秦皇鱼。

鲤，脊中鳞一道，每鳞有小黑点，大小皆三十六鳞。国朝律，取得鲤鱼即宜放，仍不得吃，号赤鲆公，卖者杖一曰决。六十，言“鲤”为“李”也。

黄鱼，蜀中每杀黄鱼，天必阴雨。

乌贼，旧说名河伯度一曰从。事小吏，遇大鱼，辄放墨，方数尺，以混其身。江东人或取墨书契以脱人财物，书迹如淡墨，逾年字消，唯空纸耳。海人言，昔秦王东游[③]，弃算袋于海，化为此鱼，形如算袋，两带极长。一说乌贼有碇，遇风则蚪前一须下碇。

鲐鱼，凡诸鱼欲产，鲐鱼辄舐其腹，世谓之众鱼之生母。

鲭鱼，章安县出，出入鲭腹，子朝出索食，暮还入母腹，腹中容四子。颊赤如金，甚健，网不能制，俗呼为河伯健儿。

鲛鱼，鲛子惊则入母腹中。

马头鱼，象浦有鱼，色黑，长五丈余，头如马，伺人入水食人。

印鱼，长一尺三寸，额上四方如印，有字，诸大鱼应死者，先以印封之。

石班鱼，僧行儒言，建州有石班鱼，好与蛇交。南中多隔蜂，窠大如壶，常群螫人。土人取石班鱼就蜂树侧炙之，标于竿上向日，令鱼影落其窠上。须臾，有鸟大如燕数百，互击其窠，窠碎落如叶，蜂亦全尽。

鲵鱼，如鲇，四足长尾，能上树，天旱辄含水上山，以草叶覆身，张口，

① “普一曰菩”，四库本作“菩”。

② “成式见梵僧普一曰菩提胜说”，稗海本位于“异鱼”前。

③ “秦王”，稗海本、四库本作“秦皇”。

鸟来饮水，因吸食之，声如小儿。峡中人食之，先缚于树鞭之，身上白汗出如构汁，此方可食，不尔有毒。

鲎，雌常负雄而行，渔者必得其双，南人列肆卖之，雄者少肉。旧说过海辄相负于背，高尺余，如帆，乘风游行。今鲎壳上有一物，高七八寸，如石珊瑚，俗呼为鲎帆，成式荆州常得一枚。至今闽岭重鲎子酱。鲎十二足，壳可为冠，次于白角。南人取其尾，为小如意也。

飞鱼，朗山浪水有之[①]，鱼长一尺，能飞，飞即凌云空，息即归潭底。

温泉中鱼，南人随溪有三亭城，城下温泉中，生小鱼。

羊头鱼，周陵溪中有鱼[②]，其头似羊，俗呼为羊头鱼，丰肉少骨，殊美于余鱼。

鲢鱼，济南郡东北有鲢坑。传言魏景明中，有人穿井得鱼，大如镜，其夜，河水溢入此坑，坑中居人，皆为鲢鱼焉。

玳瑁，虫不再交者，虎鸳与玳瑁也。

螺蚌，鹦鹉螺，如鹦鹉，见之者凶。蚌当雷声则痳。一曰瘸。

蟹，八月腹中有芒。芒，真稻芒也，长寸许，向东输与海神，未输不可食。

善苑国出百足蟹，长九尺，四螯。煎为胶，谓之螯胶，胜凤喙胶也。

平原郡贡糖蟹，采于河间界，每年生贡，斩冰火照，悬老犬肉，蟹觉老犬肉即浮，因取之。一枚直百金，以毡密束于驿马[③]，驰至于京。

蝤蛑，大者长尺余，两螯至强。八月能与虎斗，虎不如。随大潮退壳，一退一长。

奔䱐，奔䱐一名䲢，非鱼非蛟，大如船，长二三丈，色如鲇，有两乳在腹下，雄雌阴阳类人。取其子著岸上，声如婴儿啼，顶上有孔通头，气出哧哧作声，必大风，行者以为候，相传懒妇所化。杀一头得膏三四斛，取之烧灯，照读书纺绩辄暗，照欢乐之处则明。

系臂，如龟，入海捕之，人必先祭。又陈所取之数，则自出，因取之。若不信，则风波覆船。

蛤蜊[④]，候风雨，能以壳为翅飞。

拥剑，一螯，极小，以大者斗，小者食。

寄居，壳似蜗，一头小蟹，一头螺蛤也。寄在壳间，常候蜗一名螺。[⑤]开出

---

① “之”，稗海本、四库本无。

② “溪”下，稗海本、四库本有“溪”字。

③ “密”，稗海本、四库本作“蜜”。

④ “蛤蜊”，原作“蛤梨”，据四库本改。

⑤ “名”，稗海本、四库本作“曰”。

食，螺欲合，遽入壳中。

牡蛎，言牡，非谓雄也。介虫中唯牡蛎是咸水结成也。

玉桃，似蚌，长二寸，广五寸，壳中柱炙之，如牛头胘项。

数丸，形似彭蜞[①]，竟取土各作丸，丸数满三百而潮至。一曰沙丸。

千人捏，形似蟹，大如钱，壳甚固，壮夫极力捏之不死。俗言千人捏不死，因名焉。

虫篇

蝉，未脱时名复育，相传言蛣蜣所化。秀才韦翾一曰翻。庄在杜曲，尝冬中掘树根，见复育附于朽处，怪之。村人言蝉固朽木所化也，翾因剖一视之，腹中犹实烂木。

蝶，白蛱蝶，尺蠖茧所化也。秀才顾非熊少时，常见郁栖中坏绿裙幅[②]，旋化为蝶。工部员外郎张周封言："百合花合之，泥其隙，经宿化为大胡蝶。"

蚁，秦中多巨黑蚁，好斗，俗呼为马蚁。次有色窃赤者，细蚁中有黑者，迟钝，力举等身铁。有窃黄者，最有兼弱之智。成式儿戏时，常以棘刺标蝇，置其来路，此蚁触之而返，或去穴一尺，或数寸，才入穴中者如索而出，疑有声而相召也。其行每六七有大首者间之，整若队伍。至徙蝇时，大首者或翼或殿，如备异蚁状也。〇元和中，成式假居在长兴里[③]，庭中有一穴蚁，形状如窃赤之蚁之大者[④]，而色正黑，腰节微赤，首锐足高，走最轻迅，每生致蠖及小鱼一曰虫。入穴，辄坏垤窒穴，盖防其逸也。自后徙居数处，更不复见此。

山人程宗乂一曰文。云："程执恭在易、定，野中蚁楼高三尺余[⑤]。"

蜘蛛，道士许象之言："以盆覆寒食饭于暗室地上，入夏悉化为蜘蛛。"

吴公，绥安县多吴公，大者兔寻，能以气吸兔，一云大者能以气吸兔。小者吸蜥蜴，相去三四尺，骨肉自消。

蠮螉，成式书斋多此虫，盖好窠于书卷也，或在笔管中，祝声可听。有时开卷视之，悉是小蜘蛛，大如蝇虎，旋以泥隔之，时方知不独负桑虫也。

颠当，成式书斋前，每雨后多颠当，窠秦人所呼。[⑥]深如蚓穴，网丝其中，

---

① "彭蜞"，稗海本、四库本作"蟛蜞"。

② "常"，稗海本、四库本作"尝"。

③ "成式"，稗海本、四库本无。

④ "形状如窃赤之蚁之大者"，稗海本作"形状大如次窃赤者"，四库本作"形状大如次浅赤者"。

⑤ "蚁"，稗海本作"坏"。"高"，稗海本、四库本无。

⑥ "秦"，稗海本、四库本作"俗"。

土盖与地平，大如榆荚。常仰捍其盖，伺蝇蠖过，辄翻盖捕之，才入复闭，与地一色，并无丝隙可寻也。其形似蜘蛛，如墙角乱𧊅中者。《尔雅》谓之王蛈一作蛛。蜴。《鬼谷子》谓之蛈母。秦中儿童戏曰："颠当颠当牢守门，蠮螉寇汝无处奔。"

蝇，长安秋多蝇，成式蠹书常日读《百家》五卷[①]，颇为所扰，触睫隐字，驱不能已。偶拂杀一焉，细视之，翼甚似蜩，冠甚似蜂。性察于腐，嗜于酒肉。按理首翼，其类有苍者声雄壮，负金者声清聒，其声在翼也。青者能败物，巨者首如火，或曰大麻蝇，茅根所化也。

壁鱼，补阙张周封言："尝见壁上白瓜子化为白鱼，因知《列子》言：'朽瓜为鱼之义。'"

蛣蜣，草中有蛣蜣树。

天牛虫，黑甲虫也。长安夏中，此虫或出于离壁间，必雨，成式七度验之皆应。

异虫，温会在江州与宾客看打鱼，渔子一人忽上岸狂走，温问之，但反手指背不能语。渔者色黑，细视之，有物如黄叶，大尺余，眼遍其上，啮不可取。温令烧之方落[②]，每对一眼，底有觜如钉，渔子出血数升而死，莫有识者。

冷蛇，申王有肉疾，腹垂至骭，每出，则以白练束之[③]。至暑月，常鼾息不可过。玄宗诏南方取冷蛇二条赐之，蛇长数尺，色白，不螫人，执之冷如握冰。申王腹有数约，夏月置于约中，不复觉烦暑。

异蜂，有蜂如蜡蜂，稍大，飞劲疾，好圆裁树叶，卷入木窍及壁罅中作窠。成式常发壁寻之，每叶卷中实以不洁，或云将化为蜜也。

白蜂窠，成式修竹里私第，果园数亩。壬戌年，有蜂如麻子蜂，胶土为窠于庭前檐，大如鸡卵，色正白可爱，家弟恶而坏之，其冬果衅钟手足。《南史》言："宋明帝恶言白，问《金楼子》言：'子婚日，疾风雪下，帏幕变白，以为不祥，抑知俗忌白久矣。'"

毒蜂，岭南有毒菌，夜明，经雨而腐，化为巨蜂，黑色，喙若锯，长三分余，夜入人耳鼻中，断人心系。

竹蜜蜂，蜀中有竹蜜蜂，好于野竹上结窠，窠大如鸡子，有带，长尺许。窠与蜜并绀色可爱，甘倍于常蜜。

水蛆，南中水溪涧中多此虫[④]，长寸余，色黑，夏深变为虻，螫人甚毒。

---

① "常"，稗海本作"后"。

② "方"，稗海本、四库本无。

③ "白"，稗海本、四库本作"百"。

④ "此虫"，稗海本、四库本作"有蛆"。

水虫，象浦其川渚有水虫，攒木食船[①]，数十日船坏。虫甚微细。

抱抢，水虫也。形如蛣蜣，稍大，腹下有刺，似抢，如棘针，螫人有毒。

负子，水虫也，有子多负之。

避役，南中有虫名避役[②]，一曰十二辰虫。状似蛇医，脚长，色青赤，肉鬣。暑月时见于篱壁间，俗云见者多称意事。其首倏忽更变，为十二辰状，成式再从兄郓常观之。

食胶虫，夏月食松胶，前脚传之，后脚聂之，内之尻中。

蠍蝺，形如蝉，其子如虾，著草叶，得其子则母飞来就之，煎食，辛而美。

灶马，状如促织，稍大，脚长，好穴于灶侧。俗言灶有马，足食之兆。

谢豹，虢州有虫名谢豹，常在深土中。司马裴沈子常治坑获之。小类虾蟆而圆如球，见人以前两脚交覆首，如羞状。能穴地如鼢鼠，顷刻深数尺。或出地听谢豹鸟声，则脑裂而死，俗因名之。

碎车虫，状如唧聊，苍色，好栖高树上，其声如人吟啸，终南有之。○一本云沧州俗呼为搔。前太原有大而黑者，声唧聊。碎车，别俗呼为没盐虫也。

度古，似书带，色类蚓，长二尺余，首如铲，背上有黑黄襕，稍触则断。常趁蚓[③]，蚓不复动，乃上蚓掩之，良久蚓化。惟腹泥如涎，有毒，鸡吃辄死，俗呼土蛊。

雷蜞，大如蚓，以物触之乃蹙缩圆转若鞠。良久引首，鞠形渐小，复如蚓焉。或云啮人毒甚。

矛，蛇头鳖身，入水缘树木，生岭南，南人谓之矛。膏至利，铜瓦器贮浸出，惟鸡卵壳盛之不漏，主肿毒。

蓝蛇，首有大毒，尾能解毒，出梧州陈家洞。南人以首合毒药，谓之蓝药，药人立死。取尾为腊，反解毒药。

蚺蛇，长十丈，常吞鹿，鹿消尽，乃绕树出骨。养创时肪腴甚美，或以妇人衣投之，则蟠而不起。其胆上旬近头，中旬在心，下旬近尾。

蝎，鼠负虫巨者，多化为蝎。蝎子多负于背，成式常见一蝎负十余子[④]，子色犹白，才如稻粒。成式常见张希复言[⑤]:“陈州古仓有蝎，形如钱，螫人必死。”

---

① “木”，稗海本、四库本作“水”。

② “有虫”，稗海本、四库本无。

③ “常”，稗海本、四库本作“尝”。

④ “常”，稗海本、四库本作“尝”。

⑤ “常”，稗海本、四库本作“尝”。

江南旧无蝎，开元初，常有一主簿[①]，竹筒盛过江，至今江南往往而有[②]，俗呼为主簿虫。蝎常为蜗所食，以迹规之，蝎不复去。旧说过满百，为蝎所螫。蝎前谓之螫，后谓之虿。

虱，旧说虱虫饮赤龙所浴水则愈。虱恶水银，人有病虱者，虽香衣沐浴不得已。道士崔白言："荆州秀才张告，常扪得两头虱[③]。"有草生山足湿处，叶如百合，对叶独茎，茎微赤，高一二尺，名虱建草，能去虮虱。有水竹，叶如竹，生水中，短小，亦治虱。

蝗，荆州有帛师，号法通，本安西人。少于东天竺出家，言蝗虫腹下有梵字，或自天下来者，乃忉利天。梵天来者，西域验其字，作木天坛法禳之。今蝗虫首有王字，固自不可晓。或言鱼子变，近之矣。旧言虫食谷者，部吏所致，侵渔百姓则虫食谷。虫身黑头赤，武吏也；头黑身赤，儒吏也。

野狐鼻涕，螵蛸也，俗呼为野狐鼻涕。

唐段少卿酉阳杂俎前集卷之十八

唐太常少卿临淄柯古段成式撰

广动植之三

木篇

松，凡言两粒、五粒[④]，粒当言鬣。成式修行里私第[⑤]，大堂前有五鬣松两株[⑥]，大财如碗。甲子年结实，味如新罗、南诏者不别。五鬣松，皮不鳞。中使仇士良，水硙亭子在城东，有两鬣皮不鳞者。又有七鬣者，不知自何而得，俗谓孔雀松，三鬣松也。松命根下遇石则偃[⑦]，盖不必千年也。

竹，竹花曰获，一曰覆。死曰葤，六十年一易根，则结实枯死。

---

① "常"，稗海本、四库本作"尝"。

② "而"，四库本作"亦"。

③ "常"，稗海本、四库本作"尝"。

④ "凡"，稗海本、四库本作"今"。

⑤ "行"，稗海本、四库本作"竹"。

⑥ "株"，稗海本、四库本作"根"。

⑦ "下"，稗海本、四库本无。

菡堕竹，大如脚指，腹中白幕拦一曰兰。[1]隔，状如湿面。将成竹而筒皮未落，辄有细虫啮之，陨箨后，虫啮处成赤迹，似绣画可爱。

棘竹，一名芭竹，节皆有刺，数十茎为丛。南夷种以为城，卒不可攻。或自崩根出，大如酒瓮，纵横相承，状如缫车，食之落人齿。齿一作发。[2]

筋竹，南方以为矛，笋未成时，堪为弩弦。

百叶竹，一枝百叶，有毒。〇《竹谱》："竹类有三十九。"

慈竹，夏月经雨，滴汁下地，生蕈似鹿角，色白，食之已痢也。

异木，大历中，成都百姓郭远，因樵，获瑞木一茎，理成字曰"天下太平"，诏藏于秘阁。

京西持国寺，寺前有槐树数株。金监买一株，令所使巧工解之。及入内回，工言："木无他异。"金大嗟惋，令胶之。曰："此不堪矣，但使尔知予工也。"乃别理解之，每片一天王塔，戟成就焉[3]。

都官陈修古员外言："西川一县，不记名，吏因换狱卒木薪之，天尊形像存焉。"[4]

异树，娄约居常山，据禅座。有一野妪，手持一树，植之于庭，言此是蜻蜓树。岁久，芬芳郁茂，有一鸟，身赤、尾长，常止息其上。

异果，赡披国有人牧牛千百余头，有一牛离群，忽失所在，至暮方归，形色鸣吼异常，群牛异一曰长。之。明日，遂独行，主因随之。入一穴，行五六里，豁然明朗，花木皆非人间所有。牛于一处食草，草不可识。有果作黄金色，牧牛人窃一将还[5]，为鬼所夺。又一日，复往取此果。至穴，鬼复欲夺，其人急吞之，身遂暴长，头才出，身塞于穴，数日化为石矣。[6]

甘子，天宝十年，上谓宰臣曰："近日于宫内种甘子数株，今秋结实一百五十颗，与江南、蜀道所进不异。"宰臣贺表曰："雨露所均，混天区而齐被。草木有性，凭地气而潜通。故得资江外之珍果，为禁中之华实。"相传玄宗幸蜀年，罗浮甘子不实。岭南有蚁，大于秦中蚂蚁，结窠于甘树，实时[7]，常循其上，故甘皮薄而滑，往往甘实在其窠中，冬深取之，味数倍于常者。

---

① "白幕拦"，稗海本、四库本作"白幕兰"。"兰"，稗海本、四库本作"阑"。

② "齿一作发"，稗海本、四库本无。

③ "焉"，稗海本、四库本无。

④ "都官陈修古"条，稗海本、四库本接上条，不另起。

⑤ "窃"，稗海本作"切"。

⑥ 本条所有"牛"，稗海本、四库本作"羊"。"石矣"，稗海本作"木也"，四库本作"石也"。

⑦ "实时"上，四库本有"甘"字。

樟木，江东人多取为船，船有与蛟龙斗者。

石榴，一名丹若。一作丹茗。梁大同中，东州后堂石榴皆生双子。南诏石榴，子大，皮薄如藤纸，味绝于洛中。〇石榴甜者，谓之天浆，能已乳石毒。

柿，俗谓柿树有七绝：一寿，二多阴，三无鸟巢，四无虫，五霜叶可玩，六嘉实，七落叶肥大。

汉帝杏，济南郡之东南有分流山，山上多杏，大如梨，色黄如橘，土人谓之汉帝杏，亦曰金杏。

脂衣柰，汉时紫柰大如升，核紫花青，研之有汁，可漆。或着衣，不可浣也。

仙人枣，晋时太仓南有翟泉[①]，泉西有华林园，园有仙人枣，长五寸，核细如针。

楷，孔子墓上，特多楷木。

栀子，诸花少六出者，唯栀子花六出。陶真白言："栀子剪花六出，刻房七道，其花香甚，相传即西域瞻卜花也。"

仙桃，出郴州苏耽仙坛。有人至心祈之，辄落坛上，或至五六颗，形似石块，赤黄色，破之，如有核三重，研饮之，愈众疾，尤治邪气。

娑罗，巴陵有寺，僧房床下忽生一木，随伐随长，外国僧见曰："此娑罗也。"元嘉初，出一花如莲。天宝初，安西道进娑罗枝，状言："臣所管四镇，有拔汗那，最为密近，木有娑罗树，特为奇绝。不庇凡草，不止恶禽，耸干无惭于松栝，成阴不愧于桃李。近差官拔汗那使令采，得前件树枝二百茎，如得托根长乐，擢颖建章，布叶垂阴，邻月中之丹桂，连枝接影，对天上之白榆。"

赤白柽，出凉州，大者为炭，入以灰汁[②]，可以煮铜为银。

仙树，祁连山上有仙树实，行旅得之止饥渴，一名四味木。其实如枣，以竹刀剖则甘，铁刀剖则苦，木刀剖则酸，芦刀剖则辛。

木五香，根栴檀，节沉香，花鸡舌，叶藿，胶薰陆。

椒，可以来水银。茱萸气好上，椒气好下。

构，谷田久废必生构。叶有瓣曰楮[③]，无曰构。一作大曰楮，小曰构。[④]

黄杨木，性难长，世重黄杨以无火。或曰以水试之，沉则无火。取此木必以阴晦，夜无一星则伐之，为枕不裂。

---

① "太"，稗海本、四库本作"大"。

② "入以灰汁"，稗海本作"复一曰伤人一曰入灰汁"，四库本作"复一曰伤人一曰入以灰汁"。

③ "瓣"，稗海本作"办"。

④ "一作大曰楮，小曰构"，稗海本无。

蒲萄，俗言蒲萄蔓好引于西南。庾信谓魏使尉瑾曰[①]："我在邺，遂大得蒲萄，奇有滋味。"陈昭一作招。曰："作何形状？"徐君房曰："有类软枣。"信曰："君殊不体物，何得不言似生荔枝[②]。"魏肇师曰："魏武有言，末夏涉秋，尚有余暑，酒醉宿醒，掩露而食，甘而不饴，酸而不酢。道之固以流沫称奇，况亲食之者。"瑾曰："此物实出于大宛，张骞所致。有黄、白、黑三种，成熟之时，子实逼侧，星编珠聚，西域多酿以为酒，每来岁贡。在汉西京，似亦不少。杜陵田五十亩，中有蒲萄百树。今在京兆，非直止禁林也。"信曰："乃园种户植，接荫连架。"昭曰："其味何如橘柚？"信曰："津液奇胜，芬芳减之。"瑾曰："金衣素裹，见苞作贡。向齿自消，良应不及。"

贝丘之南有蒲萄谷，谷中蒲萄，可就其所食之，或有取归者，即失道，世言王母蒲萄也。天宝中，沙门昙霄因游诸岳，至此谷，得蒲萄食之。又见枯蔓堪为杖，大如指，五尺余，持还本寺植之，遂活。长高数仞，荫地幅员十丈，仰观若帷盖焉。其房实磊落，紫莹如坠，时人号为草龙珠帐焉。

凌霄，花中露水，损人目。

松桢，即钟藤也。叶大者[③]，晋安人以为盘。

侯骚，蔓生，子如鸡卵，既甘且冷，轻身消酒。《广志》言："因王太仆所献。"

蠡荠，子如弹丸，魏武帝常啖之。

酒杯藤，大如臂，花坚可酌酒，实大如指，食之消酒。

白柰，出凉州野猪泽，大如兔头。

比闾出白州，其华若羽，伐其木为车，终日行不败。[④]

菩提树，出摩伽陀国，在摩诃菩提寺，盖释迦如来成道时树，一名思惟树。茎干黄白，枝叶青翠，经冬不凋。至佛入灭日，变色凋落，过已还生。至此日，国王、人民大作佛事，收叶而归，以为瑞也。树高四百尺，下有银塔周回绕之。彼国人四时常焚香散花，绕树作礼。唐贞观中，频遣使往，于寺设供，并施袈裟。至高宗显庆五年[⑤]，于寺立碑，以纪圣德。此树梵名有二：一曰宾拨梨一曰梨娑。力叉[⑥]，二曰阿湿曷他婆一曰娑。力叉。《西域记》谓之卑钵罗，以佛于其下成道，即以道为称，故号菩提。婆一曰娑。力叉，汉翻为树。昔中天无忧王

---

① "蒲萄，俗言蒲萄蔓好引于西南。庾信谓魏使尉瑾曰"，稗海本、四库本无。

② "何得不言"，据稗海本、四库本作"可得言"。

③ "者"，稗海本、四库本无。

④ "比闾"条，稗海本、四库本无。

⑤ "高宗"，稗海本、四库本无。

⑥ "拨梨"，稗海本、四库本作"橃梨"。

剪伐之，令事大婆罗门，积薪焚焉。炽焰中忽生两树，无忧王因忏悔，号灰菩提树，遂周以石垣。至赏设迦至一曰王。复掘之，至泉，其根不绝，坑火焚之，溉以甘蔗汁，欲其焦烂。后摩竭陀国满曹王，无忧之曾孙也，乃以千牛乳浇之，信宿，树生如旧。更增石垣，高二丈四尺。玄奘至西域，见树出垣上二丈余。

贝多，出摩伽陀国，长六七丈，经冬不凋。此树有三种：一者多罗娑一曰婆。力叉贝多，二者多梨婆一曰婆。力叉贝多，三者部婆一曰娑。力叉多罗梨。一曰多梨贝多。并书其叶，部阇一色取其皮书之。贝多是梵语，汉翻为叶，贝多婆一曰娑。力叉者，汉言叶树也。西域经书，用此三种皮叶，若能保护，亦得五六百年。○《嵩山记》称嵩高寺中有思惟树，即贝多也。○释氏有贝多树下《思惟经》，顾徽《广州记》称贝多叶似枇杷，并谬。○交趾近出贝多枝，弹材中第一。

龙脑香树，出婆利国，婆利呼为固不婆律。亦出波斯国。树高八九丈，大可六七围，叶圆而背白，无花实，其树有肥有瘦，瘦者有婆律膏香。一曰瘦者出龙脑香，肥者出婆律膏也。在木心中，断其树劈取之，膏于树端流出，斫树作坎而承之。入药用，别有法。

安息香树，出波斯国，波斯呼为辟邪。树长三丈，皮色黄黑，叶有四角，经寒不凋。二月开花，黄色，花心微碧，不结实。刻其树皮，其胶如饴，名安息香。六七月坚凝，乃取之。烧之通神明[①]，辟众恶。

无石子，出波斯国，波斯呼为摩贼。树长六七丈，围八九尺，叶似桃叶而长。三月开花，白色，花心微红。子圆如弹丸，初青，熟乃黄白。虫食成孔者正熟，皮无孔者入药用。其树一年生无石子，一年生跋屡子，大如指，长三寸，上有壳，中仁如栗黄，可啖。

紫铆树，出真腊国，真腊国呼为勒佉，亦出波斯国。树长一丈，枝条郁茂，叶似橘，经冬而凋，三月开花，白色，不结子。天大雾露及雨沾濡，其树枝条即出紫铆。波斯国使乌海，及沙利深所说并同。真腊国使折冲都尉沙门陀沙尼拔陀言[②]，蚁运土于树端作窠，蚁壤得雨露凝结而成紫铆。昆仑国者善，波斯国者次之。

阿魏，出伽阇那国，即北天竺也。伽阇那呼为形虞，亦出波斯国，波斯国呼为阿虞截。树长八九丈，皮色青黄，三月生叶，叶似鼠耳，无花实。断其枝，汁出如饴，久乃坚凝，名阿魏。拂林国僧鸾所说同[③]。摩伽陀国僧提婆言，取其

---

① “之”，稗海本、四库本无。

② “陀沙尼拔陀”，稗海本、四库本作“施沙尼拔陁”。

③ “鸾”，稗海本、四库本作“弯”。

汁如米豆屑，合成阿魏。

婆那娑树，出波斯国，亦出拂林，呼为阿蔀薄[1]。树长五六丈，皮色青绿，叶极光净，冬夏不凋，无花结实。其实从树茎出，大如冬瓜，有壳裹之，壳上有刺，瓤至甘甜，可食。核大如枣，一实有数百枚，核中仁如栗黄，炒食之甚美[2]。

波斯枣，出波斯国，波斯国呼为窟莽。树长三四丈，围五六尺，叶似土藤，不凋。二月生花，状如蕉花，有两甲，渐渐开罅，中有十余房。子长二寸[3]，黄白色，有核，熟则紫黑[4]，状类干枣，味甘如饧，可食。

偏桃，出波斯国，波斯呼为婆淡。树长五六丈，围四五尺，叶似桃而阔大。三月开花，白色，花落结实，状如桃子而形偏，故谓之偏桃。其肉苦涩不可啖，核中仁甘甜，西域诸国并珍之。

槃砮一作碧。穑树，出波斯国，亦出拂林国，拂林呼为群汉。树长三丈，围四五尺，叶似细榕，经寒不凋。花似橘，白色。子绿，大如酸枣，其味甜腻，可食。西域人压为油以涂身，可去风痒。

齐暾树，出波斯国，亦出拂林国，拂林呼为齐虚。音阳兮反。树长二三丈，皮青白，花似柚，极芳香。子似杨桃，五月熟，西域人压为油，以煮饼果，如中国之用巨胜也。

胡椒，出摩伽陀国，呼为昧履支。其苗蔓生，极柔弱，叶长寸半，有细条与叶齐，条上结子，两两相对，其叶晨开暮合，合则裹其子于叶中。形似汉椒，至辛辣，六月采，今人作胡盘肉食皆用之。

白豆蔻，出伽古罗国，呼为多骨。形似芭焦[5]，叶似杜若，长八九尺，冬夏不凋，花浅黄色，子作朵如蒲萄。其子初出微青，熟则变白，七月采。

荜拨，出摩伽陀国，呼为荜拨梨，拂林国呼为阿梨诃咃。苗长三四尺，茎细如箸，叶似蕺叶，子似桑椹，八月采。

香齐，出波斯国，拂林呼为顸勃梨咃。长一丈余，围一尺许。皮色青薄而极光净，叶似阿魏，每三叶生于条端，无花实。西域人常八月伐之，至腊月更抽新条，极滋茂。若不剪除，反枯死。七月断其枝，有黄汁，其状如蜜，微有香气，入药疗病。

波斯皂荚，出波斯国，呼为忽野檐默，拂林呼为阿梨去伐。树长三四丈，

---

① “蔀”，原作“蔀”，据稗海本、四库本改。

② “之”，稗海本、四库本无。

③ “寸”，原作“尺”，据稗海本、四库本改。

④ “紫”，稗海本、四库本作“子”。

⑤ “似”，稗海本、四库本作“如”。

围四五尺，叶似构缘而短小，经寒不凋，不花而实。其荚长二尺，中有隔，隔内各有一子，大如指头，赤色，至坚硬，中黑如墨，甜如饴，可啖，亦入药用。

没树，出波斯国，拂林呼为阿縒。长一丈许，皮青白色，叶似槐叶而长，花似橘花而大。子黑色，大如山茱萸，其味酸甜，可食。

阿勃参，出拂林国，长一丈余，皮色青白，叶细，两两相对，花似蔓菁，正黄，子似胡椒，赤色。斫其枝，汁如油，以涂疥癣，无不瘥者。其油极贵，价重于金。

㮈祇，出拂林国，苗长三四尺，根大如鸭卵，叶似蒜叶，中心抽条甚长，茎端有花六出，红白色，花心黄赤，不结子。其草冬生夏死，与荞一作荞。麦相类。取其花，压以为油，涂身，除风气，拂林国王及国内贵人皆用之。

野悉蜜，出拂林国，亦出波斯国。苗长七八尺，叶似梅叶，四时敷荣。其花五出，白色，不结子。花若开时，遍野皆香，与岭南詹糖相类。西域人常采其花，压以为油，甚香滑。

底称实阿驿①，波斯国呼为阿驿，拂林呼为底珍。一作称。树长四五丈②，枝叶繁茂。叶有五出，似椑麻，无花而实。实赤色，类椑子，味似干柿③，而一月一作年。一熟。

唐段少卿酉阳杂俎前集卷之十九

唐太常少卿临淄柯古段成式撰

广动植类之四

草篇

芝，天宝初，临川郡人李嘉胤所居柱上生芝草，形类天尊，太守张景佚截柱献之。

大历八年，庐州庐江县紫芝生，高一丈五尺。芝类至多。

参成芝，断而可续。

夜光芝，一株九实。实坠地如七寸镜，夜视如牛目④，茅君种于句曲山。

隐辰芝，状如斗，以屋一作星。为节，以茎为刚。一作纲。

---

① “底称实”，稗海本、四库本无。”驿，稗海本作“驲”。

② “四五丈”，稗海本、四库本作“丈四五”。

③ “干”，稗海本、四库本作“甘”。

④ “夜”，四库本无。

凤脑芝[①]，《仙经》言："穿地六尺，以环宝一枚种之[②]，灌以黄水五合，以土坚筑之。三年生苗如匏，一曰刻。实如桃，五色，名凤脑芝。食其实，唾地为凤，乘升太极。"

白符芝，大雪而华。

五德芝，如车马。

菌芝，如楼。〇凡学道三十年不倦，天下金翅鸟衔芝至。

罗门山食一曰生。石芝，得地仙。[③]

莲石，莲入水必沉，唯煎盐咸卤能浮之。雁食之，粪落山石间，百年不坏。相传橡子落水为莲。

苔，慈恩寺唐三藏院后檐阶，开成末，有苔状如苦苣，布于砖上[④]，色如蓝绿，轻嫩可爱。谈论僧义林，太和初，改葬基法师。初开冢，香气袭人，侧卧砖台上，形如生，砖上苔厚二寸余，作金色，气如栴檀[⑤]。

瓦松，崔融《瓦松赋序》曰："崇文馆瓦松者，产于屋溜之下。谓之木也，访山客而未详。谓之草也，验农皇而罕记。"赋云："煌煌特秀，状金芝之产溜。历历虚悬，若星榆之种天。葩条郁毓，根柢连卷。间紫苔而裛露，凌碧瓦而含烟。"又曰："惭魏宫之鸟悲，恧汉殿之红莲。"崔公学博，无不该悉，岂不知瓦松已有著说乎？〇《博雅》："在屋曰昔耶，在墙曰垣衣。"《广志》谓之兰香，生于久屋之瓦。魏明帝好之，命长安西载其瓦于洛阳以覆屋。前代词人诗中多用昔耶，梁简文帝《咏蔷薇》曰："缘阶覆碧绮，依檐映昔耶。"或言构木上多松栽土，木气泄则瓦生松。〇大历中，修含元殿，有一人投状请瓦，且言："瓦工惟我所能，祖父已尝瓦此殿矣。"众工不服，因曰："若有能瓦，毕不生瓦松乎[⑥]。"众方服焉。〇又有李阿黑者，亦能治屋。布瓦如齿，间不通綖，亦无瓦松。《本草》："瓦衣谓之屋游。"

瓜，恶香，香中尤忌麝。郑注太和初，赴职河中，姬妾百余尽骑，香气数里，逆于人鼻。是岁自京至河中所过路，瓜尽死，一蒂不获。

芰，今人但言菱芰，诸解草木书亦不分别，惟王安贫《武陵记》言："四角、

---

① "凤脑芝"，稗海本、四库本无。

② "宝"，稗海本、四库本作"实"。

③ "白符芝"至"罗门山"条，稗海本、四库本与上条接，不另起。

④ "布"，稗海本、四库本作"初"。

⑤ "栴"，稗海本、四库本作"爇"。

⑥ "乎"，稗海本、四库本无。

三角曰芰，两角曰菱。”今苏州折腰菱多两角[①]。成式曾于荆州，有僧遗一斗郢城菱，三角而无芒，一曰刺。可以接一曰挼。莎。

芰，一名水栗，一名薢茩。一作薢苔。〇汉武昆明池中有浮根菱，根出水上，叶沦没波下，亦曰青水芰。〇玄都有菱碧色，状如鸡飞，名翻鸡芰，仙人凫伯子常采之。

兔丝子，多近棘及藿，山居者疑二草之气类也。

天名精，一曰鹿活草。昔青州刘儘，一作炳。宋元嘉中射一鹿，剖五藏，以此草塞之，蹶然而起，儘怪而拔草，复倒。如此三度，儘密录此草，种之，多主伤折，俗呼为刘儘草。

牡丹，前史中无说处，惟《谢康乐集》中言[②]，竹间水际多牡丹。成式检隋朝《种植法》七十卷中，初不记说牡丹，则知隋朝花药中所无也。开元末，裴士淹为郎官，奉使幽冀回，至汾州众香寺，得白牡丹一窠，植于长安私第。天宝中，为都下奇赏。当时名公有《裴给事宅看牡丹》诗，诗寻访未获。一本有诗云:“长安年少惜春残，争认慈恩紫牡丹。别有玉盘乘露冷，无人起就月中看。”太常博士张乘，尝见裴通祭酒说。又房相有言 :“牡丹之会，琯不预焉。”至德中，马仆射镇太原，又得红紫二色者，移于城中。〇元和初犹少，今与戎葵角多少矣。〇韩愈侍郎有疏从子侄自江淮来，年甚少，韩令学院中伴子弟，子弟悉为凌辱。韩知之，遂为街西假僧院令读书。经旬，寺主纲复诉其狂率，韩遽令归，且责曰 :“市肆贱类营衣食，尚有一事长处。汝所为如此，竟作何物？”侄拜谢，徐曰:“某有一艺，恨叔不知。”因指阶前牡丹曰:“叔要此花，青、紫、黄、赤，唯命也。”韩大奇之，遂给所须试之。乃竖箔曲，尺遮牡丹丛，不令人窥。掘窠四面[③]，深及其根，宽容入座。唯赍紫矿、轻粉、朱红，旦暮治其根。几七日，乃填坑，白其叔曰 :“恨校迟一月。”时冬初也。牡丹本紫，及花发，色白红历绿，每朵有一联诗，字色紫分明，乃是韩出官时诗。一韵曰:“云横秦岭家何在，雪拥蓝关马不前”十四字，韩大惊异。侄且辞归江淮，竟不愿仕。〇兴唐寺有牡丹一窠，元和中，著花一千二百朵。其色有正晕、倒晕、浅红、浅紫、深紫、黄白檀等，独无深红。又有花叶中无抹心者，重台花者，其花面径七八寸。〇兴善寺素师院，牡丹色绝佳，元和末，一枝花合欢。

金灯，一曰九形，花叶不相见，俗恶人家种之，一名无义草。

合离，根如芋魁，有游子十二环之，相须而生，而实不连，以气相属，一

---

① “角”，稗海本、四库本作“脚”。

② “惟”，稗海本、四库本作“唯”。

③ “掘”，原作“握”，据稗海本、四库本改。

名独摇，一名离母，若土人所食者[①]，合呼为赤箭。

蜀一作戎。[②]葵，本胡中葵也，一名胡葵。似葵，大者红，[③]可以缉为布。枯时烧作灰，藏火，火久不灭。花有重台者。

茄子，茄字本莲茎名[④]，革遐反。今呼伽，未知所自。成式因就节下食伽子数蒂[⑤]，偶问工部员外郎张周封伽子故事，张云："一名落苏，事具《食疗本草》。此误作《食疗本草》，元出《拾遗本草》。"成式记得隐侯《行园诗》云："寒瓜方卧垄，秋菰正满陂。紫茄纷烂熳，绿芋郁参差。"又一名昆仑瓜。岭南茄子，宿根成树，高五六尺，姚向曾为南选使，亲见之。故《本草》记："广州有慎火树，树大三四围。"慎火即景天也，俗呼为护火草。〇茄子熟者，食之厚肠胃，动气发痰[⑥]，根能治灶瘃。欲其子繁，待其花时，取叶布于过路，以灰规之，人践之，子必繁也，俗谓之嫁茄子[⑦]。僧人多炙之，甚美。有新罗种者，色稍白，形如鸡卵，西明寺僧造玄一曰玄造。院中，有其种。〇《水经》云："石头四对蔡浦，浦长百里，上有大荻浦[⑧]，下有茄子浦。"

异菌，开成元年春，成式修竹里私第书斋前，有枯紫荆数枝蠹折，因伐之，余尺许。至三年秋，枯根上生一菌，大如斗，下布五足，顶黄白两晕，缘垂裙如鹅鞴，一曰鞲。高尺余。至午色变黑而死，焚之气如芋香[⑨]。成式尝置香炉于枘台上[⑩]，每念经，门生以为善征。后览诸志怪，南齐吴郡褚思庄，素奉释氏，眠于梁下[⑪]，短柱是楠木，去地四尺余，有节。大明中，忽有一物如芝，生于节上，黄色鲜明，渐渐长数日[⑫]，遂成千佛状。面目爪指及光相衣服，莫不完具，如金碟隐起，摩之殊软。常以春末生，秋末落，落时佛行如故，但色褐耳。至落时，其家贮之箱中。积五年，思庄不复住其下，亦无他显盛。阖门寿考，思庄父终

---

① "若"上，稗海本、四库本有"言"字。

② "一作戎"，稗海本、四库本无。

③ "本胡中葵也，一名胡葵。似葵，大者红"，稗海本、四库本无。

④ "茎"，原作"经"，据稗海本、四库本改。

⑤ "食"下，稗海本、四库本有"有"字。

⑥ "痰"，稗海本、四库本作"疾"。

⑦ "嫁"，稗海本作"稼"。

⑧ "荻"，原作"荻荻"，据稗海本、四库本改。

⑨ "芋"，稗海本、四库本作"麻"。

⑩ "上"，稗海本、四库本无。

⑪ "梁"，稗海本、四库本作"渠"。

⑫ "数日"上，稗海本、四库本有"数尺"二字。

九十七，兄年七十，健如壮年。

又梁简文延香园，大同十年，竹林吐一芝，长八寸，头盖似鸡头实，黑色。其柄似藕柄，内通干空。一曰柄干通空。皮质皆绝白，根下微红。鸡头实处似竹节，脱之又得脱也。自节处别生一重，如结网罗，四面，周可五六寸[1]，圆绕周匝，以罩柄上，相远不相著也。其似结网众目，轻巧可爱，其与柄皆得相脱[2]。验仙书与威喜芝相类。

舞草，出雅州，独茎三叶，叶如决明。一叶在茎端，两叶居茎之半，相对。人或近之，歌及抵掌讴曲必动，叶如舞也。

护门草，常山北，草名护门，置诸门上，夜有人一曰物。过，辄叱之。

仙人条，出衡岳，无根蒂，生石上，状如同心带，三股，色绿，亦不常有。

睡莲，南海有睡莲，夜则花低入水。屯田韦郎中从事南海，亲见。

蔓金苔，晋时外国献蔓金苔，色如金，若萤火之聚[3]，大如鸡卵，[4]投之水中，蔓延波上，光泛铄日一作目。如火，亦曰夜明苔。

异蒿，田在实，布之子一作田布悦之子。也。大和中，尝过蔡州北，路侧有草如蒿，茎大如指，其端聚叶，似鶬鶊巢在颠，折视之，叶中有小鼠数十，才若皂荚子，目犹未开，啾啾有声。

蜜草，北天竺国出蜜草，蔓生，大叶，秋冬不死，因重霜露，遂成蜜，如塞上蓬盐。

老鸦爪篱，叶如牛蒡而狭，子熟时色黑，状如爪篱。

鸭舌草，生水中，似莼，俗呼为鸭舌草。

胡蔓草，生邕、容间，丛生，花偏如栀子，稍大，不成朵，色黄白，叶稍黑，误食之，数日卒，饮白鹅、白鸭血则解。或以一物投之，祝曰："我买你。"食之立死。

铜匙草，生水中，叶如剪刀。

水耐冬，此草经冬在水不死，成式于城南村墅池中有之。

天芋，生终南山中，叶如荷而厚。

水韭，生于水湄，状如韭而叶细长，可食。

地钱，叶圆茎细，有蔓，生溪涧边，一曰积雪草，亦曰连钱草。

---

① "周"，稗海本、四库本作"同一曰周"。

② "其与柄皆得相脱"，稗海本、四库本作"其柄又得脱也"。

③ "若"，稗海本作"苔"。"之聚"，稗海本作"聚之"。

④ "色如金，若萤火之聚，大如鸡卵"，四库本作"萦聚之，如鸡卵"。

蚍蜉酒草[①]，一曰鼠耳，象形也，亦曰无心草[②]。

盆甑草，即牵牛子也。结实后断之，状如盆甑，其中有子似龟，蔓如薯蓣。

蔓胡桃，出南诏，大如扁螺，两隔，味如胡桃，或言蛮中藤子也。

油点草，叶似著莛，每叶上有黑点相对。

三白草，此草初生不白，入夏叶端方白，农人候之莳田[③]，三叶白，草毕秀矣，其叶似薯蓣。

落回一曰博落回。有大毒，生江淮山谷中。茎叶如麻，茎中空，吹作声如勃逻回，因名之。

蒟蒻，根大如碗，至秋叶滴露，随滴生苗。

鬼皂荚，生江南地，泽如皂荚，高一二尺，沐之长发，叶亦去衣垢。

通脱木，如蜱麻，生山侧，花上粉主治恶疮，心空，中有瓤，轻白可爱，女工取以饰物。

毗尸沙花，一名日中金钱花，本出外国，梁大同一年进来中土。

左行草，使人无情，范阳长贡。

青草槐，龙阳县裨牛山南有青草槐，丛生，高尺余，花若金灯，仲夏发花，一本云迄千秋。

竹肉，江淮有竹肉，生竹节上，如弹丸，味如白鸡[④]，竹皆向北[⑤]。有大树鸡，如杯棬，呼为胡孙眼。

石耳，庐山有石耳，性热。

野狐丝，庭有草蔓生，色白，花微红，大如粟，秦人呼为野狐丝。

金钱花，一云本出外国。梁大同二年，进来中土。梁时，荆州椽属双陆，赌金钱，钱尽，以金钱花相足，鱼弘谓得花胜得钱。

荷，汉明帝时，池中有分枝荷，一茎四一曰两。叶，状如骈盖，子如玄珠，可以饰佩也。〇灵帝时，有夜舒荷，一茎四莲，其叶夜舒昼卷。

梦草，汉武时，异国所献，似蒲，昼缩入地，夜若抽萌。怀其草，自知梦之好恶。帝思李夫人，怀之辄梦。

乌蓬，叶如鸟翅，俗呼为仙人花。

雀芋状如雀头，置干地反湿，置湿处复干。飞鸟触之堕，走兽遇之僵。

---

① “草”，稗海本无。

② “无”，稗海本、四库本作“尤”。

③ “田”，稗海本、四库本作“曰”。

④ “鸡”上，稗海本有“树”字。

⑤ “竹皆向北”，稗海本作“代北”。“竹”，四库本无。

望舒草，出扶支国，草红色，叶如莲叶，月出则舒，月没则卷。

红草，山戎之北有草，茎长一丈，叶如车轮，色如朝虹。齐桓时，山戎献其种，乃植于庭，以表霸者之瑞。

神草，魏明时，苑中合欢草状如蓍，一株百茎，昼则众条扶疏，夜乃合一茎，谓之神草。

三蔬，晋时有芳蔬园，在墉一曰金墉。之东。有菜名芸薇，一作薇。[①]类有三种：紫色为上蔬，味辛；黄色者为中蔬[②]，味甘；青者为下蔬，味咸。常以三蔬充御菜，可以藉食。

掌中芥，末多国出也。取其子置掌中吹之，一吹一长，长三尺，乃植于地。

水网藻，汉武昆明池中有水网藻，枝横侧水上，长八九尺，有似网目。凫鸭入此草中，皆不得出，因名之。

地日草，南方有地日草，三足乌欲下食此草，羲和之驭以手掩乌目，食此则美闷不复动。○东方朔言："为小儿时，井陷，坠至地下，数十年无所寄托，有人引之，令往此草中，隔红泉不得渡。其人以一只屐，因乘泛红泉，得至草处食之。"

挟剑豆，乐浪东有融泽，之中生豆荚，形似人挟剑，横斜而生。

牧靡，建宁郡乌句山南五百里，牧靡草可以解毒。百卉方盛，乌鹊误食乌喙中毒，必急飞牧靡上，啄牧靡以解也。

唐段少卿酉阳杂俎前集卷之二十

唐太常少卿临淄柯古段成式撰

肉攫部

取鹰法，七月二十日为上时，内地者多，塞外者殊少。八月上旬为次时，八月下旬为下时，塞外鹰毕至矣。○鹰网目方一寸八分，纵八十目，横五十目。以黄蘗和杼汁染之，令与地色相类。螽虫好食网，以蘗防之。○有网竿。○都杙。○吴公。○磔竿二：一为鹑竿，一为鸽竿[③]。鸽飞能远察，见鹰常在人前，若竦身动盼，则随其所视候之。

---

① "一作薇"，四库本无。

② "者"，稗海本、四库本无。

③ "鸽"，稗海本、四库本作"鹄"。

取木鸡、木雀、鹞，纲目方二寸，纵三十目，横十八目。

凡鸷鸟，雏生而有惠，出壳之后，即于窠外放巢。大鸷恐其坠堕，及为日所曝，热暍致损，乃取带叶树枝，插其巢畔，防其坠堕及作阴凉也。欲验雏之大小，以所插之叶为候，若一日二日，其叶虽萎而尚带青色，至六七日，其叶微黄，十日后枯瘁，此时雏渐大可取。

凡禽兽，必藏匿形影同于物类也。是以蛇色逐地，茅兔必赤，鹰色随树。

鹰巢，一名菆鹰，呼菆子者，雏鹰也。鹰四月一日停放，五月上旬拔毛入笼。拔毛先从头起，必于平旦过顶，至伏鹑则止，从颈下过飏毛，至尾则止。尾根下毛名飏毛。其背毛、并两翅大翎覆翮、及尾毛十二根等并拔之，两翅大毛合四十四枝，覆翮翎亦四十四枝。八月中旬出笼。

雕角鹰等，三月一日停放，四月上旬置笼。

鹘，北回鹰过尽停放，四月上旬入笼，不拔毛。

鹘，五月上旬停放，六月上旬拔毛入笼。

凡鸷击等，一变为鸧，二变为鷂，转鸧，三变为正鸧。自此已后，至累变，皆为正鸧。

白鸧，觜爪白者，从一变为鷂至累变，其白色一定，更不改易。若觜爪黑者，臆前纵理，翎尾斑节，微微有黄色者，一变为鷂，则两翅封上，及两胜之毛间似紫白，其余白色不改。

齐王高纬武平六年，得幽州行台仆射河东潘子光所送白鸧，合身如雪色。视臆前微微有纵白斑之理，理色暖昧如缥，觜本之色微带青白，向末渐乌，其爪亦同于觜。蜡胫并作黄白赤，是为上品。黄麻色，一变为鷂，其色不甚改易，惟臆前从斑渐阔而短，鷂转出后，乃至累变，背上微加青色，臆前从理转就短细，渐加膝上鲜白，此为次色。①

青麻色，其变色一同黄麻之鷂，此为下品。又有罗鸟鸧、罗麻鸧。一曰鹘。

白兔鹰②，嘴爪白者，从一变为鷂，乃至累变，其白色一定，更不改易。觜爪黑而微带青白色，臆前纵理及翎尾斑节③，微有黄色者，一变背上翅尾微为灰色，臆前纵理变为横理，变色微漠若无，胜间仍白。至于鷂转以后，其灰色微褐，而渐渐向白，其觜爪极黑，体上黄鹊斑色微深者，一变为青白鷂，鷂转之后，乃至累变，臆前横理转细，则渐为鸧色也。

齐王高洋天保三年，获白兔鹰一联，不知所得之处。合身毛羽如雪，目色紫，

---

① “‘平旦过顶’至‘此为次色’”三百四十二字，稗海本无。

② “白”，稗海本作“鹰”。

③ “斑”，稗海本、四库本作“班”。

爪之本白，向末为浅乌之色。一曰目赤色，觜爪之本色白。蜡胫并黄，当时号为金脚。

又高帝一曰高齐。武平初，领军将军赵野叉献白兔鹰一联，头及顶遥看悉白，近边熟视，乃有紫迹在毛心。其背上以白地紫迹点其毛心，紫外有白赤周绕。白色之外，以黑为缘，翅毛亦以白为地，紫色节之。臆前以白为地，微微有缥赤纵理。眼黄如真金，觜本之色微白，向末渐乌，蜡作浅黄色，胫指之色亦黄，爪色与觜同。

散花白，觜爪黑而微带青白色者，一变为紫理白鵃，鵃转以后，乃至累变，横理转细，臆前紫渐灭成白。其觜爪极黑者，一变为青白鵃。鵃转之后，乃至累变，横理转细，臆前渐作灰白色。

赤色，一变为鵃，其色带黑。鵃转已后，乃至累变，横理转细，臆前微微渐白，其背色不改，此上色也。

白唐，一变为青鵃，而微带灰色。鵃转之后，乃至累变，横理转细，臆前微微渐白。

鹦烂堆一曰雌，一曰雄。[①]黄，一变之鵃，色如鹙鹫。鵃转之后，乃至累变，横理转细，臆前渐渐微白。

黄色，一变之后，乃至累变，其色似于鹙鹫，而色微深，大况鹦烂雄黄变色同也。

青斑[②]，一变为青父鵃。鵃转之后，乃至累变，横理转细，臆前微微渐白，此次色也。

白唐，唐者黑色也。谓斑上有黑色，一变为青白鵃，杂带黑色。鵃转之后，乃至累变，横理转细，臆前渐渐微白。

赤斑唐，谓斑上有黑色也。一变为鵃，其色多黑，鵃转之后，乃至累变，横理转细，臆前黑虽渐褐，世人仍名为黑鵃。

青斑唐，谓斑上有黑色也。一变为鵃，其色带青黑。鵃转之后，乃至累变，横理虽细，臆前之色仍常暗黪，此下色也。○鹰之雌雄，唯以大小为异，其余形相，本无分别。雉鹰虽小，而是雄鹰，羽毛杂色，从初及变，既同兔鹰，更无别述。雉鹰一岁，臆前纵理阔者，世名为鸧斑，至后变为鵃鸧之时，其臆纵理变作横理，然犹阔大，若臆前纵理本细者，后变为鵃鸧之时，臆前横理亦细。

荆窠白者，短身而大，五斤有余，便鸟而快，一名沙裹白。生代北沙漠里荆窠上，向雁门、马邑飞。

---

① “雌”“雄”，原作“唯”“难”，据稗海本、四库本改。

② “斑”，稗海本、四库本作“班”。

代都赤者，紫背、黑须、白睛[①]、白毛，三斤半已上，四斤已下便兔，生代川赤岩里，向虚丘、中山、白嵋飞。

漠北白者，身长且大，五斤有余，细班短胫，鹰内之最。生沙漠之北，不知远近，向代川、中山飞，一名西道白。

房山白者，紫背细斑，三斤已上，四斤已下便兔，生代东房山白杨、椴树上，向范阳、中山飞。

渔阳白，腹背俱白，大者五斤便兔，生徐无及东西曲。一名大曲、小曲。白叶树上生，向章武、合口、博海飞。

东道白，腹背俱白，大者六斤余，鹰内之最大。生卢龙、和龙以北，不知远近，向涣休、巨黑、一曰墨。[②]章武、合口、光州一曰川。飞。虽稍软，若值快者，越于前鹰。

土黄，所在山谷皆有，生柞栎树上，或大或小。[③]

黑皂鹂，大者五斤，生渔阳山松、杉树上，多死，时有快者，章武飞。

白皂鹂，大者五斤，生渔阳、白道、河阳、漠北，所在皆有。生柏枯树上，便鸟向灵丘、中山、范阳、章武飞。

青斑，大者四斤，生代北及代川白杨树上，细斑者快，向灵丘山、范阳飞。

鵺鹰荏子，青黑者快，蜕净眼明，是未尝养雏，尤快。若目多眵，蜕不净者，已养雏矣，不任用，多死。又条头无花，虽远而聚，或条出句然作声，短命之候。口内赤，反掌热，隔衣蒸人，长命之猴。叠尾、振卷打格、只立理面毛、藏头睡，长命之候也。凡鸷鸟飞尤忌错，喉病入叉，十无一活。在咽喉骨前皮里，缺盆骨内，嗉之下。[④]

吸筒，以银鍱为之，大如角鹰翅管，鹰以下，筒大小准其翅管。

凡夜条不过五条数者短命，条如赤小豆汁与白相和者死。凡纲损、摆伤、兔蹋伤、鹤兵爪，皆为病。

---

① “睛”，原作“精”，据稗海本、四库本改。

② “墨”，稗海本、四库本作“里”。

③ “土”，稗海本作“上”。此条稗海本、四库本接上条。

④ “凡鸷鸟飞尤忌错，喉病入叉，十无一活。在咽喉骨前皮里，缺盆骨内，嗉之下”，稗海本、四库本另起一条。

酉阳杂组续集

唐段少卿酉阳杂组续集卷之一

唐太常少卿临淄柯古段成式撰

支诺皋上

新罗国有第一贵族金哥，其远祖名旁㐌，有弟一人，甚有家财，其兄旁㐌因分居，乞衣食。国人有与其隙地一亩，乃求蚕、谷种于弟，弟蒸而与之，㐌不知也。至蚕时，有一蚕生焉，日长寸余[①]，居旬大如牛，食数树叶不足。其弟知之，伺间杀其蚕。经日，四方百里内蚕飞集其家，国人谓之巨蚕，意其蚕之王也，四邻共缲之，不供。谷唯一茎植焉，其穗长尺余，旁㐌常守之，忽为鸟所折，衔去。旁㐌逐之，上山五六里，鸟入一石罅，日没径黑，旁㐌因止石侧。至夜半月明，见群小儿赤衣共戏。一小儿云："尔要何物？"一曰："要酒。"小儿露一金锥子击石，酒及樽悉具。一曰："要食。"又击之，饼饵羹炙罗于石上。良久，饮食而散，以金锥插于石罅。旁㐌大喜，取其锥而还，所欲随击而办，因是富侔国力。常以珠玑赡其弟，弟方始悔其前所欺蚕谷事，仍谓旁㐌："试以蚕谷欺我，我或如兄得金锥也。"旁㐌知其愚，谕之不及，乃如其言。弟蚕之，止得一蚕如常蚕，谷种之，复一茎植焉，将熟，亦为鸟所衔，其弟大悦，随之入山，至鸟入处，遇群鬼，怒曰："是窃予金锥者。"乃执之，谓曰："尔欲为我筑糠一作搪。[②]三版乎？欲尔鼻长一丈乎？"其弟请筑糠一作搪。三版。三日饥困，不成，求哀于鬼，乃拔其鼻，鼻如象而归，国人怪而聚观之，惭恚而卒。其后子孙戏击锥求狼粪，因雷震，锥失所在。

临濑一作湍。西北有寺，寺僧智通，常持《法华经》入禅。每晏坐，必求寒林静境，殆非人所至。经数年，忽夜有人环其院呼智通，至晓，声方息。历三夜，声侵户，智通不耐，应曰："汝呼我何事？可入来言也。"有物长六尺余，皂衣青面，张目巨吻，见僧初亦合手。智通熟视良久，谓曰："尔寒乎？就是

---

① "日"，原作"目"，据四库本改。

② "搪"，学津本、四库本作"塘"。

向火。”物亦就坐，智通但念经，至五更，物为火所醉，因闭目开口，据炉而鼾。智通睹之，乃以香匙举灰火置其口中。物大呼起走，至阈若蹶声。其寺背山，智通及明，视蹶处，得木皮一片，登山寻之数里，见大青桐，树梢已童矣，其下凹根若新缺然，僧以木皮附之，合无踪隙。其半有薪者创成一蹬，深六寸余，盖魅之口，灰火满其中，火犹荧荧。智通以焚之，其怪自绝。

南人相传，秦汉前有洞主吴氏，土人呼为吴洞，娶两妻，一妻卒，有女名叶限，少惠，善陶一作钩。金，父爱之。末岁父卒，为后母所苦，常令樵险汲深。时尝得一鳞，二寸余，赪鬐金目，遂潜养于盆水。日日长，易数器，大不能受，乃投于后池中。女所得余食，辄沉以食之。女至池，鱼必露首枕岸，他人至不复出。其母知之，每伺之，鱼未尝见也，因诈女曰：“尔无劳乎，吾为尔新其襦。”乃易其弊衣。后令汲于他泉，计里数百一作里。也。母徐衣其女衣，袖利刃行向池呼鱼，鱼即出首，因斫杀之[①]。鱼已长丈余，膳其肉，味倍常鱼，藏其骨于郁栖之下。逾日，女至向池，不复见鱼矣，乃哭于野。忽有人被发粗衣，自天而降，慰女曰：“尔无哭，尔母杀尔鱼矣！骨在粪下，尔归，可取鱼骨藏于室，所须第祈之，当随尔也。”女用其言，金玑衣食随欲而具。及洞节，母往，令女守庭果。女伺母行远，亦往，衣翠纺上衣，蹑金履。母所生女认之，谓母曰：“此甚似姊也。”母亦疑之。女觉，遽反，遂遗一只履，为洞人所得。母归，但见女抱庭树眠，亦不之虑。其洞邻海岛，岛中有国名陀汗，兵强，王数十岛[②]，水界数千里。洞人遂货其履于陀汗国，国主得之，命其左右履之，足小者履减一寸。乃令一国妇人履之，竟无一称者。其轻如毛，履石无声。陀汗王意其洞人以非道得之，遂禁锢而拷掠之，竟不知所从来。乃以是履弃之于道旁，即遍历人家捕之，若有女履者，捕之以告。陀汗王怪之，乃搜其室，得叶限，令履之而信。叶限因衣翠纺衣，蹑履而进，色若天人也。始具事于王，载鱼骨与叶限俱还国。其母及女即为飞石击死，洞人哀之，埋于石坑，命曰懊女冢。洞人以为媒祀，求女必应。陀汗王至国，以叶限为上妇。一年，王贪求，祈于鱼骨，宝玉无限。逾年，不复应，王乃葬鱼骨于海岸，用珠百斛藏之，以金为际。至征卒叛时，将发以赡军，一夕，为海潮所沦。成式旧家人李士元所说。士元本邕州洞中人，多记得南中怪事。

太和五年，复州医人王超，善用针，病无不差。于午，忽无病死，经宿而苏。言始梦至一处，城壁台殿如王者居，见一人卧，召前袒视，左髆有肿，大如杯，

---

① “斫”，原作“斤”，据学津本、四库本改。

② “王”，原作“三”，据学津本、四库本改。

令超治之，即为针出脓升余。顾黄衣吏曰："可领毕也[①]。"超随入一门，门署曰毕院，庭中有人眼数千聚成山，视肉迭瞬明灭。黄衣曰："此即毕也。"俄有二人，形甚奇伟，分处左右，鼓巨箑吹激，眼聚扇而起，或飞或走，或为人者，顷刻而尽。超访其故，黄衣吏曰："有生之类，先死而毕。"言次忽活。

前秀才李鹄觐于颍川，夜至一驿，才卧，见物如猪者突上厅阶。鹄惊走，透后门投驿厩，潜身草积中，屏息且伺之。怪亦随至，声绕草积数匝，瞪目相视鹄所潜处，忽变为巨星，腾起数道烛天。鹄左右取烛索，鹄于草积中，已卒矣。半日方苏，因说所见，未旬，无病而死。

元和中，国子监学生周乙者，常夜习业，忽见一小鬼鬅鬙，头长二尺余，满头碎光如星，眨眨一作荧荧。可恶，戏灯弄砚，纷拷不止[②]。学生素有胆，叱之，稍却，复傍书案。因伺其所为，渐逼近，乙因擒之，踞坐求哀，辞颇苦切。天将晓，觉如物折声，视之，乃弊木杓也，其上粘粟百余粒。

贞元一作上元。中，蜀郡有僧志功一作志。習，言住宝相寺持经。夜久，忽有飞虫五六枚，大如蝇，金色，迭飞起灯焰，或蹲于炷花上鼓翅，与火一色，久乃灭焰中，如此数夕。童子击堕一枚，乃薰陆香也，亦无形状，自是不复见。

元和初，上都东市恶少李和子，父努眼。和子性忍，常攘狗及猫食之，为坊市之患。常臂鹞立于衢，见二人紫衣，呼曰："公非李努眼子，名和子乎？"和子即遽祇揖。又曰："有故，可隙处言也。"因行数步，止于人外，言："冥司追公，可即去。"和子初不受，曰："人也，何绐言。"又曰："我即鬼。"因探怀中，出一牒，印窠犹湿。见其姓名分明，为猫犬四百六十头论诉事。和子惊惧，乃弃鹞子拜祈之，且曰："我分死，尔必为我暂留，具少酒。"鬼固辞不获已。初，将入毕罗肆，鬼掩鼻不肯前，乃延于旗亭杜家，揖让独言，人以为狂也。遂索酒九碗，自饮三碗，六碗虚设于西座，且求其为方便以免。二鬼相顾："我等既受一醉之恩，须为作计。"因起曰："姑迟我数刻，当返。"未移时至，曰："君办钱四十万，为君假三年命也。"和子诺许，以翌日及午为期。因酬酒直，且返其酒，尝之味如水矣，冷复冰齿。和子遽归，货衣具凿楮，如期备酹焚之，自见二鬼挈其钱而去。及三日，和子卒。鬼言三年，盖人间三日也。

贞元末，开州军将冉从长，轻财好事，而州之儒生、道者多依之。有画人宁采图为《竹林会》，甚工。坐客郭萱，柳成二秀才，每以气相轧。柳忽眄图谓主人曰："此画巧于体势，失于意趣[③]。今欲为公设薄技，不施五色，令其精

① "领"下，学津本有"视"字。

② "拷"，学津本作"纭"。

③ "失"，原作"先"，据学津本、四库本改。

彩殊胜，如何？”冉惊曰：“素不知秀才艺如此，然不假五色，其理安在？”柳笑曰：“我当入彼画中治之。”郭抚掌曰：“君欲绐三尺童子乎？”柳因邀其赌，郭请以五千抵负，冉亦为保。柳乃腾身赴图而灭，坐客大骇。图表于壁，众摸索不获。久之，柳忽语曰：“郭子信来？”声若出画中也。食顷，瞥自图上坠下，指阮籍像曰：“工夫秖及此。”众视之，觉阮籍图像独异，吻若方笑[①]，宁采睹之，不复认。冉意其得道者，与郭俱谢之。数日，竟他去。宋存寿处士在释时[②]，目击其事。

奉天县国盛村百姓姓刘者，病狂，发时乱走，不避井堑，其家为迎禁咒人侯公敏治之。公敏才至，刘忽起曰：“我暂出，不假尔治。”因杖薪担至田中，袒而运担，状若击物。良久而返，笑曰：“我病已矣，适打一鬼头落，埋于田中。”兄弟及咒者犹以为狂，不实之，遂同往验焉。刘掘出一髑髅，戴赤发十余茎，其病竟愈。是会昌五年事。

柳璟知举年，有国子监明经，失姓名，昼寝，梦徙倚于监门。有一人负衣囊，衣黄，访明经姓氏。明经语之，其人笑曰：“君来春及第。”明经因访邻房乡曲五六人，或言得者，明经遂邀入长兴里毕罗店常所过处。店外有犬竞，惊曰：“差矣！”遽呼邻房数[③]，人语其梦。忽见长兴店子入门曰：“郎君与客食毕罗计二斤，何不计直而去也？”明经大骇，褫衣质之。且随验所梦，相其榻器，皆如梦中。乃谓店主曰：“我与客俱梦中至是，客岂食乎？”店主惊曰：“初怪客前毕罗悉完，疑其嫌置蒜也。”来春，明经与邻房三人梦中所访者，悉及第。

潞州军校郭谊，先为邯郸郡牧使，因兄亡，遂于郓州举其先，同茔一作兄柩。葬于磁州滏汤县之西岗[④]。县界接山，土中多石，有力葬者，率皆凿石为穴，谊之所卜亦凿焉。积日倍工，忽透一穴，穴中有石长可四尺，形如守宫，支体首尾毕具，役者误断焉。谊恶之，将别卜地，白于刘从谏，从谏不许，因葬焉。后月余，谊陷于厕，体仆几死，骨肉、奴婢相继死者二十余人。自是常恐悸，唵呓不安，因哀请罢职，从谏以都押衙焦长楚之务与谊对换。及贼稹一作刘积。阻兵，谊为其魁，军破，枭首。其家无少长，悉投井中死。盐州从事郑宾于言：“石守宫见在磁州官库中。”

伊阙县令李师晦，有兄弟任江南官，与一僧往还。常入山采药，遇暴风雨，避于敧一作桤。树，须臾大震，有物瞥然坠地，倏而朗晴，僧就视，乃一石，

① “笑”，四库本作“啸”。

② “在释时”，学津本作“在冉家时”。

③ “遽呼”上，学津本有“梦觉”二字。

④ “汤”，四库本作“阳”。

形如乐器，可以悬击者。其上平齐如削，其中有窍可盛，其下渐阔而圆，状若垂囊，长二尺，厚三分，其左小缺，班如碎锦[①]，光泽可鉴，叩之有声。僧意其异物，置于樵中归。柜而埋于禅床下，为其徒所见，往往有知者。李生恳求一见，僧确然言无。忽一日，僧召李生，既至，执手曰："贫道已力衰弱，无常将至，君前所求物，聊用为别。"乃尽去侍者，引李生入卧内，撤榻掘地，捧匣授之而卒。

贼稹阻命之时，临洛市中百姓有推磨盲骡，无故死，因卖之。屠者剖腹，中得二石，大如合拳，紫色赤班，莹润可爱，屠者遂送稹，乃留之。

韦温为宣州，病疮于首，因托后事于女婿，且曰："予年二十九为校书郎，梦浐水中流，见二吏赍牒相召。一吏至，言彼坟至大，功须万日，今未也。今正万日，予岂逃乎？"不累日而卒。

醴泉尉崔汾仲兄居长安崇贤里，夏月乘凉于庭际。疏旷月色，方午风过，觉有异香。顷间，闻南垣土动簌簌，崔生意其蛇鼠也。忽睹一道士，大言曰："大好月色。"崔惊惧遽走。道士缓步庭中，年可四十，风仪清古。良久，妓女十余，排大门而入，轻绡翠翘，艳冶绝世。有从者具香茵，列坐月中。崔生疑其狐媚，以枕投门阖警之，道士小顾，怒曰："我以此差静，复贪月色。初无延伫之意，敢此粗率！"复厉声曰："此处有地界耶？"欻有二人，长才三尺，巨首儋耳。唯伏其前。道士颐指崔生所止，曰："此人合有亲属入阴籍，可领来。"二人趋出，一饷间，崔生见其父母及兄悉至，卫者数十，捽曳批之。道士叱曰："我在此，敢纵子无礼乎？"父母叩头曰："幽明隔绝，诲责不及。"道士叱遣之，复顾二鬼曰："捉此痴人来。"二鬼跳及门，以赤物如弹丸，遥投崔生口中，乃细赤绠也。遂钓出于庭中，又诟辱之。崔惊失音，不得自理，崔仆妾号泣。其妓罗拜曰："彼凡人，因讶仙官无故而至，非有大过。"怒解，乃拂衣由大门而去。崔病如中恶，五六日方差，因迎祭酒醮谢，亦无他。崔生初隔纸隙见亡兄以帛抹唇如损状，仆使共讶之。一婢泣曰："几郎就木之时，面衣忘开口，其时匆匆就剪，误伤下唇，然傍人无见者。不知幽冥中二十余年，犹负此苦。"

辛秘五经擢第后，常州赴婚。行至陕，因息于树阴。傍有乞儿箕坐，痂面虮衣，访辛行止，辛不耐而去，乞儿亦随之。辛马劣，不能相远，乞儿强言不已。前及一衣绿者，辛揖而与之语，乞儿后应和，行里余，绿衣者忽前马骤去，辛怪之，独言此人何忽如是。乞儿曰："彼时至，岂自由乎？"辛觉语异，始问之，曰："君言时至，何也？"乞儿曰："少顷当自知之。"将及店，见数十人拥店，问之，乃绿衣者卒矣。辛大惊异，遽卑下之，因褫衣衣之，脱乘乘之，乞儿初无谢意，语言往往有精义。至汴，谓辛曰："某止是矣，公所适何事也？"辛以娶约语之，

① "班"，四库本作"斑"。

乞儿笑曰："公士人，业不可止，此非君妻，公婚期甚远。"隔一日，乃扛一器酒，与辛别，指相国寺刹曰："及午而焚，可迟此而别。"如期，刹无故火发，坏其相轮。临去以绫帕复赠辛，带有一结，语辛异时有疑，当发视也。积二十余年，辛为渭南尉，始婚裴氏。洎裴生日，会亲宾，忽忆乞儿之言，解帕复结，得楮幅大如手板，署曰"辛秘妻，河东裴氏，某月日生"，乃其日也。辛计别乞儿之年，妻尚未生，岂蓬瀛籍者谪于人间乎！方之蒙袂辑履，有愤于黔娄，擿埴索涂，见称于杨子，差不同耳。"方之蒙袂"五句不属，当有缺文。[①]

唐段少卿酉阳杂俎续集卷之二

唐太常少卿临淄柯古段成式撰

支诺皋中

上都浑瑊宅，戟门内一小槐树，树有穴，大如钱。每夜月霁后，有蚓如巨臂，长二尺余，白颈红斑[②]，领蚓数百条[③]，如索缘树枝条。及晓，悉入穴。或时众鸣，往往成曲。学士张乘言："浑令公时，堂前忽有一树从地踊出，蚯蚓遍挂其上。"已有出处，忘其书名目。

东都尊贤坊田令宅，中门内有紫牡丹成树，发花千朵。花盛时，每月夜有小人五六，长尺余，游于上。如此七八年，人将掩之，辄失所在。

太和七年，上都青龙寺僧契宗，俗家在樊州一作川。其兄樊竟，因病热，乃狂言虚笑，契宗精神总持，遂焚香敕勒。兄忽诟骂曰："汝是僧，第归寺住持，何横于事？我止居在南柯，爱汝苗硕多获，故暂来耳。"契宗疑其狐魅，复禁桃枝击之。其兄但笑曰："汝打兄不顺，神当殛汝，可加力勿止。"契宗知其无奈何，乃已。病者欻起牵其母，母遂中恶；援其妻，妻亦卒；乃摹其弟妇[④]，回面失明，经日悉复旧。乃语契宗曰："尔不去，当唤我眷属来。"言已，有鼠数百，縠縠作声，大于常鼠，与人相触，驱逐不去。及明，失所在。契宗恐怖加切，其兄又曰："慎尔声气，吾不惧尔。今须我大兄弟自来。"因长呼曰："寒月，寒月，可来此。"至三呼，有物大如狸，赤如火，从病者脚起，缘衾止于腹上，

---

① "'方之蒙袂'五句不属，当有缺文"，四库本无。

② "斑"，原作"班"，据四库本改。

③ "蚓"，原缺，据学津本补。

④ "乃"，原作"迩"，据学津本、四库本改。

目光四射。契宗持刀就击之，中物一足，遂跳出户。烛其穴，踪至一房，见其物潜走瓮中，契宗举巨盆覆之，泥固其隙。经三日发视，其物如铁，不得动。因以油煎杀之，臭达数里，其兄遂愈。月余，村有一家，父子六七人暴卒，众意其兴蛊。

贞元中，望苑驿西有百姓王申，手植榆于路傍成林，构茅屋数椽，夏月常馈浆水于行人，官者即延憩具茗。有儿年十三，每令伺客。忽一日白其父："路有女子求水。"因令呼入。女少年，衣碧襦，白幅巾，自言："家在此南十余里，夫死无儿，今服禫矣，将适马嵬访亲情，丐衣食。"言语明悟，举止可爱，王申乃留饭之，谓曰："今日暮夜可宿此，达明去也。"女亦欣然从之，其妻遂纳之后堂，呼之为妹。倩其成衣数事，自午至戌悉办，针缀细密，殆非人工。王申大惊异，妻犹爱之，乃戏曰："妹既无极亲，能为我家作新妇子乎？"女笑曰："身既无托，愿执粗井灶。"王申即日赁衣贳礼为新妇。其夕暑热，戒其夫："近多盗，不可辟门。"即举巨椽捍而寝。及夜半，王申妻梦其子披发诉曰："被食将尽矣。"惊欲省其子，王申怒之："老人得好新妇，喜极呓言耶！"妻还睡，复梦如初。申与妻秉烛呼其子及新妇，悉不复应。启其户，户牢如键，乃坏门，阖才开，有物圆目凿齿，体如蓝色，冲人而去，其子唯余脑骨及发而已。

枝江县令张汀子名省躬，汀亡，因住枝江。有张垂者，举秀才下第，客于蜀，与省躬素未相识。太和八年，省躬昼寝，忽梦一人自言姓张名垂，因与之接，欢狎弥日。将去，留赠诗一首曰："戚戚复戚戚，秋堂百年色。而我独茫茫，荒郊遇寒食。"惊觉，遽录其诗，数日卒。

江淮有何亚秦，弯弓三百斤，常解斗牛，脱其一角。又过蕲州，遇一人，长六尺余，髯而甚口，呼亚秦："可负我过桥。"亚秦知其非人，因为背，觉脑冷如冰，即急投至交牛柱，乃击之，化为杉木，沥血升余。

长庆初，洛阳利俗坊有百姓行车数辆，出长夏门。有一人负布囊，求寄囊于车中，且戒勿妄开，因返入利俗坊。才入坊，内有哭声起，受寄者发囊视之，其口结以生绠，内有一物，状如牛胞，及黑绳长数尺，百姓惊，遽敛结之。有顷，其人亦至，复曰："我足痛，欲憩君车中数里，可乎？"百姓知其异，许之。其人登车，览其囊不悦，顾曰："何无信？"百姓谢之。又曰："我非人，冥司俾予录五百人，明历陕、虢、晋、绛及至此，人多虫，唯得二十五人耳。今须往徐泗。"又曰："君晓予言虫乎？患赤疮即虫耳。"车行二里，遂辞："有程不可久留，君有寿者，不复忧矣。"忽负囊下车，失所在。其年夏，天下多患赤疮，少有死者。

元和中，光宅坊百姓失名氏，其家有病者，将困，迎僧持念，妻儿环守之。一夕，众仿佛见一人入户，众遂惊逐，乃投于瓮间。其家以汤沃之，得一袋，盖鬼间所谓搐气袋也。忽听空中有声求其袋，甚哀切，且言："我将别取人以代病者。"其家因掷还之，病者即愈。

相传人将死，虱离身。或云：取病者虱于床前，可以卜病。将差，虱行向病者，背则死。

兴州有一处名雷穴，水常半穴。每雷声，水塞穴流，鱼随流而出。百姓每候雷声，绕树布网，获鱼无限。非雷声，渔子聚鼓于穴口，鱼亦辄出，所获半于雷时。韦行规为兴州刺史时，与亲故书说其事。

上都务本坊，贞元中有一家，因打墙掘地，遇一石函。发之，见物如丝满函[①]，飞出于外。惊视之次，忽有一人起于函，被白发，长丈余，振衣而起，出门失所在，其家亦无他。前记之中多言此事，盖道门太阴炼形，日将满，人必露之。

于季友为和州刺史时，临江有一寺，寺前渔钓所聚。有渔子下网，举之重，坏网，视之，乃一石如拳。因乞寺僧置于佛殿中，石遂长不已，经年重四十斤。张周封员外入蜀，亲睹其事。

进士王恽，才藻雅丽，犹长体物，著《送君南浦赋》，为词人所称。会昌二年，其友人陆休符，忽梦被录至一处，有驺卒止之，屏外见若胥靡数十，王恽在其中。陆欲就之，恽面愧色，陆强牵与语，恽垂泣曰："近受一职司，厌人间。"指其类："此悉同职也。"休符恍惚而觉。时恽往扬州，有妻子居住太平侧。休符异所梦，迟明访其家信，得王至洛书。又七日，其讣至，计其卒日，乃陆之梦夕也。

武宗元年，金州军事典邓俨先死数年，其案下书手蒋古者，忽心痛暴卒。如有人捉至一曹司，见邓俨，喜曰："我主张甚重，籍尔录数百幅书也。"蒋见堆案绕壁，皆涅楮朱书，乃绐曰："近损右臂，不能搦管。"有一人谓邓："既不能书，令可还。"蒋草草被遣还，陨一坑中而觉。因病，右手遂废。

姚司马者，寄居汾州，宅枕一溪，有二小女常戏钓溪中，未常有获。忽挠竿各得一物，若鳣者而毛，若鳖者而鳃，其家异之，养以盆池。经年，二女精神恍惚，夜常明灯挫针，染蓝涅皂，未常暂息，然莫见其所取也。时，杨元卿在邠州，与姚有旧，姚因从事邠州。又历半年，女病弥甚。其家张灯戏钱，忽见二小手出灯下，大言曰："乞一钱。"家人或唾之，又曰："我是汝家女婿，何敢无礼。"一称乌郎，一称黄郎，后常与人家狎熟。杨元卿知之，因为求上都僧瞻。瞻善鬼神部，持念治魅，病者多著效。瞻至其家，摽扛界绳[②]，印手敕剑召之。后设血食、盆酒于界外，中夜，有物如牛，鼻于酒上，瞻乃匿剑，躩步大言，极力刺之，其物匣刃而走，血流如注。瞻率左右明炬索之，迹其血至

① "丝"下，原有"蒲"字，据学津本、四库本改。

② "摽扛"，学津本作"标红"，四库本作"摽红"。

后宇角中，见若乌革囊，大可合篑，喘若鞴囊，盖乌郎也。遂毁薪焚杀之，臭闻十余里，一女即愈。自是风雨夜，门庭闻啾啾，次女犹病。瞻因立于前，举伐折罗叱之[①]，女恐怖泚额。瞻偶见其衣带上有皂袋子，因令侍婢解视之，乃小籥也。遂搜其服玩，勘得一篑[②]，篑中悉是丧家搭帐衣，衣色唯黄与皂耳。瞻假将满，不能已其魅，因归京。逾年，姚罢职入京，先诣瞻，为加功治之。浃旬，其女臂上肿起如沤，大如瓜，瞻禁针刺之[③]，出血数合，竟差。

东都龙门有一处，相传广成子所居也。天宝中，北宗雅禅师者，于此处建兰若。庭中多古桐，枝干拂地。一年中，桐始华，有异蜂，声如人吟咏，禅师谛视之，具体，人也，但有翅长寸余，禅师异之，乃以卷竹幕巾网获一焉，置于纱笼中。意嗜桐花，采华致其傍。经日，集于一隅，微聆吁嗟声。忽有数人翔集笼者，若相慰状。又一日，其数数百，有乘车舆者，其大小相称，积于笼外，语声甚细，亦不惧人。禅师隐于柱听之，有曰："孔升翁为君筮不祥，君颇记无？"有曰："君已除死籍，又何惧焉。"有曰："叱叱，予与青桐君弈，胜获琅玕纸十幅，君出可为礼星子词，当为料理。"语皆非世人事，终日而去。禅师举笼放之，因祝谢之。经次日，有人长三尺，黄罗衣，步虚止禅师屠苏前，状如天女："我三清使者，上仙伯致意多谢。"指顾间失所在，自是遂绝。

倭国僧金刚三昧、蜀僧广升、峨眉县与邑人约游峨眉，同雇一夫负笈，荷粮药。山南顶径狭，俄转而待，负笈忽入石罅。僧广升先览，即牵之，力不胜。视石罅甚细，若随笈而开也。众因组衣断蔓，厉其腰肋出之。笈才出，罅亦随合。众诘之，曰："我常薪于此，有道士住此隙内，每假我春药。适亦招我，我不觉入。"时元和十三年。

上都僧太琼者，能讲《仁王经》。开元初讲于奉化县京遥村[④]，遂止村寺，经两夏。于一日持钵将上堂，阖门之次，有物坠檐前。时天才辨色，僧就视之，乃一初生儿，其襁褓甚新，僧惊异，遂袖之，将乞村人。行五六里，觉袖中轻，探之，乃一弊帚也。

陕州西北白径岭上逻村村人田氏，常穿井得一根，大如臂，节中粗，皮若茯苓，气似术。其家奉释，有像设数十，遂置于像前。田氏女名登娘，年十六七，有容质，父常令供香火焉。经岁余，女常见一少年出入佛堂中，白衣蹑履，女遂私之，精神举止有异于常矣。其物根每岁至春擢芽，其女有娠，乃

① "折"，原作"析"，据学津本、四库本改。

② "勘"，原作"籥"，据学津本改。

③ "禁"，四库本无。

④ "化"，学津本作"先"。

以其事白于母，母疑其怪。常有衲僧过门，其家因留之供养。僧将入佛宇，辄为物拒之。一日，女随母他出，僧入佛堂，门才启，有鸽一只，拂僧飞去。其夕，女不复见其怪，视其根，顿成朽蠹。女娠才七月，产物三节，其形如像前根也。田氏并火焚之，其怪亦绝。成式常见道者论枸杞、茯苓、人参、术形有异，服之获上寿。或不荤血、不色欲遇之，必能降真为地仙矣。田氏无分，见怪而去，宜乎。

宝历二年，明经范璋居梁山读书。夏中深夜，忽听厨中有拉物声，范慵省之。至明，见束薪长五寸余，齐整可爱，积于灶上，地上危累蒸饼五枚。又一夜，有物叩门，因转堂上笑[①]，声如婴儿，如此经三夕。璋素有胆气，乃乘其笑，曳巨薪逐之。其物状如小犬，璋欲击之，变成火满川，久而乃灭。

建中初，有人牵马访马医，称马患脚，以二十环求治。其马毛色骨相，马医未常见，笑曰："君马大似韩幹所画者，真马中固无也。"因请马主绕市门一匝，马医随之。忽值韩幹，幹亦惊曰："真是吾设色者。"乃知随意所匠，必冥会所肖也。遂摩挲，马若蹶，因损前足，幹心异之。至舍，视其所画马本，脚有一点黑缺，方知是画通灵矣。马医所获钱，用历数主，乃成泥钱。

莱州即墨县，有百姓玉丰兄弟三人[②]。丰不信方位所忌，常于太岁上掘坑，见一肉块，大如斗，蠕蠕而动，遂填。其肉随填而出，丰惧，弃之。经宿，长塞于庭。丰兄弟、奴婢数日内悉暴卒，唯一女存焉。

虢州五城县黑鱼谷，贞元中，百姓王用业炭于谷中，中有水，方数步，常见二黑鱼，长尺余，游于水上，用伐木饥困，遂食一鱼。其弟惊曰："此鱼或谷中灵物，兄奈何杀此！"有顷，其妻饷之。用运斤不已，久乃转面，妻觉状貌有异，呼其弟视之。忽褫衣号跃，变为虎焉，径入山。时时杀獐鹿，夜掷庭中，如此二年。一日日昏，叩门自名曰："我用也。"弟应曰："我兄变为虎三年矣，何鬼假吾兄姓名？"又曰："我往年杀黑鱼，冥谪为虎，比因杀人，冥官笞余一百，今免放，杖伤遍体。汝第视予无疑也。"弟喜，遽开门，见一人，头犹是虎，因怖死，举家叫呼奔避，竟为村人格杀之，验其身有黑子，信王用也，但首未变。元和中，处士赵齐约常至谷中，见村人说。

元和初，上都义宁坊有妇人风狂，俗呼为五娘，常止宿于永穆墙垣下。时，中使茹大夫使于金陵，有狂者，众名之信夫，或歌或哭，往往验未来事。盛暑拥絮，未常沾汗；冱寒袒露，体无拘折。中使将返，信夫忽叫拦马曰："我有妹五娘在城中，今有少信，必为我达也。"中使素知其异，欣然许之。乃探怀出一袱，

① "因转堂上笑"，学津本作"因拊掌大笑"。

② "玉"，津逮本、四库本作"王"。

内中使靴中，仍曰："为语五娘，无事速归也。"中使至长乐坡，五娘已至，拦马笑曰："我兄有信，大夫可见还。"中使久而方悟，遽令取信授之，五娘因发袱，有衣三事，乃衣之而舞，大笑而归，复至墙下，一夕而死，其坊率钱葬之。经年，有人自江南来，言信夫与五娘同日死矣。

元和中，有淮西道军将使于汴州，止驿。夜久，眠将熟，忽觉一物压己。军将素健，惊起，与之角力，其物遂退。因夺手中革囊，鬼暗中哀祈甚苦。军将谓曰："汝语我物名，我当相还。"良久曰："此搐气袋耳。"军将乃举甓击之，语遂绝。其囊可盛数升，无缝，色如藕丝，携于日中无影。

建中末，书生何讽常买得黄纸古书一卷读之，卷中得发卷，规四寸，如环无端，何因绝之。断处两头滴水升余，烧之作发气。讽尝言于道者，吁曰："君固俗骨，遇此不能羽化，命也。据《仙经》曰：'蠹鱼三食神仙字，则化为此物，名曰脉望，夜以规映当天中星，星使立降，可求还丹，取此水和而服之，即时换骨上宾。'"因取古书阅之，数处蠹漏，寻义读之，皆神仙字，讽方哭伏。

华阴县东七级赵村，村路因水啮成谷，梁之。村人日行车过桥，桥根坏，坠车焉，村人不复收。积三年，村正尝夜度桥，见群小儿聚火为戏。村正知其魅，射之，若中木声。火即灭，啾啾曰："射着我阿连头。"村正上县回，寻之，见败车轮六七片，有血，正衔其箭。

相国李公固言，元和六年下第游蜀，遇一老姥，言："郎君明年芙蓉镜下及第，后二纪拜相，当镇蜀土。某此时不复见郎君出将之荣也。"明年，果然状头及第，诗赋题有"人镜芙蓉"之目。后二十年，李公登庸，其姥来谒。李公忘之，姥通曰："蜀民老姥尝嘱季女者。"李公省前事，具公服谢之，延入中堂见其妻女。坐定，又曰："出将入相定矣。"李公为设盛馔，不食，唯饮酒数杯，即请别，李固留不得，但言乞庇我女。赠金皂襦帼并不受，唯取其妻牙梳一枚，题字记之，李公从至门，不复见。及李公镇蜀日，卢氏外孙子九龄不语，忽弄笔砚，李戏曰："尔竟不语，何用笔砚为？"忽曰："但庇成都老姥爱女，何愁笔砚无用也。"李公惊悟，即遣使分诣诸巫。巫有董氏者，事金天神，即姥之女，言能语此儿，请祈华岳三郎如其言，诘旦，儿忽能言。因是蜀人敬董如神，祈无不应，富积数百金，恃势用事，莫敢言者。洎相国崔郸来镇蜀，遽毁其庙，投土偶于江，仍判责事金天王董氏杖背，递出西界，今在贝州。李公婿卢生舍之于家，其灵歇矣。

登封尝有士人，客游十余年归庄，庄在登封县。夜久，士人睡未著，忽有星火发于墙堵下，初为萤，稍稍芒起，大如弹丸，飞烛四隅，渐低，轮转来往，去士人面才尺余。细视光中有一女子，贯钗，红衫碧裙，摇首摆尾，具体，可爱。士人因张手掩获，烛之，乃鼠粪也，大如鸡栖子。破视，有虫首赤身青，杀之。

融州河水有泉半岩，将注其下，相次九磴，每磴下一白石浴斛承之，如似镌造。尝有人携一婢，取下浴斛中浣巾，须臾风雨忽至，其婢震死，所浣巾斛碎于山下。自别安一斛，新于向者。

有人游终南山一乳洞，洞深数里，乳旋滴沥成飞仙状，洞中已有数十，眉目衣服，形制精巧。一处滴至腰已上，其人因手承漱之。经年再往，见其所承滴[①]，像已成矣，乳不复滴，当手承处，衣缺二寸不就。

《滕王图》，一日紫极宫会，秀才刘鲁封云："尝见《滕王蛱蝶图》[②]，有名江夏班、大海眼、小海眼、村里来、菜花子。"

唐段少卿酉阳杂俎续集卷之三

唐太常少卿临淄柯古段成式撰

支诺皋下

开元末，蔡州上蔡县南李村百姓李简痫疾卒。瘗后十余日，有汝阳县百姓张弘义，素不与李简相识，所居相去十余舍，亦因病死，经宿却活，不复认父母妻子，且言："我是李简，家住上蔡县南李村，父名亮。"惊问其故，言方病时，梦有二人着黄，赍帖见追，行数里，至一大城，署曰王城，引入一处，如人间六司院，留居数日，所勘责事悉不能对，忽有一人自外来，称"错追李简，可即放还"。一吏曰："李简身坏，须令别托生。"时，忆念父母亲族，不欲别处受生，因请却复本身。少倾[③]，见领一人至，通曰："追到杂职汝阳张弘义。"吏又曰："弘义身幸未坏，速令李简托其身，以尽余年。"遂被两吏扶持却出城，但行甚速，渐无所知，忽若梦觉，见人环泣，及屋宇都不复认。亮访其亲族名氏及平生细事，无不知也。先解竹作，因自入房索刀具，破蔑成器，语音举止，信李简也，竟不返汝阳。时，成式三从叔父摄蔡州司户，亲验其事。昔扁鹊易鲁公扈、赵婴齐之心，及寤，互返其室，二室相谘。以是稽之，非寓言矣。

武宗六年，扬州海陵县还俗僧义本且死，托其弟言："我死必为我剃须发，衣僧衣三事。"弟如其言。义本经宿却活，言："见二黄衣吏追至冥司，有若王者问曰：'此何州县？'吏言：'扬州海陵县僧。'王言：'奉天符沙汰僧尼，海陵无僧，因何作僧领来？'令回，还俗了领来。"僧遽索俗衣，衣之而卒。

---

① "其所"，原作"所其"，据四库本改。

② "蛱"，原作"蜂"，据学津本、四库本改。

③ "倾"，四库本作"顷"。

汴州百姓赵怀正，住光德坊。太和三年，妻阿贺常以女工致利。一日，有人携石枕求售，贺一环获焉。赵夜枕之，觉枕中如风雨声，因令妻、子各枕一夕，无所觉，赵枕辄复如旧，或喧悸不得眠。其侄请碎视之，赵言：“脱碎之无所见，弃一百之利也，待我死后，尔必破之。”经月余，赵病死，妻令侄毁视之，中有金银各一铤，如模铸者。所函铤处无丝隙，不知从何而入也。铤各长三寸余，阔如巨臂。遂货之，办其殓及偿债，不余一钱。阿贺今住洛阳会节坊，成式家雇其纫针，亲见其说。

成式一作段文昌。三从房叔父某者，贞元末，自信安至洛，暮达瓜洲，宿于舟中。夜久弹琴，觉舟外有嗟叹声，止息即无。如此数四，乃缓轸还寝。梦一女子，年二十余，形悴衣败，前拜曰：“妾姓郑名琼罗，本居丹徒，父母早亡，依于孀嫂，嫂不幸又殁，遂来扬子寻姨，夜至逆旅，市吏子王惟举，乘醉将逼辱。妾知不免，因以领巾绞项自杀，市吏子乃潜埋妾于鱼行西渠中。其夕，再见梦扬子令石义留，竟不为理，复见冤气于江石上，谓非烟之祥，图而表奏。抱恨四十年，无人为雪。妾父母俱善琴，适听郎君琴声，奇音翕响，心感怀叹，不觉来此。”寻至洛北河清县温谷，访内弟樊元则。元则自少有异术，居数日，忽曰：“兄安得此一女鬼相随，请为遣之。”乃张灯焚香作法，顷之，灯后窣窣有声。元则曰：“是请纸笔也。”即投纸笔于灯影中。少顷，旋纸疾落灯前，视之，书盈于幅，书杂言七字，辞甚凄恨，元则遽令录之，言鬼书不久辄漫灭。及晓，纸上若煤污，无复字也。元则复令具酒脯纸钱，乘昏焚于道。有风旋灰直上数丈，及聆悲泣声。诗凡二百六十二字，率叙幽冤之意，语不甚晓，词故不载，其中二十八字曰：“痛填心兮不能语，寸断肠兮诉何处？春生万物妾不生，更恨魂香不相遇。”

庐州舒城县蚓。成式三从房伯父，大和三年[1]，任庐州某官。庭前忽有蚓出，大如食指，长三尺，白项下有两足。足正如雀脚，步于垣下，经数日方死。

荆州百姓孔谦蚓。成式侄女乳母阿史，本荆州人，尝言：“小儿时，见邻居百姓孔谦篱下有蚓，口露双齿，肚下足如蚿，长尺五，行疾于常蚓，谦恶，遽杀之。其年，谦丧母及兄，谦亦不得活。”

越州有卢冉者，时举秀才，家贫，未及入京，因之顾头堰。堰在山阴县顾头村，与表兄韩确同居，自幼嗜鲙，在堰尝凭吏求鱼。韩方寤，梦身为鱼在潭，有相忘之乐，见二渔人乘艇张网，不觉入网中，被掷桶中，覆之以苇。复睹所凭吏就潭商价，吏即擢鳃贯鲠，楚痛殆不可忍。及至舍，历认妻、子、婢、仆。有

① “大”，四库本作“太”。

顷[①]，置砧斫之，苦若脱肤，首落方觉，神痴良久，卢惊问之，具述所梦。遽呼吏访所市鱼处，洎渔子形状，与梦不差。韩后入释，住祇园寺。时开元二年[②]，成式书吏沈郅家在越州，与堰相近，目睹其事。

曹州南华县端相寺，时尉李蕴至寺巡检，偶见尼房中地方丈余独高，疑其藏物，掘之数尺，得一瓦瓶，覆以木盘。视之，有颅骨、大方隅颧下属骨两片，长八寸，开罅彻上容钗股，若合筒瓦，下齐如截，莹如白牙。蕴意尼所产[③]，因毁之。

中书舍人崔嘏弟崔暇，娶李氏。为曹州刺史，令兵马使国邵南勾当障车。后邵南因睡，忽梦崔女在一厅中，女立于床西，崔暇在床东，执红笺题诗一首，笑授暇，暇因朗吟之。诗言："莫以贞留妾，从他理管弦。容华难久驻，知得几多年。"梦后才一岁，崔暇妻卒。

李正己本名怀玉，侯希逸之内弟也[④]。侯镇淄青，署怀玉为兵马使。寻构飞语，侯怒，囚之，将置于法。怀玉抱冤无诉，于狱中累石象佛，默期冥报[⑤]。时近腊日，心慕同侪，叹咤而睡。觉有人在头上语曰："李怀玉，汝富贵时至。"即惊觉，顾不见人，天尚黑，意甚怪之。复睡，又听人谓曰："汝看墙上有青乌子噪，即是富贵时。"及觉，不复见人。有顷[⑥]，天曙，忽有青乌数十如雀，飞集墙上。俄闻三军叫唤，逐出希逸，坏炼取怀玉，扶知留后。成式见台州乔庶说，乔之先官于东平，目击其事。

河南少尹韦绚，少时常于夔州江岸见一异虫，初疑棘针一枝，从者惊曰："此虫有灵，不可犯之，或致风雷。"韦试令踏地惊之，虫伏地如灭，细视地上若石脉焉。良久渐起如旧，每刺上有一爪，忽入草，疾走如箭，竟不知是何物。

永宁王相王涯三怪，淅米匠人苏润，本是王家炊人，至荆州方知，因问王家咎征，言宅南有一井，每夜常沸涌有声，昼窥之，或见铜一作巨。厮罗，或见银熨斗者，水腐不可饮。〇又王相内斋有禅床，柘材丝绳，工极精巧，无故解散，各聚一处，王甚恶之，命焚于灶下。〇又长子孟博晨兴，见堂地上有凝血数滴，踪至大门方绝，孟博遽令铲去，王相初不知也，未数月及难。

许州有一老僧，自四十已后，每寐熟即喉声如鼓簧，若成韵节。许州伶人，

---

① "顷"，原作"倾"，据四库本改。

② "开元"，原作"开成"，据四库本改。

③ "尼所产"，原作"所尼产"，据学津本、四库本改。

④ "希逸"，原作"逸希"，据学津本、四库本改。

⑤ "报"，学津本作"助"。

⑥ "顷"，原作"倾"，据四库本改。

伺其寝，即谱其声，按之丝竹，皆合古奏，僧觉亦不自知，二十余年如此。

荆有魏溪，好食白鱼，日命仆市之，或不获，辄笞责。一日，仆不得鱼，访之于猎者可渔之处，猎者绐之，曰："某向打鱼，网得一麝，因渔而获，不亦异乎？"仆依其所售，具事于溪，溪喜曰："审如是，或有灵矣。"因置诸榻，日夕荐香火，历数年不坏，颇有吉凶之验。溪友人恶溪所为，伺其出，烹而食之，亦无其灵。

成都坊正张和。蜀郡有豪家子，富拟卓郑，蜀之名姝，无不毕致，每按图求丽，媒盈其门，常恨无可意者。或言："坊正张和，大侠也。幽房闺稚，无不知之，盍以诚投乎？"豪家子乃具赢金篚锦，夜诣其居，具告所欲，张欣然许之。异日，谒豪家子，偕出西郭一舍，入废兰若，有大像岿然，与豪家子升像之座，坊正引手扪佛乳，揭之，乳坏成穴如碗，即挺身入穴，因拽豪家子臂，不觉同在穴中。道行十数步，忽睹高门崇墉，状如州县。坊正叩门五六，有丸髻婉童启迎，拜曰："主人望翁来久矣。"有顷[①]，主人出，紫衣贝带，侍者十余，见坊正甚谨。坊正指豪家子曰："此少君子也，汝可善待之，予有切事须返。"不坐而去，言已，失坊正所在。豪家子心异之，不敢问。主人延于堂中，珠玑缇绣，罗列满目。又有琼杯，陆海备陈。饮彻，命引进妓数四，支鬟撩鬓，缥若神仙。其舞杯闪球之令，悉新而多思。有金器容数升，云擎鲸口，钿以珠粒。豪家子不识，问之，主人笑曰："此次皿也[②]，本拟伯雅。"豪家子竟不解。至三更，主人忽顾妓曰："无废欢笑，予暂有所适。"揖客而退，骑从如州牧，列烛而出。豪家子因私于墙隅妓中，年差暮者遽就，谓曰："嗟乎，君何以至是，我辈早为所掠，醉其幻术，归路永绝，君若要归，第取我教。"授以七尺白练，戒曰："可执此，候主人归，诈祈事设拜，主人必答拜，因以练蒙其头。"将曙，主人还，豪家子如其教，主人投地乞命，曰："死妪负心，终败吾事。今不复居此。"乃驰去。所教妓即共豪家子居。二年，忽思归，妓亦不留，大设酒乐饯之。饮既阑，妓自持锸开东墙一穴，亦如佛乳，推豪家子于墙外，乃长安东墙堵下。遂乞食，方达蜀，其家失已多年，意其异物，道其初始信。贞元初事。

兴元城固县有韦氏女，两岁能语，自然识字，好读佛经。至五岁，一县所有经悉读遍。至八岁，忽清晨薰衣靓妆，默存牖下，父母讶移时不出，视之，已蜕衣而失，竟不知何之。荆州处士许卑得于韦氏邻人张弘郢。

忠州垫江县县吏冉端，开成初，父死。有严师者，善山冈，为卜地，云合有生气群聚之物。掘深丈余，遇蚁城，方数丈，外重雉堞皆具，子城谯橹，工

---

① "顷"，原作"倾"，据四库本改。

② "此次皿也"，原作"盗，一作次皿"，据四库本改。

若雕刻。城内分径街，小垤相次，每垤有蚁数千，憧憧不绝。径甚净滑，楼中有二蚁，一紫色，长寸余，足作金色；一有羽，细腰，稍小，白翅，翅有经脉，疑是雌者。众蚁约有数斛。城隅小坏，上以坚土为盖，故中楼不损。既掘露，蚁大扰，若求救状。县吏遽白县令李玄之，既睹，劝吏改卜，严师伐其卜验，为其地吉。县吏请迁蚁于岩侧，状其所为，仍布石覆之以板。经旬，严师忽得病若狂，或自批触，秽詈叫呼，数日不已。玄之素厚严师，因为祝祷，疗以雄黄丸，方愈。

朱道士者，太和八年，常游庐山，憩于涧石，忽见蟠蛇如堆缯锦，俄变为巨龟。访之山叟，云是玄武。

朱道士又曾游青城山丈人观，至龙桥，见岩下有枯骨，背石平坐，按手膝上，状如钩锁，附苔络蔓，色白如雪。云祖父已尝见，不知年代，其或炼形濯魄之士乎[①]？

武宗之元年，戎州水涨，浮木塞江，刺史赵士宗召水军接木，约获百余段。公署卑小，地窄不复用，因并修开元寺。后月余日，有夷人逢一人如猴，着故青衣，亦不辩何制，云："关将军差来采木，今被此州接去，不知为计，要须明年却来取。"夷人说于州人。至二年七月，天欲曙，忽暴水至。州城临江枕山，每大水犹去州五十余丈。其时水高百丈，水头漂二千余人。州基地有陷深十丈处，大石如三间屋者，堆积于州基，水黑而腥，至晚方落。知州官虞藏玘及官吏才及船投岸。旬月后，旧州地方干，除大石外，更无一物，惟开元寺玄宗真容阁去本处十余步，卓立沙上，其他铁石像，无一存者。

成都乞儿严七师，幽陋凡贱，涂垢臭秽不可近，言语无度，往往应于未兆。居西市悲田坊，常有帖衙俳儿干满川、白迦、叶珪、张美、张翱等五人为火。七师遇于途，各与十五文，勤勤若相别为赠之意。后数日，监军院宴满川等为戏，以求衣粮，少师李相怒，各杖十五，递出界。凡四五年间，人争施与，每得钱帛，悉用修观，语人曰："寺何足修。"方知折寺之兆也。今失所在。

荆州百姓郝惟谅，性粗率，勇于私斗。武宗会昌二年寒食日，与其徒游于郊外，蹴鞠角力，因醉于墦间。迨宵分方始寤，将归，历道在里余[②]，值一人家，室绝卑陋[③]，虽张灯而颇昏暗，遂诣乞浆。睹一妇人姿容惨悴，服装羸弊，方向灯纫缝，延郝，以浆授郝。良久，谓郝曰："知君有胆气，故敢陈情。妾本秦人，姓张氏，嫁于府衙健儿李自欢。自欢自太和中戍边不返，妾遘疾而殁，别无亲

① "濯"，原作"擢"，据学津本、四库本改。

② "在"，四库本作"约"。

③ "陋"，原缺，据学津本补。

戚，为邻里殡于此处，已逾一纪，迁葬无因。凡死者肌骨未复于土，魂神不为阴司所籍，离散恍惚，如梦如醉。君或留念幽魂，亦是阴德，使妾遗骸得归泉壤，精爽有托，斯愿毕矣。”郝谓曰：“某生业素薄，力且不办，如何？”妇人云：“某虽为鬼，不废女工。自安此，常造雨衣，与胡氏家佣作，凡数岁矣。所聚十三万，备掩藏固有余也。”郝许诺而归。迟明，访之胡氏，物色皆符，乃具以告。即与偕往殡所，毁瘗视之，散钱培榇，缗之数如其言[①]。胡氏与郝哀而异之，复率钱与同辈合二十万，盛其凶仪，瘗于鹿顶原。其夕，见梦于胡、郝。

衡岳西原近朱陵洞，其处绝险，多大木、猛兽，人到者率迷路，或遇巨蛇，不得进。长庆中，有头陀悟空，常裹粮持锡，夜入山林，越兕侵虎，初无所惧，至朱陵原游览累日，扪萝垂踵，无幽不迹。因是胼胝，憩于岩下，长吁曰：“饥渴如此，不遇主人。”忽见前岩有道士坐绳床。僧诣之，不动。遂责其无宾主意，复告以饥困，道士欻起，指石地曰：“此有米。”乃持镢劚石，深数寸，令僧探之，得陈米升余，即着于釜，承瀑敲火煮饭劝僧食，一口未尽，辞以未熟。道士笑曰：“君飧止此，可谓薄分，我当毕之。”遂吃硬饭。又曰：“我为客设戏。”乃处木枭枝，投盖危石，猿悬鸟跂，其捷闪目。有顷，又旋绕绳床，劾步渐趋，以至蓬转涡急，但睹衣色成规，攸忽失所。僧寻路归寺，数日不复饥渴矣。

严绶镇太原，市中小儿如水际泅戏，忽见物中流流下，小儿争接，乃一瓦瓶，重帛幂之。儿就岸破之，有婴儿长尺余，遂走，群儿逐之。顷间，足下旋风起，婴儿已蹈空数尺，近岸，舟子遽以篙击杀之，发朱色，目在顶上。

王哲，虔州刺史，在平康里，治第西偏。家人掘地拾得一石子，朱书其上，曰：“修此不吉。”家人揩拭，转分明，乃呈哲。哲意家人惰于畚锸，自磨朱，深若石脉，哲甚恶之，其年哲卒。

世有村人供于僧者，祈其密言，僧绐之曰：“驴。”其人遂日夕念之。经数岁，照水，见青毛驴附于背。凡有疾病魅鬼，其人至其所立愈。后知其诈，咒效亦歇。

秀才田瞫云：“太和六年秋，凉州西县百姓妻产一子，四手四足，一身分两面，项上发一穗，长至足。”时朝伯峻为县令。

韦斌虽生于贵门，而性颇厚质[②]，然其地望素高，冠冕特盛。虽门风稍奢，而斌立朝侃侃，容止尊严，有大臣之体。每会朝，未常与同列笑语。旧制，群臣立于殿庭，既而遇雨雪，亦不移步于廊下。忽一旦，密雪骤降，自三事以下，莫不振其簪裾，或更其立位。独斌意色益恭，俄，雪甚至膝。朝既罢，斌于雪中拔身而去，见之者咸叹重焉。斌兄陟，早以文学识度著名于时，善属文，攻

① “其”，原缺，据学津本补。

② “厚质”，学津本作“质厚”。

草隶书，出入清显，践历崇贵。自以门地才华，坐取卿相，而接物简傲，未常与人款曲。衣服车马，犹尚奢移。侍儿阉竖，左右常数十人，或隐几攟颐，竟日懒为一言。其子馔羞，犹为精洁，仍以鸟羽择米，每食毕，视厨中所委弃，不啻万钱之直。若宴于公卿，虽水陆具陈，曾不下箸。每令侍婢主尺牍，往来复章，未常自札，受意而已，词旨重轻，正合陟意，而书体遒利，皆有楷法，陟唯署名。尝自谓所书陟字，如五朵云，当时人多仿效，谓之郇公五云体。尝以五彩纸为缄题，其侈纵自奉，皆此类也。然家法整肃，其子允，课习经史，日加诲励，夜分犹使人视之，若允习读不辍，旦夕问安，颜色必悦。若稍怠惰，即遽使人止之，令立于堂下，或弥旬不与语。陟虽家僮数千人，应门宾客，必遣允为之，寒暑未尝辍也，颇为当时称之。然陟竟以简倨恃才，常为持权者所忌。

天宝中，处士崔玄微洛东有宅，耽道，饵术及茯苓三十载，因药尽，领童仆辈入嵩山采芝，一年方回，宅中无人，蒿莱满院[①]。时春季夜间，风清月朗，不睡，独处一院，家人无故辄不到。三更后，有一青衣云："君在院中也，今欲与一两女伴，过至上东门表姨处，暂借此歇，可乎？"玄微许之。须臾，乃有十余人，青衣引入。有绿裳者前曰："某姓杨氏。"指一人，曰："李氏"。又一人，曰："陶氏。"又指一绯衣小女，曰："姓石，名阿措。"各有侍女辈。玄微相见毕，乃坐于月下，问行出之由，对曰："欲到封十八姨。数日云欲来相看不得，今夕众往看之。"坐未定，门外报封家姨来也，坐皆惊喜出迎。杨氏云："主人甚贤，只此从容不恶，诸处亦未胜于此也。"玄微又出见封氏，言词泠泠，有林下风气。遂揖入坐，色皆殊绝，满座芬芳，馥馥袭人，命酒各歌以送之，玄微志其一二焉。有红裳人与白衣送酒，歌曰："皎洁玉颜胜白雪，况乃青年对芳月。沉吟不敢怨春风，自叹容华暗消歇。"又白衣人送酒，歌曰："绛衣披拂露盈盈，淡染胭脂一朵轻。自恨红颜留不住，莫怨春风道薄情。"至十八姨持盏，性颇轻佻，翻酒污阿措衣，阿措作色曰："诸人即奉求，余不奉畏也。"拂衣而起。十八姨曰："小女弄酒。"皆起至门外别，十八姨南去，诸人西入苑中而别，玄微亦不至异。明夜又来，欲往十八姨处，阿措怒曰："何用更去封妪舍，有事只求处士，不知可乎？"诸女皆曰："可。"阿措来言曰："诸女伴皆住苑中，每岁多被恶风所挠，居止不安，常求十八姨相庇。昨阿措不能依回，应难取力。处士倘不阻见庇，亦有微报耳。"玄微曰："某有何力得及诸女？"阿措曰："但求处士每岁岁日与作一朱幡，上图日月五星之文，于苑东立之，则免难矣。今岁已过，但请至此月二十一日平旦，微有东风，即立之，庶可免也。"玄微许之，乃齐声谢曰："不敢忘德。"各拜而去。玄微于月中随而送之，逾苑

① "莱"，原作"菜"，据学津本、四库本改。

墙乃入苑中，各失所在。乃依其言，至此日立幡。是日东风振地，自洛南折树飞沙，而苑中繁花不动。玄微乃悟诸女曰姓杨、姓李，及颜色衣服之异，皆众花之精也。绯衣名阿措，即安石榴也。封十八姨，乃风神也。后数夜，杨氏辈复至愧谢，各裹桃李花数斗，劝崔生服之，可延年却老，愿长如此住护卫某等，亦可至长生。至元和初，玄微犹在，可称年三十许人。

唐段少卿酉阳杂俎续集卷之四

唐太常少卿临淄柯古段成式撰

贬误

小戏中于奕局一枰，各布五子角迟速，名“蹙融”。予因读《坐右方》，谓之“蹙戎”。又尝览王充《论衡》之言秦穆为缪音谬。及往往见士流遇人促装，必谓之曰“车马有行色”。直台、直省者云“寓直”，实为可笑。乃录宾语甚误者，著之于此。

予太和初，从事浙西赞皇公幕中，尝因与曲宴。中夜，公语及国朝词人优劣，云：“世人言灵芝无根，醴泉无源，张曲江著词也。盖取虞翻《与弟求婚书》，徒以芝草为灵芝耳。”予后偶得《虞翻集》，果如公言。开成初，予职在集贤，颇获所未见书。始览王充《论衡》，自云“充细族孤门”，或啁之，答曰：“鸟无世凤凰，兽无种麒麟，人无祖圣贤。”必当因祖有以效贤号，则甘泉有故源，而嘉禾有旧根也。

范传正中丞举进士，省试《风过竹赋》，甚丽，为词人所讽，然为从竹之箫，非萧艾之萧也。《荀子》云“如风过萧，忽然已化”，义同。草上之风必偃，相传至今已为误。予读《淮南子》云：“夫播棋丸于地，圆者趣窐，方者止高，各从其所安，夫人又何上下焉。若风之过箫也，忽然感之，可以清浊应矣。”高诱注云：“清商浊宫也。”

相传云，释道钦住径山，有问道者，率尔而对，皆造宗极。刘忠州晏，尝乞心偈。令执炉而听，再三称“诸恶莫作，诸善奉行[1]”。晏曰：“此三尺童子皆知之。”钦曰：“三尺童子皆知之，百岁老人行不得。”至今以为名理。予读梁元帝《杂传》云：“晋惠末，洛中沙门耆域，盖得道者。长安人与域食于长安寺，流沙人与域食于石人前，数万里同日而见。沙门竺法行尝稽首乞言，域升高坐曰：

① “诸”，学津本、四库本作“众”。

‘守口摄意，心莫犯戒。’竺语曰：‘得道者当授所未听，今有八岁沙弥亦以诵之。’域笑曰：‘八岁而致诵，百岁不能行。’”嗟乎！人皆敬得道者，不知行即是得。

相传云，韩晋公滉在润州，夜与从事登万岁楼，方酣，置杯不说，语左右曰：“汝听妇人哭乎，当近何所？”对：“在某街。”诘朝，命吏捕哭者讯之，信宿狱不具。吏惧罪，守于尸侧。忽有大青蝇集其首，因发髻验之，果妇私于邻，醉其夫而钉杀之。吏以为神，吏问晋公，晋公云：“吾察其哭声疾而不悼，若强而惧者。”王充《论衡》云：“郑子产晨出，闻妇人之哭，拊仆之手而听。有间，使吏执而问之，即手杀其夫。异日，其仆问曰：‘夫子何以知之？’子产曰：‘凡人于其所亲爱，知病而忧，临死而惧，已死而哀。今哭已死而惧，知其奸也。’”

相传云，德宗幸东宫，太子亲割羊脾，水泽手，因以饼洁之，太子觉上色动，乃徐卷而食。司空赞皇公著《次柳氏旧闻》，又云是肃宗。刘悚《传记》云：“太宗使宇文士及割肉，以饼拭手，上屡目之，士及佯不寤，徐卷而啖。”

相传云，张上客艺过十全。有果毅，因重病虚悸，每语腹中辄响，诣上客请治，曰：“此病古方所无。”良久思曰：“吾得之矣。”乃取《本草》令读之，凡历药名六七不应，因据药疗之，立愈。据刘悚《传记》，有患应病者，问医官苏澄，澄言：“无此方。吾所撰《本草》，网罗天下药可谓周，令试读之。”其人发声辄应，至某药，再三无声，过至他药，复应如初。澄因为药方，以此药为主，其病遂差。

今人云，借书、还书等为二痴。据杜荆州书告晛云：“知汝颇欲念学，今因还车致副书，可案录受之。当别置一宅中，勿复以借人。古谚云：有书借人为嗤，借人书送还为嗤也。”

世呼病瘦为崔家疾。据《北史》，北齐李庶无须，时人呼为天阉。博陵崔谌，暹之兄也，尝调之曰：“何不以锥刺颐作数十孔，拔左右好须者栽之。”庶曰：“持此还施贵族[①]，艺眉有验，然后艺须。”崔家时有恶疾，故庶以此调之。俗呼滹沱河为崔家墓田。

俗好于门上画虎头，书聻字，谓阴刀鬼名，可息疟疠也[②]。予读《汉旧仪》，说傩逐疫鬼，又立桃人、苇索、沧耳、虎等。聻为合沧耳也。

予在秘丘，尝见同官说，俗说楼罗，因天宝中，进士有东西棚，各有声势，稍伧者多会于酒楼食毕罗，故有此语。予读梁元帝《风人辞》云：“城头网雀，楼罗人着。”则知楼罗之言，起已多时。一云：“城头网张雀，楼罗会人着[③]。”

世说曹著轻薄才，长于题目人。常目一达官为热鏊上猢狲，其实旧语也。《朝

---

① “持”，原作“特”，据学津本、四库本改。

② “疟”，学津本、四库本作“疫”。

③ “会人着”，学津本、四库本作“人会着”。

野佥载》云："魏光乘好题目人，姚元之长大行急，谓之趁蛇鹳鹊。侍御史王旭短而黑丑，谓之烟薰木蛇。杨仲嗣躁率，谓之热鏊上猢狲。"

蜀石笋街，夏中大雨，往往得杂色小珠，俗谓地当海眼，莫知其故。蜀僧惠嶷曰："前史说蜀少城饰以金璧珠翠，桓温恶其大侈焚之，合在此。今拾得小珠，时有孔者，得非是乎？"予开成初，读《三国典略》，梁大同中骤雨，殿前有杂色珠。梁武有喜色，虞寄因上《瑞雨颂》，梁武谓其兄荔曰："此颂清拔，卿之士龙也。"

俗好剧语者云，昔有某氏，破产贯酒，少有醒时，其友题其门阖云："今日饮酒醉，明日饮酒醉。"邻人读之不解，曰："今日饮酒醉，是何等语？"于今青衿之子，无不记者。《谈薮》云："北齐高祖常宴群臣，酒酣，各令歌。武卫斛律丰乐歌曰：'朝亦饮酒醉，暮亦饮酒醉。日日饮酒醉，国计无取次。'帝曰：'丰乐不谄，是好人也。'"

相传玄宗尝令左右提优人黄翻绰入池水中，复出，翻绰曰："向见屈原笑臣：'尔遭逢圣明，何尔至此？'"据《朝野佥载》："散乐高崔嵬善弄痴，大帝令没首水底。少顷，出而大笑，上问之，云：'臣见屈原。'谓臣云：'我遇楚怀无道，汝何事亦来耶？'"帝不觉惊起，赐物百段。又《北齐书》，显祖无道，内外各怀怨毒。曾有典御丞李集面谏，比帝甚于桀纣。帝令缚致水中，沉没久之，后令引出，谓曰："我何如桀纣？"集曰："向来你不及矣[①]。"如此数四，集对如初。帝大笑曰："天下有如此痴汉，方知龙逢、比干非是俊物。"遂解，放之。盖事本起于此。

今人每睹栋宇巧丽，必强谓鲁般奇工也。至两都寺中，亦往往托为鲁般所造，其不稽古如此。据《朝野佥载》云："鲁般者，肃州敦煌人，莫详年代，巧侔造化。于凉州造浮图，作木鸢，每击楔三下，乘之以归。无何，其妻有妊，父母诘之，妻具说其故。父后伺得鸢，击楔十余下，乘之遂至吴会。吴人以为妖，遂杀之。般又为木鸢乘之，遂获父尸。怨吴人杀其父，于肃州城南作一木仙人，举手指东南，吴地大旱三年。卜曰：般所为也。赍物具千数谢之，般为断一手，其日吴中大雨。国初，土人尚祈祷其木仙。六国时，公输般亦为木鸢以窥宋城。"

俗说沙门杯渡入梁，武帝召之，方弈棋呼杀，阍者误听杀之。浮休子云："梁有榼头师，高行神异，武帝敬之，常令中使召至，陛奏榼头师至，帝方棋，欲杀子一段，应声曰：'杀。'中使人遽出斩之。帝棋罢，命师入。中使曰：'向者陛下令杀，已法之矣。'师临死云[②]：'我无罪，前生为沙弥，误锄杀一蚓，帝

① "你"，四库本作"弥"。

② "云"，学津本、四库本作"曰"。

时为蚓，今此报也。’”

予门吏陆畅，江东人，语多差误，轻薄者多加诸以为剧语。予为儿时，常听人说陆畅初娶童溪女，每旦，群婢捧匜，以银奁盛藻豆，陆不识，辄沃水服之。其友生问："君为贵门女婿，几多乐事？"陆云："贵门礼法甚有苦者，日俾予食辣麨，殆不可过。"近览《世说新书》云:"王敦初尚公主[①]，如厕，见漆箱盛干枣，本以塞鼻。王谓厕上下果，食至尽。既还，婢擎金漆盘贮水，琉璃碗进藻豆，因倒著水中，既饮之，群婢莫不掩口。"

焦赣《易林·乾卦》云:"道涉多版[②]，胡言迷蹇[③]。泽喑且聋[④]，莫使道通。"据梁元帝《易连山》，每卦引《归藏》斗图，立成委化。《集林》及焦赣《易林·乾卦》卦辞，与赣《易林》卦辞同，盖相传误也。

予别著郑涉好为查语，每云："天公映冢，染豆削棘，不若致余富贵。"至今以为奇语。释氏《本行经》云："自穿藏阿逻仙言，磨棘画羽为自然义。"盖从此出也。

《续齐谐记》云:"许彦于绥安山行，遇一书生，年二十余，卧路侧，云足痛，求寄鹅笼中，彦戏言许之。书生便入笼中，笼亦不广，书生与双鹅并坐，负之不觉重。至一树下，书生乃出笼，谓彦曰：'欲薄设馔。'彦曰：'甚善。'乃于口中吐一铜盘，盘中海陆珍羞，方丈盈前。酒数行，谓彦曰：'向将一妇人相随，今欲召之。'彦曰：'甚善。'遂吐一女子，年十五六，容貌绝伦，接膝而坐。俄，书生醉卧，女谓彦曰:'向窃一男子同来，欲暂呼，愿君勿言。'又吐一男子，年二十余，明恪可爱，与彦叙寒温，挥觞共饮。书生似欲觉，女复吐锦行障障书生。久而书生将觉，女又吞男子，独对彦坐。书生徐起，谓彦曰：'暂眠遂久留君，日已晚，当与君别。'还复吞此女子及诸铜盘，悉纳口中，留大铜盘与彦，曰：'无以籍意，与君相忆也。'"释氏《譬喻经》云："昔梵志作术，吐出一壶，中有女与屏处作家室。梵志少息，女复作术，吐出一壶，中有男子，复与共卧。梵志觉，次第互吞之，柱杖而去。"余以吴均尝览此事，讶其说，以为至怪也。

相传天宝中，中岳道士顾玄绩，尝怀金游市中。历数年，忽遇一人，强登旗亭，扛壶尽醉。日与之熟，一年中输数百金，其人疑有为，拜请所欲。玄绩笑曰:"予烧金丹八转矣，要一人相守，忍一夕不言，则济吾事。予察君神静有胆气，将烦君一夕之劳。或药成，相与期于太清也。"其人曰:"死不足酬德，何至是也。"

① "敦"，原作"敦"，据学津本、四库本改。

② "版"，四库本作"阪"。

③ "迷"，四库本作"连"。

④ "泽"，四库本作"译"。

遂随入中岳，上峰险绝，岩中有丹灶盆，乳泉滴沥，乱松闭景。玄绩取干饭食之，即日上章封罡。及暮，授其一板云：“可击此知更，五更当有人来此，慎勿与言也。”其人曰：“如约。”至五更，忽有数铁骑呵之曰避，其人不动。有顷[①]，若王者，仪卫甚盛，问：“汝何不避？”令左右斩之。其人如梦，遂生于大贾家。及长成，思玄绩不言之戒。父母为娶，有三子。忽一日，妻泣：“君竟不言，我何用男女为！”遂次第杀其子。其人失声，豁然梦觉，鼎破如震，丹已飞矣。释玄奘《西域记》云：“中天婆罗痆斯国鹿野东[②]，有一涸池，名救命，亦曰烈士。昔有隐者于池侧结庵，能令人畜代形，瓦砾为金银，未能飞腾诸天，遂筑坛作法，求一烈士，旷岁不获。后遇一人于城中，乃与同游。至池侧，赠以金银五百，谓曰：‘尽当来取。’如此数返，烈士屡求效命。隐者曰：‘祈君终夕不言。’烈士曰：‘死尽不惮，岂徒一夕屏息乎！’于是令烈士执刀立于坛侧，隐者按剑念咒。将晓，烈士忽大呼空中火下，隐者疾引此人入池。良久出，语其违约。烈士云：‘夜分后惛然若梦，见昔事主躬来慰谕，忍不交言，怒而见害。托生南天婆罗门家住胎，被常艰苦[③]，每思恩德，未尝出声。及娶，生子，丧父母，亦不语。年六十五，妻忽怒，手剑提其子：‘若不言，杀尔子。’我自念已隔一生，年及衰朽，唯止此子，应遽止妻，不觉发此声耳。’隐者曰：‘此魔所为，吾过矣。’烈士惭忿而死。”盖传此之误，遂为中岳道士。

相传云，一公初谒华严，严命坐，顷曰：“尔看吾心在何所？”一公曰：“师驰白马过寺门矣。”又问之，一公曰：“危乎！师何为处乎刹末也？”华严曰：“聪明果不虚，试复观我。”一公良久，泚颡，面洞赤，作礼曰：“师得无入普贤地乎？”集贤校理郑符云：“柳中庸善《易》，尝诣普寂公。公曰：‘筮吾心所在也。’柳云：‘和尚心在前檐第七题。’复问之，在某处。寂曰：‘万物无逃于数也，吾将逃矣。’尝试测之。柳久之瞿然曰：‘至矣。寂然不动，吾无得而知矣。’”又《诜禅师本传》云：“日照三藏诣诜，诜不迎接，直责之曰：‘僧何为俗入嚣湫处？’诜微瞚，亦不答。又云：‘夫立不可过人头，岂容摽身鸟外？’诜曰：‘吾前心于市，后心刹末[④]。三藏果聪明者，且复我。’日照乃弹指数十，曰：‘是境空寂，诸佛从自出也。’”予按《列子》曰：“有神巫自齐而来，处于郑，命曰季咸。列子见之心醉，以告壶丘子。壶丘子曰：‘尝试与来，以吾示之。’明日，列子与见壶丘子，壶丘子曰：‘向吾示之以地文，殆见吾杜德机也，尝又与来。’列子又与见壶丘子，壶丘子曰：

① “顷”，原作“倾”，据学津本、四库本改。

② “婆罗痆斯”，学津本、四库本作“婆罗厖斯”。

③ “被常”，学津本、四库本作“备尝”。

④ “末”，原缺，据学津本、四库本补。

‘向吾示之以天壤。’列子明日又与见壶丘子，出曰：‘子之先生不齐，吾无得而相焉。吾示之以太冲莫朕，尝又与来。’明日又与之见壶丘子，立未定，失而走。壶丘子曰：‘吾与之虚而猗移，因以为方靡，因以为流波，故逃也。’”予谓诸说悉互窜是事也。如晋时有人百掷百卢，王衍曰：“后掷似前掷矣。”盖取于《列子》均后于前之义，当时人闻以为名言。人之易欺，多如此类也。

相传江淮间有驿，俗呼露筋。尝有人醉止其处，一夕，白鸟蛄嘬，血滴筋露而死。据江德藻《聘北道记》云：“自邵伯棣三十六里至鹿筋，梁先有逻。此处足白鸟，故老云有鹿过此，一夕为蚊所食，至晓见筋，因以为名。”

昆明池中有冢，俗号浑子。相传昔居民有子名浑子者，尝违父语，若东则西，若水则火。病且死，欲葬于陵屯处，矫谓曰：“我死必葬于水中。”及死，浑泣曰：“我今日不可更违父命。”遂葬于此。据盛弘之《荆州记》云：“固城临洱水，洱水之北岸有五女墩。西汉时，有人葬洱北[①]，墓将为水所坏。其人有五女，共创此墩，以防其墓。”又云：“一女嫁阴县佷子，子家赀万金，自少及长，不从父言。临死，意欲葬山上，恐子不从，乃言必葬我于渚下碛上。佷子曰：‘我由来不听父教，今当从此一语。’遂尽散家财，作石塚，以土绕之，遂成一洲，长数步。元康中，始为水所坏。今余石成半榻许，数百枚，聚在水中。”

今军中将射鹿，往往射棚上亦画鹿。李绩封君义《聘梁记》曰：“梁主客贺季指马上立射，嗟美其工。绘曰：‘养由百中，楚恭以为辱。’季不能对。又有步从射版，版记射的，中者甚多。绘曰：‘那得不射獐？’季曰：‘上好生行善，故不为獐形。’”自獐而鹿，亦不差也。

今言枭镜者，往往谓壁间蛛为镜，见其形规而匾。伏子，必为子所食也。《西汉》云：“春祠黄帝，用一枭破镜。”以枭食母，故五月五日作枭羹也。破镜食父，如貙虎眼。黄帝欲绝其类，故百物皆用之。傅玄赋云：“荐祠破镜，膳用一枭。”

《朝野佥载》云：“隋末，有昝君谟善射[②]，闭目而射，应口而中，云志其目则中目，志其口则中口。有王灵智学射于谟，以为曲尽其妙，欲射杀谟，独擅其美。谟执一短刀，箭来辄截之，唯有一矢，谟张口承之，遂啮其镝。笑曰：‘学射三年，未教汝啮镞法。’”《列子》云：“甘蝇，古之善射者。弟子名飞卫，巧过于师。纪昌又学射于飞卫，以燕一作征。角之弧，朔蓬之竿，射贯虱心。既尽飞卫之术，计天下敌己者，一人而已，乃谋杀飞卫。相过于野[③]，二人交射，矢锋相触，坠地而尘不扬。飞卫之矢先穷，纪遣一矢，既发，飞卫以棘刺之端

---

① “北”，原缺，据学津本补。

② “昝”，原作“督”，据津逮本、四库本改。

③ “过”，学津本、四库本作“遇”。

搏之而无差焉[①]。于是二子泣而投弓，请为父子，刻臂以誓，不得告术于人。"《孟子》曰："逢蒙学射于羿，尽羿之道，唯羿为愈己，于是杀羿。"

予未亏齿时，尝闻亲故说，张芬中丞在韦南康皋幕中，有一客于宴席上，以箸碗中绿豆击蝇，十不失一，一坐惊笑。芬曰："无费吾豆。"遂指起蝇，拈其后脚，略无脱者。又能拳上倒碗[②]。走十间地不落。《朝野佥载》云："伪周滕州录事参军袁思中，平之子，能于刀子锋杪倒箸，挥蝇起，拈其后脚，百不失一。"

士林间多呼殿榱桷护雀网为罘罳，其浅误也如此。《礼记》曰："疏屏，天子之庙饰。"郑注云："屏谓之树，今罘罳也。列之为云气虫兽，如今之阙。"张揖《广雅》曰："复罳谓之屏。"刘熙《释名》曰："罘罳在门外。罘，复也。臣将入请事，此复重思。"《西汉》曰："文帝七年，未央宫东阙罘罳灾[③]。罘罳在外，诸侯之象。后果七国举兵。"又："王莽性好时日小数，遣使坏渭陵、延陵园门罘罳，曰：'使民无复思汉也。'"鱼豢《魏略》曰："黄初三年，筑诸门阙外罘罳。"予自筮仕已来，凡见搢绅数十人，皆谬言枭镜、罘罳事。

世说蘼泥为窠，声多稍小者谓之汉燕。陶胜力注《本草》云："紫胸轻小者是越燕，胸斑黑声大者是胡燕，其作巢喜长。越巢不入药用。"越于汉，亦小差耳。

予数见还往说，天后时，有献三足乌，左右或言一足伪耳，天后笑曰："但史册书之，安用察其真伪乎？"《唐书》云："天授元年，有进三足乌，天后以为周室嘉瑞。睿宗云：'乌前足伪。'天后不悦。须臾，一足坠地。"

世说挽歌起于田横，为横死，从者不敢大哭，为歌以寄哀也。挚虞《初礼一曰新礼议》："挽歌出于汉武帝，役人劳苦，哥声哀切，遂以送终，非古制也。"工部郎中严厚本云："挽歌其来久矣。据《左氏传》，公会吴子伐齐，将战，公孙夏命其徒歌《虞殡》，示必死也。"〇予近读《庄子》曰："绋讴于所生，必于斥苦。"司马彪注云："绋，读曰拂，引柩索。讴，挽歌。斥，疏缓。苦，急促。言引绋讴者，为人用力也。"

旧言藏钩起于钩弋，盖依辛氏《三秦记》云："汉武钩弋夫人手拳，时人效之，目为藏钩也。"《列子》云："瓦抠者巧[④]，钩抠一作枢。者惮[⑤]，黄金抠者昏。"殷敬《顺敬训》曰："彄与抠同，众人分曹，手藏物，探取之。又令藏钩剩一

---

① "搏"，学津本作"捍"。

② "碗"，原作"枕一作碗"，据学津本改。

③ "阙"，原作"阁"，据学津本、四库本改。

④ "瓦"，原作"几"，据学津本、四库本改。

⑤ "抠"，原作"枢一云抠"，据学津本、四库本改。

人，则来往于两朋，谓之饿鸱。”《风土记》曰：“藏钩之戏，分二曹，以校胜负。若人耦则敌对，若奇则使一人为游附，或属上曹，或属下曹，名为飞鸟。”又今为此戏，必于正月。据《风土记》，在腊祭后也。庾阐《藏钩赋序》云：“予以腊后，命中外以行钩为戏矣。”

《世说》云：“弹棋起自魏室，妆奁戏也。”《典论》云：“予于他戏弄之事少所喜，唯弹棋略尽其巧。京师有马合乡侯、东方世安、张公子，恨不与数子对。”起于魏室明矣[①]。今弹棋用棋二十四，以色别贵贱，棋绝后一豆。《座右方》云[②]：“白黑各六棋，依六博棋形，一云依大棋形。颇似枕状。又魏戏法，先立一棋于局中，余者闻，一作斗。[③]白黑围绕之，十八筹成都[④]。”

《梁职仪》[⑤]曰：“八座尚书以紫纱裹手版，垂白丝于首如笔。”《通志》曰：“今录仆射、尚书手版，以紫皮裹之，名曰笏。梁中世已来，唯八座尚书执笏者，白笔缀头，以紫纱囊之，其余公卿但执手版。今人相传云，陈希烈不便税笏，骑马以帛裹，令左右执之。”李右座见云：“便为将来故事，甚失之矣[⑥]。”

今人谓丑为貌寝，误矣。《魏志》曰：“刘表以王粲貌侵，体通说，不甚重之”。一云：“貌寝，体通悦，甚重之。”注云：“寝，貌不足也。”

予太和末，因弟生日，观杂戏。有市人小说呼扁鹊作褊鹊，字上声，予令座客任道升字正之。市人言，二十年前，尝于上都斋会设此，有一秀才甚赏某呼扁字与褊同声，云世人皆误。予意其饰非，大笑之。近读甄立言《本草音义》引曹宪云：“扁，布典反。今步典，非也。”案：扁鹊姓秦，字越人，扁县郡属渤海。

今六博齿采妓乘，乘字去声呼，无齿曰乘。据《博塞经》云：“无齿为绳，三齿为杂绳。今樗蒲塞行十一字。”据《晋书》，刘毅与宋祖、诸葛长民等东府聚戏，并合大掷，制应至数百万，余人并黑犊已还，毅后掷得稚。

今阁门有宫人垂帛引百寮，或云自则天，或言因后魏。据《开元礼疏》曰：“晋康献褚后临朝不坐，则宫人传百寮拜，有虏中使者见之，归国遂行此礼。时，礼乐尽在江南，北方举动法之。周隋相沿，国家承之不改。”

侍中，西汉秩甚卑，若今千牛官。举中者，皆禁中。言中严，谓天子已被冕服，不敢斥，故言中也。今侍中品秩与汉殊绝，犹奏中严外办，非也。

---

① “起”上，四库本有“不”字。

② “座右方”，原作“座石一云右。方”，据四库本改。

③ “闻，一作斗”，四库本作“思”。

④ “十八筹成都”，四库本作“十八筹”。

⑤ “梁职仪”上，四库本有“成都”二字。

⑥ “失”，原作“先”，据学津本、四库本改。

《礼》，婚礼必用昏，以其阳往而阴来也。今行礼于晓祭，质明行事，今俗祭先又用昏，谬之大者矣。夫宫中祭邪魅及葬窳则用昏。又今士大夫家昏礼露施帐，谓之入帐，新妇乘鞍，悉北朝余风也。《聘北道记》云："北方婚礼必用青布幔为屋，谓之青庐。于此交拜，迎新妇。夫家百余人挟车俱呼曰：'新妇子！'催出来。其声不绝，登车乃止。今之催妆是也。以竹杖打婿为戏，乃有大委顿者。"江德藻记此为异，明南朝无此礼也。至于奠雁曰鹅，税缨曰合髻，见烛举乐，铺母沓童，其礼太紊，杂求诸野。

今之士大夫丧妻，往往杖竹甚长，谓之过头杖。据《礼》，父在，适子妻丧，不杖，众子则杖。据《礼》，彼以父服我，我以母服报之。杖同削杖也。

唐段少卿酉阳杂组续集卷之五

唐太常少卿临淄柯古段成式撰

寺塔记上

武宗癸亥三年夏，予与张君希复善继、同官秘丘一作秘书。郑君符梦复，连职仙署。会暇日，游大兴善寺。因问《两京新记》及《游目记》，多所遗略，乃约一旬寻两街寺，以街东兴善为首，二记所不具，则别录之。游及慈恩，初知官将并寺，僧众草草，乃泛问一二上人及记塔下画迹，游於此遂绝。后三年，予职于京洛。及刺安成，至大中七年归京，在外六甲子，所留书籍，揃坏居半，于故简中睹与二亡友游寺，沥血泪交，当时造适乐事，邈不可追。复方刊整，才足续穿蠹，然十亡五六矣。次成两卷，传诸释子。东牟人段成式，字柯古。

靖善坊大兴善寺[①]，寺取"大兴"两字[②]，坊名一字为名。《新记》云："优填像，总章初为火所烧。"据梁时，西域优填在荆州，言隋自台城移来此寺，非也。今又有栴檀像，开目，其工颇拙，尤差谬矣。

不空三藏塔前多老松，岁旱则官伐其枝为龙骨以祈雨，盖三藏役龙，意其树必有灵也。

行香院堂后壁上，元和中，画人梁洽画双松，稍脱俗格。曼殊堂工塑极精妙，外壁有泥金帧，不空自西域赍来者。

发塔内有隋朝舍利塔，下有《记》云："爰在宫中兴居之所，舍利感应，

① "善"，原作"恭"，据学津本、四库本改。

② "字"，原作"寺一作字"，据学津本、四库本改。

前后非一。时仁寿元年十二月八日。”

栴檀像堂中有《时非时经》，界朱写之，盛以漆龛，僧云："隋朝旧物。"

寺后先有曲池，不空临终时，忽然涸竭。至惟宽禅师止住，因潦通泉，白莲藻自生。今复成陆矣。

东廊之南素和尚院，庭有青桐四株，素之手植。元和中，卿相多游此院。桐至夏有汗，污人衣如輠脂，不可浣。昭国东门郑相，尝与丞郎数人避暑，恶其汗，谓素曰："弟子为和尚伐此树，各植一松也。"及暮，素戏祝树曰："我种汝二十余年，汝以汗为人所恶，来岁若复有汗，我必薪之。"自是无汗。宝历末，予见说已十五余年无汗矣。素公不出院，转《法华经》三万七千部，夜尝有貉子听经，斋时鸟鹊就掌取食。长庆初，庭前牡丹一朵合欢。有僧玄幽题此院诗，警句曰："三万莲经三十春，半生不踏院门尘。"今有梵僧憍陈如难陀，以粉画坛，性狷急，我慢，未甚通中华经。

左顾蛤像，旧传云："隋帝嗜蛤，所食必兼蛤味，数逾数千万矣。忽有一蛤，椎击如旧，帝异之，置诸几上，一夜有光。及明，肉自脱，中有一佛、二菩萨像。帝悲悔，誓不食蛤。"非陈宣帝。

于阗玉像，高一尺七寸，阔寸余，一佛、四菩萨、一飞仙，一段玉成，截肪无玷腻，彩若滴。

天王阁，长庆中造，本在春明门内，与南内连墙，其形大，为天下之最。太和二年，敕移就此寺。拆时，腹中得布五百端，漆数十桶。今部落鬼神形像隳坏，唯天王不损。

辞。二十字连绝句：乘晴入精舍，语默想东林。尽是忘机侣，谁惊息影禽。善继。有松堪系马，遇钵更投针。记得汤师句，高禅朗一作助朗吟。柯古。一雨微尘尽，支郎许数过。方同嗅檐卜，不用算多罗。梦复。

蛤像连二十字绝句[①]。虽因雀变化，不逐月亏盈。纵有天中匠，神工讵可成。柯古。相好全如梵，端倪祗为隋。宁同蚌顽恶，但与鹬相持。善继。

圣柱连句。上有铁索迹。天心助兴善，圣迹此开阳。柯古。载想雷轮重，絙疑电索长。善继。上冲扶蝃蝀，不动束银铛。柯古。饥鸟未曾啄，乖龙宁敢藏。善继。

语。各征象事须切，不得引俗书。一宝之数，元钩不可[②]。鼎上人。唯猊可伏，非驼所堪。柯古。坑中无底，迹中无胜。文上人。与马同渡，负猴而行[③]。善继。

① “蛤像连二十字绝句”，学津本、四库本作“蛤像二十字连句”。

② “元”，学津本、四库本作“无”。

③ “猴”，学津本、四库本作“猿”。

色青力劣，名香几重。梦复。尾既出牖，身可取兴。约上人。六牙生花，七支拄地。柯古。形如珂雪，力绝羁琐。善继。园开胁上，河出鼻中。柯古。一醉难调，六对曾胜。日高上人。

长乐坊安国寺。红楼，睿宗在藩时舞榭。

东禅院，亦曰木塔院，院门北西廊五壁，吴道玄弟子释思道画释梵八部，不施彩色，尚有典刑。禅师法空影堂，世号吉州空者，久养一骡，将终，鸣走而死。有弟子允一作元嵩患风，常于空室，埋一柱锁之，僧难辄愈。

佛殿，开元初，玄宗拆寝室施之。当阳弥勒像，法空自光明寺移来。未建都时，此像在村兰若中，往往放光，因号光明寺。寺在怀远坊，后为延火所烧，唯像独存。法空初移像时，索大如虎口，数十牛曳之，索断不动。法空执炉，依法作礼九拜，涕泣发誓，像身忽嚗嚗有声，迸分竟地为数十段。不终日，移至寺焉。

利涉塑堂，元和中，取其处为圣容院，迁像庑下。上忽梦一僧，形容奇伟，诉曰："暴露数日，岂圣君意耶？"及明，驾幸验问，如梦。即令移就堂中，侧施帷帐安之。

光明寺中，鬼子母及文惠太子塑像，举止态度如生，工名李岫。

山庭院，古木崇阜，幽若山谷，当时辇土营之。

上座璘公院，有穗柏一株，衢柯偃覆，下坐十余人。

辞。红楼连句，隐侯体：重叠碎晴空，余霞更照红①。蟾踪近鳷鹊，鸟道接相风一作桐。善继。苔静金轮路，云轻白日宫。元和中，帝幸此处。壁诗传谢客，词人陈至题此院诗云："藻非尚寒龙迹在，红楼初启日光通。"门榜占休公。广宣上人住此院，有诗名，号为《红楼集》。柯古。

穗柏连句。一院暑难侵，莓苔可影深。标枝争息鸟，余吹正开衿。柯古。宿雨香添色，残阳石在阴。乘闲动诗思，助静入禅心。善继。

题璘公院，一言至七言，每人占两题。静虚，热际，安居。梦复。龛灯敛，印香除②。东林宾客，西涧图书。檐外垂青豆，经中发白蕖。纵辩宗因衮衮，忘言理事一作事理如如。柯古竟。泉台定将入流否，邻笛足疑清梵余。柯古新续。

语。征释门中僻事须对，麋字、莎灯、华绵、象荐。升上人。集仿地、效殿林。柯古夜续，不竟。

常乐坊赵景公寺，隋开皇三年置，本曰弘善寺，十八年改焉。南中三门里东壁上，吴道玄白画地狱变，笔力劲怒，变状阴怪，睹之不觉毛戴，吴画中得意处。

---

① "照"，学津本、四库本作"助"。

② "除"，原作"余"，据学津本、四库本改。

三阶院西廊下，范长寿画西方变及十六对事，宝池尤妙绝[①]，谛视之，觉水入深壁[②]。院门上白画树石，颇似阎立德。予携立德行天祠粉本验之无异[③]。○祠一作伺[④]。

西中三门里门南，吴生画龙及刷天王须，笔迹如铁。有执炉天女，窃眸欲语。

华严院中，鍮石卢舍立像，高六尺，古样精巧。

塔下有舍利三斗四升，移塔之时，僧守行建道场，出舍利俾士庶观之，呗赞未毕，满地现舍利，士女不敢践之，悉出寺外。守公乃造小泥塔及木塔近十万枚葬之，今尚有数万存焉。

寺有小银象六百余躯，金佛一躯长数尺。大银象高六尺余，古样精巧。又有嵌七宝字《多心经》小屏风，盛以宝函，上有杂色珠及白珠，骈甃乱目。禄山乱，宫人藏于此寺。屏风十五牒，三十行经，后云："发心主司马恒存，愿成主上柱国索伏宝息、上柱国真德，为法界众生造。"黄金牒经，善继疑外国物。

辞。吴画连句。惨淡十堵内，吴生纵狂迹。风云将逼人，鬼神如脱壁。柯古。其中龙最怪，张甲方汗栗。黑夜窸窣时，安知不霹雳。善继。此际忽仙子，猎猎衣舄奕。妙瞬乍疑生，参差夺人魄。梦复。往往乘猛虎，冲梁耸奇石一作特。苍峭束高泉，角睐警欹侧[⑤]。柯古。冥狱不可视，毛戴腋流液。苟能水成，刹那更沉火宅。善继。

语。各录禅师佳语。兰若和尚云："家家门有长安道。"柯古。荆州些些和尚云："自看工夫多少。"善继。无名和尚云："最后一大息须分明。"梦复。

题约公院四言，印火荧荧，灯续焰青。善继。七俱那咒，四阿含经。柯古。各录佳语，聊事素屏。梦复。丈室安居，延宾不扃。升上人。

大同坊云花寺[⑥]，大历初，僧俨讲经，天雨花，至地咫尺而灭。夜有光烛室，敕改为云华。俨即康藏之师也，康本住靖恭里毡曲，忽睹光如轮，众人皆见，遂寻光至俨讲经所灭。佛殿西廊，立高僧一十六身，天宝初自南内移来，画迹拙俗。

观音堂在寺西北隅，建中末，百姓屈俨，患疮且死，梦一菩萨摩其疮曰："我

① "宝池"，原作"宝池池"，据学津本、四库本改。

② "深"，四库本作"浮"。

③ "行天祠"，原作"行天词"，据学津本、四库本改。

④ "祠"，原作"词"，据上文改。

⑤ "角睐"，原作"角膝"，据学津本、四库本改。

⑥ "云"，学津本、四库本作"灵"。

住云花寺。”俨惊觉，汗流，数日而愈。因诣寺寻检[1]，至圣画堂见之菩萨一如其睹。倾城百姓瞻礼，俨遂立社，建堂移之。

圣画堂中，构大坊为壁[2]，设色焕缛。本邵武宗画，不知何以称圣。据《西域记》，菩提树东有精舍，昔婆罗门兄弟欲图如来，初成佛像，旷岁无人应召。忽有一人，自言善画如来妙相，但要香泥及一灯照室，可闭户六月，终怪之。余四日未满，遂开户，已无人矣，唯右膊上工未毕，盖好事僧移此说也[3]。堂中有于阗鍮石立像[4]，甚古。

《游目记》所说刺柏，太和中伐为殿材。

辞。偶连句。共入夕阳寺，因窥甘露门。升上人。清香惹苔藓，緫一作忍。[5]草杂兰荪。梦复。捷偈飞箱答，新诗倚杖论。柯古。坏幡标古刹，圣像焕崇垣。善继。岂慕穿笼鸟，难防在牖猿。柯古。一音唯一性，三语更三幡。善继。

道政坊宝应寺，韩幹，蓝田人，少时常为贳酒家送酒。王右丞兄弟未遇，每一贳酒漫游，幹常征债于王家，戏画地为人马，右丞精思丹青，奇其意趣，乃岁与钱二万，令学画十余年。今寺中释梵天女，悉齐公妓小小等写真也。寺有韩幹画下生帧弥勒，衣紫袈裟，右边仰面菩萨及二狮子，犹入神。

有王家旧铁石及齐公所丧一岁子，漆之如罗睺罗，每盆供日出之。寺中弥勒殿，齐公寝堂也。东廊北面，杨岫之画鬼神，齐公嫌其笔迹，故工止一堵[6]。

辞。僧房连句。古画思匡岭，上方疑傅岩。蝶闲移緫一作忍。草，蝉晓揭高杉。柯古香字消芝印，金经发茝函。月通松底脉[7]，书拆洞中缄。善继。

哭小小写真连句。如生小小真，犹自未栖尘。梦复。揄袂将离壁[8]，斜柯欲近人。柯古。昔时知出众，清宠占横陈[9]。善继。不遣游张巷，岂教窥宋邻。梦复。庾楼吹笛裂，弘阁赏歌新。柯古。蝉怯折腰步，蛾惊半额颦。善继。图形谁有术，买笑讵辞贫。柯古。复陇迷村径，重泉隔汉津。梦复。同心知作羽，比目定为鳞。善继。残月巫山夕，余霞洛浦晨。柯古。

---

① “检”，四库本作“捡”。

② “坊”，四库本作“枋”。

③ “移”，学津本、四库本作“侈”。

④ “鍮石”，四库本作“鍮鉐”。

⑤ “緫一作忍”，学津本、四库本作“忍”。

⑥ “故工止”，学津本、四库本作“不工，故止”。

⑦ “月”，学津本、四库本作“井”。

⑧ “揄”，学津本、四库本作“褕”。

⑨ “清”，学津本作“情”。

安邑坊立一作玄。法寺，初，居人张频宅也。尝供养一僧，僧以念《法华经》为业，积十余年，张门人谮僧通其侍婢，因以他事杀之。僧死后，阖宅常闻经声不绝，张寻知其冤，惭悔不及，因舍宅为寺，铸金铜像十万躯金，石龛中皆满，犹有数万躯。东廊南观音院，卢奢那堂内槽北面壁画维摩变，屏风上相传有虞世南书。其日，善继令彻障登榻读之，有世南献之白，方知不谬矣。

西北角院内有怀素书，颜鲁公序，张渭侍郎、钱起郎中一云侍郎。[①] 赞。

曼殊院东廊，大历中，画人陈子昂画廷下象马人物，一时之妙也。及檐前额上有相观法，法疑韩混同。西廊壁有刘整画双松，亦不循常辙。

征内典中禽事，须切对：鹫头作岭，鸡足名山。梦复。孔雀为经，鹦鹉语偈。善继。共命是化，入数论贪。柯古。未解出笼，岂能献果。升上人。鵽居其上，雁坠于前。柯古。巢顶既安，入影不怖。字中疑鹤一作鸖。珠里认鹅。柯古。[②]

征兽中事，须切对：金翅鸟王，银角犊子。柯古。地名鹿苑，塔号雀离。善继。啐啄同时，恍惚调伏。升上人。

征马事，加诸楚毒、升上人。乾陟、善继。马宝、梦复。驮经、柯古。爱马、升上人。绀马、善继。马麦约食粳、柯古。铁马、升上人。先陀和、柯古。胜步、升上人。游入正路。柯古。

平康坊菩萨寺[③]。佛殿东西障日及诸柱上图画，是东廊迹，旧郑法士画。开元中，因屋坏移入大佛殿内槽北壁。〇食堂东壁上，吴道玄画《智度论》色偈变，偈是吴自题，笔迹遒劲，如磔鬼神毛发。次堵画礼骨仙人，天衣飞扬，满壁风动。

佛殿内槽后壁面，吴道玄画《消灾经》事，树石古险。元和中，上欲令移之，虑其摧坏，乃下诏择画手写进。佛殿内槽东壁维摩变，舍利弗角而转睐[④]。元和末，俗讲僧文溆装之，笔迹尽矣。

故兴元郑公尚书题北壁僧院，诗曰："但虑彩色污，无虞臂胛肥。"置寺碑阴，雕饰奇巧，相传郑法士所起样也。初，会觉上人以施利起宅十余亩，工毕，酿酒百石，列瓶瓮于两庑下，引吴道玄观之，因谓曰："檀越为我画，以是赏之。"吴生嗜酒，且利其多，欣然而许。予以踪迹似不及景公寺画。中三门内东门塑神，善继云："是吴生弟子王耐儿之工也。"其侧一鬼有灵，往往百姓戏犯之者得病，口目如之。寺之制度，钟楼在东，唯此寺缘李右座林甫宅在东，

① "一云侍郎"，学津本、四库本无。

② "字中疑鹤一作鸖，珠里认鹅。柯古。"原作"字中疑鹤，珠里认鹅。柯古。疑鹤一作疑鸖。"据学津本、四库本改。

③ "菩萨寺"，学津本、四库本作"菩提寺"。

④ "弗"，原作"佛"，据学津本、四库本改。"睐"，原作"膝"，据学津本、四库本改。

故建钟楼于西。寺内有郭令玳瑁鞭及郭令王夫人七宝帐。寺主元竟[①]，多识释门故事，云李右座每至生日，常转请此寺僧就宅设斋。有僧乙尝叹佛，施鞍一具，卖之，材直七万。又僧广有声名，口经数年，次当叹佛，因极祝右座功德，异获厚䞋[②]。斋毕，帘下出彩篚，香罗帕籍一物如朽钉，长数寸。僧归，失望惭惋数日。且意大臣不容欺己，遂携至西市，示于商胡。商胡见之，惊曰："上人安得此物？必货此不违价。"僧试求百千，胡人大笑曰："未也。"更极意言之，加至五百千，胡人曰："此直一千万。"遂与之。僧访其名，曰："此宝骨也。"

又寺先有僧，不言姓名，常负束藁，坐卧于寺两廊下，不肯住院。经数年，寺纲维或劝其住房，曰："尔压我耶？"其夕，遂以束藁焚身。至明，唯灰烬耳，无血背之臭。众方知异人，遂塑灰为像。今在佛殿上，世号束草师。

辞。书事连句。悉为无事者，任被俗流憎。梦复。客异干时客，僧非出院僧。柯古。远闻疏牖磬，晓辨密龛灯。善继。步触珠幡响，吟窥钵水澄。梦复。句饶方外趣，游惬社中朋。柯古。静里已驯鸽，斋中亦好鹰。善继。金涂笔是䌹，彩溜纸非缯[③]。升上人。锡杖已克锓，田衣从坏塍。柯古。占床敷一胁[④]，卷箔赖长肱。善继。佛日初开照，魔天破几层。柯古。咒中陈秘计，论处正先登。善继。勇带绽针石[⑤]，危防丘井藤。升上人。克锓一作克锻。

唐段少卿酉阳杂组续集卷之六

唐太常少卿临淄柯古段成式撰

寺塔记下

宣阳坊奉慈寺，开元中，虢国夫人宅。安禄山伪署百官，以田乾真为京兆尹，取此宅为府，后为郭暧驸马宅。今上即位之初，太皇太后为升平公主追福，奏置奉慈寺，赐钱二十万，绣帧三车，抽左街十寺僧四十人居之。今有僧惟则，

---

① "竟"，学津本作"意"。

② "异"，学津本、四库本作"冀"。"䞋"，原作"衬"，据学津本、四库本改。

③ "缯"，原作"罾"，学津本、四库本改。

④ "敷"，学津本、四库本作"惭"。

⑤ "绽"下，学津本、四库本有注"绽，疑作磁"。

以七宝末摹阿育王舍利塔[①]，自明州负来[②]。寺成后二年，司农少卿杨敬之小女，年十三，以六韵诗题此寺，自称关西孔子二十七代孙，字德邻。警句云："日月金轮动，旃檀碧树秋[③]。塔分鸿雁翅，钟挂凤凰楼[④]。"事因见，敕赐衣。

征释门衣事，语须对，如象鼻，投牛一云羊。耳。柯古。五纳，三衣。善继。惭愧，斗薮。升上人。坏衣，严身。约上人。畜长十日，应作三志。入上人。杂身四寸，掩手两指。柯古。璎形，刀残。善继。其形如稻，其色如莲。升上人。赤麻白豆，若青若黑。柯古。

光宅坊光宅寺，本官蒲萄园中禅师影堂。师号惠中，肃宗上元二年，征至京师，初居此寺。征诏云："杖锡而来，京师非远。斋心已久，副朕虚怀。"

建中中，有僧竭造曼殊堂，将版基于水际，虑伤生命，乃建三月道场[⑤]，祝一足至多足、无足，令他去。及掘地至泉，不遇虫蚁。又以复素过水，有虫投一井水中，号护生井[⑥]，至今涸。又铸铜蟾为息烟灯，天下传之。今曼珠院尝转经，每赐香，宝台甚显，登之，四极眼界。其上层窗下尉迟画，下层窗下吴道玄画，皆非其得意也。丞相韦处厚，自居内廷至相位，每归，辄至此塔，焚香瞻礼。

普贤堂，本天后梳洗堂，葡萄垂宝，则幸此堂。今堂中尉迟画颇有奇处，四壁画像及脱皮白骨，匠意极崄。又变形三魔女，身若出壁。又佛圆光，均彩相错乱目成。讲东壁佛座前锦如断古标。又左右梵僧及诸蕃往奇，然不及西壁。西壁逼之摽摽然。

辞。中禅师影堂连句。名下固无虚，敖曹貌严毅。洞达见空王，圆融入佛地。善继。一言当要害，忽忽醒诸醉。不动须弥山，一云不动如须弥。多方一作言。辨无匮。梦复。坦率对万乘，偈答无所避。尔如毗沙门，外形如脱履。柯古。但以理为量，不语怪力事。木石摧贡高，慈悲引贪恚。升上人。当时乏支许，何人契深致。随宜讵说三，直下开不二。柯古。

翊善坊保寿寺，本高力士宅，天宝九载舍为寺。初铸钟成，力士设斋庆之，举朝毕至，一击百千，有规其意，连击二十杵。经藏阁规构危巧，二塔火珠受十余斛。

河阳从事李涿，性好奇古，与僧智增善，尝俱至此寺，观库中旧物。忽于

① "末"，四库本作"木"。
② "来"，原作"米"，据学津本、四库本改。
③ "旃檀"，学津本、四库本作"栴檀"。
④ "凤凰"，学津本、四库本作"凤皇"。
⑤ "乃"，原作"及"，据学津本、四库本改。
⑥ "护生"，原作"护主"，据学津本、四库本改。

破瓮中得物如被，幅裂污坌，触而尘起。涿徐视之，乃画也。因以县图三及缣三十获之[①]，令家人装治之，大十余幅。访于常侍柳公权，公权方知张萱所画石桥图也[②]。玄宗赐高，因留寺中，后为鬻画人宗牧言于左军，寻有小使领军卒数十人至宅，宣敕取之，即日进入。先帝好古，见之大悦，命张于卢韶院[③]。

寺有先天菩萨帧一作□。[④]本起成都妙积寺。开元初，有尼魏八师者，常念《大悲咒》。双流县百姓刘乙，名意儿，年十一，自欲事魏尼，尼遣之不去，常于奥室立禅。尝白魏云："先天菩萨见身此地，遂筛灰于庭。"一夕，有巨迹数尺，轮理成就。因谒画工，随意设色，悉不如意。有僧杨法成，自言能画，意儿常合掌仰祝，然后指授之，以近十稔[⑤]，工方毕。后塑先天菩萨凡二百四十二首，首如塔势，分臂如意蔓。其榜子有一百四十日鸟树，一凤四翅。水肚树，所题深怪，不可详悉，画样凡十五卷。柳七师者，崔宁之甥，分三卷，往上都流行。时，魏奉古为长史，进之。后因四月八日，赐高力士。今成都者是其次本。

辞，先天帧赞连句。观音化身，厥形孔怪。施𦝫淫厉，众魔膜拜。善继。指梦鸿纷[⑥]，榜列区界。其事明张，何不可解。柯古。阎河德川，大士先天。众像参罗，暾暾田田。梦复。百亿花发，百千灯燃。胶如络绎，浩汗连绵。善继。焰摩界戚一作灭。洛迦苦雾。正念归依，众青如彗[⑦]。柯古。戾滓可汰，痴膜可脱。稽首如空，睟容若睇。善继。阐提墨尿，睹而面之。寸念不生，未遇乎而。柯古。施𦝫一作施□，暾暾一作福源，墨尿一作黑师。

事征，高力士呼二兄、柯古。呼阿翁、善继。呼将军、梦复。呼火老、柯古。五轮硙、善继。初施檠戟、梦复。常卧鹿床、柯古。长六尺五寸、善继。陪葬泰陵、梦复。咏荠、柯古。齿成印、善继。上国下国、梦复。梦鞭、柯古。吕氏生髭。善继。

宣阳坊静域寺，本太穆皇后宅。寺僧云："三阶院门外是神尧皇帝射孔雀处。"禅院门内外，《游目记》云："王昭隐画。"门西里面和修吉龙王有灵。门内之西，火目药叉及北方天王甚奇猛。门东里面贤门也，野叉部落。鬼首上蟠蛇，汗烟可惧。东廊树石崄怪，高僧亦怪。西廊万寿菩萨院门里南壁，皇甫轸画鬼神及雕形，势若脱。轸与吴道玄同时，吴以其艺逼已，募人杀之。

① "县"上，学津本、四库本有"州"字。

② "公权"，学津本无。

③ "卢"，学津本、四库本作"云"。

④ "一作□"，学津本、四库本无。

⑤ "近"，四库本作"匠"。

⑥ "梦"，学津本、四库本作"蔓"。

⑦ "青"，学津本、四库本作"眚"。

万菩萨堂内有宝塔，以小金铜塔数百饰之。大历中，将作刘监有子，合手出胎，七岁念《法华经》。及卒，焚之，得舍利数十粒，分藏于金铜塔中。善继云:“合是刘铭一作铦。[①]”佛殿东廊有古佛堂，其地本雍村，一作维村。堂中像设，悉是石作，相传云：“隋恭帝终此堂。”

三门外画，亦皇甫轸迹也。金刚旧有灵，大宝初，驸马独孤明宅与寺相近，独孤有婢名怀春[②]，稚齿俊俏，常悦西邻一士人，因宵期于寺门，有巨蛇束之，俱卒。

佛殿内西座，蕃神甚古实[③]。贞元已前，西蕃两度盟，皆载此神立于坛而誓。相传摩时颇有灵[④]。

辞，三阶院连句。密密助堂堂，隋人歌檿桑。双鹘摧孔雀[⑤]，一矢陨贪狼。柯古。百步望云立，九规看月张。获蛟徒破浪，中无一作一。漫如墙[⑥]。善继。还似贯金鼓，更疑穿石梁。因添挽河力，为灭射天狂。柯古。绝艺却南牧，英声来鬼方。丽龟何足敌，殪豕未为长。善继。龙臂胜猿臂，星芒起箭芒。虚夸绝高鸟，垂拱议明堂。柯古。双鹘一作双弧。

崇义坊招福寺，本曰正觉，国初毁之，以其地立第赐诸王，睿宗在藩居之。乾封二年，移长宁公主佛堂于此，重建此寺。寺内旧有池，下永乐东街数方土填之，今地底下树根多露。长安二年，内出等身金铜像一铺，并九部乐。南北两门额，上与岐、薛二王亲送至寺，彩乘象舆，羽卫四合，街中余香，数日不歇。景龙二年，又赐真容坐像，诏寺中别建圣容院，是玄宗在春宫真容也。先天二年，敕出内库钱二千万，巧匠一千人，重修之。

睿宗圣容院，门外鬼神数壁，自内移来，画迹甚异，鬼所执野鸡，似觉毛起。库院鬼子母，贞元中，李真画，往往得长史规矩，把镜者犹工。寺西南隅僧伽像，从来有灵，至今百姓上幡伞不绝。先，寺奴朝来者，常续明涂地，数十年不懈。李某为尹时，有贼引朝来，吏将收捕，奴不胜其冤，乃上钟楼，遥启僧伽而碎身焉。恍惚间，见异僧以如意击曰:“无苦，自将治也。”奴觉，奴跳下数尺地，一毛不损。因闻之，悔懊自服，奴竟无事。

辞，赠诸上人连句。翻了西天偈，烧余梵宇香。捻眉愁俗客，支颊背残阳。

---

① “一作铦”，学津本、四库本作“作铦”。

② “春”，学津本、四库本作“香”。

③ “实”，学津本、四库本作“质”。

④ “摩”，学津本、四库本作“当”。

⑤ “鹘”，学津本、四库本作“弧”。

⑥ “无一作一”，学津本、四库本作“乙”。

柯古。洲号唯思沃，山名秖记匡。辩中摧世智，定里破魔强。善继。许叡禅心彻，汤休诗思长。朗吟疏磬断，久语贯珠妨。柯古。乘兴书芭叶，闲来入豆房。漫题存古壁，怪画匝长廊。善继。

事征，释门古今谜字。争田书贞字，善继。焉兜知伯叔，柯古。解梦羊负鱼，梦复。问入曰下人，善继。塔上书师子。柯古。

征前代关释门佳谱。何充志大宇宙，善继。此子疲于津梁。柯古。生天在丈人后，梦复。二何佞于佛。善继。问年，答小如来五岁。柯古。答四声，云："天宝寺刹。"梦复。菩萨嚬眉，所以慈悲六道。善继。周妻何肉。柯古。

招国坊崇济寺，寺内有天后织成蛟龙披袄子及绣衣六事。东廊从南第二院，有宣律师制袈裟堂，曼殊堂有松数株甚奇。

辞，宣律和尚袈裟绝句。共覆三衣中夜寒，披时不镇尼师坛。无因盖得龙宫地，畦里尘飞业相残。善继。

和前[①]："南山杪一作披。时寒夜中[②]，一角不动毗岚风。何人见此生惭愧，断续犹应护得龙。"柯古。

奇松二十字。柳桂一作杉松。何相疏，榆枷一作榆柳。方迴屑。无人擅谈柄，一枝不敢折。柯古。半庭一作中庭。苔藓深，吹余鸣佛禽。至于摧折枝，凡草犹避阴。善继。僻径根从露，闲房枝任侵。一株风正好，来助碧云吟。梦复。时时扫窗声，重露滴寒砌。风飐一枝遒[③]，闲窥别生势。升上人。偃盖入楼妨，盘根侵井窄。高僧独惆怅，为与澄岚隔。柯古。

永安坊永寿寺，三门东吴道子画，似不得意。佛殿名会仙，本是内中梳洗殿。贞元中，有证智禅师，往往着灵验。或时在张椟兰若中治田，及夜归寺，若在金山界，相去七百里。

辞，闲中好[④]。闲中好，尽日松为侣。此趣人不知，轻风度僧语。梦复。闲中好，尘务不萦心。坐对当窗木，看移三面阴。柯古。闲中好，幽磬度声迟。卷上论题肇，画中僧姓支。善继。

崇仁一作圣。坊资圣寺，净土院门外，相传吴生一夕秉烛醉画，就中戟手，视之恶骇。院门里卢楞伽，常学吴势，吴亦授以手诀，乃画总持三门寺，方半，吴大赏之，谓人曰："楞伽不得心诀，用思太苦，其能久乎！"画毕而卒。

中门窗间吴道子画高僧，韦述赞，李严书。中三门外两面上层，不知何人

---

① "和前"下，四库本有"云"字。

② "杪一作披"，学津本、四库本作"披"。

③ "遒"，原作"道"，据学津本、四库本改。

④ "闲"，四库本作"门"。

画，人物颇类阎令。寺西廊北隅杨坦画近塔天女，明睇将瞬一作舞。团一作图。塔院北堂有铁观音，高三丈余。观音院两廊，四十二贤圣，韩幹画，元中书载赞。东廊北头散马，不意见者，如将嘶蹀。圣僧中龙树、商那、和修绝妙。团塔上菩萨，李异一作真。画。四面花鸟，边鸾画。当药上菩萨顶，茙葵犹佳[①]。塔中藏千部《法华经》。

辞，诸画连句。柏梁体，吴生画勇矛戟攒，柯古。出奇变势千万端，一作出奇骋变势万端。善继。苍苍鬼怪层壁宽，梦复。睹之忽忽毛发寒，柯古。棱伽之力所瘆瘢一作所痹，柯古。李真、周昉优劣难，梦复。活禽生卉推边鸾，柯古。花房嫩彩犹未干，善继。韩幹变态如激湍，梦复。惜哉壁画势未殚，柯古。后人新画何漫汗。善继。

楚国寺，寺内有楚哀王等身金铜像。哀王绣袄半袖犹在。长庆中，赐织成双凤夹黄袄子，镇在寺中。门内有放生池。太和中，赐白毡黄胯衫。寺墙西朱泚宅。

事征，地狱等活、约上人。八抹洛伽、义上人。波咤、升上人。坏从狱不生、柯古。铅河、约上人。剑林、义上人。烊铜。升上人。

诸上人以予该悉内典，请予独征。无中阴五无间黑绳赤树，火厚二百肘，风吹二千年。陆陀罗炭，钵头摩赫护量五十由旬，舌长三车赊铜鹫铁蚁阿鼻十一义，九千钵头摩如一裟诃麻，百年余一尽[②]。并柯古。

慈恩寺，寺本净觉故伽蓝[③]，因而营建焉，凡十余院，总一千八百九十七间，敕度三百僧。初，三藏自西域回，诏太常卿江夏王道宗设九部乐，迎经像入寺，彩车凡千余辆，上御安福门观之。太宗常赐三藏衲，约直百余金，其工无针綖之迹。初，三藏翻《因明》，译经僧栖玄，以论示尚药奉御吕才，才遂张之广衢，指其长短，著《破义图》。其序云："岂谓象系之表，犹开八正之门；形器之先，更弘二知之教。立难四十余条。诏才就寺对论。"三藏谓才云："檀越平生未见太玄[④]，诏问须臾即解。由来不窥象戏，试造旬日即成。以此有限之心，逢事即欲穿凿。"因重申所难，一一收摄，折毫藏耳[⑤]，衮衮不穷，凡数千言。才屈不能领，辞屈礼拜。塔西面画湿耳师子，仰摹蟠龙，尉迟画。及花子钵、曼殊，皆一时绝妙。

---

① "犹佳"，学津本、四库本作"尤佳"。

② "余一尽"，学津本、四库本作"除一尽"。

③ "本"，原作"不"，据津逮本、四库本改。

④ "玄"，原作"女"，学津本、四库本改。

⑤ "折"，学津本、四库本作"析"。

寺中柿树、白牡丹，是法力上人手植。上人时常执炉循诸屋壁[①]，有变相处，辄献虔祝，年无虚月。又殿庭大莎罗树，大历中，安西所进。其木桩赐此寺四橛，橛皆灼固。其木大德行逢自种之，一株不活。

唐段少卿酉阳杂组续集卷之七

唐太常少卿临淄柯古段成式撰

金刚经鸠异

贞元十七年，先君自荆入蜀，应韦南康辟命。洎韦之暮年，为贼辟谗构，遂摄尉灵池县。韦寻薨，贼辟知留后。先君旧与辟不合，闻之，连夜离县。至城东门，辟寻有帖，不令诸县官离县。其夕阴风，及返，出郭二里，见火两炬夹道，百步为导。初意县吏迎候，且怪其不前，高下远近不差，欲及县郭方灭。及问县吏，尚未知府帖也。时先君念《金刚经》已五六年，数无虚日，信乎至诚必感，有感必应，向之导火，乃经所著迹也。后辟逆节渐露，诏以袁公滋为节度使。成式再从叔少从军，知左营事，惧及祸，与监军定计，以蜡丸帛书通谋于袁。事旋发，悉为鱼肉，贼谓先君知其谋。于一时先君念经夜久，不觉困寐，门户悉闭。忽觉，闻开户而入，言“不畏”者再三，若物投案，嚗然有声。惊起之际，言犹在耳，顾视左右，吏仆皆睡。俾烛桦一作毁杈。四索，初无所见，向之关扃，已开辟矣。先君受持此经十余万遍，征应事孔著。成式近观晋宋已来，时人咸著传记，彰明其事。又先命受持讲解有唐已来《金刚经灵验记》三卷，成式当奉先命受持讲解。太和二年，于扬州僧栖简处听《平消御注》一遍。六年，于荆州僧靖奢处听《大云疏》一遍。开成元年，于上都怀楚法师处听《青龙疏》一遍。复日念书写，犹希传照罔极，尽形流通，摭拾遗逸，以备阙佛事，号《金刚经鸠异》。

张镒相公先君齐丘，酷信释氏，每旦更新衣，执经于像前念《金刚经》十五遍，积数十年不懈。永泰初，为朔方节度使，衙内有小将负罪惧事露，乃扇动军人数百，定谋反叛。齐丘因衙退，于小厅闲行，忽有兵数十，露刃走入。齐丘左右唯奴仆，遽奔宅门，过小厅数步，回顾又无人，疑是鬼物。将及门，其妻女奴婢复叫呼出门，云：“有两甲士，身出厅屋上。”时衙队军健闻变，持兵乱入，至小厅前，见十余人仡然庭中，垂手张口，投兵于地，众遂擒缚。五六人喑不

① “时”，原作“是”，据津逮本、四库本改。

能言，余者具首云："欲上厅，忽见二甲士长数丈，嗔目叱之，初如中恶。"齐丘闻之，因断酒肉。张凤翔，即予门吏卢迈亲姨夫，迈语予云。

刘逸淮在汴时，韩弘为右厢虞候，王某为左厢虞候，与弘相善。或谓二人取军情，将不利于刘。刘大怒，俱召诘之。弘即刘之甥，因控地碎首大言，刘意稍解。王某年老，股战不能自辩，刘叱令拉坐杖三十。时，新造赤棒，头径数寸，固以筋漆，拉之不仆，数五六当死矣。韩意其必死，及昏造其家，怪无哭声，又谓其惧不敢哭。访其门卒，即云大使无恙。弘素与熟，遂至卧内问之。王云："我读《金刚经》四十年矣，今方得力。"言初被坐时，见巨手如簸箕，翕然遮背，因袒示韩，都无挞痕。韩旧不好释氏，由此始与僧往来。日自写十纸，乃积计数百轴矣。后在中书，盛暑，有谏官因事谒见，韩方洽汗写经，怪问之，韩乃具道王某事。予职在集仙，常侍柳公为予说。

梁崇义在襄州，未阻兵时，有小将孙咸暴卒，信宿却苏。梦至一处，如王者所居，仪卫甚严，有吏引与一僧对事。僧法号怀秀，亡已经年，在生极犯戒，及入冥，无善可录，乃绐云："我常嘱孙咸写《法华经》。"故咸被追对。咸初不省，僧故执之，经时不决，忽见沙门曰："地藏尊者语云：'弟子若招承，亦自获祐。'"咸乃依言，因得无事。又说对勘时，见一戎王，卫者数百，自外来。冥王降阶，齐级升殿。坐未久，乃大风卷去。又见一人被拷覆罪福，此人常持《金刚经》，又好食肉，左边有经数千轴，右边积肉成山，以肉多，将入重论。俄经堆中有火一星，飞向肉山，顷刻销尽，此人遂履空而去。咸问地藏："向来外国王，风吹何处？"地藏云："彼王当入无间，向来风即业风也。"因引咸看地狱。及门，烟焰扇赫，声若风雷，惧不敢视。临回，镬汤跳沫，滴落左股，痛入心髓。地藏乃令一吏送归，不许漏泄冥事。及回如梦，妻儿环泣已一日矣。遂破家写经，因请出家，梦中所滴处成疮，终身不差。

贞元中，荆州天崇寺僧智灯常持《金刚经》，遇疾死，弟子启手足犹热，不即入木，经七日却活。云："初见冥中若王者，以念经故，合掌降阶。因问讯，言：'更容上人十年在世，勉出生死。'又问人间众僧中，后食薏苡仁及药，食此大违本教。灯报云：'律中有开遮条，如何？'云：'此后人加之，非佛意也。'"今荆州僧众中，后无饮药者。

公安潺陵林百姓王从贵妹未嫁，常持《金刚经》。贞元中，忽暴疾卒，埋已三日，其家复墓，闻塚中呻吟，遂发视之，果有气，舆归数日能言。云："初至冥间，冥吏以持经功德放还。"王从贵能治木，常于公安灵化寺起造，其寺禅师曙中，常见从贵说。

韦南康镇蜀时，有左营伍伯于西山行营与同火卒学念《金刚经》。性顽，初，一日才得题目，其夜堡外拾薪，为蕃骑缚去，行百余里乃止。天未明，遂踣之于地，以发系撅，覆以驼毯一作罽，寝其上。此人惟念经题，忽见金一铤放光，止于前。试举首动身，所缚悉脱，遂潜起逐金铤走，计行未得十余里，迟明，不觉已至家。家在府东市，妻儿初疑其鬼，具陈来由。到家五六日，行营将方申其逃。初，韦不信，以逃日与至家日不差，始免之。

元和初，汉州孔目典陈昭，因患见一人着黄衣至床前，云："赵判官唤尔。"昭问所因，云："至自冥间，刘辟与窦悬对事，要君为证。"昭即留坐。逡巡，又有一人手持一物如球胞，前吏怪其迟，答之曰："缘此候屠行开。"因笑谓昭曰："君勿惧，取生人气须得猪胞，君可面东侧卧。"昭依其言，不觉已随二吏行。路甚平，可十余里，至一城，大如府城，甲士守门焉。及入，见一人怒容可骇，即赵判官也。语云："刘辟收东川[1]，窦悬捕牛四十七头送梓州，称准辟判杀，辟又云先无牒。君为孔目典，合知是实？"未及对，隔壁闻窦悬呼陈昭好在，及问兄弟妻子存亡。昭即欲参见，冥吏云："窦使君形容极恶，不欲相见。"昭乃具说杀牛实奉刘尚书委曲，非牒也。纸是麻面，见在汉州某司房架。即令吏领昭至汉州取之，门馆扃锁，乃于节窍中出入。委曲至，辟乃无言。赵语昭："尔自有一过，知否？窦悬所杀牛，尔取一牛头。"昭未及对，赵曰："此不同人间，不可抵假。"须臾，见一卒挈牛头而至，昭即恐惧求救。赵令检格，合决一百，考五十日。因谓昭曰："尔有何功德？"昭即自陈设若干人斋，画某像。赵云;"此来生缘尔！"昭又言："曾于表兄家转《金刚经》。"赵曰："可合掌请。"昭依言，有顷，见黄幞箱经自天而下，住昭前。昭取视，即表兄所借本也，有烧处尚在。又令合掌，其经即灭。赵曰："此足以免。"便放回，复令昭往一司曰生禄，检其修短。吏报云："昭本名钊，是金傍刀，至某年改为昭，更得十八年。"昭闻惆怅。赵笑曰："十八年大得作乐事，何不悦乎？乃令吏送昭至半道，见一马当路，吏云："此尔本属，可乘此。"即骑，乃活，死已一日半矣。

荆州法性寺僧惟恭，三十余年念《金刚经》，日五十遍。不拘僧仪，好酒，多是非，为众僧所恶。后遇疾且死，同寺有僧灵岿，其迹类惟恭，为一寺二害。因他故出，去寺一里，逢五六人，年少甚都，衣服鲜洁，各执乐器如龟兹部。问灵岿："惟恭上人何在？"灵岿即语其处，疑其寺中有供也。及晚回入寺，闻钟声，惟恭已死，因说向来所见。其日合寺闻丝竹声，竟无乐人入寺。当时名僧云："惟恭盖承经之力，生不动国一作周，亦以其迹勉灵岿也。"灵岿感悟，折节缁门。

董进朝，元和中入军。初在军时，宿直城东楼上。一夕月明，忽见四人着黄从东来，聚立城下，说己姓名，状若追捕。因相语曰："董进朝常持《金刚经》，

---

[1] "收"，学津本作"败"。

以一分功德祝庇冥司，我辈久蒙其惠，如何杀之？须枉命相代，若此人他去，我等无所赖矣。”其一人云：“董进朝对门有一人，同姓同年，寿限相埒，可以代矣。”因忽不见，进朝惊异之。及明，已闻对门复魂声。问其故，死者父母云：“子昨宵暴卒。”进朝感泣说之，因为殡葬，供养其父母焉。后出家，法号慧通，住兴元唐安寺。

元和中，严司空绶在江陵。时，涔阳镇将王沔常持《金刚经》，因使归州勘事，回至咤滩，船破，五人同溺。沔初入水，若有人授竹一竿，随波出没，至下牢镇，着岸不死。视手中物，乃授持《金刚经》也。咤滩至下牢三百余里。

长庆初，荆州公安僧会宗，姓蔡，常中蛊，得病骨立。乃发愿念《金刚经》以待尽，至五十遍，昼梦有人令开口，喉中引出发十余茎。夜又梦吐大蝾长一肘余，因此遂愈。荆山僧行坚见其事。

江陵开元寺般若院僧法正，日持《金刚经》三七遍。长庆初，得病卒，至冥司，见若王者问：“师生平作何功德？”答曰：“常念《金刚经》。”乃揖上殿，令登绣坐，念经七遍。侍卫悉合掌阶下，拷掠论对皆停息而听。念毕，后遣一吏引还，王下阶送，云:“上人更得三十年在人间，勿废读诵。”因随吏行数十里，至一大坑，吏因临坑，自后推之，若陨空焉。死已七日，唯面不冷。法正今尚在，年八十余。荆州僧常靖亲见其事。

石首县有沙弥道荫，常持念《金刚经》。宝历初一云长庆，因他出夜归，中路忽遇虎吼掷而前。沙弥知不免，乃闭目而坐，但默念经，心期救护，虎遂伏草守之。及曙，村人来往，虎乃去。视其蹲处，涎流于地。

元和三年，贼李同捷阻兵沧景，帝命刘祐统齐德军讨之。初围德州城，城坚不拔。翌日又攻之①，自卯至未，十伤八九，竟不能拔。时有齐州衙内八将官健儿王忠干，博野人，常念《金刚经》，积二十余年，日数不阙。其日，忠干上飞梯，将及堞，身中箭如猬，为櫑木击落，同火卒曳出羊马城外，置之水濠里岸。祐以暮夜命抽军，其时城下矢落如雨，同火人匆忙，忘取忠干尸。忠干既死，梦至荒野，遇大河，欲渡无因，仰天大哭。忽闻人语声，忠干见一人长丈余，疑其神人，因求指营路。其人云：“尔莫怕，我令尔得渡此河。”忠干拜之，头低未举，神人把腰掷之空中，久方着地，忽如梦觉，闻贼城上交二更。初，不记过水，亦不知疮，抬手扪面，血涂眉睫，方知伤损。乃举身强行百余步，却倒。复见向人持刀叱曰：“起、起。”忠干惊惧，遂走一里余，坐歇，方闻本军喝号声，遂及本营。访同火卒，方知身死在水濠里，即梦中所过河也。忠干见在齐德军。

① “翌”，四库本作“翼”。

何轸，鬻贩为业，妻刘氏，少断酒肉，常持《金刚经》。先焚香像前，愿年止四十五。临终心不乱，先知死日。至太和四年冬，四十五矣，悉舍资装供僧。欲入岁假，遍别亲故，何轸以为病魅，不信。至岁除日，请僧受八关，沐浴易衣，独处一室，趺坐高声念经。及辨色悄然，儿女排室入看之，已卒，顶热灼手。轸以僧礼葬，塔在荆州北郭。

蜀左营卒王殷，常读《金刚经》，不茹荤饮酒。为赏设库子，前后为人误累，合死者数四，皆非意得免。至太和四年，郭钊司空镇蜀，郭性严急，小不如意皆死。王殷因呈锦缬，郭嫌其恶弱，令袒背，将毙之。郭有番狗，随郭卧起，非使宅人，逢之辄噬。忽吠数声，立抱王殷背，驱逐不去。郭异之，怒遂解。

郭司空离蜀之年，有百姓赵安常念《金刚经》。因行野外，见衣一幞遗墓侧，安以无主，遂持还。至家言于妻子，邻人即告官赵盗物，捕送县。贼曹怒其不承认，以大关挟胫，折三段。后令杖脊，杖下辄折。吏意其有他术，问之，唯念《金刚经》。及申郭，郭亦异之，判放。及归，其妻云："某日闻君经函中震裂数声，惧不敢发。"安乃驰视之，带断轴折，纸尽破裂。安今见在。

太和五年，汉州什邡县百姓王翰，常在市，日逐小利，忽暴卒，经三日却活。云："冥中有十六人同被追，十五人散配他处，翰独至一司。见一青衫少年，称是己侄，为冥官厅子，遂引见推典。"又云："是己兄，貌皆不相类。"其兄语云："有冤牛一头，诉尔烧畬枉烧杀之。尔又曾卖竹与杀狗人作篓篌，杀狗两头，狗亦诉尔。尔今名未系死籍，犹可以免，为作何功德？"翰欲为设斋及写《法华经》《金光明经》，皆曰："不可。"乃请曰："持《金刚经》日七遍与之。"其兄喜曰："足矣。"及活，遂舍业出家。今在什邡县。

太和七年冬，给事中李公石为太原行军司马。孔目官高涉因宿使院，至冬冬鼓起时诣邻房。忽遇一人，长六尺余，呼曰："行军唤尔。"涉遂行，行稍迟，其人自后拓之，不觉向北，约行数十里，至野外，渐入一谷底。后上一山，至顶四望，邑屋尽眼下。至一曹司，所追者呼云："追高涉到。"其中人多衣朱绿，当案者似崔行信郎中。判云："付司对。"复引出，至一处，数百人露坐，与猪羊杂处。领至一人前，乃涉妹婿杜则也。逆谓涉曰："君初得书手时，作新人局，遣某买羊四口，记得否？今被相债，备尝苦毒。"涉遽云："尔时秖使市肉，非羊也。"则遂无言，因见羊人立啮则。逡巡，被领他去。倏忽，又见一处，露架方梁。梁上钉大铁环，有数百人皆持刀以绳系人头，牵入环中刳剔之。涉惧，走出，但念《金刚经》。倏忽，逢旧相识杨演，云："李尚书时，杖杀贼李英道，为劫贼事，已于诸处受生三十年。今却诉前事，君常记得无？"涉辞以年幼不省。又遇旧典段怡，先与涉为义兄弟，逢涉云："先念《金刚经》，莫废忘否？向来所见，未是极苦处，勉树善业，今得还，乃经之力。"因送至家，如梦，死已经宿。

向所拓处，数日青肿。

永泰初，丰州烽子暮出，为党项缚入西蕃易马。蕃将令穴肩骨，贯以皮索，以马数百蹄配之。经半岁，马息一倍，蕃将赏以羊革数百，因转近牙帐。赞普子爱其了事，遂令执纛左右，有剩肉、余酪与之。又居半年，因与酪肉，悲泣不食，赞普问之，云："有老母频夜梦见。"赞普颇仁，闻之怅然，夜召帐中语云："蕃法严，无放还例。我与尔马有力者两匹，于某道纵尔归，无言我也。"烽子得马极骋，俱乏死，遂昼潜夜走，数日后为刺伤足，倒碛中。忽有风吹物窸窣过其前，因揽之裹足。有顷，不复痛，试起步走如故。经信宿，方及丰州界。归家，母尚存，悲喜曰："自失尔，我唯念《金刚经》，寝食不废，以祈见尔，今果其誓。"因取经拜之，缝断，亡数幅，不知其由。子因道碛中伤足事，母令解足视之，所裹疮物，乃数幅经也，其疮亦愈。

大历中，太原偷马贼诬一王孝廉同情，拷掠旬日，苦极强首，推吏疑其冤，未即具狱。其人惟念《金刚经》，其声哀切，昼夜不息。忽一日，有竹两节坠狱中，转至于前，他囚争取之，狱卒意藏刃，破视，内有字两行云："法尚应舍，何况非法？"书迹甚工。贼首悲悔，具承以匿一作旧。嫌诬之。

唐段少卿酉阳杂俎续集卷之八

唐太常少卿临淄柯古段成式撰

支动

北海有木兔，类樵鹞。

鼠食盐则身轻。

乌贼鱼，骨如通草，可以刻为戏物。

章举每月三八则多。

虾姑，状若蜈蚣，管虾。

南海有水族，前左脚长，前右脚短。口在胁傍背上，常以左脚捉物，置于右脚，右脚中有齿嚼之，方内于口。大三尺余，其声术术，南人呼为海术。

猎者不杀豺，以财为同声。又南方恶豺向人作声。

卫公幼时，常于明州见一水族，有两足，觜似鸡，身如鱼。

卫公年十一，过瞿塘，波中睹一物，状如婴儿，有翼，翼如鹦鹉。公知其怪，即时不言，晚风大起方说。

句容赤沙湖食朱砂鲤，带微红，味极美。

负朱鱼亦绝美，每鳞一点朱。

向北有濮固羊，大而美。

丙穴鱼食乳水，食之甚温。

蜃身一半已下鳞尽逆。

太和七年，河阴忽有蝇蔽天如蝗，止三日，河阳界经旬方散。有李犨，时为尉，向予三从兄说。

南中玳瑁斑点尽糢糊，唯振州玳瑁如舶上者。尝见卫公先白书上作此瑇瑁字。

卫公言鹅警鬼，䴔䴖厌火，孔雀辟恶。

洪州有牛尾狸，肉甚美。

威远军子将臧平者，好斗鸡，高于常鸡数寸，无敢敌者。威远监军与物十匹强买之，因寒食乃进。十宅诸王皆好斗鸡，此鸡凡敌十数，犹擅场怙气。穆宗大悦，因赐威远监军帛百匹。主鸡者想其跖距，奏曰："此鸡实有弟，长趾善鸣，前岁卖之河北军将，获钱二百万。"

韦绚云："巴州兔作狸班。"

凡鸷鸟雄小雌大，庶鸟皆雄大雌小。

予同院宇文献云："吉州有异虫，长三寸余，六足，见蚓必啮为两段，才断各化为异虫，相似无别。"

又有赤腰蜂，养子于蜘蛛腹下。

鯸鮧鱼，肝与子俱毒，食此鱼必食艾。艾能已其毒，江淮人食此鱼必和艾。

夔州刺史李贻孙云："尝见木枝化为蚓。"

道书以鲤鱼多为龙，故不欲食，非缘反药。庶子张文规又曰："医方中畏食鲤鱼，谓若鱼中猪肉也。"

卫公画得峡中异蝶，翅阔四寸余，深褐色，每翅上有二金眼。

公又说："道书中言：'獐鹿无魂，故可食。'"

予幼时尝见说郎巾，谓狼之筋也。武宗四年，官市郎巾。予夜会客，悉不知郎巾何物？亦有疑是狼筋者。坐老僧泰贤云："泾帅段祐宅在招国坊，尝失银器十余事。贫道时为沙弥，每随师出入段公宅，段因令贫道以钱一千诣西市贾胡求郎巾。出至修竹南街金吾铺，偶问官健朱秀，秀曰：'甚易得但人不识耳'。遂于古培摘出三枚[1]，如巨虫，两头光，带黄色。祐得即令集奴婢环庭炙之，虫栗蠕动，有一女奴脸唇瞤动，诘之，果窃器而欲逃者。"

象管，环王国野象成群，一牡管牝三十余。牝牙才二尺，迭供牡者水草卧

① "培"，原作"掊"，据学津本、四库本改。

则环守，牝象死，共穵地埋之，号吼移时方散。又国人养驯，可令代樵。

熊胆，春在首，夏在腹，秋在左足，冬在右足。

南安蛮江蛇，至五六月，有巨蛇泛江岸，首如张帽，万万蛇随之入越王城。

野牛，高丈余，其头似鹿，其角丫戾，长一丈，白毛，尾似鹿，出西域。

潜牛，勾漏县大江中有潜牛，形似水牛，每上岸斗，角软还入江水，角坚复出。

猫，目睛暮圆，及午竖敛如綖，其鼻端常冷，唯夏至一日暖，其毛不容蚤虱。黑者暗中逆循其毛，即若火星。俗言：猫洗面过耳则客至。楚州谢阳出猫，有褐花者，灵武有红叱拨及青骢色者[①]。猫一名蒙贵，一名鸟员。平陵城，古谭国也。城中有一猫，常带金锁，有钱飞若蛱蝶，士人往往见之。

鼠，旧说鼠王其溺精一滴成鼠[②]。一说鼠母头脚似鼠，尾苍口锐，大如水中者[③]，性畏狗。溺一滴成一鼠，时鼠灾多起于鼠母，鼠母所至处[④]，动成万万鼠。其肉极美。凡鼠食死人目睛则为鼠王。俗云："鼠啮上服有喜，凡啮衣欲得有盖，无盖凶。"

千岁燕，齐鲁之间谓燕为乙，作巢避戊巳。《玄中记》云："千岁之燕户北向。"《述异要》云："五百岁燕生胡髯。"

鹧鸪飞数逐月，如正月一飞而止于窠中，不复起矣。十二月十二起，最难采，南人设网取之。

鹊窠，鹊构窠取在树杪枝，不取堕地者。又缠枝受卵。端午日午时焚其窠灸病者，疾立愈。

勾足，鸜鹆交时以足相勾，促鸣鼓翼如斗状，往往堕地，俗取其勾足为媚药。

壁镜，一日江枫亭会，众说单方，成式记治壁镜用白矾。重访许君，用桑柴灰汁，三度沸，取汁，白矾为膏，涂疮口即差，兼治蛇毒。自商、邓、襄州多壁镜，毒人必死。坐客或云："巳年不宜杀蛇[⑤]。"

大蝎，安邑县北门，县人云：有一蝎如琵琶大，每出来不毒人，人犹是恐，其灵积年矣。

红蝙蝠，刘君云："南中红蕉花，时有红蝙蝠集花中，南人呼为红蝙蝠。"

青蚨似蝉而状稍大，其味辛可食。每生子，必依草叶，大如蚕子。人将子归，

① "有"，原缺，据学津本补。

② "鼠"，学津本作小字注"一鼠"。

③ "者"，原缺，据学津本、四库本补。

④ "处"，四库本作"虎"。

⑤ "巳"，四库本作"已"。

其母亦飞来，不以近远，其母必知处。然后各致小钱于巾[①]，埋东行阴墙下。三日开之，即以母血涂之如前。每市物，先用子，即子归母；用母者，即母归子，如此轮还，不知休息。若买金银珍宝，即钱不还。青蚨，一名鱼伯。

寄居之虫如螺而有脚，形似蜘蛛，本无壳，入空螺壳中载以行，触之缩足，如螺闭户也。火炙之，乃出走，始知其寄居也。

蜾蠃，今谓之蠮螉也。其为物纯雄无雌，不交不产，取桑虫之子祝之，则皆化为己子。蜂亦如此耳。

鲫鱼，东南海中有祖州，鲫鱼出焉，长八尺，食之宜暑而避风，此鱼状即与江湖小鲫鱼相类耳[②]。浔阳有青林湖鲫鱼，大者二尺余，小者满尺，食之肥美，亦可止寒热也。

黄魟鱼，色黄无鳞，头尖，身似大槲叶，口在颔下，眼后有耳，窍通于脑，尾长一尺，末三刺甚毒魟音烘。

螃蛤，傍海大鱼，脊上有石十二时，一名篱头溺，一名螃鱠，其溺甚毒。

郫县侯生者，于沤麻池侧得鳝鱼，大可尺围，烹而食之，发白复黑，齿落更生，自此轻健。

剑鱼，海鱼千岁为剑鱼，一名琵琶鱼，形似琵琶而喜鸣，因以为名。虎鱼老则为蛟。江中小鱼化为蝗而食五谷者，百岁为鼠。

金驴，晋僧朗住金榆山，及卒，所乘驴上山失之，时有人见者，乃金驴矣。樵者往往听其鸣响，土人言：金驴一鸣，天下太平。

圣龟，福州贞元末，有村人卖一笼龟，其数十三，贩药人徐仲以五镪获之。村人云：此圣龟，不可杀。徐置庭中，一龟藉龟而行，八龟为导，悉大六寸，徐遂放于乾元寺后林中，一夕而失。

运粮驴，西域厌达国有寺户，以数头驴运粮上山，无人驱逐，自能往返，寅发午至，不差晷刻。

邓州卜者，有书生住邓州，尝游郡南，数月不返。其家诣卜者占之，卜者视卦曰："甚异，吾未能了，可重祝。"祝毕，拂龟改灼，复曰："君所卜行人，兆中如病非病，如死非死，逾年自至矣。"果半年，书生归，云："游某山深洞，入值物，蛰如中疾，四支不能动，昏昏若半醉。见一物自明入穴中，却返，良久又至，直附身引颈临口鼻，细视之，乃巨龟也。"十息顷方去，书生酌其时日，其家卜吉时焉。

五时鸡，影鹅池北有鸣琴苑伺夜鸡，鸣随鼓节而鸣，从夜至晓，一更为一声，

---

① "钱"，原缺，"于"原作"子"，据《太平广记》补改。

② "江湖"，学津本、四库本作"江河"。

五更为五声，亦曰五时鸡。

鹧鸪似雌雉，飞但南不向北。杨孚《交州异物志》云:“鸟像雌雉，名鹧鸪，其志怀南，不向北徂。”

猬见虎则跳入虎耳。

鹞子两翅各有复翎，左名撩风，右名掠草。带两翎出猎[①]，必多获。

世俗相传云：鸱不饮泉及井水，惟遇雨濡翮，方得水饮。

开元二十一年，富平县产一角神羊，肉角当顶，白毛上捧，议者以为獬豸。

獬豸见斗不直者触之，穷奇见斗不直者煦之，均是兽也，其好恶不同。故君子以獬廌为冠，小人以穷奇为名。

鼠胆在肝，活取则有。

唐段少卿酉阳杂俎续集卷之九

唐太常少卿临淄柯古段成式撰

支植上

卫公平泉庄有黄辛夷、紫丁香。

都胜花，紫色，两重心，数叶卷上如芦，朵蕊黄叶细。

那提槿花，紫色，两重叶，外重叶卷心，心中抽茎高寸余，叶端分五瓣如蒂，瓣中紫蕊，茎上黄叶。

月桂，叶如桂，花浅黄色，四瓣，青蕊，花盛发如柿叶蒂棱，出蒋山。

溪荪，如高梁姜，生水中，出茆山。

山茶，似海石榴，出桂州，蜀地亦有。

贞桐，枝端抽赤黄条，条复旁对，分三层，花大如落苏花，作黄色，一茎上有五六十朵。

俱那卫，叶如竹，三茎一层，茎端分条如贞桐，花小，类木檞，出桂州。

瘴川花，差类海榴，五朵簇生，叶狭长重沓，承于花底，色中第一，蜀色不能及，出黎州按辔岭。

木莲花，叶似辛夷，花类莲花，色相傍，出忠州鸣玉溪，邛州亦有。

牡桂，叶大如苦竹叶，叶中一脉如笔迹，花蒂叶三瓣，瓣端分为两岐，其表色浅黄，近岐浅红色。花六瓣，色白，心凸起如荔枝，其色紫，出婺州山中。

① “两”，原作“雨”，据学津本、四库本改。

簇蝶花，花为朵，其簇一蕊，蕊如莲房，色如退红，出温州。

山桂，叶如麻，细花紫色，黄叶簇生，如慎火草，出丹阳山中。

那伽花，状如三春无叶花，色白心黄，六瓣，出舶上。

南安有人子藤[①]，红色，在蔓端有刺，其子如人状昆仑，烧之集象，南中亦难得。

三赖草，如金色，生于高崖，老子弩射之，魅药中最切[②]。

卫公言:“桂花三月开，黄而不白，大庾诗皆称桂花耐日。”又张曲江诗“桂花秋皎洁”，妄矣。

木中根固柿为最，俗谓之柿盘。

曹州及扬州淮口出夏梨。

卫公言:“滑州樱桃十二枚长一尺。”

韦绚云:“湖南有灵寿花，数蒂簇开[③]，视一曰规。日如槿，红色，春秋皆发，非作杖者。”

又言:“衡山祝融峰下法华寺，有石榴花如槿，红花，春秋皆发。”

卫公又言:“衡山旧无棘，弥境草木无有伤者。曾录知江南，地本无棘，润州仓库或要固墙隙，植蔷薇枝而已。”

卫公言:“有蜀花鸟图，草花有金粟、石阚、水礼、独用将军[④]、药管。石阚叶甚奇，根似棕叶。大凡木脉皆一脊，唯桂叶三脊。近见菝葜亦三脊。”

专根，羹之绝美，江东谓之莼龟。

王旻言，萝蓄一曰葡。根茎，并生熟俱凉。或蓄恐误。[⑤]

重台朱槿，似桑，南中呼为桑槿。

金松，叶似麦门冬，叶中一缕如金綖，出浙东，台州犹多。

卫公言:“回讫草鼓如鼓，及难果能菜。”

江淮有孟娘菜，并益肉食。

又青州防风子可乱毕拨。

又太原晋祠，冬有水底苹，不死，食之甚美。

卫公言:“蜀中石竹有碧花。”

又言，贞元中牡丹已贵，柳浑善言:“近来无奈牡丹何，数十千钱买一

---

① “南安”，学津本作“安南”。

② “切”，学津本作“切用”。

③ “蒂”，原作“带”，据学津本改。

④ “用”，学津本、四库本作“角”。

⑤ “或蓄恐误”，学津本、四库本无。

窠[①]。今朝始得分明见，也共戎葵校几多。”成式又尝见卫公图中有冯绍正鸡图，当时已画牡丹矣。

卫公庄上旧有同心蒂木芙容。

卫公言："金钱花损眼。"

紫薇，北人呼为猴郎达树，谓其无皮，猿不能捷也。北地其树绝大，有环数夫臂者。

卫公言："石榴甜者谓之天浆[②]，能已乳石毒。"

东都胜境有三溪，今张文规庄近溪，有石竹一竿，生瘿，今大如李。

麻黄，茎端开花，花小而黄，簇生，子如覆盆子，可食，至冬枯死如草，及春却青。

太常博士崔硕云："汝西有练溪，多异柏，及暮秋，叶上敛，俗呼合掌柏。"

洛中鬻花木者言，嵩山深处有碧花玫瑰，而今亡矣。

崔硕又言："常卢潘云：'衡山石名怀。'"

三色石楠花，衡山石楠花有紫碧白三色，花大如牡丹，亦有无花者。

卫公言："三鬣松与孔雀松别。"又云："欲松不长，以石抵其直下根，便不必千年方偃。"

东都敦化坊百姓家，太和中有木兰一树，色深红。后桂州观察使李勃看宅人，以五千买之。宅在水北，经年，花紫色。

处士郑又玄云："闽中多佛桑树，树枝叶如桑，唯条上勾，花房如桐，花含长一寸余，似重台状，花亦有浅红者。"

独桓树，顿邱南应足山有之。山上有一树，高十余丈，皮青滑似流碧，枝干上耸，子若五彩囊，叶如亡子镜，世名之仙人独桓树。

木龙树，徐之高冢城南有木龙寺，寺有三层砖塔，高丈余，塔侧生一大树，萦绕至塔顶，枝干交横，上平，容十余人坐，枝杪四向下垂如百子帐，莫有识此木者，僧呼为龙木，梁武曾遣人图写焉。

鱼甲松，洛中有鱼甲松。

---

① "窠"，学津本、四库本作"颗"。

② "天"，原作"大"，据学津本、四库本改。

唐段少卿酉阳杂俎续集卷之十

唐太常少卿临淄柯古段成式撰

文植下

青杨木出峡中，为床，卧之无蚤。

夏州槐，夏州唯一邮有槐树，数株。盐州或要叶，行牒求之。

蜀楷木，蜀中有木类柞，众木荣时枯枿，隆冬方萌芽布阴，蜀人呼为楷木。

古文柱，齐建元二年夏，庐陵长溪水冲击山麓，崩长六七尺，下得柱千余根，皆十围，长者一丈，短者八九尺。头题古文字，不可识，江淹以问王俭，俭云：“江东不闲隶书，秦汉时柱也。”

色绫木，台山有色绫木，理如绫文，百姓取为枕，呼为色绫枕。

鹿木，武陵郡北有鹿木二株，马伏波所种，木多节。

倒生木，此木依山生，根在上，有人触则叶翕，人去则叶舒，出东海。

黝木，节以虫兽[①]，可以为鞭。

桄榔树，古南海县有桄榔树，峰头生叶，有面。大者出面百斛，以牛乳啖之，甚美。

怪松，南康有怪松，从前刺史令画工写松，必数枝衰悴，后因一客与妓环饮其下，经日松死。

河伯下材，中宿县山下有神宇，溱水至此，沸腾鼓怒。槎木泛至此沦没，竟无出者，世人以为河伯下材[②]。

交让木，《武陵郡记》：“白雉山有木名交让，众木敷荣后方萌芽，亦更岁迭荣也。”

三枝槐，相国李石河中永乐有宅，庭槐一本抽三枝，直过堂前屋脊，一枝不及。相国同堂兄弟三人，曰石，曰程，皆登第宰执，唯福一人，历七镇使相而已。

无患木，烧之极香，辟恶气，一名噤娄，一名桓。昔有神巫曰瑶耗，能符劾百鬼，擒魑魅，以无患木击杀之。世人竟取此木为器，用却鬼，因曰无患木。

醋心树，杜师仁常赁居，庭有巨杏树，邻居老人每担水至树侧，必叹曰：“此树可惜。”杜诘之，老人云：“某善知木病，此树有疾，某请治。”乃诊树一处，曰：

① “以”，学津本、四库本作“似”。

② “河伯”，原作“河泊”，据明万历李云鹄刻本《酉阳杂俎》卷十改。

“树病醋心。”杜染指于蠹处尝之，味若薄醋。老人持小钩披蠹，再三钩之，得一白虫如蝠。乃傅药于疮中，复戒曰：“有实自青皮时必摽之，十去八九则树活。”如其言，树益茂盛矣。又云：“尝见《栽植经》三卷，言木有病醋心者。”

女草，葳蕤草一名丽草，亦呼为女草，江湖中呼为娃草。美女曰娃，故以为名。

山茶花，山茶叶似茶树，高者丈余，花大盈寸，色如绯，十二月开。

异木花，卫公尝获异木一株，春花紫。予思木中一岁发花唯木兰。

王母桃，洛阳华林园内有之，十月始熟，形如括蒌。俗语曰：“王母甘桃，食之解劳。”亦名西王母桃。

胡榛子，阿月生西国，蕃人言与胡榛子同树，一年榛子，二年阿月。

橄榄子独根，树东向枝曰木威，南向枝曰橄榄。

东荒栗，东方荒中有木名曰栗，有壳径三尺三寸[①]，壳刺长丈余，实径三尺，壳亦黄，其味甜，食之令人短气而渴。

猴栗，李卫公一夕甘子园会客，盘中有猴栗，无味。陈坚处士云：“虔州南有渐栗，形如素核。”

儋崖芥，芥高者五六尺，子大如鸡卵。

儋崖瓠，儋崖种瓠，成实率皆石余。

童子寺竹，卫公言：“北都惟童子寺有竹一窠，才长数尺。相传其寺纲维，每日报竹平安。”

石桂芝，生山石穴中，似桂树而实石也，高大如绞尺，光明而味辛，有枝条，捣服之，一斤得千岁也。

石发，张乘言：“南中水底有草如石发，每月三四日始生，至八九日已后可采，及月尽悉烂，似随月盛衰也。”

席箕，一名塞芦，生北胡地，古诗云：“千里席箕草。”

宋州莆田县破冈山，武宗二年，巨石上生菌，大如合篑，茎及盖黄白色，其下浅红，尽为过僧所食，云：“美倍诸菌。”

大食勿斯离国，石榴重五六斤。

南中桐花有深红色者。

东官郡[②]，汉顺帝时属南海，西接高凉郡，又以其地为司谏都尉。东有芜地，西邻大海。有长洲，多桃枝竹，缘岸而生。

枫树，子大如鸡卵，二月华已乃着实，八九月熟，曝干，烧之香馥。

---

① “三寸”，学津本作“二寸”。

② “官”，原作“宫”，据学津本改。

唐段少卿《酉阳杂俎续集跋》

吴曾《能改斋漫录》云：按姚宽《西溪丛语》云："段成式《酉阳杂俎》有《诺皋记》，又有《支诺皋》，意义难解。"《春秋左氏传》："襄公十八年秋，齐侯伐我北鄙。中行献子，将伐齐。梦与厉公讼，弗胜。公以戈击之，首队于前，跪而戴之，奉之以走，见梗阳之巫皋。他日见于道，与之言同。巫曰：'今兹主必死，若有事于东方，则可以逞，献子许诺。疑此事也。'"晁伯宇《谈助》云："灵奇秘要，辟兵法。正月上寅日，禹步取寄生木，三咒曰：'喏皋，敢告日月震雷，令人无敢见我。我为大帝使者，乃断取五寸，阴干百日，为簪二七循头，乃还著巾中。'"晁说非也。以上皆《丛语》，余以《丛语》未尽得之。盖段氏所载皆鬼神事，虽献子所梦有巫名皋，而献子诺之，是信皋所言之意，亦似可证。然葛洪《抱朴子内篇》载《遁甲中经》曰："往山林中，当以左手取青龙上草，折半置蓬星下，历明堂入太阴中，禹步而行，三咒曰：'诺皋太阴将军，独开曾孙某甲，勿开外人，使人见甲者以为束薪，不见甲者以为非人，则折所持之草置地上，左手取草以傅鼻人中，右手持草自蔽。左手着前，禹步而行，到六癸下，闭气而坐，人鬼不能见也。'"以是知诺皋，乃太阴之名。太阴者，乃隐形之神。晁氏不无所本，二说皆取，今发明于此。

段安节

乐府杂录

乐府杂录序

爰自国朝初修郊礼，刊定乐悬，约三代之歌钟，均九威之律度[①]，莫不《韶》音尽美，《雅》奏克谐，上可以吁天降神，下可以移风变俗也。以至桑间旧乐，濮上新声，金丝慎选于精能，本领皆传于故老。重翻曲调，全去淫绮之音；复采优伶，尤尽滑稽之妙。

洎从离乱，礼寺隳颓，簨虡既移，警鼓莫辨。梨园弟子，半已奔亡，乐府歌章，咸皆丧坠。安节以幼少即好音律，故得粗晓宫商，亦以闻见数多，稍能记忆，尝见《教坊记》，亦未周详，以耳目所接，编成《乐府杂录》一卷。自念浅拙，聊且直书，以俟博闻之者[②]，补兹漏焉。

雅乐部

宫悬四面，天子乐也；轩悬三面，诸侯乐也；判悬二面，大夫乐也；特悬一面，士乐也。宫悬四面，每面五架，架即簨虡也，其上安金铜仰阳，以鹭鸶、孔雀羽装之，两面缀以流苏，以彩翠丝绂为之也。十二律上钟九乳，依月排之。每面石磬及编钟各一架，每架列钟十二所，亦依律编之。四角安鼓四座，一曰应鼓，四旁有两小鼓为鞞鼓也。二曰腰鼓，三曰警鼓，四曰雷鼓，皆彩画，上各安宝轮，以珠翠妆之。乐即有箫、笙、竽、埙、篪、籥、跋膝、琴、瑟、筑、将竽。形似小钟，以手将之即鸣也。次有登歌，皆奏法曲，御殿即奏《凯安》《广□》《雍熙》三曲，宴群臣即奏《□□》《□□》《鹿鸣》三曲[③]。近代内宴即全不用法乐也。郊天及诸坛祭祀即奏《太和》《冲和》《舒和》三曲。凡奏曲登歌先引，诸乐逐之。其乐工皆戴平帻，衣绯大袖，每色十二，在乐悬内，已上谓之坐部伎。八佾舞

---

① “威”，学海本作“成”。

② “之者”，墨海本作“者之”。

③ “《□□》《□□》”，学海本作“《皇华》《四牡》”。

则六十四人，文武各半，皆着画帻，俱在乐悬之北。文舞居东，手执翟状如凤毛，武舞居西，手执戚，文衣长大，武衣短小。其钟师及磬师、登歌、八佾舞，并诸色舞通谓之立部伎。柷敔、乐悬既陈，太常卿押乐在乐悬之北面。太乐令、鼓吹令，俱在太常卿之后，太乐在东，鼓吹居西。协律郎二人，皆执翚竿，亦用彩翠妆之，一人在殿上翚竿倒，殿下亦倒，遂奏乐。协律郎皆绿衣大袖戴冠。

云韶乐①

用玉磬四架。乐即有琴、瑟、筑、箫、篪、籥、跋膝、笙、竽、登歌、拍板，乐分堂上堂下。登歌四人，在堂下坐。舞童五人衣绣衣，各执金莲花引舞者。金莲如仙家行道者也。舞在阶下，设锦筵，宫中有云韶院。

清乐部

乐即有琴、瑟、云和筝、其头像云。笙、竽、筝、箫、方响、篪、跋膝、拍板。戏即有《弄贾大猎儿》也。

鼓吹部

即有卤簿、钲、鼓及角。乐用弦鼗、笳、箫，又即用哀笳，以羊角为管，芦为头也。警鼓二人，执朱幡引乐，衣文，戴冠。已上乐人皆骑马，乐即谓之“骑吹”。俗乐亦有骑吹也。天子卤簿用“大全仗”，鼓一百二十面，金钲七十面。郊天谒庙，吉礼，即衣云花黄衣，鼓四，钲二；下山陵，凶礼，即衣云花白衣，鼓二，钲二。下册太后、皇后及太子，用鼓七十面，金钲四十面，谓之“小全仗”。公主出降及册三公并祔庙礼葬，并用“大半仗”，鼓四十面，钲二十面。诸侯用“小半仗”，鼓三十面，钲十四面，吉凶如上。自太子已下，册礼及葬祔庙，并无警鼓。

---

① “乐”，说郛本作“部”。

驱傩

用方相四人，戴冠及面具，黄金为四目。衣熊裘，执戈，扬盾，口作“傩傩”之声以除逐也[①]。右十二人[②]，皆朱发，衣白□画衣[③]。各执麻鞭，辫麻为之，长数尺，振之声甚厉，乃呼神名。其有甲作食凶者，沸谓食梦者[④]，腾兰食不祥者[⑤]，览诸食名者，祖盟、强食其磔死寄生者，桃根食篪者等[⑥]。振子五百[⑦]，小儿为之，衣朱褶青襦，戴面具。以晦日于紫宸殿前傩，张宫悬乐。太常卿及少卿押乐正到西阁门，丞并太乐署令、鼓吹署令、协律郎并押乐在殿前。事前十日，太常卿并诸官于本寺先阅傩，并遍阅诸乐。其日大宴三五署官，其朝寮家皆上棚观之，百姓亦入看，颇谓壮观也。太卿上此，岁除前一日，于右金吾龙尾道下重阅，即不用乐也。御楼时，于金鸡竿下打赦鼓一面，钲一面，以五十人唱色十下，鼓一下，钲以千下。

熊罴部

其熊罴者有十二，皆有木雕之，悉高丈余。其上安版床，复施宝幰，皆金彩妆之。于其上奏雅乐，含元殿方奏此乐也。奏唐《十二时》《万宇清》《月重轮》三曲，亦谓之“十二按乐”。具库在望仙门内之东壁。俗乐古都属乐园新院，院在太常寺内之西北也。开元中，始别署左右教坊[⑧]，上都在延政里，东都在明义里，以内官掌之。至元和中，只署一所[⑨]，又于上都广化里、太平里，兼各署乐官院一所[⑩]。

---

① “除逐”，类说本作“除”，说郛本作“逐疫”。

② “右”，说郛本作“又”。

③ “□”，五朝本作“色”。

④ “沸谓”，说海本作“肺胃”。

⑤ “兰”，说海本作“简”。

⑥ “篪”，说海本、五朝本作“虎”。

⑦ “振”，说郛本作“侲”。

⑧ “署”，类说本作“置”。

⑨ “署”，类说本作“置”。

⑩ “署”，类说本作“置”。

鼓架部

乐有笛、拍板、答鼓、即腰鼓也。两杖鼓。戏有《代面》，始自北齐，神武弟有胆勇，善斗战，以其颜貌无威，每入阵，即着面具，后乃百战百胜。戏者衣紫，腰金，执鞭也。《钵头》，昔有人父为虎所伤，遂上山寻其父尸。山有八折[①]，故曲八叠。戏者被发，素衣[②]，面作啼，盖遭丧之状也。《苏中郎》，后周士人苏葩，嗜酒落魄，自号"中郎"。每有歌场，辄入独舞。今为戏者，着绯，戴帽。面正赤，盖状其醉也。即有《踏摇娘》[③]。羊头浑脱，九头狮子，弄白马，益钱[④]，以至寻撞、跳丸、吐火、吞刀、旋槃、筋斗[⑤]，悉属此部。

龟兹部

乐有觱篥、笛、拍板、四色鼓、揩鼓腰[⑥]、鸡楼鼓[⑦]。戏有《五常狮子》，高丈余，各衣五色。每一狮子有十二人，戴红抹额，衣画衣，执红拂子，谓之"狮子郎"。舞《太平乐》曲。《破阵乐》曲亦属此部，秦王所制，舞人皆衣画甲，执旗旆。外藩镇春冬犒军，亦舞此曲，兼马军引入场，尤甚壮观也。《万斯年》曲，是朱崖李太尉进，此曲名即《天仙子》是也。

胡部

乐有琵琶、五弦、筝、箜篌、觱篥、笛、方响、拍板。合曲时亦击小鼓钹子，合曲后立唱歌。凉府所进，本在正宫调，大遍小者。至贞元初，康昆仑翻入琵琶。□□□□□□□□玉宸殿[⑧]，故有此名，合诸乐即黄钟宫调也。《奉圣乐》曲，是韦南康镇蜀时南诏所进，在宫调，亦舞伎六十四人。遇内宴，即于殿前立奏乐，

---

① "折"，五朝本作"重"。

② "素"，类说本作"丧"。

③ "即"，类说本作"又"。

④ "益"，说海本作"意"。

⑤ "筋"，类说本作"斤"。

⑥ "揩鼓腰"，说郛本作"揩羯鼓"，说海本作"楷羯鼓"。

⑦ "鸡楼鼓"，说海本作"鸡娄鼓"。

⑧ "□□□□□□□□"，《乐书》作"玉宸宫调初进曲在"八字。

更番替换。若宫中宴，即坐奏乐。俗乐亦有坐部、立部也。

歌

歌者，乐之声也。故丝不如竹，竹不如肉，迥居诸乐之上。古之能者，即有韩娥、李延年、莫愁。《乐府诗》云："莫愁在何处？住在石城西。艇子摇两桨，催送莫愁来。"善歌[①]，必先调其气。氤氲自脐出[②]，至喉乃噫其词[③]，即分抗坠之音。既得其术，即可致遏云响谷之妙也。明皇朝，有韦青[④]，本是士人，尝有诗[⑤]："三代主纶诰[⑥]，一身能唱歌。"官至将军。开元中，内人有许和子者[⑦]，本吉州永新县乐家女也。开元末选入宫，即以永新名之[⑧]，籍于宜春院，既美且慧，善歌，能变新声。韩娥、延年殁后千余载[⑨]，旷无其人，至永新始继其能。遇高秋朗月，台殿清虚，喉啭一声，响传九陌。明皇尝独召李谟吹曲逐其歌[⑩]，曲终管裂，其妙如此。又一日，赐大酺于勤政楼，观者数千，万众喧哗聚语，莫得鱼龙百戏之音[⑪]。上怒，欲罢宴，中官高力士奏请："命永新出楼歌一曲，必可止喧。"上从之。永新乃撩鬓举袂，直奏曼声[⑫]，至是广场寂寂，若无一人。喜者闻之气勇，愁者闻之肠绝。洎渔阳之乱，六宫星散，永新为一士人所得。韦青避地广陵，日夜凭阑于上河之上[⑬]，忽闻舟中奏水调者[⑭]，曰："此永新歌也！"乃登舟[⑮]，与

---

① "歌"下，类说本、说郛本有"者"字。

② "氲氲"，类说本、说郛本作"氤氲"。"脐"下，说郛本有"间"字。

③ "词"，说郛本作"调"。

④ "韦青"，类说本作"韦青者能歌"。

⑤ "尝有诗"，类说本作"尝自有诗云"。

⑥ "主纶"，类说本作"立论"。

⑦ "和子"，类说本、说郛本作"子和"。

⑧ "即以永新名之"，类说本作"因号永新"，说郛本作"因名永新"。

⑨ "延年"，说郛本作"李延年"。

⑩ "曲"，说海本作"笛"。

⑪ "得"下，类说本、说郛本有"闻"字。

⑫ "曼"，说郛本作"慢"。

⑬ "日"，类说本作"月"。

⑭ "奏水调者"，类说本作"唱水调声者"。

⑮ "乃登舟"，类说本作"乃登舟省之"。

永新对泣[①]。久之，青始亦晦其事。后士人卒，与其母之京师，竟殁于风尘[②]。及卒[③]，谓其母曰："阿母钱树子倒矣。"

大历中，有才人张红红者，本与其父歌于衢路丐食[④]。过将军韦青所居，在昭国坊南门里。青于街牖中闻其歌者喉音寥亮，仍有眉首，即纳为姬。其父舍于后户，优给之，乃自伟其艺，颖悟绝伦。尝有乐工自撰歌，即古《长命西河女》也，加减其节奏，颇有新声。未进闻，先侑歌于青[⑤]，青召红红于屏风后听之[⑥]。红红乃以小豆数合记其拍。乐工歌罢，青入问红红如何[⑦]。云："已得矣[⑧]。"青出云[⑨]："有女弟子[⑩]，久曾歌此[⑪]，非新曲也。"即令隔屏风歌之，一声不失[⑫]，乐工大惊异，遂请相见，钦伏不已。再云："此曲先有一声不稳，今已正矣。"寻达上听。翊日，召入宜春院[⑬]，宠泽隆异，宫中号"记曲娘子"，寻为才人。一日，内史奏韦青卒，上告红红，乃上前呜咽奏云："妾本风尘丐者，一旦老父死有所归，致身入内，皆自韦青，妾不忍忘其恩。"乃一恸而绝。上嘉叹之，即赠昭仪也。贞元中，有田顺[⑭]，曾为宫中御史娘子。元和、长庆以来，有李贞信、米嘉荣、何戡、陈意奴。武宗已降，有陈幼奇[⑮]、南不嫌、罗宠。咸通中有陈彦晖。

---

① "与"上，类说本有"相"字。

② "竟殁于"，类说本、说郛本作"遂落"。

③ "及"，类说本、说郛本作"临"。

④ "歌于衢路丐食"，说郛本作"唱歌丐于衢路"，类说本作"唱歌丐于其路"。

⑤ "侑歌"，类说本、说郛本作"印可"。

⑥ "召"，类说本、说郛本作"潜令"。

⑦ "红红如何"，类说本、说郛本作"之"。

⑧ "已得矣"，类说本、说郛本作"已唱得矣"。

⑨ "青出云"，类说本、说郛本作"青出绐云"。

⑩ "有"上，类说本、说郛本有"某"字。

⑪ "久"，类说本作"蚤"。"歌"，类说本、说郛本作"唱"。

⑫ "一声不失"，类说本作"一座失色"。

⑬ "召入宜春院"，类说本、说郛本作"敬宗召入宫"。

⑭ "顺"下，类说本有"郎"字。

⑮ "幼"，说海本作"幻"。

舞工[①]

舞者，乐之容也。有大垂手、小垂手，或象惊鸿，或如飞燕。婆娑，舞态也。蔓延，舞缀也。古之能者，不可胜记。即有健舞、软舞、字舞、花舞、马舞。健舞曲有《棱大》《阿连》《柘枝》《剑器》《胡旋》《胡腾》。软舞曲有《凉州》《绿腰》《苏合香》《屈柘》《团圆旋》《甘州》等[②]。字舞，以舞人亚身于地，布成字也。花舞，着绿衣[③]，偃身合成花字也[④]。马舞者，佬马人着彩衣，执鞭，于床上舞蹀躞，蹄皆应节奏也。开元中，有公孙大娘善舞剑器，僧怀素见之，草书遂长，盖准其顿挫之势也。

俳优

开元中，黄幡绰，张野狐弄参军，始自汉馆陶令石耽。耽有赃犯，和帝惜其才[⑤]，免罪。每宴乐，即令衣白夹衫，命优伶戏弄辱之，经年乃放，后为参军，[⑥]误也。

开元中，有李仙鹤善此戏，明皇特授韶州同正参军，以食其禄。是以陆鸿渐撰词言"韶州"，盖由此也。武宗朝，有曹叔度、刘泉水，醎淡最妙[⑦]。咸通以来，即有范传康、上官唐卿、吕敬迁等三人，弄假妇人。大中以来，有孙乾[⑧]、刘璃瓶，近有郭外春、孙有熊。僖宗幸蜀时，戏中有刘真者，尤能，后乃随驾入京，籍于教坊。弄婆罗[⑨]，大中初[⑩]，有康迺[⑪]、李百魁、石宝山[⑫]。大别有夷部乐，即有扶南、高丽、高昌、骠兹、康国、疏勒、西凉、安国。乐即有单龟头鼓及筝，

---

① "舞工"，类说本作"舞"。

② "屈"，类说本作"掘"。"圆"，类说本作"乳"。

③ "绿"，类说本作"彩"。

④ "字"，类说本无。

⑤ "和帝"，说郛本作"孝和"。

⑥ "经年乃放，后为参军"，说郛本作"终年乃复，故为参军"。

⑦ "醎淡最妙"，说郛本作"殊妙"。

⑧ "孙乾"，说郛本作"孙乾饭"。

⑨ "婆罗"，说郛本作"婆罗门"。

⑩ "大中"，说郛本作"大和"。

⑪ "迺"下，说郛本有"米禾稼、米万槌，近年有"九字。

⑫ "石宝山"，说郛本作"石瑶山也"。

蛇皮琵琶，盖以蛇皮为槽，厚一寸余，鳞介具，亦以楸木为面，其捍拨以象牙为之，画其国王骑象，极精妙也。凤头箜篌、卧箜篌，其工颇奇巧。三头鼓、铁拍板、葫芦笙，舞有骨尘舞、胡旋舞，俱于一小圆球子上舞，纵横腾踏，两足终不离于球子上，其妙如此也。

琵琶

始自乌孙公主造，马上弹之。有直项者、曲项者。便于急关中也。古曲有《陌上桑》。范晔、石崇、谢奕，皆善此乐也。开元中，有贺怀智，其乐器以石为槽，鹍鸡筋作弦，铁拨弹之。贞元中，有康昆仑，第一手，始遇长安大旱，诏移南市祈雨。及至天门街，市人广较胜负斗声乐。即街东有康昆仑，琵琶最上，必谓街西无以敌也。遂令昆仑登彩楼，弹一曲新翻羽调《录腰》，其街西亦建一楼，东市大诮之。及昆仑度曲，西市楼上出一女郎，抱乐器先云："我亦弹此曲，兼移在枫香调中。"及下拨，声如雷，其妙入神。昆仑即惊骇，乃拜请为师。女郎遂更衣出见，乃僧也。盖西市豪族厚赂庄严寺僧善本，姓段，以定东鄽之声。翊日，德宗召入，令陈本艺，异常嘉奖，乃令教授昆仑。段奏曰："且请昆仑弹一调。"及弹，师曰："本领何杂？兼带邪声。"昆仑惊曰："段师神人也！臣小年初学艺时，偶于邻舍女巫授一品弦调，后乃易数师。段师精鉴，如此玄妙也。"段奏曰："且遣昆仑不近乐器十年，使忘其本领，然后可教。"诏许之，后果尽段之艺。

贞元中，王芬、曹保，保子善才，其孙曹钢，皆袭所艺。次有裴兴奴，与钢同时。曹善运拨，若风雨，而不事扣弦；兴奴长于拢捻类。时人谓："曹钢有右手，兴奴有左手。"武宗初，朱崖李太尉有乐吏廉郊者，师于曹钢，尽钢之能。钢常曰："教人多矣，未有此性灵弟子也。"郊尝诣平泉别墅，值风清月朗，携琵琶池上弹蕤宾调，忽闻芰荷间有物跳跃之声，必谓是鱼。及弹别调，即无所闻。复弹旧调，依旧有声。遂加意朗弹，忽有一物锵然跃出池岸之上，视乃方响一片，盖蕤宾铁也。以指拨精妙，律吕相应也。

某门中有乐史杨志，善琵琶，其姑尤更妙绝。姑本宣徽弟子，后放出宫，于永穆观中住。自惜其艺，常畏人闻，每至夜方弹。杨志恳求教授，坚不允，且曰："誓死不传于人也。"志乃赂其观主，求寄宿于观，窃听其姑弹弄，仍系脂鞓带，以手画带，记节奏，遂得一两曲调。明日，携乐器诣姑，姑大惊异。志即告其事，姑意乃回，尽传其能矣。

文宗朝，有内人郑中丞善胡琴。中丞，即宫官也。内库二琵琶，号大、小忽雷。郑尝弹小忽雷，偶以匙头脱，送崇仁坊南赵家修理。大约造乐器，悉在此坊，其中二赵家最妙。时有权相旧吏梁厚本，有别墅在昭应之西，正临河岸。垂钩之际，忽见一物浮过，长五六尺许，上以锦绮缠之。令家僮接得就岸，即秘器也。及发开视之，乃一女郎，妆饰俨然，以罗领巾系其颈。解其领巾，伺之，口鼻有余息，即移入室中，将养经旬，乃能言，云："是内弟子郑中丞也。昨以忤旨，命内官缢杀，投于河中，锦绮即弟子相赠尔。"遂垂泣感谢。厚本即纳为妻。因言其艺，及言所弹琵琶，今在南赵家。寻值训注之乱，人莫有知者，厚本赂乐匠购得之。每至夜分，方敢轻弹。后遇良，夜饮于花下，酒酣，不觉朗弹数曲。洎有黄门放鹞子过其门，私于墙外听之，曰："此郑中丞琵琶声也。"翊日，达上听，文宗方追悔，至是惊喜，即命宣召，乃赦厚本罪，仍加锡赐焉。咸通中，即有米和，即嘉荣子也。申旋尤妙，复有王连儿也。前《羽调绿腰注》云："本自乐工进曲，上令录其要者，今以为名，设言《绿腰》也。"

筝

筝者，蒙恬所造也。元和至太和中，李青青及龙佐。大中以来，有常述本，亦妙手也。史从、李从周皆能者也。从周即青孙，亚其父之艺也。

箜篌

箜篌乃郑卫之音，权舆也。以其亡国之音[①]，故号"空国之侯"，亦曰"坎侯"。古乐府有《公无渡河》之曲。昔有白首翁[②]，溺于河，歌以哀之。女丽玉善箜篌[③]，撰此曲，以寄哀情。咸通中，第一部有张小子，忘其名，弹弄冠于今古，今在西蜀。太和中，有季齐皋者，亦为上手，曾为某门中乐史。后有女亦善此伎，为先徐相姬。大中末，齐皋尚在，有内官拟引入教坊，辞以衰老，乃止胡部中，此乐妙绝。教坊虽有三十人，能者一两人而已。

---

① "音"，类说本作"声"。

② "翁"，类说本作"狂夫"。

③ "女"，类说本作"其妻名"。

笙

笙者，女娲造也，仙人王子晋于缑氏山月下吹之。象凤翼，亦名“参差”，自古能者固多矣。太和中，有尉迟章尤妙。宣宗已降，有范汉恭，有子名宝师，尽传父艺，今在陕州。

笛

笛，羌乐也。古有《落梅花》曲。开元中，有李谟，独步于当时，后禄山乱，流落江东。越州刺史皇甫政月夜泛镜湖，命谟吹笛，谟为之尽妙。倏有一老父泛小舟来听，风骨冷秀，政异之，进而问焉，老父曰：“某少善此，今闻至音，辄来听耳。”政即以谟笛授之，老父始奏一声，镜湖波浪摇动，数叠之后，笛遂中裂。即探怀中一笛，以毕其曲。政视舟下，见二龙翼舟而听，老父曲终，以笛付谟。谟吹之，竟不能声，即拜谢以求其法。顷刻，老父入小舟，遂失所在。

觱篥

大龟兹国乐也①，亦曰“悲栗”②。德宗朝，有尉迟青，官至将军③。时，青州有王麻奴者善此伎④，河北推为第一手。恃其艺，倨傲自负，戎帅外，莫敢轻易请者。从事台拜入京⑤，临岐把酒，请吹一曲相送。麻奴偃蹇，大以为不可。从事怒曰：“汝艺亦不足称，殊不知上国有尉迟将军，冠绝今古。”麻奴怒曰：“某此艺海内岂有及者也。今即往彼，定其优劣。”不数月到京。访尉迟青所居在常乐坊，乃侧近僦居，日夕加意吹之。尉迟每经其门，如不闻。麻奴不平，乃求谒见，阍者不纳，厚赂之，即引见青。青即席地令坐，因于高般涉调中吹《勒部羝曲》。曲终，汗洽其背。尉迟颔颐而已，谓曰：“何必高般涉调也？”即自取银字管，于平般涉调吹之。麻奴涕泣愧谢，曰：“边鄙微人，偶学此艺，实

---

① “大”，类说本作“本”。

② “栗”下，墨海本有“有类于笳”四字。

③ “将军”下，类说本有“善此技”三字。

④ “青”，类说本作“幽”。

⑤ “从事台拜入京”，墨海本作“时有从事姓卢，不记名，台拜入京”。

谓无敌，今日忝闻天乐[①]，方悟前非。”乃碎乐器，自是不复言音律也。元和、长庆中，有黄日迁、刘楚材、尚陆陆皆能者。大中以来，有史敬约在汴州。

五弦

贞元中，有赵璧者[②]，妙于此伎也。白傅讽谏有《五弦弹》，近有冯季皋。

方响

武宗朝，郭道源后为凤翔府天兴寺丞，充太常寺调音律官，亦善击瓯。率以邢瓯、越瓯去十二只，旋加减水于其中，以箸击之。咸通中，有异玼洞晓音律，亦为鼓吹署丞，充调音律官，善于击瓯。击瓯盖出于击缶。

琴

古者能士固多矣。贞元中，成都雷生善斫琴，至今尚有孙息，不坠其业，精妙天下无比也。弹者亦众焉。太和中，有贺若夷尤能，后为待诏，对文宗弹一调，上嘉赏之，仍赐朱衣，至今为《赐绯调》。后有甘党，亦为上手。

阮咸

大中初，有待诏张隐耸者，其妙绝伦。蜀郡亦多能者。

羯鼓

明皇好此伎。有汝阳王花奴，尤善击鼓。花奴时戴砑绢帽子，上安葵花，数曲曲终，花不落，盖能定头项尔，黔帅南卓著《羯鼓录》中具述其事。咸通中有王文举，尤妙，弄三杖打疗[③]，万不失一，懿皇师之。

---

① “忝”，类说本作“幸”。

② “璧”，类说本作“壁”。

③ “疗”，五朝本作“撩”。

鼓

其声坎坎然，其众乐之节奏也。祢衡常衣彩衣击鼓，其妙入神。武宗朝，赵长史尤精。

拍板

拍板本无谱，明皇遣黄幡绰造谱，乃于纸上画两耳以进。上问其故，对[①]：“但有耳道，无节奏也[②]。”韩文乐句。古乐工都计五千余人，内一千五百人俗乐，系梨园新院，于此旋抽入教坊。计司每月之精料，于乐寺给散。太乐署在寺院之东，令一丞一；鼓吹署在寺门之西，令一丞一。

安公子[③]

隋炀帝游江都[④]，时有乐工笛中吹之[⑤]，其父老废[⑥]，于卧内闻之，问曰[⑦]：“何得此曲子？”对曰：“宫中新翻也。”父乃谓其子曰[⑧]：“宫曰君[⑨]，商曰臣[⑩]，此曲宫声往而不返，大驾东巡，必不回矣。汝可托疾勿去也。”精鉴如此。

---

① “对”，类说本作“对曰”。

② “无节奏也”，类说本作“则无失节奏也”。

③ “安公子”下，说郛本于有“曲名”二字。

④ “隋炀帝游江都”，说郛本作“始自隋炀帝将幸江都”。

⑤ “乐工”下，说郛本有“于”字。

⑥ “老废”，说郛本作“病”。

⑦ “问曰”，说郛本作“乃问其子曰”。

⑧ “乃”，说郛本作“欷歔”。

⑨ “曰”，类说本作“为”。

⑩ “曰”，类说本作“为”。

黄骢叠急曲子

太宗定中原时，所乘战马也。后征辽[①]，马毙，上叹惜，乃命乐工撰此曲。

离别难

天后朝，有士人陷冤狱，没家族，其妻配入掖庭。本初善吹觱篥[②]，乃撰此曲以寄哀情。始名《大郎神》，盖取良人行第也[③]，遂三易其名，亦名《切子》[④]，终号《愁回鹘》。

夜半乐

明皇自潞州入平内难，正夜半[⑤]，斩长乐门关，领兵入宫，剪逆人。后撰此曲，名《还京乐》。

雨霖铃

明皇自西蜀返[⑥]，乐人张野狐所制。

康老子

康老子，即长安富家子[⑦]，落魄不事生计，常与国乐游处。一旦家产荡尽，偶一老妪持旧锦褥货鬻[⑧]，乃以半千获之。寻有波斯见，大惊，谓康曰："何处

---

① "后"下，说郛本于有"遇"。

② "本初"，说郛本无。

③ "也"下，类说本、说郛本有"畏人知"三字。

④ "切子"，说郛本作"悲切子"，类说本作"非妾子"。

⑤ "夜半"，类说本、说郛本作"半夜"。

⑥ "明皇自西蜀返"，说郛本作"明皇自蜀返正"。

⑦ "即"，类说本、说郛本作"本"。

⑧ "偶"，类说本作"遇"。

得此？此是冰蚕丝所织[①]，若暑月陈于座，可致一室清凉。”即酬千万。康得之，还与国乐追欢，不经年复尽，寻卒[②]。后乐人嗟惜之[③]，遂制此曲，亦名《得宝子》[④]。

明皇初纳太真妃，喜谓后宫曰：“予得杨家女，如得至宝也。”遂制曲，名《得宝子》。

文叙子[⑤]

长庆中，俗讲僧文叙善吟经，其声宛畅，感动里人。乐工黄米饭状其念四声“观世音菩萨”，乃撰此曲。

望江南

始自朱崖李太尉镇浙日，为亡妓谢秋娘所撰。本名《谢秋娘》，后改此名，亦曰《梦江南》。

杨柳枝

白傅闲居洛邑时作，后入教坊。

倾杯乐

宣宗喜吹芦管[⑥]，自制此曲[⑦]。初捻管[⑧]，令排儿辛骨骨出拍[⑨]，不中，上瞋目

① “此”，说郛本作“也”。

② “寻”，类说本、说郛本作“康”。

③ “后”，类说本、说郛本无。

④ “亦名《得宝子》”，类说本作“一名《得宝子》”。

⑤ “叙”，说郛本作“淑”。

⑥ “喜”，说郛本作“善”。

⑦ “曲”下，说郛本有“有数声不均”五字。

⑧ “初”上，说郛本有“上”字。

⑨ “排”，说郛本作“俳”。“骨骨”，类说本作“骨鈯”。

瞠视[①]，骨骨出尤惧，一日而殒[②]。

道调子

懿宗命乐工敬纳吹觱篥，初弄道调，上谓是曲误拍之，敬约乃随拍撰成曲子。

傀儡子

自昔传云：起于汉祖在平城，为冒顿所围[③]。其城一面即冒顿妻阏氏[④]，兵强于三面，垒中绝食。陈平访知阏氏妒忌，即造木偶人，运机关舞于陴间。阏氏望见，谓是生人，虑下其城，冒顿必纳妓女，遂退军[⑤]。史家但云：陈平以秘计免，盖鄙其策下尔。后乐家翻为戏，其引歌舞有郭郎者，发正秃[⑥]，善优笑，闾里呼为“郭郎”，凡戏场必在俳儿之首也。

别乐识五音轮二十八调图[⑦]

舜时调八音[⑧]，用金、石、丝、竹、匏、土、革、木，计用八百般乐器。至周时[⑨]，改用宫[⑩]、商、角、徵、羽，用制五音[⑪]，减乐器至五百般[⑫]。至唐朝[⑬]，又

① “瞠”，类说本、说郛本无。“视”下，类说本有“之”字。
② “日”，类说本作“夕”。“殒”，类说本作“卒”。
③ “冒顿”，说郛本作“突厥”。
④ “阏氏”，说郛本作“阏支氏”。
⑤ “军”下，说郛本有“高祖乃脱祸出”六字。
⑥ “发正秃”，说郛本作“发正”，类说本作“发”。
⑦ “乐”下，说郛本有“仪”字。
⑧ “时”，类说本无。
⑨ “至”，类说本无。“时”，说郛本无。
⑩ “改”，说郛本无。
⑪ “用”，说郛本无。“用制五音”，类说本无。
⑫ “百”下，说郛本有“余”字。
⑬ “至”上，说郛本有“直”字。“朝”，类说本、说郛本作“时”。

减乐器至三百般[①]。太宗朝，三百般乐器内，挑丝竹为胡部[②]，用宫、商、角、羽[③]，并分平、上、去、入四声[④]，其徵音有其声，无其调[⑤]。

平声羽七调

第一运中吕调[⑥]，第二运正平调[⑦]，第三运高平调[⑧]，第四运仙吕调，第五运黄钟调，第六运般涉调，第七运高般涉调[⑨]。虽去中吕调之运[⑩]，如车轮转，却去中吕一运声也[⑪]。

上声角七调

第一运越角调，第二运大食角调[⑫]，第三运高大石角调[⑬]，第四运双角调，第五运小石角调[⑭]，亦名正角调[⑮]，第六运歇指角调，第七运林钟角调[⑯]。

---

① “至”，类说本、说郛本无。

② “竹”，说郛本无。

③ “用”，类说本、说郛本无。“角”下，类说本有“徵”字。

④ “分”下，类说本有“入”字。

⑤ “无”上，类说本、说郛本有“而”字。

⑥ “吕”，说郛本作“宫”。

⑦ “正”，说郛本作“羽”。

⑧ “高平调”，说郛本作“南吕调”。

⑨ “涉”，说郛本无。

⑩ “虽去中吕调之运”，说郛本作“虽云吕调七运”。

⑪ “去”，说郛本无。

⑫ “食”，说郛本作“石”。

⑬ “石”，说郛本作“食”。

⑭ “石”，说郛本作“食”。

⑮ “亦名正角调”，说郛本作小字注。

⑯ “调”，说郛本无。

去声宫七调

第一运正宫调，第二运高宫调，第三运中吕宫①，第四运道调宫②，第五运南吕宫③，第六运仙吕宫④，第七运黄钟宫⑤。

入声商七调

第一运越调，第二运大石调⑥，第三运高大石调，第四运双调，第五运小石调，第六运歇指调，第七运林钟商调⑦。

上平声调为徵声⑧，商角同用⑨，宫逐羽音⑩。右件二十八调，琵琶八十四调⑪，方得是⑫，五弦五本⑬，共应二十八调本。笙除二十八调本外⑭，别有二十八本中管调⑮。初制胡部乐无方响⑯，只有丝竹，缘方响不应诸调，有直拔声⑰。太

① “宫”下，说郛本有“调”字。

② “调宫”，说郛本作“宫调”。

③ “宫”下，说郛本有“调”字。

④ “宫”下，说郛本有“调”字。

⑤ “宫”下，说郛本有“调”字。

⑥ “石”，说郛本作“食”。

⑦ “商”，说郛本无。

⑧ “上平声调”原作标题，今据说郛本改，并且“上平声调”下说郛本有“犯下，平声犯下声”七字。

⑨ “同”，说郛本无。

⑩ “宫逐羽音”，说郛本作“宫遂羽”。

⑪ “八”，说郛本作“二”。

⑫ “是”，说郛本作“足”。

⑬ “弦”，说郛本作“丝”。

⑭ “除”，说郛本无。

⑮ “二十八”，说郛本作“二十”。

⑯ “初制”，类说本作无。“乐”，说郛本作“元”。

⑰ “不应诸调，有直拔声”，类说本作“直板声，不应诸调”。

宗于内库别收一片铁，有以方响[①]，下于中吕调头一韵，声名大吕[②]，应高般涉调头，方得应二十八调是[③]。筝只有宫、商、角、羽四调[④]，临时移柱，应二十八调。

琵琶录

琵琶法三才，象四时。《风俗通》云："琵琶，近代乐家作，不知所起。长三尺五寸，法天地人也[⑤]。四弦象四时。"《释名》曰[⑥]："琵琶本胡中马上所鼓[⑦]，推手前曰'琵'[⑧]，引手却曰'琶'，因以为名。"汉遣乌孙公主入蕃，念其行喜远[⑨]，思慕本朝，使知音者马上奏琵琶。有直项、曲项者[⑩]，盖便于关轴也。《乐录》云："琵琶本出于弦鼗。而杜挚以为秦之末[⑪]，苦于长城之役，百姓弦鼗而歌之[⑫]。"古曲《陌上桑间》，范晔、石苞、谢奕、孙放、孔伟、阮咸[⑬]，皆善此乐。东晋谢镇西在大市楼上弹琵琶，作《大道》之曲。《世说》云："谢仁祖比在牖下弹琵琶[⑭]，有天际之意。"又朱生善弹琵琶，虽伯牙之妙无以加焉。武德中，白明远、竺伯夷皆以弹琵琶至大官[⑮]。贞观中，裴路儿弹琵琶[⑯]，始废拨用手，今

---

① "以"，说郛本作"似"，类说本作"名"。

② "声"，说郛本无。

③ "方得"，类说本无。"是"，说郛本作"足"，类说本作"之"。

④ "羽"，类说本作"徵"。

⑤ "法天地人也"，明刻说郛本作"法天地人五行"。

⑥ "曰"，明刻说郛本无。

⑦ "胡"，明刻说郛本此处缺字，四库本作"蕃"。

⑧ "推"，明刻说郛本作"吹"。

⑨ "远"，明刻说郛本作"速"。

⑩ "有直项"上，明刻说郛本有"以慰悦之，琵琶"六字。

⑪ "末"下，明刻说郛本有"世"字。

⑫ "歌"，明刻说郛本作"鼓"。

⑬ "奕"，明刻说郛本作"变"。

⑭ "谢仁祖比在牖下弹琵琶"，明刻说郛本作"谢仁祖在北牖下弹琵琶"。

⑮ "朱生善弹琵琶，虽伯牙之妙无以加焉。武德中，白明远、竺伯夷皆以弹琵琶至大官"，明刻说郛本作"朱生善弹琵琶，至大官"。

⑯ "路"，明刻说郛本作"赂"。

所谓“挡琵琶”是也。白秀真自蜀使[①]，得琵琶以献。以逊逻檀为槽，其木温润如玉，光采可鉴，金缕之虹文[②]，蹙之成双凤。贵妃每奏于梨园，音韵凄清，飘若云外。开元中，梨园有骆供奉[③]、贺怀智、雷海清，其乐器或以石为槽，鹍鸡筋作弦，用铁拨弹之。安史之乱，流落于外[④]。

有举子曰白秀才子孙显达，不书其名[⑤]，寓止京师。偶值宫娃弟子出在民间[⑥]，白即纳一妓焉[⑦]，跨驴之乐。因夜风清月朗，是丽人忽唱新声，白惊，遂不复唱。逾年，因游灵武，李灵曜尚书广场设筵[⑧]，白预坐末，广张妓乐。至有唱《何满子》者，四坐倾听，俱称绝妙。白曰：“某有伎人，声调殊异于此。”便召至[⑨]。短髻薄妆，态度闲雅。发问曰：“适唱何曲？”曰：“《何满子》。”遂品调举袂，发声清响激昂[⑩]，诸乐不能逐。部中有一面琵琶[⑪]，声韵高下，拢撚揭掩[⑫]，节拍无差[⑬]。遂问曰:“莫是宫中胡二娣否？”胡复问曰[⑭]:“莫是梨园骆供奉否？”二人相对泣澜[⑮]，欷戏不已[⑯]。

建中中，有康昆仑称第一手。始遇长安大旱，诏两市祈雨，及至天门街，市人广较胜负及斗声乐。街东市则有康昆仑[⑰]，琵琶最工[⑱]，必谓街西无敌也。遂

---

① “白秀真自蜀使”，明刻说郛本作“白秀真使蜀使回”。

② “文”，明刻说郛本作“又”。

③ “梨园有骆供奉”，明刻说郛本作“梨园则有骆供奉”。

④ “流落于外”，明刻说郛本作“流落外地”。

⑤ “子孙显达，不书其名”，明刻说郛本作“子弟”，并属正文内容。

⑥ “娃”下，明刻说郛本有“内”字。

⑦ “焉”，明刻说郛本作“为”。

⑧ “场”，明刻说郛本无。

⑨ “便”，明刻说郛本作“促”。

⑩ “昂”，明刻说郛本作“越”。

⑪ “部中有一面琵琶”，明刻说郛本作“部中亦有回琵琶”。

⑫ “拢撚揭掩”，明刻说郛本作“然揭庵”。

⑬ “节拍”，明刻说郛本作“郎指”。

⑭ “胡”，明刻说郛本无。

⑮ “泣”，明刻说郛本作“泛”。

⑯ “不”，明刻说郛本作“而”。

⑰ “街东市”，明刻说郛本作“东街”。

⑱ “工”，明刻说郛本作“上”。

请昆仑登彩楼弹一曲新翻羽调《绿要》[①]。《绿要》是也。本自乐工进上，盖花曲中录出要者，乃以为名，误称为“幺”[②]。至街西豪候阅乐[③]，东市稍诮之，亦于彩楼上出女郎[④]，抱乐器，先云:“我亦弹是曲，兼移于风香调中。”及下拨[⑤]，声如雷，其妙绝入神。昆仑惊愕，乃拜为师。女郎遂更衣出见，乃庄严寺僧善本俗姓段。也[⑥]。翌日，德宗召入内，令教昆仑[⑦]。段师奏曰:“且请令弹一调。”及弹，师曰:“本领何杂？兼带邪声。”昆仑惊曰:“师神人也，少年初学艺时[⑧]，偶于邻家女巫处授一品弦调[⑨]。后乃屡易数师之艺[⑩]。今段师精识，如此玄妙也。”段师奏曰:“且遣昆仑不近乐器十年，候忘其本态，然后可教。”诏许之[⑪]，后果尽段师之艺[⑫]。

元和中，有王芬、曹保之子善才，其孙曹纲，皆精其艺[⑬]。次有裴兴奴与曹同时，纲善运拨若风雨，然不事捏弦;兴奴则善于拢捻，指拨稍软。时人谓:“纲右有手，兴奴有左手[⑭]。”

武宗初年，朱崖李太尉有乐人廉郊者，师于曹钢，尽钢之能。纲尝谓其流云[⑮]:“教授人多矣，未尝有此性灵弟子也[⑯]。”郊尝诣平原别，于池上弹蕤宾调，忽有一片方铁跃出，有识者谓是蕤宾铁[⑰]。盖是指拨精妙，律吕相应耳。

安节门下有乐吏杨志，善能琵琶，其姑尤更妙绝，本宣徽弟子。后出宫，

---

① “新翻羽调《绿要》”，明刻说郛本作“新翻谓《录安》”。

② “《绿要》是也。本自乐工进上，盖花曲中录出要者，乃以为名，误称为‘幺’”，明刻说郛本作“以为名误，称大腰”。

③ “候”，明刻说郛本作“侠”。

④ “亦”上，明刻说郛本有“而”字。

⑤ “及下拨”，明刻说郛本作“及拨”。

⑥ “乃庄严寺僧善本俗姓段也”，明刻说郛本作“乃僧也，庄严寺僧本俗姓段也”。

⑦ “令教昆仑”，明刻说郛本作“令教授昆仑”。

⑧ “少年初学艺时”，明刻说郛本作“臣少年初掌艺时”。

⑨ “偶”，明刻说郛本作“测”。

⑩ “屡”，明刻说郛本作“累”。

⑪ “诏许之”，明刻说郛本作“许之”。

⑫ “艺”下，明刻说郛本有“也”字。

⑬ “其”，明刻说郛本作“此”。

⑭ “有左手”，明刻说郛本作“左有手”。

⑮ “纲”，明刻说郛本无。

⑯ “性”，明刻说郛本作“惺”。

⑰ “铁”下，明刻说郛本有“也”字。

于永穆观中住。自惜其艺，常畏人闻，每至夜深方弹，志善恳求教授，终不允，且曰："吾誓死不传人[①]。"杨乃赂其观主，求寄宿于观，窃听姑弹弄，仍以自系脂皮鞓带，以指画带，记其节奏，遂得一两曲调。明日，诣姑弹之，姑大惊异。杨即实陈其事，姑意方回，乃尽其能[②]。

文宗朝[③]，有内人郑中丞中丞，当时宫人官也。善胡琴。内库有琵琶二两，号大忽雷、小忽雷。因为匙头脱损，送在崇仁坊南赵家料理，大约造乐器悉在此坊，其中有赵二家最妙。时有权相旧吏梁厚本[④]，有别墅在昭应县之西南，西临河渭[⑤]。垂钓之际，忽见一物流过，长五七尺许，上以锦缠之，令家童接得就岸，乃秘器也。及发开，视之，乃一女郎。妆色俨然[⑥]，以罗巾系其颈，遂解其领巾，伺之，口鼻之间尚有余息。即移入室中，养经旬[⑦]，方能言语，云："我内弟子郑中丞也，昨因忤旨，令内人缢杀[⑧]，投于河中，锦即是弟子临刑相赠耳[⑨]。"及如故，即垂泣感谢厚本[⑩]，厚本无妻即纳为室[⑪]。自言善琵琶，其琵琶今在南赵家修理[⑫]，恰值训注之事，人莫有知者。厚本因赂其乐器匠，购得之。至夜分方敢轻弹，后值良辰，饮于花下，酒酣，不觉朗弹数曲[⑬]。是时，有黄门放鹞子过于墙外[⑭]，听之，曰："此是郑中丞琵琶声也。"窃窥，识之[⑮]。翌日，达上听，上始尝追悔[⑯]，至是惊喜，遣中使宣诏。问其由来，乃舍厚本罪[⑰]。任从匹偶，仍加锡

---

① "誓"，明刻说郛本作"艺"。
② "其"，明刻说郛本作"传之"。
③ "宗"，明刻说郛本作"中"。
④ "有"，明刻说郛本无。
⑤ "河渭"，明刻说郛本作"御河"。
⑥ "妆"，明刻说郛本作"容"。
⑦ "养"上，明刻说郛本有"将"字。
⑧ "令"，明刻说郛本作"今"。
⑨ "耳"，明刻说郛本作"尔"。
⑩ "泣"，明刻说郛本作"泪"。
⑪ "厚"，明刻说郛本无。
⑫ "南赵家修理"，明刻说郛本作"南巡赵家料理"。
⑬ "朗"，明刻说郛本作"即"。
⑭ "鹞子过于墙外"，明刻说郛本作"鹞私于墙外"。
⑮ "识"，明刻说郛本无。
⑯ "上"，明刻说郛本作"文宗"。
⑰ "舍"，明刻说郛本作"赦"。

赉焉。

咸通中，有米和郎即米荣嘉子也，最善唱歌[①]。田从道[②]。后有王连儿，连儿名金[③]。

① “有米和郎即米荣嘉子也，最善唱歌。”明刻说郛本作“有米和即米莱加字也，父喜唱歌。”

② “田”，明刻说郛本作“由”。“道”下，明刻说郛本有“尤妙”二字。

③ “连儿名金”，明刻说郛本作“连儿名金两”，并且为小字注。

段公路

北户录

北户录序

右拾遗内供奉陆希声撰

诗人之作，本于风俗，大抵以物类比兴，达乎情性之源。自非观化，察时周知，民俗之事，博闻多见，曲尽万物之理者，又安足以蕴为六义之奥，流为弦歌之美哉。由是言之，则古之学者，固不厌博，博而且信，君子难之。东牟段君公路，邹平公之孙也。自未能把笔，爱以指画地如文字。及六七岁受学，果能强力不罢其学，尤长仄僻，人所不能。知者薅乎，群籍之中，仡仡然有余力间者，以事南游五岭间，尝采其民风、土俗、饮食、衣制、歌谣、哀乐，有异于中夏者录而志之。至于草木、果蔬、虫鱼、羽毛之类，有瑰形诡状者，亦莫不毕载，非徒止于所闻见而已，又能连类引证，与奇书异说相参验，真所谓博而且信者矣。噫！近日著小说者多矣，大率皆鬼神变怪、荒唐诞委之事，不然则滑稽诙谐，以为笑乐之资，离此二者或强言故事，则皆诋訾前贤，使悠悠者以为口实，此近世之通病也。如君所言皆无有是，其著于录者，悉可考验，此盖博物之一助，岂徒为谭端而已乎。君以予往年从事岭南，备核其实，请予序以为证。予尝观图于书府，君状貌一似邹平公，而又能以文学世其家。于乎！邹平公为有后矣，因为之序而不辞。

北户录卷第一

万年县尉段公路纂

登仕郎前京兆府参军崔龟图注

通犀

通犀，《山海经》云："犀似水牛，而猪头，脚似象，有三蹄，大腹黑色，三角，一在顶上，一在额上，一在鼻上，鼻上小而不椭。"又云："鼻上者良。"《韩诗外传》曰："太公使南宫括至义渠，得骇鸡犀献纣。犀角二，一在顶上，一在鼻上。鼻上者，食角也。"今人呼为胡榻犀是也。《抱朴子》云："犀解于山中，人以木如其角代之，犀不觉，后年辄复解。"又《南州异物志》曰："兽曰玄犀，处自林麓，食唯棘刺，体兼五肉，又含精吐英，望如华烛，置之荒野，禽兽莫触。"置大雾重露下，终不沾濡，又堪为钗蠹。事见吴均《续齐谐记》①："蒋潜得通犀蠹，后被豫章王江夫人断以为钗。"《兼名苑》又云："宋岑获通犀蠹，卖与庐陵王义真。"又元康末，妇人以犀角玳瑁为斧钺、戈戟，戴用之也。挠药酒，酒生沫。若贮米饲鸡，鸡见辄惊散，一呼为骇鸡犀。骇鸡犀出大秦。又有离水犀，行则水为之开。或中茵箭刺，置于创中，立愈。盖犀食百毒、棘刺故也。愚重译于蕃人，事皆不虚。《广志》云："犀角之好者称鸡脉白。"郭子横又云②："犀角表有光，因名明犀，置暗中有影色。"今广州有善理犀者，能补白犀。《东观汉记》曰："章帝元和元年，日南献白雉、白犀。"补时以铁夹夹定③，药水煮而拍之，胶为一体，制梳掌多作禽鱼，随意匠物论其妙，至于铸玉者，方之蔑如也。又有裁龟甲或蛸蠵，无日脚者。陷黑玳瑁为斑点者，亦以铁夹煮而用之，为腰带衬、楪子之类④，其焙净真者不及也。玳瑁，《切韵》字从玉，《文选》字从虫。欧阳询飞白从甲，愚以甲为是。《字诂》亦从甲也。凡玳瑁甲生取者治毒第一，其力不下婆萨石，愚曾取解毒立验。南人神之，亦甚辟恶，与符拔甲相类。《广志》云："符拔如麟，其皮有麟甲，可以辟恶也。"⑤

---

① "事"，四库本作"又"。

② "又云"，四库本作"云又"。

③ "时"，四库本作"了"。

④ "楪"，四库本作"叠"。

⑤ "符拔如麟，其皮有麟甲，可以辟恶也。"四库本作"符拔如麟，毕皮有麟甲，甲以辟恶也"。

孔雀媒

雷罗数州收孔雀雏养之，使极驯扰。致于山野间，以物绊足，傍施网罗，伺野孔雀至，即倒网掩之。举无遗者，或生折翠羽，以珠毛编为帘子、拂子之属，粲然可观，真神禽也。又《后魏书》：“龟兹国，孔雀群飞山谷间，人取养而食之。字乳如鸡鹜，其王家恒千余只。”一说孔雀不必匹。偶[①]，但音影相接便有孕，如白鹢，雄雌相视则孕，或曰雄鸣上风，雌鸣下风亦孕，见《博物志》。又《淮南八公相鹤经》曰[②]：“复百六十年，变止雌雄相视，目精不转而孕，千六百年形定也。”又《稽圣赋》：“豪豕自为雌雄，决鼻生无牝牡[③]，即雌兔舐雄而孕是矣。”又《周书》曰：“成王时，方人献孔鸟。”方亦戎别名。《山海经》：“南方孔鸟。”郭璞注：“孔雀也。”《宋书》曰[④]：“孝武大明五年，有郡献白孔雀为瑞者噎象，以齿而焚麝，因香而死。”今孔雀亦以羽毛为累，得不悲夫。愚按：《说文》曰：“率鸟者，系生鸟以来之名，曰圝，《字林》音由。”今猎师有圝也。《淮南万毕术》曰：“鸮鹠，致鸟。”注云：“取鸮鹠，折其大羽，绊其两足，以为媒，张罗其旁，众鸟聚矣。”《博物志》又云：“鹠鹨休留。鸟，一名鸮鹠，昼日无所见，夜则目至明。人截手爪弃露地，此鸟夜至人家，拾取视之，则知有吉凶。凶者，辄更鸣其家有殃也。”《庄子》云：“鸮鹠夜撮蚤察毫末，昼出瞑目而不见丘山。”言性殊也。陈藏器引五行书，除手爪埋之，户内恐为此鸟所得，其鹠鹨即姑获、鬼车、鸮鹏类也。姑获，《玄中记》云：“夜飞昼藏，一名天帝少女，一名夜行游女，一名隐飞，好取人小儿食之。”今时小儿之衣不欲夜露者，为此物爱以血点其衣为志，即取小儿也。又云：“衣毛为鸟，脱毛为女人。昔豫章男子见田中有六七女人，不知是鸟，扶匐往。先得其所，解毛取藏之[⑤]，即往就诸鸟各走，取毛衣飞去，一鸟独不去。男子取为妇，生三女，其母后使女问父，知衣在积稻下，得之衣而飞去。后以衣迎，三女儿得衣亦飞去。”鬼车，一名鬼鸟。今犹九首，能入人屋，收魂气，为犬所噬，一首常下血，滴人家则凶。荆楚岁时，记夜闻之捩狗耳，言其畏狗也。《白泽图》云：“昔孔子、子夏所见故歌之。其图九首，今呼为九头鸟也。”《毛诗义疏》曰：“鸮大如鸠，恶声。鸟入人家凶，其肉甚美，可为炙。汉供御，物各随其时，唯鸮

---

① “必”，四库本无。

② “淮南八公相鹤经”，四库本作“淮南八公相鹄经”。

③ “决鼻生无”，四库本作“缺鼻曾无”。

④ “宋书”，四库本作“宋纪”。

⑤ “取”，四库本作“即”。

冬夏施之以美也，礼内则曰鸮胖。”《庄子》云:“见弹求鸮炙。”陈藏器又云:“古人重其炙，尚肥美也。”又按《说文》曰:“枭不孝鸟，至日捕枭磔之。”如淳曰:“汉使东郡送枭，五月五日作枭羹赐百官，以其恶鸟故食之。”愚谓:古人尚鸮炙，是意欲灭其族，非为其美也。又《淮南万毕术》:“甑瓦止枭，鸣取破甑，向枭抵之辄自止也。”

鹧鸪

衡州南多鹧鸪，解岭南野葛诸菌毒及辟温瘴。前臆文为白圆点，又一名鸲。音述。多对啼，每啼连转数音，其韵甚高。《广志》言:“《遮姑鸣》云:‘但南不北。’”如逃闾声云:“悬壶卢系顿[①]。”《古今注》云:“其鸣自呼。”常向日飞，畏霜，早晚稀出，飞即以树叶覆其身上[②]。《南越志》云:“鹧鸪，阳鸟也。虽复东西回翔，然而命翮之始必先南翥[③]，其鸣自号杜薄，州食之亡疠。”此三说啼处，岂同于牛屋辩哉，唯《本草说鸣》云:“钩辀格磔竹客反。小类。”

鹦鹉瘴

广之南，新勤春十州，呼为南道，多鹦鹉。《字林》:“鹦鹉书此鹖字[④]。”又《江表传》曰:“孙权曾大会，有白头鸟集殿前。权曰:‘此何鸟?’诸葛恪对曰:‘白头公。’张昭自以坐中最老，疑恪戏之，因曰:‘未闻鸟名白头公。’请使恪复索白头姥。恪曰:‘鸟名鹦母，未必有对，请使辅吴复求鹦父也。’”又《说文》:“鹦，从鸟，婴声。鹖，从鸟，母声。”又《曲礼》:“鹦鹉能言，不离飞鸟。”又《山海经》云:“数历之山，其鸟鹦鹉。”又云:“黄山有之舌，似小儿舌，脚指前后各两指。扶南徼外有五色纯白纯赤者。”翠衿，丹觜，巧解人言，有鸣曲子如喉转者，但小不及于陇右，每飞则数千百头。《南史》云:“天竺迦毗利国，元嘉五年，献赤白鹦鹉各一头。”又《汉书》曰:“献帝兴平元年，益州蛮夷献鹦鹉三枚，各食三升麻子，云此鸟有损无益，后诏归本土。”食木叶榕实，凡养之，俗忌以手频触其背，犯者即多病颤而卒，土人谓为鹦鹉瘴，愚亲验之。咸通十年夏初，有三大舶[⑤]，将五色鹦鹉至者，《南方异物志》:“鹦鹉有三种，青者大如乌白，

① “顿”，四库本作“颈”。

② “飞即以树叶覆其身上”，四库本作“宿即以树叶覆其身上也”。

③ “先”，四库本作“也”。

④ “此”，四库本作“作”。

⑤ “大”，四库本作“木”。

白者大如鹅，五色者大于青者，五色者出杜薄州也。”虽绣羽锦衣而病其胡语。昔天监年，交州有献能歌鹦鹉者，诏亦不纳。又张华有白鹦鹉，华每行还，辄说童使善恶后家然无言。华问其故，鸟云：“见藏瓮中，何由得知。”华后在外，令呼鹦鹉，鹦鹉曰：“昨夜梦恶，不宜出户。”华犹强之，至庭为鹯所获，人教其啄，鹯脚仅而获免。又《幽明录》:“晋司空桓豁，在荆州有参军剪，五月五日鸲鹆舌教令学语，遂善能效人语笑声。司空大会吏佐，令悉效四座语，无不绝似。有一佐齆鼻语难学，学之未似，因内头于瓮中以效焉，遂不异也。后主典人盗牛肉，鸲鹆白参军，参军曰：‘汝云盗，盗肉当应有验。’鸲鹆曰：‘以新荷里着屏风。’后检之果获，而盗者患之以热汤灌杀之。参军为之悲伤累日，遂请杀此人。司空曰：‘不可以禽鸟故，而极之于法令，止五岁刑也。’”又《淮南万毕术》云：“寒皋断舌，可使语寒皋一曰鸲鹆。”

赤白吉了

某年，普宁有廉州民，获赤白吉了各一头，献于刺史者。其赤者寻卒，白者久而能言，凡笑语悉皆学人，斯珍禽也。吉了，身黑，觜赤，首戴黄冠，善学人笑，言声明切于鹦鹉，好食鸡子饭也。愚按：云物上瑞，鸟兽中瑞，草木下瑞。夫圣人至德，所临则嘉祥必见，故前有引赤雀、白雀、赤乌、白乌、赤燕、白燕之流众矣。《瑞应图》曰：“赤雀，瑞鸟也[①]。”又《孙氏瑞应图》曰：“王者奉已俭约，尊事耆老则见。秦缪公出狩至于咸阳，日稷庚午，天震大雷，有火下化为白雀，衔绿丹书集公车，公俯取其书，言：‘缪公之霸，讫胡亥秦家世事。’”又《礼稽命征》曰：“得礼之制，泽谷之中有赤鸟焉[②]。”《孝经·援神契》曰：“德至，鸟兽则白乌下。”又《熊氏瑞应图》曰：“皇者八妾有序[③]，经纬不差，应时之性命，则赤燕衔丹书而至，白燕事略同也。”愚又见顾野王以远方所贡赤白鹦鹉，编为瑞者，今因录赤白吉了，亦请附焉。《宋纪》曰：“文帝元嘉中，相州献赤鹦鹉[④]，臧荣绪。”《晋书》曰：“义熙中，林邑献白鹦鹉也。”

---

① “也”下，四库本有小字注“云云”二字。

② “鸟”，四库本作“乌”。

③ “皇”，四库本作“王”。“八妾”，四库本作“八要”。

④ “宋纪”，四库本作“宋记”。“相州”，四库本作“湘州”。

绯猿一作猿[①]

公路咸通十年，往高凉程次青山镇。镇府设以备他盗也。其山多猿，有黄绯者，绝大，毛彩殷鲜，真谓奇兽。夫猿则狙玃，猿五百岁为玃。《抱朴子》曰："猴寿八百岁。"《繁露》曰："猿似猴，大而黑，长前臂。猿所以寿者，好引其气也。"猱、猴也。狖似猿。之类，其色多傅，青白玄黄而已。《小说》云："伍彦为交州时[②]，林邑王范能献青白猿各一口。"《山海经》云："堂庭山多白猿。"今三峡有白额猿。按《楼炭经》云："鸟有四千五百种，兽有二千四百种。"《白虎通》云："羽虫三百六十有六，凤为之长。毛虫三百六十有六，麟为之长。"今则岂可穷其族类欤。其猿能伏鼠，《论衡》曰："鹿之角足以触犬，猴之手足以搏鼠。然而鹿制于犬，猴伏于鼠亦如。"《淮南子》云："猬使虎申蛇令豹，止物各有所制也。"多群行，玄者善啼。雌黄而雄黑也。啼数声则众猿叫啸腾掷如相去呼。焉。其音凄入肝脾，韵含宫征，方知当去呼。一部鼓吹，岂独于蛙声者哉。愚因召猎者捕而养之。目为巴儿。极驯不贪食于树杪间，呼之则至，但臂长身不便于行，而未见通聘者也。后一岁，自潘州回路历仙虚，潘茂真人，烧丹之处。南人呼市为虚，今三里一虚[③]。按神农氏，日中为市，致天下之民聚，天下之货交易而退，各得其所，盖取诸噬嗑，易下系噬嗑合也。市人之所聚，异方之合耳。闻旧山猿啼，不食而卒，噫其为兽之性，一何仁耶。是知邓芝感事投弓，故无虚语，且梁朝猿卒，责食吏，违四日方送鹿心柿四贯及责。玄圃养猿吏云："残林犹获，其子。堪杖四十。"复引鸡冢、鹅魂、狗盖、马帷之事瘗之。又陆机快犬黄耳，能解人言，常传书自洛至吴，才半月而返。及死，机为制棺椁殡之，村人号为黄耳冢。愚遂学其事籍之[④]，以薪藏之以坎。

蚺蛇牙

蚺蛇大者长十余丈，围可七八尺，多在树上，候獐鹿过者吸而吞之，至鹿消即缠束大树，出其头角乃不复动。夷人伺之，便以竹签[⑤]，签杀之，取其胆也，亦如巴蛇食象，三岁而出其骨，《金楼子》云："《楚词》云：'蛇有吞象，厥大如何？'"

① "一作猿"，四库本无。

② "伍"，四库本作"吾"。

③ "里"，四库本作"日"。

④ "籍"，四库本作"藉"。

⑤ "便"，四库本作"方"。

故《南裔异物志》曰："蚺惟大蛇，既洪且长，采色驳荦，其文锦章，食豕吞鹿，腴成养创，宾享嘉食。是豆是觞，言其养创之时，肪腴甚肥美搏之，以妇人衣投之，则蟠而不起。"《证俗音》云："蚺蛇肉食之辟蛊毒。"《元和御览引括地志》云："蚺蛇牙长六七寸，土人尤重之，云：'辟不祥，利远行。卖一枚，直牛数头。'"愚按：古方刮虎牙治犬咬疮，神效无比，未闻蛇牙有利于人者。《抱朴子》云："蔡诞入山还家，云：'被谪到昆仑。昆仑下白虎蝼蛇，长百余里，口中牙皆三百斛，船大一何壮哉。'"比广州南海县，每年端午日，常取其胆供进，蛇则诸郡采送，录事参亲看出之。按《晋中兴书》曰："颜含嫂病困，须蚺蛇胆，不能得，含忧叹累日。有一童子持青囊授含，乃蛇胆也，童子化为青鸟飞去。"以此验之，真胆不可得也。近敕令桂贺泉，广四州轮次进焉，其膏俗传不利人，其皮可鞔鼓，今潮州和鳞为之声鸣绝，与象皮鼓相类。蕃船上多以象皮鞔鼓，鼓长而头尖，状如枣核谓之槟榔鼓。《广志》云："象性久别见其子，皮必泣，一枚重千斤。"《南越志》云："开宁县多蜈蚣，大者皮可以鞔鼓。"沈莹《异物志》云："东南海中，吴公长数丈，啖牛。俚人秋冬间遇之，鸣鼓然火炬驱逐之。"

红蛇

公路至雷州对岸，倚舟候风势，见群小儿簇二巨蛇，各长丈余，一如孔雀尾毛[①]，色金翠夺目；一如真红色，鲜明若血。又有十余头白蛇，前后相次，若导从俱入一榕藤窍内，竟不复出。故知蛇有草木水土四种，其类不可穷也。又归化县，有两头蛇，《南越志》云："无毒，夷人饵之。"《兼名苑》云："两头蛇，一名越王约发，俗占见之不祥，然《论衡》引楚相孙叔敖天佑者何也[②]？"《会最》又云："浑夕之山，嚣水出焉。有蛇一首两身，名曰肥螘，见则大旱。"《管子》曰："涸水之精名曰蝺，音威。一头两身，以其名呼之，可使取鱼鳖，长八尺蛇也。"愚又忆近事韦中令皋镇西蜀时，有黄甘一树方熟，忽数夕众实皆落，唯树杪一蒂独存，其大如碗，枝叶滋茂，异于常者，园吏具白韦令，韦令亲视之，曰："此奇果也，非臣下宜食。"议欲表进，令去蒂尺余折之，其实从蒂自落，有善医者昝殷侍立，曰："凡木实未过时，蒂脱者乃实之病也。"请针验之，韦令再三方许，昝殷引针就蒂刺之，其实应手而转，殷则连下一刺，血溅盈袖，韦令大惊，因命破之，乃两头蛇也。《异苑》又云："河内马司元胤，元嘉中，为新涂令，丧官，月旦祭柑，化而为鹅，又何怪也。"

① "尾毛"，四库本作"珠毛"。

② "天佑"，四库本作"二佑"。

蛤蚧

蛤蚧首如蟾蜍，背浅绿色，上有土黄斑点，若古锦文，长尺余，尾绝短，其族则守宫、《博物志》云:“蝘蜓以器养之，食以真朱①，体尽赤，重十斤②，捣万杵，以点女人支体，终身不灭，淫则点落故号守宫，汉武为之有验也。”刺蜴、《搜神记》谓之刺蜴。蝘蜓，《证俗音》云：“山东谓之蛛蜆，音七赐，名敌反，陕以西谓之壁宫，蛛蜆字见韵集。”又《说文》曰：“在壁曰蝘蜓，在草曰蜥蜴。”《古今注》:“一曰龙子善于树中捕蝉食之，五色者曰蜥蜴，短大者为蝾螈；一曰蛇师，大者长三尺，其色玄绀，善魅人。”郑公虔又云:“荣螈、蜥蜴、蝘蜓、守宫别四名，又荣螈，蛇医也。”多居古木窍间，自呼其名，声绝大，或云一年一声，验之非也。端州大厅有蛤蚧，州吏云:“有已多年③，至今每鸣，或三声或一声不定也。”又有十二时虫亦其类也，大者一尺，尾长于身，背生鬐鬣，行疾如箭。传云：自旦至暮，变十二般色，伤人必死。愚尝获一枚，闭于笼中，玩之，止见变黄褐赤黑四色。一云其首随时，辄作十二属形，乃言之过也。

红蟹壳

儋州出红蟹，颜之推云：“《说文》或作䲒。”即蝤蛑、拥剑、《证俗音》:“蝤蛑，大蟹也。音在侯，草侯反④。”又《古今注》云：“拥剑一名执火螯赤色。”《颜氏家训》云：“拥剑状如蟹，但一螯大耳。”《异物志》:“俗谓之越王剑。”至何逊诗云⑤:“跃鱼如拥剑，是不分鱼蟹也。”彭蜞、《证俗音》:“有毛者曰彭蜞，无毛者为彭滑⑥，堪食，俗呼彭越讹耳。”《世说》云：“蔡司徒误食彭蜞吐下。谢仁祖曰：‘卿读《尔雅》不熟，几为《劝学》死。蝟音滑。’”倚望、《临海异物志》:“倚望常起顾睨西东，其状如彭蝟。大行涂上，四五进辄举，两螯八足起望，行常如此，入穴乃止⑦。”招潮、《修文殿御览》:“招潮，小如彭蝟⑧，壳白。

---

① “真朱”，四库本作“朱砂”。

② “重十”，四库本作“满七”。

③ “已”，四库本作“来”。

④ “音在侯，草侯反”，四库本作“音由俾，莫侯反”。

⑤ “至”，四库本作“下”。

⑥ “滑”，四库本作“蝟”。

⑦ “行常如此，入穴乃止”，四库本作“行如此，青色也”。

⑧ “如”，四库本无。

依潮长退，背坎外向举螯[1]，不失常期，俗言招潮子也。”竭朴、《临海异物志》曰：“竭朴大于彭蟳[2]，壳黑斑有文章，常以大螯障目，屈其小螯取食也。”沙狗、《临海异物志》：“沙狗似彭蟳，坏沙为穴，见人则走，易遁不可得也。”芦虎、《临海水土异物志》曰：“芦虎似彭蟳，两螯正赤，不中食也。”数丸，《兼名苑》曰[3]：“数丸[4]，形似彭蜞，竞取土，各作丸，满三百而潮至。”大小壳上多作十二点，深燕支色亦如鲤之三十六鳞耳。陈思王云：“五尺之鲤，一寸之鲤，但大小殊而鳞之数等。”其壳与虎蟹堪作叠子，虎蟹壳色黄赤文[5]，如虎首斑。至于鹦卮螺杯，不同年而语也。鹦卮，酒器之名，见《吴均集》。鹦[6]、雕，两鸟也。喙大而钩，一尺，黄赤色，受二升，堪为酒杯，《南越志》曰：“一名越王鸟。”竺法真《登罗山疏》曰：“鸟状似鹅，口钩可受二升，南人以为酒杯，珍于文螺，鸟不饵虫鱼，惟啖木叶，粪似薰陆香。”按：蟹一名蛫。音诡。《广雅》云：“雄曰螂蚁[7]，雌曰博带。”《抱朴子》又云：“山中辰日称无肠公子者蟹也。”《古今注》云：“小蟹一名长卿。”《广志》云：“蜅[8]，小蟹大如货钱，又蟹奴如榆荚，在其腹中生死不相离。”《博物志》曰：“南海有水虫名曰蒯，蚌蛤之类也。其中小蟹大如榆荚，蒯开甲食，则蟹亦出食，蒯合蟹亦还入，始终生死不相离也。”《山海经》载千里蟹。《金楼子》云：“天下之大物，有北海之蟹。”《洞冥记》：“有贡百足蟹，长九尺四螯者。”今恩州又出石蟹，其类则零陵燕、湘乡鱼、建宁虾、绵谷鳖也。零陵、石燕遇雨则飞。又庾穆之《湘州记》云：“湘乡县有石鱼山，石色黑而理若鱼[9]，开发一重，辄有鱼形鳞鬐，首尾若刻画，烧之作鱼膏，臭亦如之。”《水经》云：“郧乡县西石山出石虾蟆[10]。”《南越志》：“建宁县出石虾也。”又《年代录》云：“石季龙时，利州绵谷县山北溪中，有石鳖数千头，登岸暴田苗，发军残毁，至今鳖无头也。”

---

① “依潮长退，背坎外向举螯”，四库本作“依潮潮长，皆坎外举螯”。

② “于”，四库本作“如”。

③ “兼名苑”，四库本作“名苑”。

④ “数丸”，四库本作“沙丸”。

⑤ “壳色黄赤”，四库本作“赤黄色”。

⑥ “鹦”，四库本作“鹲”。

⑦ “螂蚁”，四库本作“□鳢”。

⑧ “蜅”，四库本作“铺”，并于“铺”后有小字注“音脯”二字。

⑨ “石”，四库本无。

⑩ “郧乡县西石山出石虾蟆”，四库本作“郧乡县西石山虾蟆”。

蛱蝶枝

公路南行历悬藤峡，峡即富州界也。维舟饮水因睹嵓侧[①]，有一木五彩，初谓丹青之树。《武陵记》:“辰州高溪有丹青树[②]，直上笼云[③]，下无枝条，上有五色叶，圆如华盖。”《玉屑》云[④]:“案在辰阳县。”因命童仆采之，顷获一枝，尚缀蛱蝶，凡二十余个，有翠碧绀缕者，金眼、丁香眼者，紫斑者[⑤]，黑花者，黄白者，绯脉者，大如蝙蝠者，小如榆荚者。沈佺期《赋》云：“二角六足，蠕腹状蛾，脉绀缕以玄翅，点颜珠以绯窠也[⑥]。”愚因登岸视之，乃木叶化焉，是知蝶生江南甘橘树中，《古今注》:“蛱蝶一名野蛾，江东人谓之挞末，其文黑色，或青斑者名凤子，一名凤车，一名鬼车是也。”麦为蝇蝶，乌足之叶为胡蝶，皆造化使然，岂虚语欤。公路尝见卢员外肇说：“捉得一粉蝶，如两手大，上有散绿点丁香眼，前翅头如画燕支色[⑦]，后翅为燕尾，分亦蝶之异也。”又《会要》云：“大食国西邻大海，尝遣人乘船经八年未极西岸，中有一方石，石上有树，干赤叶青，树生小儿，长六七寸，见人皆笑，动其手脚，尻着树枝，偶使摘取一枝[⑧]，小儿即死也。”《异苑》:“太元中，汝南人入山伐竹，见一竹中央蛇形已成，上枝叶如故，吴郡桐庐民尝伐薪[⑨]，遗竹，一宿即化雉头颈尽就[⑩]，身犹未变，此亦竹为蛇，蛇为雉也。”

---

① “饮”，四库本作“饭”。

② “高”，四库本作“嵩”。

③ “直上笼云”，四库本作“直上可笼云”。

④ “玉屑”，底本作“王屑”，据四库本改。

⑤ “者”，四库本作“眼”。

⑥ “脉绀缕以玄翅，点颜珠以绯窠也”，四库本作“脉绀缕以立翅，点赪珠以缃窠也”。

⑦ “如”，四库本作“两”。

⑧ “偶”，四库本作“其”。

⑨ “伐薪”，四库本作“伐竹”。

⑩ “一宿即化雉”，四库本作“一宿见雉”。

红蝙蝠

红蝙蝠出陇州[①]，皆深红色[②]，唯翼脉浅黑，多双伏红蕉花间。采者若获其一，则一不去，南人收为媚药，与象鼻虫、鲎珠、虴蜢、诺龙为比。象鼻虫有鼻长二寸许而红，其前翼曲尘色，副翼为斑红色，多在龙眼树上。鲎鱼珠，《广州记》云："鲎形如熨斗。"郭璞云："形如惠文冠，青黑色，十二足[③]。雌常负雄，取之必得其双，子如麻子，堪为酱，即鲎子酱也。其珠如粟色黄，南人或带或磨饮之，云利市虴蜢，生于橄榄树上，自呼其名，声响岩谷。"诺龙雄死雌至[④]，出陇州[⑤]。水族至其前者即跳跃，自置诺龙取而食之，房千里《投荒录》亦具记。《王子年拾遗》云："有五色蝙蝠。"《异物志》："鼍虱鱼因风雨入空木而化为蝙蝠，其肉甚美。"《灵芝图说》："白蝙蝠[⑥]，《古今注》一曰仙鼠，五百岁，则色白脑重，集则头垂，故谓倒挂蝙蝠，食之神仙。《水经注》云[⑦]："夷道县丹水遥亭下有石穴，穴中有蝙蝠，大者如乌，倒挂，与《玄中记》说略同。"服之寿万岁。"又媚药载嗽金鸟、辟寒金、三国时，昆明国贡魏嗽金鸟，鸟形如雀，色黄，常翱翔海上，吐金屑如粟[⑧]，铸以成器服。宫人争以鸟所吐金为钗佩，谓之辟寒金，以鸟畏寒也。又宫人相嘲哢："不服辟寒金，那得帝王心。"龙子、事具蛤蚧。布谷脚胫骨、媚药也。男左女右，带之置水中能相随逐。《尔雅》谓之"鸤鸠"[⑨]。今人云布榖牝牡，飞鸣以翼相系，云鸣鸠拂其羽。鹊脑、《淮南万毕术》曰："鹊脑令人相思。"砂稜、一名狗子。能倒行。置枕中，令夫妻相好，事见陈藏器《本草》。䔄草、姑媱山，帝女死焉，其名曰女尸，化为䔄草，音遥[⑩]，其叶胥成，言叶相重也。其花黄，其实如菟，丝服之媚于人，一名荒夫草[⑪]。荀草、青要之山，有草状如葌菅，似茅也。方茎黄华赤实，其本如藁，本名曰荀草，

---

① "陇"，四库本作"泷"。

② "皆"，四库本作"背"。

③ "十二"，四库本作"十三"。

④ "雄死雌至"，四库本作"纯雄无雌"。

⑤ "陇"，四库本作"泷"。

⑥ "白蝙蝠"，四库本作"曰蝙蝠"。

⑦ "水经注"，四库本作"水经"。

⑧ "吐"，四库本作"吹"。

⑨ "谓之"，四库本作"云"。

⑩ "音遥"，四库本无。

⑪ "言叶相重也。其花黄，其实如菟，丝服之媚于人，一名荒夫草"，四库本作"言叶相重，音亦遥反，华黄，服之媚于人，一名荒夫草，即此是也"。

或作芭服之美人色，令人更美艳也。左行草、使人无情，范阳常进《大业记》："错彩蔓花，似左行草，花菜纤长而多色[①]，正赤甚美香也。"独未见录红蝙蝠处，岂阙载乎。又有无风独摇，草亦生岭中，男女带之相媚头，若弹子尾、若鸟尾，两叶开合，见人自动，故曰独摇草。《本草拾遗》具也。又陈藏器云："榼子蔓生，取子中，仁多食之，主蛊毒，带于衣，令人有媚多迷人，子如土瓜，无毛，秋熟，色赤，形如酒榼也。"

金龟子

金龟子，甲虫也。五六月生于草蔓上，大于榆荚，细视之真金帖龟子[②]，行则成双，类璧龟耳[③]。事见《洞冥记》。其虫死则金色随灭，如荧光也。南人收以养粉，云与永粉相宜。按：竺法真《登罗山疏》曰："金光虫，大如斑猫[④]，形色文彩全是龟。"余偶得之，养玩弥日，疑此是也。又《南雍州记》曰："石桥水经南阳结为池，出灵龟色如金缕也。"《玉屑》亦具[⑤]，《论衡》又云："龟三百岁，大如钱，蓍七十岁，生一茎，此神物，故生迟也。"

乳穴鱼

全义之西南有山曰盘龙山，有乳洞斜贯一溪号曰灵水。《洞记》曰："山曰灵山，水曰灵水，幽而有灵是以名也。"且《地志山经》所不载。又虫鱼无大小[⑥]，修尾四足，朱丹其腹，游泳自若，渔人不敢钓之。昔有人穷其源，至数日者，罾炬多为白蝙蝠所扑，中若风雨声，习习然皆毛战不敢进，盖神仙之窟宅，岂腥膻者，拟容易造乎。夫天下名洞三十有六，而洞庭林屋当其九也。按：洞庭林屋，即吴王使龙威丈人得《禹书》之处，《禹书》一曰《灵宝经》三卷，亦曰《灵宝符》，吴王斋戒受之，不解其词，乃遣使赍此以问孔子，孔子不发其函，而言："昔闻吴童谣曰：吴王出游观五湖，龙威丈人名隐居，北上包山入唐墟，乃造洞穴窃《禹书》。天帝大文不可舒，今强取之令国虚。"又华阳洞是林屋洞之右门也。其小者不可胜言，得非名在《九微志》中，世俗所未闻耶。

---

① "菜"，四库本作"叶"。

② "金帖"，四库本作"贴金"。

③ "璧"，四库本作"壁"。

④ "斑猫"，四库本作"斑苗"。

⑤ "玉屑"，底本作"王屑"，据四库本改。

⑥ "虫鱼无大小"，四库本作"云鱼无大小"。

其洞有金沙龙、盆鱼，皆四足，修尾、丹腹，状若守宫，游泳水滨，人莫敢犯。按《御览》云："盘龙山，天宝六年改为龙蟠山。山有石洞，洞中有石床、石盆，人每秉烛游者，尝见龙迹。洞中小水，水有四足鱼，皆如龙形，人杀之即风雨也。"然《唐韵》云："鳎鱼名四足。"《山海经》云："人鱼如鳑，音啼。鱼四脚，出丹洛二水，有鲵大者谓之虾。音遐①。"《尔雅注》："鲵似鲇，四足，声似小儿，但未见，言其可致风雨耳。"公路因思道书说五头鱼，张天师二十四治具之。三足鹿，翔法师云："四明山有白鹿，二头三足②，即葛仙公桐桃所化③。"皆神化所致，不可以类而称也。若以鱼之异者，则醴水之鱼名珠鳖④，六足有珠。《吕氏春秋》具《江赋》云："颟鳖肺跃而吐玑是也。"又历涧潭有五色鱼，俗以为灵，而莫敢捕，因谓是水为龙鱼水。水合沂水。又丹水出丹鱼，先夏至十日夜，伺之丹鱼必浮水，侧赤光上照，赫然如火网而取之，割血以涂，足下则可步履水上。出丹水县，《抱朴子》具。《南越志》云："有鱼名蜡，色黄味美，夜即有光，一如照烛。"又翔法师云："鲎音齐⑤。鱼一首十身，气如蘼芜。"《山海经》："河罗鱼一首十身，音如犬吠，食之已痈也。"《初学记》引鱼狸背上有斑文⑥，腹下有纯青，海水将潮，及天将雨，毛皆起潮，还天晴毛则伏常，千里外可知海潮，亦如《博物志》云："牛鱼也。"又金鱼脑中有麸金，状如竹头鱼，出邛婆塞江。一名江鱼常食麸金。又吴王江行，食鲙有余，弃江中为鱼。今江中有鱼，名吴王余鲙者，长数寸，大如箸是也。又魏武四时《食制》曰："望鱼侧如刀，可以刈草，出豫章，又发鱼戴发，形如妇人，白肥无鳞，出滇池。"又郭延生《述征记》曰："城阳县城南六里，尧母庆都墓庙前一池，鱼头间有印文，谓之印颊鱼，非告祠者，捕不得。"《临海志》又曰："印鱼无鳞，额上四方如印，有文章，诸大鱼应死者，印鱼先封之。"又《临海异物志》："鲄鱼如指，长七八寸，但有脊骨，好作羹，滑美似饼。大者如竹曝，作烛极有光明。又比目鱼一名鲽，音楪。一名鳒，音兼。状似牛脾细鳞，紫黑色，一眼两片相合，乃行。"沈怀远《南越志》谓之板鱼，亦曰左介，介亦作魪。《唐韵》："魪，比目鱼也。"《吴都赋》云："双则比目，片则王余。"陈仲弓《异闻记》："东城池有王余鱼池，决鱼不得去将死，或以镜照之，鱼看影谓其有双，于是比目而去。"《异物志》："南方镜鱼，圆如镜也。"又《异苑》云："鲐音陷。鱼，凡诸鱼欲产。

① "遐"，四库本作"啼"。

② "二"，四库本作"三"。

③ "桃"，四库本作"杌"。

④ "珠"，四库本作"朱"。

⑤ "齐"，四库本作"荠"。

⑥ "狸"，四库本作"鲤"。

鲐鱼辄以头冲其腹，世谓众鱼之生母。”又《临海水土异物志》:“鹿鱼头上有两角如鹿，又云鲮闾蒸反。鱼背腹皆有刺，如三角菱①。”又《神异经》云:“黄公鱼长七八尺，状如鲤鱼②，昼在石湖中，夜化为人③，刺之不入，煮之不死，以乌梅二七煮之即熟，食之治邪病，若此之类岂胜言哉。”

鱼种

南海诸郡，郡人至八九月于池塘间采鱼子，着草上者悬于灶烟上，鱼八九月多于水韭上放子，水西菜上放子。水西菜即水草也，土人呼之未详。至二月春雷发时，却收草漫于池塘间④，旬日内如虾蟆子状，悉成细鱼，其大如发，土人乃编织藤竹笼子，涂以余粮，或遍泥蛎灰，禹，余粮也。蛎灰即《异物志》古贲灰牡蛎壳。又《南越志》蛎蚝甲也。收水以贮鱼儿，鬻于市者号为鱼种，鱼即鲶鲫鲤⑤。鲤之属，鲶鱼其鳞如银，肉白如雪，脆而且甜，偏宜作鲙，北中无也。故《异物志》曰:“南方鱼多不肥美，唯鲶鱼为上，作鲙无比，作炙尤香美。”又《楚词注》曰:“鲼鲋鱼。”《说文》作“鳑”，《永嘉记》作“鲫”。《证俗音》曰:“吴人呼为鲫鱼也。”育于池塘间，一年内可供口腹也。愚按:陶朱公《养鱼经》曰:“朱公谓，威王治生之法有五水畜，第一水畜鱼池也，以六亩地为池，池中有九洲，求怀妊鲤鱼长三尺者，任二十头，牡鱼四头，以二月上庚日内池中，令水无声，鱼必生至，四月内一神守，六月内二神守，八月内三神守。神守者，鳖也。鱼满三百六十，则蛟龙为之长，而将鱼化飞去，内鳖则鱼不复去池中，周绕九洲无穷，自谓江湖也。至来年二月得鲤鱼长一尺者一万五千枚，三尺者二十四枚。至明年得长一尺者十万枚，长二尺者五万枚，长四尺者二十四枚，留长二尺者二千枚，作种所养。理不相长也。又欲令生鱼法要须载，取薮泽陂湖饶大鱼之处，近水际土十余⑥，载以布池底，三年之中即有大鱼，此由土中先有大鱼子，得水生也。”又《南史》云:“始兴卢度，字孝章，有道术，隐居屋前池，养鱼皆名呼之，次第来取食乃去也。”又拂林国有羊羔生于土中，其国人候其欲萌乃筑墙以院之，防外兽所食，然其脐与地连，割之则死，唯人着甲走马，击鼓骇之，其羔惊鸣而脐绝，便逐水草，炀帝欲通之，竟不能致。

① “菱”，四库本作“菱”。

② “鲤”，四库本作“鳢”。

③ “夜”，四库本作“各”。

④ “漫”，四库本作“浸”。

⑤ “鲫鲤”，四库本作“鲫鳢”，并为正文，非注文。

⑥ “十”，四库本作“寸”。

贞观十七年，其王波多力，遣使献赤颇黎金精等物。又《博物志》云："取鳖挫如棋捣，赤苋汁和，令厚以茅苞之六月中，投于池泽中，经旬，脔脔成鳖也。"

水母

水母，《兼名苑》云："一名蚱，一名石镜，南人治而食之，云性热，偏疗河鱼疾也。"其法先以草木灰退去外肉，中有一物，或紫或白，合油水再三洗之，杂以山姜、豆蔻煮过，其莹彻不可名状，至于真珠、紫玉无以比方，此物须以虾醋食之[①]，盖相宜也。按《博物志》云："东海有物，状如凝血，纵广数尺无正员，名曰蚱，亦无头目肠藏，众虾随之，越人食之。"《稽圣赋》云："水母，东海谓之蛇，音秺[②]。正白蒙蒙如沫，生物皆别无眼耳，故不知避人，常有虾依随之，虾见人惊，此物亦随之而惊，以虾为目自卫也，亦如视肉有眼，以物摘之，则其眼移处。"《山海经》曰："视肉，聚肉也，形如牛肝，有两耳，食之尽，寻复生也。"

光绪六年，岁在上章执徐，吴兴陆氏十万卷楼重雕《北户录》第一卷终。

北户录卷第二

万年县尉段公路纂

登仕郎前京兆府参军崔龟图注

蚊母扇

端新州，有鸟类青鵁而觜大[③]，常在池塘间捕鱼而食，每作一声，则有蚊子群出其口。今谓之吐蚊鸟。按《尔雅》曰："鷏鸟，似乌鸔而大，黄白杂色[④]，鸣如鸽声。"《广志》云："蚊母，此鸟吐出蚊也。"土人云其翅堪为扇，唯辟蚊子，与陈藏器说同。又云："塞北有蚉母草，岭南有蚉母木，此三色异类而同功。"《南越志》又云："古度树一呼那子，南人号曰梡，日亚反。不华而实，实从木皮中出，如缀珠珰，其实大如樱桃，黄即可食，过则实中化为飞蛾，穿子飞出，愚验之，亦有为蚊子者。"

---

① "虾"，四库本作"姜"。

② "秺"，四库本作"蜡"。

③ "鵁"，四库本作"鹢"。

④ "色"，四库本作"文"。

鹅毛被

邕之南有酋豪，多熟鹅毛为被，毛取顶上及腹下嫩毛蒸治之[1]。如稻畦衲之，其温软不下绵絮也。一云：甚宜小儿愚记。陈藏器云：“鹅毛主小儿惊痫疾掣者[2]，盖为此也。”按上古十纪，有合雒纪教人，穴处自食鸟兽，衣其皮毛，岂远夷尚敦，古之遗风耶。愚忆《会要》载：“女国毛裙都，播国缉鸟羽，以为服。”《洞冥记》云：“董谒聚鸟兽毛寝。”《家训》云：“朱詹饥即吞纸，寒即抱犬，读书亦事较著者也。”

红虾杯

红虾出潮州、潘州、南巴县，大者长二尺，土人多理为杯或扣，以白金转相饷遗，乃玩用中一物也。王子年《拾遗》云：“大虾长一尺，须可为簪。”《洞冥记》载虾须杖。马丹常折丹虾须为杖，后弃杖为丹石于海傍也。王隐《晋书》云：“吴复置广州，以南阳滕循为刺史，或语循，虾须长一丈，循不信，其人后故至东海取须，长四丈四尺，封以示循[3]，方乃服也。”然《兼名苑》云：“广州献虾头杯，简文将盛酒，无故自跃，乃不复用。”愚又按《毛诗义疏》：“贝大者有一尺六七寸。”今九真交址以为杯盘，实奇物也。《六韬》：“商王拘周西伯于羑里，太公与散宜生金千镒，求珍物以免君罪。九江之浦有大贝，百冯诗作朋也。”《广志》曰：“海文蠡有大者受一斗，南人以为酒杯。”又《搜神记》：“谢端侯官人，少孤为乡人所养，年十八，恭谨自守，后于邑下得一大螺[4]，如三斗盆，将置瓮中，早至野还，见有饮饭、汤火处，端疑之，于篱外窥见一少女从瓮中出，至灶下燃火，便入问之，女答曰：‘我天汉中白水素女[5]，天帝哀卿少孤，使我来相为守舍炊煮，使卿后得妇当还。今无故相伺不宜复留，今留此壳贮米可得不乏。’忽有风雷而去也。”又《异物志》：“苍鹰螺，江东人以为碗也。”

---

① “顶”，四库本作“项”。

② “疾掣”，四库本无。

③ “封”，四库本作“杖”。

④ “邑下”，四库本作“地下”。

⑤ “白水”，四库本作“白螺”。

鸡毛笔

番禺诸郡如陇右，多以青羊毫为笔。韶州择鸡毛为笔[①]，其三覆锋，亦有圆如锥，方如凿，可抄写细字者。昔溪源有鸭毛笔，以山鸡毛、雀雉毛间之，五色可爱，征其事得非入江淹梦中者乎，且笔有丰狐之毫、傅子云："汉末笔非文犀之桢，必象牙之管[②]、丰狐之毫、秋兔之翰。"虎仆之毛、《博物志》："有兽缘木似豹，名为虎仆，毛可为笔也。"蛔蛤鼠毛[③]、《广志》云："可以为笔。"鼠须、均州出。羖䍽羊毛、邛州取腋下族毛[④]。麝毛狸毛、郑公虔云："麝毛笔一管，写书直行，四十张，狸毛笔一管，界行写书一百张[⑤]。"马毛、嘉州。羊须、陶隐居，烧丹封鼎际用羊须笔。胎发、弗□多以小儿发为笔柱[⑥]。郑虔云："萧祭酒常用之。"又韦仲将《笔方》云："笔柱或云墨池，亦曰承墨。"又有柳笔、皮笔、铁笔。龙筋《金陵拾遗》具。为之，然未若兔毫，其宣城岁贡，青毫六两，紫毫三两，次毫六两，劲健无以过也。今岭中亦有兔，但才大于鼠，比北中者其毫软弱，不充笔用，是知王羲之叹江东下湿兔毫不及中山。又炀帝取沧州兔养于扬州海陵县，至令劲快不堪全用，盖兔食竹叶故耳然。次有鹿毛笔，晋张华尝用之，不下兔毫。按《博物志》云："笔，蒙恬所制。"世有短书，名为《董仲舒答牛亨问》，曰："蒙恬作秦笔管[⑦]，鹿毛为柱，羊毛为被，所谓苍毫非兔毫也。"夫有笔之理与书同生，具《尚书中候》云："龟负图，周公援笔写之。"其来尚矣。

鸡卵卜

邕州之南有善行禁，咒者[⑧]。取鸡卵墨画祝而煮之，剖为二片以验其黄，然后决嫌疑，定祸福，言如响答，据此乃古法也。《神仙传》曰："人有病就茅君请福，煮鸡子十枚以内帐中，须臾茅君悉掷出，中无黄者病多愈，有黄者不愈，

① "韶州"，四库本作"昭州"。

② "牙"，四库本作"遗"。

③ "蛔蛤"，四库本作"蛔蛉"。

④ "邛州"，四库本作"邛朔"。

⑤ "一百"，四库本作"八百"。

⑥ "弗□"，四库本作"吴姬"。

⑦ "蒙恬作秦笔管"，四库本作"蒙恬作秦笔，枯木为管"。

⑧ "善行禁，咒者"，四库本作"善行禁者"。

常以此为候。"《风土记》曰:"越俗性率朴淳而未散，至于有疾，不卜问所请①，言天生、天杀归自然，及其意亲如合②，即脱头上巾帻，解腰间赤玉刀③，以厚结之为交，拜亲跪妻定交有礼，俗皆当于山间大树下封土坛，祭以白犬一、丹鸡一、鸡子三、名曰木下墅鸡犬，在其坛地，民人畏之不敢犯也。祝曰：天地父母，某月某日甲与乙为友善，上下四旁莫不并见，卿乘车，我戴笠，后日相逢下车揖。我步行，卿乘马，后日相逢卿当下。如此者数千言，盖南人重鸡卵也。"愚又见卜之流杂书传虎卜、紫姑卜、牛蹄卜、灼骨卜、鸟卜，虽不法于蓍龟，亦有可以称者。按《博物志》曰："虎知冲破④，又能画地，卜今人有画物上者，推其奇偶，谓之虎卜。"《异苑》曰："世有紫女，一书紫姑。古来相传云:是人妾，为大妇所嫉，每以秽事相役，正月十五日感激而死。故世以其日作其形，夜于厕门间，或猪阑边，迎之咒曰:子胥不在，是其婿名，曹夫人亦归去，即其大妇也，小姑可出戏捉者，觉重，便是神来，奠设酒果，亦觉面貌辉辉有色，即跳躁不住，能占众事，卜未来蚕桑，又善射钩，好则大舞，恶便仰眠。"又《魏略》曰："高句骊有军事，祭天杀牛，观蹄以占吉凶，蹄解者凶，合者吉。夫余国亦尔。"又云:"倭国大事，辄灼骨以卜，先令如中州令，龟视拆占吉凶也⑤。"又《会要》曰："东女国以十一月为正，每至十月令巫者赍酒馔诣山中，散麦于空中，大咒呼鸟，俄有鸟如雉，飞入巫者怀中，因割其腹，有一谷，来岁必登，若霜雪必多异灾，其俗因之名为鸟卜。武德中，其女王遣使贡方物也。"公路又按:子路见孔子曰:"猪肩牛膊可以得兆，何必蓍龟？"孔子曰:"取其名也。夫蓍者，耆也。龟者，旧也。狐疑之事当时问，耆旧也。"又有螺段卜遗。

鸡骨卜

南方逐除夜及将发船，皆杀鸡择骨为卜，传古法也。《汉书·郊祀志》云:"越祠鸡卜，如鼠也。"今南人凭之，颇有神验，每取雄鸡一只，以香米祝之后，即生析其腹⑥，削去皮肉，或烹取之。卜男左，卜女右，看之其骨有二窍，或七八窍，左为人，右为鬼，取阴阳之理也。乃以竹簪刺于窍中，而审其兆，如人在上，鬼在下为吉;人在下，鬼在上为凶。

---

① "所"，四库本作"祈"。

② "如"，四库本作"和"。

③ "赤玉刀"，四库本作"五赤刀"。

④ "知"，四库本作"如"。

⑤ "拆"，四库本作"坼"。

⑥ "生析其腹"，四库本作"生折其腿"。

如人鬼头相背事迟缓，相就事疾速。占吉即以肉祠船神[①]，呼为孟公、孟姥，其来尚矣。按梁简文《船神记》云："船神名冯耳。"《五行书》云："下船三拜三呼，其名除百忌，又呼为孟公、孟姥。"刘思贞云："玄冥为水官，死为水神，冥孟声相似。又孟公父名愦[②]，母名衣，孟母父名板[③]，母名履，或云冥公、冥姥，因玄冥也。"《异苑》曰："船人曰孟公[④]、孟娃，利涉之所虔奉，商贾之所崇仰也。荆州送迎，恒烹牛为祭，桓宣武始镇陕西，不依旧法祭，至荆州平乘中江，而漂梢柂莫制咒请立止。"公路咸通辛卯年，从茂名归南海，陆尽东口行次水程，舟人具牢醴以祭船神，请愚为祝词，曰："岁在单阏，时及朱明。柳絮风老，桃华水平。倚栏楫兮浅岸，张布帆兮长汀。粤有舟子，请祷玄冥。孟家遂即建高樯，开左郭，列牂牱，呼著作，召灵胥，邀海若。对蛟浦而烹牢，当鹿床而命爵。于是具六味，罗八珍，羽毛咸备，苏膏必陈。剖魄陆兮合杂，刳博带兮缤纷。螃玉色，鱼锦文。噎鸠饼脆，骑驴酒新。无非可口，兼乃着人。果则独根橄榄，焦核荔枝。三节甘蔗，细腰蹙咨。署预蠡荠，素藕乌椑。委盘纂纂，堆案离离。更有越方之俦，解悟之辈，或衣朱裳，或涂翠黛，奏曲挡弦，燃胶爇蕙。初叙诃而回瞻，遂传词而连喋。词云：神下降兮龙骧，巫欢喜兮鼠态。驾雷电兮荧煌，拥烟云兮叆叇。"又曰："船容裔兮何在，橹安稳兮徘徊[⑤]。绝驾波兮此去，随驶潮兮竭来。"

象鼻炙

广之属城，循州、雷州皆产黑象，牙小而红，堪为笏，裁亦不下，舶上来者。陶真白云[⑥]："凡夏月治药，亦宜以象牙置边。"土人捕之争食其鼻，云肥脆，偏堪为炙，滋味小类猪而含消[⑦]，今之炙也。亦不知一割牛心，猩猩唇之美也。愚按：鳍鱼裙士林反[⑧]。两味，犀有五肉，象有十二肉，其胆随月转耳。陈藏器云："唯鼻是其本，肉诸即杂肉，凡象白者西天有之。"五真腊有战象五千头，《会要》云。又

① "占"，四库本作"卜"。
② "愦"，四库本作"帻"。
③ "母"，四库本作"姥"。
④ "人"，四库本作"神"。
⑤ "安"，四库本作"去"。
⑥ "真"，四库本作"贞"。
⑦ "而"，四库本作"之"。
⑧ "鳍鱼裙士林反"，四库本作"鳍子林反鱼"。

供御陀国有青象，皆中夏无也。梁翔法师云："象一名伽那。"古训云："象孕子五岁始生。"《山海经》云："性妒不畜淫子。"《西域记》云："有一僧行遇群象，上树避之，象随倒树，负之至林中，有一病象足疮而卧，引沙门手至所苦处，乃竹刺，沙门为拔去之，裂裳与裹。俄顷，一象持金函授病象，病象转授沙门，发视之乃佛牙也。"又《万岁历》曰："成帝咸康六年，临邑献象一知跪拜。"《博物志》曰："日南四象各有雌雄，其一雄死，百有余日，其雌泥土着身，独不饮酒食肉，长吏问辄流涕有哀状。"

鹅毛脡

恩州，出鹅毛脡，乃盐藏鳙鱼，音聿[①]。其味绝美，其细如虾□[②]，郭义恭云："小鱼一斤千头，未之过也。"鱼大如针，蜀人以为酱也。又有嘉鱼出邕江石穴中，鱼下至梧州戎城县水口，绝肥美亦堪为脡。左太冲《蜀都赋》云："嘉鱼出于丙穴。"注云："丙穴在汉中，沔阳县北有鱼穴二所，常以三月八月取之[③]，丙地名也。鱼鳞细似鳟鱼，《博物志》说同。或云鱼以丙日出穴。"故陈藏器云："嘉鱼乳穴中，小鱼能久食，力强于乳丙者，向阳穴多生此鱼。"鱼复何能择丙日出入耶，议者以陈言为是。郦善长云："穴口向丙。"又引柏枝山："山有丙穴，穴方数丈，水有嘉鱼，常以春末游渚，冬入穴[④]，故知丙穴之鱼，不独褒汉中有也。"愚按：水中之穴通者，谓之逵。据《山海经》云："半石之山，合水出其阴，多鰧鱼，其状如鳜，居达。"注[⑤]："水中之穴相交通者。鰧，音腾。"

桄榔炙

桄榔茎叶与波斯枣、古散、古散堪为拄杖。椰子、槟榔小异，其木如莎树皮、穰木皮，出面可食。《广志》云："莎树出面。"《华阳国志》云："郡少穀，取桄榔面，以牛酪食之。"《吴录·地志》云："交趾望县有穰木，皮中有如白米屑者，干捣之，水淋似面，可作饼。"《临海志》："桄榔木作锃铤[⑥]，利如铁，中石益利，唯中蕉根致败，物

---

① "鳙鱼音聿"，四库本作"鳙音聿鱼"。

② "□"，底本为空格，四库本作"虽"。

③ "三月八月"，四库本作"三月八日"。

④ "冬"，四库本作"秋"。

⑤ "注"，四库本作"达"。

⑥ "锃"，四库本作"鋘"。

之相伏如此。皮中有如米粉，中作饼饵。”《会要》又云[①]：“都句树似栟榈，木中出屑如面，可啖，出交州。”《洛阳伽蓝记》云：“昭仪寺有酒树、面木。”得非桄榔乎。《南史》云：“扶南国有酒树，似安石榴，采其花汁，停着瓮中数日，成酒，醉人也。”木理有文，堪为握槊局。《兼名苑》云：“其戏阿育王弟善容造[②]，梁天监中始来中土。”然《双六赋》云：“诸葛融开馆延宾[③]，分曹并戏。”此则吴时已有，赋内警句云：“若乃位占列星，城分偃月，或七纵而七擒，或百犯而百伐。”又崔令钦《六博》云：“握槊，胡戏。”《后魏书·艺术传》云：“胡王有弟一人，遇罪，将杀之。弟从狱中为此戏以上之，意言孤则易死。其后遂入中国，世宗以后大盛，于时有赵国李幼序，洛阳丘阿奴皆善之。”梁武谓之婆罗塞戏。胡谓六为偃数[④]，二为鹭鹭，今言握槊幺幺，皆转声也。或妄云曹子建为之，盖以俱是魏，同得罪于兄，事迹相似，因此疑误。其心似藤心，为炙滋腴，极美。其须可为帚，香润绝胜椶楠。《山海经》云：“一名栟榈也。”《书》云：“缚唱国纳缚伽蓝，唐言新也。有佛帚，迦奢草作也。”郭义恭又云：“丑尉叟可为帚。”陶胜力《集记》说：“乌帚[⑤]，一名丰贤当。”

红盐

恩州有盐场，出红盐，色如绛雪，验之，即由煎时染成，差可爱也。公路记：“郑公虔云：‘琴湖池，桃花盐，色如桃花，随月盈缩。在张掖西北，隋开皇中常进焉。’”一云十五日以前盐甘，月半以后苦也。按：盐有赤盐、紫盐、黑盐、青盐、黄盐。《书抄》云：“沈约《宋书》曰：‘虏至彭城，与张畅语送白毡赤盐。’”又郭璞《盐池赋》曰：“烂然汉明，晃尔霞赤是也。”又虞世南书云：“蔡邕从朔方《报羊月书》云：‘幸得无恙，遂至徙所，自城以西，唯有紫盐也。’”《续汉书》云：“天竺出黑盐。”又《北堂书抄》引《博物志》云：“北胡青盐，但以味色浮杂，为不同耳。”黄盐，安西城北涧中有，色如芜菁华者，郑虔亦述。成之自然，国之宝也。夫《盐本草》云：“牢肌骨，去毒虫，明目益气。”戎盐即《万毕术》累卵是也。亦有如虎、周官。如印、《博物志》具。又《通典》云：“九原岁贡，印成盐、五原贡盐，山四十颗。”又《水经》云：“龙城池，广千里皆为盐，而剛系有大盐[⑥]，方如巨枕者。”又《南史》云：“大同中，外国有献鸣盐枕者。”如伞、《荆

---

① “会要”，四库本作“会最”。

② “容”，四库本作“客”。

③ “诸葛融”，四库本作“诸葛恪”。

④ “偃”，四库本作“堰”。

⑤ “乌”，四库本作“鸟”。

⑥ “剛”，四库本作“刚”。

楚记》具。如石、如水精状者，《南史》："月支恒水下，有真盐，色正白如水精。"或朝取暮生，又非煮海所致者也。

米饼

广州俗尚米饼[①]，合生熟粉为之，规白可爱，薄而复明[②]，亦食品中珍物也。按：梁刘孝威《谢官赐交州米饼四伯屈》，详其言，屈岂今之数乎，且前朝短书杂说即有呼食为头。梁元帝《谢赐功德净馔一头》云："瑶器自满，金鼎流味，浆含都蔗，味资石蜜。"又《谢赉功德食一头》云："天厨净馔，庵罗法果。"又刘孝威《谢赐圣僧余福果食一头》云："五杏七桃，美瓜仙枣[③]。"以鱼为斗，《梁科律》："生鱼若干斗。"茗为薄、为夹，温口贡茗一百[④]，大薄。又《梁科律》："薄茗若干夹云云[⑤]。"笔为双、为床、为枚，《搜神记》云："益州西有神祠，自称黄石公，祈祷者持一百纸、一双笔、一丸墨，先闻石室中有声便具吉凶，不见形也。"南朝呼笔四管为一床，梁简文帝《答徐瑀书》云[⑥]："时设书幌[⑦]，乍置笔床。"《梁令》云："写书笔一枚一万字。"墨为螺、为量、为丸、为枚，陆云《与兄书》："今送墨一螺[⑧]。"《妇人集·汲太子妻季与夫书》云[⑨]："致尚书墨十螺。"《梁科律》："御墨一量十二丸，皇后妃一量一百丸。"蔡质《汉官仪》曰："尚书令、仆丞郎，月赐隃麋大墨一枚，小墨一枚。宋元嘉中格写书，墨一丸，限二十万字。"纸为番、为幅、为枚，湘东启上：梁武帝纸万幅[⑩]，笔四百枚。《简文帝集》："纲启[⑪]：谨奉红残二千番。"陆倕有《谢安成王赐西蜀》："残纸一万幅。"梁简文帝又云："特送四色纸三万枚[⑫]。"湘东王《会最》云："晋宋间有一种纸或一幅长丈余，言就船中抄之，世谓茧纸。"又云："张载纸铭并称纸为番[⑬]。

---

① "俗"，四库本作"南"。

② "明"，四库本作"朋"。

③ "美"，四库本作"灵"。

④ "一"，四库本作"二"。

⑤ "茗"，四库本无。

⑥ "徐瑀"，四库本作"徐摛"。

⑦ "幌"，四库本作"幔"。

⑧ "一"，四库本作"二"。

⑨ "季"，四库本作"李"。

⑩ "梁武帝"，四库本作"荆武"。

⑪ "纲"，四库本作"绎"。

⑫ "纸"，四库本作"笔"。

⑬ "并称"，四库本作"晋载"。

纸字从系，蔡伦作纸从巾。布为鼓，梁祖布五丈，度曰取，薄布一十匹为一鼓[①]。”锦为两，王俭云[②]：“币锦二端为一两，一两一匹，二丈为端也。”《左传》云：“归夫人重锦三十两。”注：锦以二丈双行，故曰两，三十匹是也。衣为裁，陆倕《谢安成王楚越衣二裁》。沈约有《谢葛衫二裁》也。袈裟为缘，梁文帝云：“蒙赉郁金泥细纳袈裟一缘[③]，忍辱之铠，安施九种功德之衣，惭愧八法。”奴为头，简文帝书言：“安吉王饷胡子一头云。方言异俗，极有可观，山高海深，宛在其貌。”《梁科律文》云：“奴一头、婢一头。”麝为子，蜡为饼，麝香如干子，蜡如干饼，齐建武四年事。槟榔为口，胡桃为子、为口，陆倕《谢安成王赐槟榔二十口》[④]。又《谢胡桃一千子》。又沈约《谢赐臣交州槟榔千口》云：“龙编嘉实，厥包遐远。”其事不可备论。今高州多采薯为麻饼，绝宜人味，极芳美。《方言》云：“人谓薯蓣为储是也。”又都播国土多百合，亦有取根以为粮者。事见《会要》。《本草》云：“署预一名山芋。”《山海经》云：“景山多薯萸，江南单呼为薯，语有轻重也。”其法：采薯去外皮，磨之，曝干为粉。临用时，别取薯磨取湿者溲之。他如面法。琼州，溲为汤饼。颜之推又云：“蓖茨，令去黑皮以为粉，作汤饼甚光滑。”

食目

韶州菜有芜菁，郡人采之为菹，脆而且甘，不失北中味也。《方言》：“丰荛[⑤]，芜菁也。陈楚之郊谓之丰[⑥]，齐鲁之郊谓之荛，关之东谓之芜菁[⑦]，赵魏之间谓之大芥。”郭璞注：“蘴，音蜂，江东音菘。”又云：“紫华者谓之芦菔。”《证俗音》曰：“葖，芦菔、芜菁属紫花，大根，俗呼为雷葖也[⑧]。”愚按顾启期《娄地记》曰：“薛山者，昔为薛伯道居此山，不知何时人，好稼植，缘海散芜菁子。今海边尚有此菜，云伯道所种。”又按司马相如《凡将篇》，谓为芮菁当门。《证俗音》：“冥。”《小学篇》曰：“芴音匇。菁。”《会最》又云：“以子，江南种变为菘。菘子，黑。芜菁子，紫赤也。”又据南朝食品中有芥子酱[⑨]、芦卜根、菹菘之类。是江南为“菘”

① “一”，四库本作“二”。

② “俭”，四库本作“佐”。

③ “纳”，四库本作“衲”。

④ “二十”，四库本作“一千”。

⑤ “丰”，四库本作“蘴”。

⑥ “丰”，四库本作“蘴”。

⑦ “东”，四库本作“西”。

⑧ “雷”，四库本作“雹”。

⑨ “品”，四库本作“奠”。

验也。《证俗音》云："小学章作菘。"今番禺，唯韶州产芜菁、林檎、木瓜。《广志》云："一名黑琴[①]，似赤柰。"《齐民要术》曰："林檎，堪为麨。"《尔雅》云："楙木，瓜也。"贾思协云："凡书厨中安麝香、木瓜，即无蠹。"勤州出栗子，形味俱劣。一年，栗方熟。群鹦鹉至，共啄食几尽[②]。窦州出梨，梨大如拳，有类浙东成家梨。可蒸而食，乃皮厚肉硬。又非哀家梨也。《缙》云："成家出此梨，因以为名。"《世说》云："桓南郡玄每见人不快，辄嗔曰：'君得哀家梨，当复不蒸不食。'"旧语秣陵有哀仲梨，甚大如升，入口便消，言愚人不别味，得好梨而蒸食也。广之人食品中有团油饭。凡力足之家有产妇，三日、足月及子孩晬[③]，为之饭以煎虾[④]、鱼炙鸡鹅、煮猪羊、鸡子羹、饼灌肠、蒸肠菜[⑤]、粉糍、粔籹、蕉子、姜桂、盐豉之属，装而食之是也。䘒、《说文》云："羊凝血也，音口绀反。今广人生以五味酢食之。"按《证俗音》云："南谓凝牛羊鹿血为䘒，以齑啖之，消酒也。"蚁子酱、蚳醢也。今山源间有蚁子于茅根下为窠者，收卵为酱也。老咸齑、采老菜以饭和盐藏之，一如常法。有入蕉心者，其瓮埋于池塘间，至三年，菜色如金，土人所重。蛤臛、理如常法。蛤即蛙也。《周书》："腐草为蛙。"陶注本："草，青脊者曰土鸭。黑者，南人呼为蛤子。"《南史·卞彬》为《螺蟆赋》云[⑥]："纡青拖紫，名为蛤鱼，以讽令仆。"《汉书》言："鄠杜之间水多蛙鱼，人得不饥。"又《宋书》："张畅弟为猘犬所伤。医云：'食虾蟆脍可愈。'而弟有难色。畅先食，而弟方食，果能愈疾。"即知前古之人食蛙久矣。又《冲波传》："虾蟆，无肠，龙蛇属也。"《抱朴子》云："千岁者[⑦]，颔下丹书八字。"《南史·丘杰列传》又云："虾蟆有毒，梦中得三丸药，后服之，下科斗子数升。"《博物志》所谓"东南之食，水产有龟蛤螺蚌以为殊味[⑧]，不觉其腥臊"。今按，蛙，惟性热，甚补人。人有折其足于瓶中，以水养之，不三五日，其损如故。亦有以苏煎食者是也。褒牛头，南人取嫩牛头，火上燂过。《证俗音》："炙去毛为燂，似廉反[⑨]。"复以汤毛去根，再三洗了，加酒豉、葱姜煮之，候熟，切如手掌片大，调以苏膏、椒橘之类，都内于瓶瓮中，以泥泥过，煻火重烧。其名曰褒。愚曾于衡州食熊蹯，大约滋味小异而不能及。又按，南朝食品中有奥肉法。奥即褒类也。先以宿猪肥者，腊月杀之，以火

① "黑"，四库本作"里"。
② "共啄食几尽"，四库本作"俱啄食而尽"。
③ "孩"，四库本作"孙"。
④ "虾"，四库本作"猿"。
⑤ "肠"，四库本作"脯"。
⑥ "螺蟆赋"，四库本作"虾蟆赋"。
⑦ "千"，四库本作"万"。
⑧ "龟"，四库本作"蛙"。
⑨ "似"，四库本作"以"。

烧之令黄，煖水梳洗，削刮令净，刳去五脏，猪肪熇取脂脔，方五寸，令皮肉相兼。着水，令淹没于釜中，炒之肉熟水尽，更以向所熇肪膏煮肉，脂一斤酒三升盐三升[①]，令脂没肉，煖火煮半日许，漉出瓮中余膏，写肉瓮中，令相淹。食时，水煮令熟，切作大脔子，调和，如常肉法。尤宜新韭烂畔其二岁，猪肉未坚、烂坏，不堪作。又有胚腤煎消法[②]。《方言》："熬煎炒僬[③]，火干也。"煎字[④]，崔寔《四民月令》作煸。古文僬字作煏字，《训诂》音平力反，书此僬字[⑤]。陷炙、糟肉、范炙、纯蒸鱼[⑥]、白沦肫法、音药，煮也。颜之推云："瀹，白煮肉。"《尔雅》注作"灼"字。腤鸡、腤白肉、蜜纯煎鱼、脸臘，卢减反。脸臘法：用猪肠经沸汤，出三寸断之，决破细切熬之，与水沸，下豉汁研米、葱姜椒胡芹[⑦]、蒜，下盐酥算子，细切，血将奠与之，早与血则变也。下淡奠有蝉臛、乃古人爵鹦蜩范之类也。薄夜饼、用鸡臛。曼头饼、《齐民要术》书上字，束晳《饼赋》作此"馒头"字[⑧]。雀喘饼、用酢。牢丸饼[⑨]、浑沌饼、《要术》书上字。《广雅》曰："馄饨也。"《字苑》作餫。颜之推云："今之馄饨，形如偃月，天下通食也。"夹饼安寒时，肉夹有心[⑩]，罗脂煮者[⑪]。糖蟹法，《周礼》："蟹蝑，音素。"九月中取母蟹着水中，勿令伤损及死，一宿腹中净，久则吐黄，吐黄则不佳也。先煮薄饴。饴，饧也。着活蟹冷糖中一宿，煮蓼汤，和白盐，极咸，待冷，瓮盛半汁，取糖中蟹，内着盐蓼汁中便死，蓼宜着少，多则烂。泥封二十日出之，举蟹脐着姜末，还复脐如初，内着泔中，百个一器，还以前盐蓼汁浇之，令没，密封，勿令漏气，便成矣。特忌风，中则坏而不美。蒸炙牛胘，户坚反。老牛胘厚而脆，划穿痛蹙令聚，逼火急炙，令上劈裂，然后割之，则脆美。若挽令伸舒，微火遥炙，则薄而且肕。经云跳丸炙，如弹丸，炙煮之。皮脯、马肠、鹿尾。尺炙、筒炙、衔炙法，鹿角菜、菹紫菜、菹烂畔。卢龙时经云云。葛钻、《说文》云："钻今呼嫠，和饭为之。"水溲饼。《要术》云："立

---

① "三"，四库本作"二"。

② "胚腤煎消法"，四库本作"证腤煎肖法"。

③ "熬煎炒僬"，四库本作"熬聚煎僬巩"。

④ "煎"，四库本作"聚"。

⑤ "崔寔《四民月令》作煸。古文僬字作煏字，《训诂》音平力反，书此僬字"，四库本作"崔寔《四民月令》作炒，亦作熇字、僬字。诂训一力反，古文煏字作僬"。

⑥ "纯蒸鱼"，四库本作"毛证鱼"。

⑦ "胡芹"，四库本作"胡芥"。

⑧ "馒头"，四库本作"曼头"。

⑨ "牢丸饼"，四库本作"□ 丸饼"。

⑩ "有"，四库本作"员"。

⑪ "者"，四库本无。

秋无食煮饼[①]，及水引饼[②]，饼唯酒引，饼入水烂，水溲得水难消也[③]。"又果蓂合子有寒具，《证俗音》："䴵，内圆呼为环饼[④]，亦呼寒具。"郑玄注："周官有寒具，未知是䴵否？力田反，力走反。"百支糩截饼，黄方柏馓[⑤]。馓，《急就篇》："饴饧。"《说文》曰："熬稻，张馇也。音散桑但反。"《广雅》："释粇馓也[⑥]。"《证俗音》云："今江南呼馓饭。已煎米以糖饼之者为麸粇也，音浮流。"白甘脆、赤楪枣、剥枣、胡麻糖、雀头糖。廉姜鬼目蜜槟榔。《周成杂字》曰："槟榔果也，似螺可食。"益智甘蕉，甘榄枸缘杨梅。今琼崖高潘州以糖煮嫩大腹槟榔。辩州以蜜渍益智子食之，亦甚美。按《字苑》曰："杂藏，果也，音素感反。"颜之推云："今以密藏杂果为粽。"又有都念子，花似紫蜀葵，实如软枣。《拾遗》云："甚甘美，益人。隋朝植于西苑中，印度出那核婆果，大如冬瓜，熟则果赤，剖之，中有十小果，大如鹤卵，更又破之，其汁黄赤，其味甘美，或在树枝，如众果之结实，或在树根，若茯苓之在土。"又波斯卒果[⑦]，叶长五六尺，果堪食，状如人手，树高丈五，叶堪作食箪。又频那婆果生树后，大如八石瓮，味甚甘，食之便醉，九日而苏。见《会最》也。愚又思，束皙《饼赋》："餢飳，当音部注[⑧]。餚烛。"颜之推云："今内国餢飳，以油苏煮之。"江南谓蒸饼为餢飳，未知何者合古膎。《国语》云："主孟啖我。"《字林》曰："膎，肴也，音大滥反。"之推又云："今内国犹言饼膎。"及按《方言》，江南有鹿筋膎及臛之类。又韩肉本注出韩国[⑨]，为之如羹而少汁加酢也。嫨女[⑩]，《字林》曰："馈女也，音乃管反。"《证俗音》云："今谓女嫁后三日饷食为餪女也。"

睡菜

睡菜五六月生于田塘中，叶类茨菰，根如藕梢，其性冷，土人采根为盐

---

① "无"，原作"毋"，据《齐民要术》改。

② "引"，四库本作"溲"。

③ "难"，四库本作"辄"。

④ "内圆呼为环饼"，四库本作"内国呼为糫饼"。

⑤ "黄方柏馓"，四库本作"黄万柏散"。

⑥ "《广雅》释粇馓也。"四库本作"《广雅》：麸粇馓也"。

⑦ "卒"，四库本作"牟"。

⑧ "部"，四库本作"剖"。

⑨ "注"，四库本作"法"。

⑩ "嫨"，四库本作"餪"。

菹[①]，食之或云好睡。郭子横云:“五味草，初生味甘，花时酢食之，不使人睡，亦名却睡草。”又《神异经》云：“四味木一名如之何，其实有核，形如枣子，长五寸[②]，金刀割则苦，竹刀割则饴，木刀割则酸，芦刀割则辛，此说小类五味草也。”又《御览顾凯之启蒙记》曰：“如何随刀而改味也。”

水韭

生于池塘中，叶似韭，有二三尺者，五六月堪食，不荤而脆，得非龙爪薤乎。郭子横云：“龙爪薤，有长七尺者。”《字林》云：“莶音严。水中野韭也。”又葋音吟。见《字林》，似蒜，生水中[③]。郑虔云:“薤味辛生河西，长二尺，塞北山谷间，多孝文韭，军人食之，魏孝文帝所植。如渭水源，诸葛亮韭，亦诸葛所种也。”郦善长又云：“平乐村，五六里至东亭杜北山，甚高峻，上合下空，东西广二丈许，高起如屋，中有石床，傍生野韭，人往乞者，神许则风必偃之，方可揃也，如过越不偃，而揃者有咎。”《盛弘之荆州记》亦具文小异。

蕹菜

叶如柳，三月生，性冷，味甜。土人织苇簰，长丈余，阔三四尺，植于水上，其根如萍寄水，上下可和畦卖也。陈藏器又云：“蕹菜味苦平无毒，主解胡蔓草毒，胡蔓即冶葛也。”《本草》云:“钩吻又名冶葛，用羊血土浆解之。”《南州异物志》曰：“俚贼呼野葛为钩挽[④]。”郑广文又曰：“人自来求死者，取一二叶，手挼汁出，饮之，半日死。羊食苗，大肥，亦如巴豆。鼠食则肥，乃物有相伏如此者。”先食蕹菜，后食野葛，二物相伏，自然无苦，取汁滴野葛苗[⑤]，当时萎死。《广州记》曰:“菜，水生以为菹，土人重之。”愚按：广之菜有棹、《字林》:“棹，辛菜也。”东风、《广州记》:“菜，陆生，置肥肉作羹，味如酪，香气似马兰。”又左思《吴都赋》:“东风，扶留是也。”蒆、《音戢风土记》曰：“蒆香菜，根似菜根，蜀人所谓菹香也。”《越绝书》:“蕺山，越王勾践种蕺处。”芍音畠，蒐茨苗也。《东观汉记》:“王莽末，南方枯旱，民饿，群入野泽掘蒐茨而食。”之类，无足奇者，是不复遍录。《吴志》曰:“孙皓时，有荬音买。菜生，高四尺，

---

① “盐”，四库本作“咸”。

② “寸”，四库本作“尺”。

③ “水中”，底本作小字注，据四库本改。

④ “贼”，四库本作“赋”。

⑤ “野”，四库本作“治”。

厚三寸分，如琵琶形，两边生叶，皓以为平虑。”《晋安帝纪》曰：“义熙二年，有苦荬菜生扬州。”《中兴书》曰：“草，妖也。是后岁岁征伐，民人稍苦，苦荬者买苦也。”国初建，达国献佛土菜一茎五叶，花赤，中心正黄，而蕊紫色。泥婆罗国献波棱菜，类红蓝，实似蒺藜，火熟之能益食味。又醋菜状似慎火，叶阔而长，味如美酢，绝宜人，味极美。

斑皮竹笋

湘源县十二月食斑皮竹笋，滋味与北中七八月笋牙小类，但甜脆过之，诸笋无以及之。《吴录》云：“马援至荔浦见冬笋，名曰苞笋，其味美于春夏笋也。”即鸡胫竹笋。《博物志》曰：“斑皮竹，洞庭之山，尧帝之二女以涕挥竹，竹尽斑也。”《尔雅》曰：“笋，竹之萌。”《说文》云：“笋，竹胎。”《诗义疏》：“笋皆四月生也。巴竹笋，八月生。篃音媚。竹笋，冬夏生。”《永嘉记》：“含堕竹笋，六月生。”《竹谱》：“棘竹，笋落人须发。”愚按：《山海经》：“竹生花，其年便枯。六十年一易根，必结实而枯死。实落土复生，六年还成町也。”《竹谱》曰：“竹，不刚不柔，非草非木。篛必六十。簝亦六年是也。”凡种竹，正二月劚取西南根，东北角种之，竹性向西南引也。《齐民要术》曰：“谚云，东家种竹，西家治地。”故也南中有以竹为刀错子者。错子即篤簩竹皮为之，错指甲利胜于铁机巧。李衙推昉云：“如小钝，复以浆水洗之如初。”刀子竹，裴渊《广州记》云：“石林竹劲利，削为刀，切截象皮如截芋也。”公路裴州宜城县木香村有庄[①]，咸通初，忽生异竹，第一年生九竿，第二年生七竿，尔来岁岁有也。作深栀黄色，每节及枝上并抹绿，解镫[②]，其笋甚美。按戴凯之谱中亦无说处。《异苑》曰：“东阳留道德，元嘉四年，箸竹林忽生连理，野人无知，谓为祸祟，伐煞之。”公路乾符初，经过夏口时，有人献合欢笋于韦公尚书者。自一本分为两歧，长二尺余，乃笋之瑞也。公命公路为七字句，歌之词繁不载。愚传闻贞元五年秋，番禺有海户犯盐禁者，避罪于罗浮山，深入至第十三岭，山有十五岭，四百三十二峰，九百八十三飞泉洞府也。遇巨竹百千万竿，连亘岩谷，竹围二十一寸，有三十九节，节长二丈，即由梧类也。海户因破之为篾，会罢吏捕逐，遂挈而归。时有军人，获一篾，以为奇者，后献于刺史李复。复命陆子羽图而记之，亦资耳目之事一也[③]。《旧记》云：“李公顾谓门生广州桑苎翁曰：‘夫视听之外、经籍未录、不

① “裴”，四库本作“襄”。

② “解镫”，四库本作“鲜澄”。

③ “事一”，四库本作“一事”。

合有而有者，不知其极。况兹竹载在图记，不足奇也。汉太尉许慎《说文》有长节竹，谓之笒，音钟。一本作籦。得非罗浮山龙钟之义耶？'”桑苎翁前席而言，曰：“顷天宝末，有韦长史虚舟寓于庐山瀑布泉时，夏月多雨，见瀑布之中流出一桃叶，阔五寸，长一尺二寸。至德初，徐正字凝[1]，于海盐县白塔山沙渚之上，得一桃核片，可贮一升，则知草木在山海之间，有异形殊状者[2]，多矣。又若决明慎火在中原为苏藜葵苋之属[3]，若生岭峤南山涧，无非高树。蕨有十岁者[4]，经二尺围[5]，与彼不异。”

光绪六年，岁在上章执徐，吴兴陆氏十万卷楼重雕《北户录》第二卷终。

北户录卷第三

万年县尉段公路纂

登仕郎前京兆府参军崔龟图注

无核荔枝

南方果之美者有荔枝。卫洪《七闻》曰[6]：“蒲桃、龙目、椰子、栭支，作此字[7]。”梧州火山者，夏初先熟而味小劣。其高潘州者最佳，五六月方熟，有无核，类鸡卵，大者其肪莹白，不减水精，性热液甘，乃奇实也。又有蜡荔枝，作青黄色，亦绝美。《南越志》云：“荔枝洲，有焦核、黄蜡者为优。”故《广州记》曰：“荔枝如鸡卵大，壳朱肉白，五六月熟，核若鸡舌香。”陈藏器曰：“荔枝树如冬青[8]，实如鸡子，核黄黑，似熟莲子，实白如肪，甘而多汁，百鸟食之为肥，极宜人。”《广志》云：“焦核胡偈此最美，次有鳖卵焉。其树自合，抱至数围，大者材中梁栋，其坚即佉陀等木无以加也。岭中荔枝才尽，龙眼子方熟，大如弹丸，皮褐肉白而味过甜，俗呼为荔枝，奴非虚语耳。”《修文殿御览》云：“龙眼

① “凝”，四库本作“嶷”。

② “异”，四库本作“瑰”。

③ “藜”，四库本作“蓼”。

④ “十”，四库本作“千”。

⑤ “经”，四库本作“径”。

⑥ “七闻”，四库本作“七开”。

⑦ “作此字”，四库本作“栭同荔”。

⑧ “如”，四库本无。

子一名龙目。”左思《蜀都赋》云：“旁挺龙目，侧生荔枝也。”又《西京杂记》曰：“尉佗献高祖鲛鱼栛枝，高祖报以蒲桃锦四匹。”

变柑

新州出变柑，有苞大于升者，但皮薄如洞庭之橘，余柑之所弗及。传云：本自高要移植，不数百里形味俱变，因以为名。论其美真所谓厥苞橘柚[①]，精者柑。见《郭璞讃》，文马援好事至荔蒲，见冬笋名苞笋，上言《禹贡》厥苞橘柚，疑即此也。亦如逾淮为枳，乃水土异也。愚按《吕氏春秋》：“果之美者，江浦之橘。箕山之东，青岛之所[②]，有栌橘焉。”《说文》：“栌橘，夏熟也。”郭璞曰：“蜀中有给客橙即栌橘，冬夏花实相继。”《风土记》：“柑有黄者、赭者，赭者谓之胡柑。”今人多引江陵千树橘为木奴事此。《汉书》云：“其人与千户侯等。”且《襄阳记》：“李衡为丹阳太守，衡密遣十人，于武陵龙阳洲上作宅，种柑千树，临死敕儿曰：‘汝毋恶，吾治家固穷如是，吾州里有千头木奴，不责汝衣食，岁上一匹绢，亦足用耳。’吴末，衡柑成岁，得绢数千匹。”据此非橘明矣。据杂书如《翰林要海御览》：“贾思勰皆列在黄柑门中。”愚又按谚云：“木奴千无凶年。”《要术》云：“盖言果实可以市易五穀。”此即木奴之号果之都称者也。

山橘子

山橘子冬熟，有大如土瓜者，次如弹丸者，皮薄下气，普宁多之，南人以蜜渍和皮而食，作琥珀色，滋味绝佳，岂比汉人之吴合皮，啖橘以为笑也。其叶煎之和酒饮，亦疗气神验。愚忆沈莹《临海异物志》曰[③]：“鸡橘子如指头大，味甘，永宁界中有之。”又裴渊《广州记》：“罗浮山有橘，夏熟，实大如李。”又云：“罗浮有壶橘，十种岂其一欤。”《广州记》又云：“荔枝壶橘，南之二珍[④]。”今有枸橼、皮煎、椰子煎，皆奇味也。《异物志》：“枸橼实似橘皮不香，椰子去其外皮及壳，有白肤[⑤]，食之如北中生胡桃味，又有白浆如乳，人亦食之。”《异物志》曰：“椰子有如两眼，俗人谓之越王头。”南人取为瓶子、杓子等器，枸橼子即交州黄淡子，橘柚类也。

---

① “真”，四库本作“直”。

② “青岛”，四库本作“清马”。

③ “沈莹”，四库本作“王坛”。

④ “南之二珍”，四库本作“珍果之上”。

⑤ “肤”，四库本作“穰”。

橄榄子

橄榄子八九月熟，其大如枣。《广志》云："有大如鸡子者，南人重其真味，一说香口绝胜鸡舌香。"《诗义疏》:"梅亦可含而香口，又广州姜[①]，亦可香口。"亦堪煮饮，饮之能消酒。煎法锉去，两头煨过煮之[②]，甚香美。其树耸拔，其柯不乔，有野生者，高不可梯，但刻其根方数寸[③]，内少许盐于中[④]，一夕子皆落矣。今高凉有银坑橄榄子，生于银坑之侧，相传是冯盎之家，昔掘地遇银于此。细长多味美，于诸郡产者，其价亦贵于常者数倍也。愚按《南越志》："博罗县有合成树，树去地二丈为三衢，《山海经》云："四衢。"东向一衢为木威，南向一衢为橄榄，西向一衢为玉文。"顾微《广州记》曰:"木威高大,子如橄榄而坚,削去皮以为棕[⑤]。"《广志》书此橄榄，字南州。《异物志》作此橄榴字。陈藏器云："其木主䱾鱼毒，此木作楫，拨着䱾鱼，皆浮出，其相畏如此。人中䱾鱼肝子毒者，必死也。"

山胡桃

山胡桃，皮厚底平，状如槟榔，其大如扶留头[⑥]，味次阴平乐游胡桃，别作杏膏香，但不耐停耳。《广志》云："阴平胡桃，皮脆，急投之即碎，其虾蟆背见。"柳世隆《谢乐游苑胡桃》云:"胡羯奔逃，吉之先见者也。"郑虔又云:"山胡桃无穰，实心磨之可为印子。"据说即非南山中胡桃也。

白杨梅

杨梅叶如龙眼，树如冬青[⑦]，一名杭。音求。潘州有白色者，甜而绝大。郑公虔云:"越州客山有白熟杨梅[⑧]。"《兼名苑》云:"东兴县有大如鸡卵杨梅。"《博

---

① "姜"上，四库本有"廉"。

② "过"，四库本作"温"。

③ "数寸"下，四库本有"许"。

④ "少许"，四库本无。

⑤ "棕"，四库本作"粽"。

⑥ "大"，四库本作"仁"。"留"，四库本作"容"。

⑦ "如"，四库本无。

⑧ "客"，四库本作"容"。

物志》云："地有章名，则多[1]。杨梅得非误耶。"《南越志》："安章县白蜀里多杨梅，求之白蜀，去章远矣。"《吴兴记》曰："故章县北有石桲山出杨梅[2]，常以贡御。"张华所谓"地名章，必生杨梅"，盖谓此也。

偏核桃

占卑国出偏核桃，形如半月状，波斯人取食之[3]，绝香美，极下气力，比于中夏桃仁，疗疾不殊。《会最》云："偏桃仁，勃律国尤多，花殷红色，郎中解忠顺，使安西以萝卜插接之而生，桃仁肥大，其桃皮不堪食。"解忠顺郎中，使安西以异木枝插萝卜[4]，至此皆活。又吐谷浑有桃，如一石瓮大者。贞观二十一年三月十一日，以远夷各贡方物，其草木杂物有异于常者，诏所司详录焉。叶护献马乳，蒲桃一房长二尺，子亦称大，其色紫，康国又献金银桃，诏令植于苑圃。

红梅

岭南之梅，小于江左，居人采之，杂以豆蔻花。漏蔻，花白色，穗尖微红。《南方草木状》曰："漏蔻附子大如李实[5]，二月花，七月熟，出《兴古书》。"此字又刘欣期《交州记》作宲蔻[6]。《广志》作豆菻字也，构橼子、朱槿之类。颜之推云："枸橼子似橘，大如饭筥。《字林》音矩橼。"又按梁朝上馔椮蕒合子，内有枸橼是也[7]。又朱槿四时常有，花可食，此蕣木也，一名堇，一名榇。庄子云："朝菌。"张华云："君子国多蕣华之草，朝生夕死。"和盐曝之梅，为槿花所染，其色可爱，今岭北呼为红梅是也。又有选大梅刻镂瓶罐结带之类，取棹汁渍之，棹木名烹，其叶呼为棹汁。按梅有紫花梅、同心梅、丽文梅[8]，品第绝多。亦甚甘脆。按郑公虔云："婆弄迦木出乌苌国，发地丛生，叶大如掌，花白而细，绝芳香，子如升大，花披之时，人即雕画瓦罐承花，候其子长满罐中，即破而取之，文彩彬焕，与画罐相类，便以献王，亦犹中国镂梅，诸国所无也。"

---

① "则多"，底本作小字注，四库本作正文。

② "桲"，四库本作"柳"。

③ "人取"，四库本作"取仁"。

④ "木"，四库本作"方"。

⑤ "附"，四库本作"树"。

⑥ "期"，四库本作"其"。

⑦ "枸"，四库本作"根"。

⑧ "文"，四库本作"支"。

五色藤筌蹄

琼州出五色藤合子书囊之类，花多织，走兽飞禽细于锦绮亦藤工之妙手也。次卢亭，卢亭即卢循之苗裔也。纫白藤为茶器，新州作五色藤筌台，皆一时之精绝。昔梁刘孝仪谢太子五色藤筌蹄一枚，云："炎州采藤，丽穷绮缛，得非筌台，与筌蹄语讹欤。"按：侯景篡位着白纱帽，而尚青袍，或牙梳插髻，床上常设胡床，大业记帝九月，自北塞还东都，赐文武官各有差，改胡床为交床，改胡瓜为白露黄瓜，改茄子为昆仑紫瓜也。及筌蹄，今海丰岁，贡五色藤镜匣一筌台一是也。又《本行经》云："可龙女名尼连茶耶[①]，上太子宝筌提，太子坐之食乳糜已，掷钵河中，天帝取归忉利供养，以立钵节。"佛经又云："太子第七日，据筌蹄坐，受与耶输，陀指印环云云。"

香皮纸

罗州多栈香树，身如柜柳，其华繁白，其叶似橘，皮堪捣为纸，土人号为香皮纸，作灰白色，文如鱼子笺，今罗辨州皆用之。《三辅故事》云："卫太子以纸蔽鼻，前汉已有之，非蔡伦造也，此盖言其著[②]，不云创也。"又和熹邓后，贡献悉断岁时，但供纸笔而已，然则其用久矣，但不知何物为之。按王隐《晋书》曰："王隐答华恒云：'魏太和六年，河间张揖上[③]。'"《古今字诂》其巾部云[④]："纸，今纸也，古之素帛，依书长短，随事截之其数重[⑤]，沓即名幡，纸字从系[⑥]，此形声也贫者无之，故路温舒截蒲写书也。和帝元兴元年，中常侍蔡伦挫捣故布网造作纸[⑦]，字从巾义是其声[⑧]，虽同系巾[⑨]，则殊不得言，古纸为今纸。"又山谦之《丹阳记》曰："平准署有纸官，造纸古以缣素为书记[⑩]。又以竹为简

---

① “可”，四库本作“河”。

② “著”，四库本作“善”。

③ “楫上”，四库本作“士”。

④ “巾”，四库本作“中”。

⑤ “之其”，四库本作“绢状”。

⑥ “系”，四库本作“糸”。

⑦ “造”，四库本作“捣”。

⑧ “义”，四库本作“又”。

⑨ “系”，四库本作“糸”。

⑩ “造纸”，四库本无。

牍，其贫诸生或用蒲为牒也，瑶山玉彩亦具。”小不及桑根，竹膜纸[1]、睦州出之。松皮纸、日本国出。侧理纸也。侧理，陟厘也，后人讹呼陟厘为侧理即苔也，事见张华。又《尔雅》曰：“苔，石衣也。”郭璞注：“水，苔也，一名石发，江东食之。”又瑶山玉彩，载薛道衡《咏苔纸诗》，云：“昔时应春色，引绿泛清流，今来承玉管，布字转银钩。”又尝读谢康乐《山居赋》云：“剥芨音及。岩椒。”言芨皮可为纸，未详其木也。又扶桑国，在中国之东二万里，其土多扶桑木，故以为名。扶桑叶似桐，初生如笋，国人食之。实如梨而赤绩，其皮为布以为衣，亦以皮为纸。齐永元二年，其国有沙门慧深来至荆州者。其香即《会最》云:“沉香青木[2]，鸡骨马蹄，栈香、黄熟香[3]。同是一树，如一木五香，根檀节沉，子鸡舌叶，藿胶薰陆也。”《金楼子》云：“众香共是一树。”又俞益期笺曰：“众香共一木也。”又《真诰经》云：“屡烧香，左右令人魄正。”故隐居云：沉香薰陆，夏月常烧此二物。梁简文时，扶南传有沉香一婆罗丁，云婆罗丁，五百六十斤也。案《浴佛功德经》云：“牛头旃檀、芎䓖、郁金、龙脑、沉麝丁等，以为汤，置净器中，次第浴之。”及旃檀云:“王有疾医，须旃檀汁，旃檀枝叶、根茎，除一切疾。”《本草》云：“白檀消风热肿□[4]。”又无名诗集《武舍人中行》[5]云:“胡从何等来，氍毹[6]、毾㲪五木香。”《证俗音》云:“氍毹[7]，毛席也，书此字。”又《通俗》云:“织，毛褥也。”《魏志》[8]云:“大秦国以野茧织成，青[9]、黄、赤、白、黑、绿、紫、绛绀、碧[10]十种氍毹[11]。”又《通俗文》曰:“氍毹[12]，细者谓之毾㲪。”又《书》云:“毾㲪，施大床之前，小榻之上也。”又《异苑》云:“沙门法存[13]，有八赤沉香板床[14]，又有八赤

① “膜”，四库本作“莫”。

② “青木”，四库本作“青桂”。

③ “黄熟”，底本作小字注，四库本作正文，据四库本改。

④ “□”，底本为空一字，四库本作“毒”。

⑤ “武舍人中行”，四库本作“武舍之中行”。

⑥ “毹”，四库本作“毺”。

⑦ “氍毹”，四库本作“眊数”。

⑧ “魏志”，四库本作“魏略”。

⑨ “青”，四库本无。

⑩ “碧”，四库本作“金黄缥留黄”。

⑪ “氍毹”，四库本作“氍毺”。

⑫ “氍毹”，四库本作“氍毺”。

⑬ “法存”，四库本作“支法存”。

⑭ “赤”，四库本作“尺”。

毾㲪①，百种形象②。”迷迭、迷迭香，大秦出。魏文帝曰：“余挂迷迭于中庭③，喜其扬条吐秀④，馥有香芳。”又陈琳赋曰：“方果叶之⑤，阿那铺绿叶之蜿蟺。”艾纳、艾纳出骠国，此香烧之，敛香气能令不散，直上似细艾也。及都梁，都梁香，《荆州记》：“都梁县，有小山，山上清水，浅中生兰草，俗谓之都梁，即以县名焉。”唯交州《异物志》曰：“蜜香⑥，欲取先断其根，经年外皮烂，中心及节坚黑者，置水中则沉，是谓沉香。次有置水中不沉与水面平者，名栈香。其最小粗者，名曰椠香。”佛经所谓沉水者也。又《南越志》谓之香木出日南也。

枹木屧

枹木产水中，叶细如桧，其身坚类于柏，唯根软不胜刀锯。今潮洲、新洲多刳之为屧，或油画，或金漆，其轻不让草屧。《齐民要术》云：“青白桐材，并堪用风俗通延嘉中京师长者，皆着木屐，妇女始嫁，漆画为屐，五采为系也。”又按梁武小说，介子推逃禄隐，迹抱树烧死，文公拊木哀嗟，裁而制屐，每怀割股之功，辄俯视其屐曰悲乎足下，足下之称，将此起乎。案《翔法师书》云：“櫾⑦，一名水松，生水中，无枝，形如笋，亦曰松枹，今为屧是也。”又陈周弘正《谢夹漆松枹屧》⑧云：“蒙此慈锡，便得轻举。”

红藤簟

琼州出红簟，一呼为笙，或谓之蘧篨，亦谓之行唐。《方言》曰：“簟，宋魏之间谓之笙，或云蘧曲，自关而西谓之簟，其粗者谓之蘧篨。行唐似蘧篨，直文而粗，自关而东，周洛楚魏之间，谓之倚佯，佯音阳也。”《南越志》云：“桃枝，南人以为笙。”郭景纯曰：“簟以宁寝杖以扶危。”又《简文集》有谢桃枝笙竹席残，沈约弹歙，令仲文秀横订吏，黄法先

---

① “赤”，四库本作“尺”

② “百种形象”上，四库本有“作”字。

③ “挂”，四库本作“种”。

④ “喜”，四库本作“嘉”。

⑤ “果叶”，四库本作“碧茎”。

⑥ “蜜”，四库本作“密”。

⑦ “櫾”，四库本作“□”。

⑧ “夹”，四库本作“赍”。

输六赤笙四十领。其色殷红，莹而不垢，或云梁藤[①]，所制编织精华。又不如浮鹄红席。海中浮鹄山，去余姚岸千余里，上有女官道士四五百人学道[②]，梁时遣使献红席，此草者红鸟居其下，故以为名耳。竿散卧簟，简文谢云："�篁多品筱簜杂名。"椰子坐席，亦有卧席具《吴筠集》[③]，又沈约谢赐大甲坐卧簟竹帖。蒲褥笋席、王俭赠宗测见《南史》。花纨卧簟，月支毛席。《陆倕集》具。流黄簟象牙席，《西京杂记》："会稽供御竹簟，世号为流黄簟。"《神仙传》："淮南王为八公，设象牙席。"以为优劣欤。

方竹杖

澄州产方竹，体如削成，劲健堪为杖，亦不让张骞筇竹杖也，其融州亦出，大者数丈。《正声集》云："南方有方竹杖，白蝉噪其上，陈贞节尝咏之，又海晏地名。出芦，堪为拄杖，高潘州出千岁蕨拄杖，小类贝多，更有疏节竹，五六赤一节[④]。僧道多以为杖，皆奇物。"又按《会最》云："溱川通竹，直上无节空心也。"

山花燕支

山花丛生，端州山崦间多有之。其叶类蓝，其花似蓼，抽穗长二三寸，作青白色，正月开，土人采含苞者卖之，用为燕支粉，或持染绢帛，其红不下蓝花。作燕支法采花于钵中，细研着，少水以生绢捩，取汁于通油瓷瓶中，文武水煎之[⑤]，候花浮上，旋揉取入绢囊中，沥干用如常，燕支法云云。《博物志》："有作黄蓝烟支法。"《通典》云："今汉中，岁贡红花，百斤燕支一升。"习凿齿《与谢侍中书》云："此有红蓝，足下先知之否，北方人采取其花，染绯黄挼其上。英鲜者，作燕支，妇人装时，用作颊色，作此法大如小豆许，而按令遍，色殊鲜明可爱。吾小时再三过见燕支，今日始睹红蓝耳，后当为足下致其种。匈奴名妻，阏氏言：'可爱如烟支也。'阏字音烟，氏字音支，想足下，先亦作此读《汉书》也。"《西河旧事歌》曰："失我祈连山，使我六畜不蕃息，失我焉支山，使我妇女无颜色。"又郑公虔云："石榴花，堪作烟支。代国长公主，睿宗女也。少尝作烟支，弃子于阶后，乃从生成树，

① "梁"，四库本作"染"。

② "女官"，四库本作"女冠"。

③ "吴筠集"，四库本作"吴均集"。

④ "赤"，四库本作"尺"。

⑤ "水"，四库本作"火"。

花实敷芬。既而叹曰：‘人生能几我，昔初笄尝为烟支，弃其子，今成树阴映琐闼人岂不老乎。’”郑公虔云：“涂林花有五色，黄碧青白红，如杏花汉东都尉于吉献一株，花杂五色，云是仙人杏，今岭中安石榴花，实相间四时不绝，亦有绀者。”《古今注》云：“燕支，叶似蓟[①]，华似蒲云，出西方。土人以染名为燕支，中国人亦谓红蓝。以染粉为妇人面色，谓之燕支粉。”《博物志》云：“张骞使西域还，得大蒜、安石榴、胡桃、蒲桃、沙葱、苜蓿、胡荽、黄蓝，可作燕支也。红花亦出波斯、疏勒、河禄国，今梁汉最上，每岁贡二万斤，于织染署。”

鹤子草

鹤子草，蔓花也，其花麹尘色，浅紫蒂，叶如柳而小短，当夏开。南人云是媚草，甚神，可比怀草、梦草似蒲，昼缩入地，夜乃出，亦名夜草。怀之则知梦之吉凶，立验也。汉武思李夫人，东方朔乃献一枝。帝怀之，夜梦夫人，因改此名为怀草也。梦芝。习凿齿《襄阳耆旧传》曰：“襄王梦一妇人，曰：‘我夏帝之季女也，名瑶姬。未行而死，封于巫山之台，精魂依草，实为茎芝，媚而服焉，则与梦期[②]。’其冢在宜城县。”采之曝干，以代面靥，形如飞鹤状，翅羽觜距，无不毕备，亦草之奇者。草蔓上春生双虫，常食其叶，土人收于奁粉间饲之，如养蚕法，虫老不食，而蜕为蝶。蝶赤黄色，女子佩之，如细鸟皮，号为媚蝶。郭子横记：“勒毕国献细鸟，以方赤玉笼盛数头[③]，形大如蝇[④]，状如鹦鹉，声闻数百里之间，如黄鹄鸣也。国人以此鸟候日晷，亦曰候日虫。帝得之，旬日飞尽。明年有细鸟集于帷帘，或入衣袖，因名蝉衣。宫内嫔御，有鸟集其衣者，辄蒙爱幸。至武帝末，稍稍自死，人服其皮者，多为丈夫所媚。”余访花子事，如面光眉翠，月黄星靥，其来尚矣。面光具无名诗集，月黄星靥、娥黄婺靥皆类。然事之相类者，见《拾遗》引孙和悦、邓夫人，常置膝上，和月下舞水精如意，误伤夫人颊，流血染裤，和自舐疮，太医曰：“獭髓杂玉及琥珀屑，当灭痕。”下购百金[⑤]，有富春渔人云：“獭，神物也，取则逃之，伺祭鱼时，有斗死穴者，枯骨可合春以灭瘢。和乃作膏，琥珀太多，痕未灭而颊有赤点，细视之，更益其妍，诸嬖要宠者，以丹青点颊而后进幸。”又宋武帝寿阳公主，人日梅花落额上，成五出花后，效为梅花妆也。又《书》云：“以丹注

① “蓟”，四库本作“苏”。

② “实为茎芝，媚而服焉，则与梦期”，四库本作“摘而服为芝，必与媚而服焉，必与梦”。

③ “盛数头”，四库本作“盛数百”。

④ “如”，四库本作“于”。

⑤ “下购”，四库本作“购以”。

面日的。”盖古天子诸侯有群妾者[①]，以次进御，有月事者上御，不口说，注此于面。一说上官昭容自制花子以掩黥处。昭容仪之孙名婉儿，天后时忤旨当诛，惜其才不杀而黥之。又云:“天后每对宰臣，令昭容卧于床裙下记所奏事[②]。一日宰相李忘名。对事，昭容窃窥，上觉，退朝怒甚，取甲刀札于面上，不许拔，昭容遽为《乞拔刀子诗》。有集三十卷[③],诗在集中,玄宗收取其诗汇集之,令张说为序,集贤故事旧宣索书,皆进副本，无副本者则促功写进，后亦不能守其事，如上官昭容旧无副本，因宣索便进正本，库中今阙此书矣。后为花子以掩痕也。”

越王竹

严州产越王竹，根于石上，状若荻枝，高赤余[④]，土人加其色，用代酒筹。次有沙箸产于海岛间，状如莼菜，春吐黄花，其心若骨，可为筹箸。凡欲采者须轻步拔之，不尔，闻人行声，则缩入沙中，了不可取。陈藏器云：“越王余算味醎，生南海，算子长赤许[⑤]。”《异苑》云:“晋安有越王余算菜，白者似骨，黑者似角，古云越王行海中，作筹有余，弃之于水，遂生焉。”《临海水土志》曰:“越王算如笄，大正，白长赤余[⑥]，生海边沙中，见便取之即可得，心中存来取，则入土中。”沈怀远云[⑦]：“东海中箸洲洲上，故箸无极，连船取之不尽。世中好失箸，言天下箸悉归于此，乃惊耳之说也。”

无名花

广州之南数百里，有蔓草生焉，其草吐一叶，白华，片大如掌，亦有小片者。蕊绿色，初夏开，玩之，初误残花，恬然特异，遍问土人，莫有知者。惟昔草堂楼法师山居时，法师慧约，字德素，梁国号也。有一野妪，手持一树植之于庭，云是蜻蜓树也。所植树岁久，芬芳郁茂，有一鸟，身赤，尾长，栖息其上。《聘北道里记》云：“木龙寺，寺有三层砖塔，侧生一大树，萦绕至塔顶，枝干交

① “盖古”，四库本作“此本”。
② “床”，四库本作“案”。
③ “三”，四库本作“二”。
④ “赤”，四库本作“尺”。
⑤ “赤”，四库本作“尺”。
⑥ “赤”，四库本作“尺”。
⑦ “沈怀远”，四库本作“又远飞”。

横，上平容十余人坐，枝杪四向下垂，团团如柏子帐[①]，经过莫有辨者。梁武帝曾遣人图写树形还都，大抵屈盘似龙，因呼为木龙寺。”又谢惠连《目奇草》曰：“《仙人草序》云：‘余之中园有仙人草焉，春颖其苗，夏秀其英，秋有贞实，冬无凋色，可谓四时而不改者也。既嘉其名，而美其质，染笔作咏，庶以摅述。’”《大业记》又说：“仙人苋[②]，如长乐，高三赤[③]，丹叶碧花，花似鸡，帻而大者，阔五六寸。”又梁伍安贫《武陵记》云：“巴陵郡西有寺，寺房廊林下[④]，忽有树生，众僧移屋避之，晚更滋茂，莫有认者，外国沙门云是波罗密掷，常着花细白。永嘉四年，忽生一花，状似芙蓉，推其灵景，未能量也。”又《金楼子》云：“孔子家中树，在鲁城百数，皆异种也。”然《小说》云：“简文初不别稻，余今不分此，亦何愧哉。”

指甲花

指甲花细白色，绝芳香，今蕃人重之，但未详其名也。又耶悉弭花、白末利花，红者不香。皆波斯移植中夏，如毗尸沙金钱花也，本出外国，大同二年始来中土，今番禺士女，多以彩缕贯花卖之。愚详末利，乃五印度华名，佛书多载之，贯华亦佛事也。又《扶南传》曰：“顿逊国，有区拨花、叶逆花、致祭花、名遂花[⑤]、摩夷花，燥而合香末以为粉，以粉身体。”唐初罽宾国献供物头花[⑥]，丹白相间，香气远闻。伽跌毕国献泥楼钵罗花[⑦]，如荷叶缺圆，其花色碧蕊黄，香闻数十步，皆中国无者。

---

① “柏”，四库本作“百”。

② “苋”，四库本作“草”。

③ “赤”，四库本作“尺”。

④ “廊林”，四库本作“床”。

⑤ “名”，四库本作“各”。

⑥ “供”，四库本作“俱”。

⑦ “跌”，四库本作“失”。

相思子蔓

相思子有蔓生者，《本草拾遗》云:"相思子树高丈[1]，有文，子赤黑间者佳。"又《罗浮山记》:"增城县南回溪之侧多相思树，号相思亭，送行之所赠也。"其子窃红，叶如合欢，依篱障而生，合欢，《博物志》云："蠲忿。"《古今注》云："嵇康种之舍前[2]，一名合昏，亦名戎树。"与龙脑相宜[3]，能令香不耗。南人云:"有刀疮者血不止[4]，痛甚者，取其叶熟捣厚傅之即愈[5]。"干宝《搜神记》云："大夫韩凭妻美，宋康王夺之。凭怨，王囚之。凭自杀，妻乃阴腐其衣，王与之登台，自投台下，左右揽衣，不中手，遗书于带，愿以尸骨赐韩氏而合葬。王怒弗听，埋之，冢相望，宿昔有文梓木生二冢之端，根交于下，枝错其上，又有鸳鸯，雌雄各一，恒在树上。宋王哀之，因为号其木曰相思树。"注见本文[6]。

---

① "丈"，四库本作"大"。

② "康"，四库本作"成"。

③ "龙脑"后，四库本有小字注"阙"。

④ "者"，四库本无。

⑤ "取其叶熟捣厚傅之即愈"后，四库本有一段小字注文:《胡神记》云:"东平刘羊儿居白沙村，去城十许里，常日晚行。经一庙前，忽拾得一纸裹芬香珠特，开之，皆是杂彩结红色缝琉璃珠相思子，遂持归。至夜，闻人叩户，见一青衣，称淮南王女遣信，向有轻赠，幸蒙采纳。羊儿合语契。其明夜，女乃至，年十五六，容色殊丽。至晓乃别，后经旬日，时时复来。"

⑥ "注见本文"，四库本作:《聘北道里记》引许有韩凭冢，宋王史也。《四部目录》有《韩凭书》，叙事委悉而辞义鄙浅，不复具记。《无名诗集》又云"昔有贤士，姓韩名朋，故娶贤良妻。成公索之，女名曰贞夫，具贤具圣"云云。又:"三日三夜始得圹，空不见韩朋、贞夫，唯见石子一双，郁郁葱葱，一青一白。宋王怪之，分张其双，青石埋于道西，白石埋于道东。道东生桂树，道西生梧桐，上枝相连，下枝相通，枝枝相交，叶叶相蒙。下有清流之水，断道不□□□，叶落两两成双，从明至暮，悲鸣嗺嗺。宋□□□□□□是何树?梁伯对曰:'此是韩朋、贞□□□□□。'□□曰:'谁能解之?'梁伯答曰:'臣能□□。□□□□□其气心中合中是恩爱，下有□□□□□。'□□□王妒，代遣践杀之，血流滂□，□□□□，□□鸳鸯，同心异体，头白身黄，高□□□，□□□□，一毛落地，七赤有强。使者捉□□□□□□□骤往献于宋王。宋王将拂其□□□□□回头语左右:'司与朕占相。'梁伯对□:'□□辉辉，郁郁苍苍，唯有项上少许无光。'将毛重拂，致其杀伤。空中有言曰:'不是鸳鸯舞媚毛，此是韩朋报冤刀。'"

睡莲一本云瑞字

睡莲，叶如荇而大，沉于水面，上有异浮根菱耳[①]。其花布，叶数重，不房而蕊，凡五种色，当夏昼开，夜缩入水底，昼而复出于水面也[②]，与梦草昼缩入地，遇夜即复出，一何背哉。梦草似蒲，色红，即方朔献武帝者。孙容："穆思密尝遗水仙花数本，如摘之于水器中，经年不萎也。"[③]

光绪六年，岁在上章执徐，吴兴陆氏十万卷楼重雕《北户录》卷第三终。

---

① "上有异浮根菱耳"句后，四库本有小字注文："菱根出水上，叶沉水下，实细薄皮，叶半青半白，霜下弥香美，因名青水芰，见郭子横书。"

② "昼而复出于水面也"，四库本作"昼复出也"。

③ "孙容：'穆思密尝遗水仙花数本，如摘之于水器中，经年不萎也。'"四库本作："孙光宪续注曰：'从事江陵日，寄住蕃客穆思密尝遗水仙花数本，如橘置于水器中，经年不萎。'"

附　录

段文昌传

文昌，字墨卿，一字景初。世客荆州，疏爽任义，节不为龌龊小行。节度使裴胄礼之，胄采古今礼要为书，数从文昌质判所疑。后依剑南节度韦皋，皋表为校书郎。宰相李吉甫才之，擢登封尉、集贤校理，再迁左补阙。宪宗数欲亲用，颇为韦贯之奇诋，偃蹇不得进。贯之罢，引为翰林学士，迁中书舍人，遂为承旨。穆宗即位，屡召入思政殿顾问，率至夕乃出。俄拜中书侍郎、同中书门下平章事。未逾年，自表还政。授剑南西川节度使、同平章事。

文昌素谙蜀利病，大抵治宽静，间以威断，不常任也，群蛮震服。长庆二年，黔中蛮叛，观察使崔元略以闻，文昌使一介开晓，蛮即引还，彭濮蛮大酋蹉禄来请立石刊誓，修贡献，入迁兵部尚书。文宗立，拜御史大夫，进封邹平郡公。俄检校尚书右仆射、平章事，节度淮南。

太和四年，检校左仆射，徙帅荆南。州或旱，禬解必雨；或久雨，遇出游必霁。民为语曰："旱不苦，祷而雨；雨不愁，公出游。"南诏袭南安，帝以文昌得蛮夷心，诏使下檄慰让，即日解而去，复节度西川。九年卒，赠太尉。

文昌先墓在荆州，岁时享祠，必荐以音乐歌舞，习礼者讥其非。少羁窭，所向少谐。及居将相，享用奢侈，士议尤替。

段成式传

成式，字柯古，推荫为校书郎。博学强记，多奇篇秘籍。侍父于蜀，以畋猎自放，文昌遣吏自其意谏止。明日，以雉兔遍遗幕府，人为书，因所获俪前世事，无复用者，众大惊。擢累尚书郎，为吉州刺史，终太常少卿，著酉阳书数十篇。子安节，乾宁中，为国子司业。善乐律，能自度曲云。

周登《酉阳杂俎前集后序》

右《酉阳杂俎》二十卷，唐段成式少卿所撰也。余旧不识此书，惟见诸家诗词多引据其说。及假来此，以其书之所名者访焉，则无有也。郡博士管君容成偶得之，以示余。其书类多仙佛诡怪、幽经秘录之所出，至于推析物理，《器奇》《艺绝》《广动植》等篇，则有前哲之所未及知者。其载唐事，修史者或取之。按唐史，成式世居青徐，斋褒公志玄四世孙，宰相文昌子也。文昌，少客荆州，酉阳，荆之属，成式岂尝寓游于此耶？余闻《方舆记》云："昔秦人隐学于小酉山石穴中，有所藏书千卷。"梁湘东王尤好聚书，故其赋曰："方酉阳之逸典。"或者成式以所著书有异乎世俗，故取诸逸典之义以名之也。然自唐以前，杂家小说，今既不得，而琐碎之观，未有近于此者，讵可弃之而不存乎？且其书以酉阳名，而客之过此者，未尝不以是书为问也。因刻之于此，以备客对。嘉定七祀甲戌十月既望，永康周登书。

邓复《酉阳杂俎序》

段成式《酉阳杂俎》三十卷，《唐书·艺文志》载之于丙部子录小说家。今陈君所刊止前集二十卷，又缺其序，余以家藏续集十卷，并前集之序畀之，遂为全书。谨按成式出于将相之胄，袭乎于珪组之荣，而史氏称其博学强记，且多奇篇秘籍。今考其论撰，盖有书生终身之所不能及者，信乎其为博矣。然是书也，世所罕睹，是以周使君访之无有，管博士得之而未全。余家聚书万有余卷，奥编隐帙居多，而此书偶在所录，陈君知而求之甚力，姑序所以，俾广其传。嘉定癸未六月既望，武阳邓复应甫题。

淳祐十载序

昔太史公好奇，周游天下，取友四海，归而为书。然则是书也，其亦段氏寓其好奇之意欤？余尝过闽中，号多士之国，见其类书甚多，有所谓通志、天文、七音、六书、昆虫、草木等略，比事、集句、史韵、姓氏会元等书，浩乎博哉！犹有恨不得见酉阳之杂俎也。己酉夏，被阃檄，摄事于斯，始得其书观之。呜呼！

何其记之奇且繁也。惜其字画漫漶，考诸旧籍，乃再刊而新之。广文彭君奎实董其事。噫！后岂无太史公者，嘉其所好而备采录哉！淳祐十载。

李云鹄《刻酉阳杂俎序》

周官御史主柱下文书，秦因之，有石室、兰台掌秘书图籍。汉逮宣室，齐居决事，则令侍御史治书侍侧，故御史即古史官也。凡六艺九种之藏，七略四部之府，以及偏方琐记，幽经秘箓，靡不隶焉。后世专用惠文弹治，而柱后之籍，稍逊于古。余时有远心，惧弗任也。会台郎玄度赵君，出其先宗伯所藏《酉阳杂俎》见视。余少时即披诵其策，经纬事物，跌宕古今，可以代捉麈之谈，资扪虱之论，故足述也。而传写往往脱误，因取玄度所绪，正而梓之。台中炙鸮羞鳖，岂独少卿染俎一指，自有真味？柳子厚云："太羹玄酒，体节之荐，味之至者。而又设以奇异，小虫、冰草、饧梨、橘柚，苦咸酸辛，析吻裂鼻，缩舌涩齿。然后尽天下之奇味，以足于口，独文异乎？"尔其标纪唐事，足补子京、永叔之遗。至于《天咫》《玉格》《壶史》《贝编》之所赅载，与夫《器艺》《酒食》《黥盗》之琐细，《冥迹》《尸穸》《诺皋》之荒唐，《昆虫》《草木》《肉攫》之汗漫，无所不有，无所不异，使读者忽而颐解，忽而发冲，忽而目眩神骇，愕胎而不能禁。辟羹藜含糗者，吸之以三危之露；草蔬麦饭者，供之以寿木之华。屠沽饮市门而淋漓狼藉，令人不敢正视。村农野老，小小治具，而气韵酸薄，索然神沮。一旦进王膳侯鲭，金齑玉脍，能不满堂变容哉！余间读古之《食经》，淮南王、马琬、刘休、郑虎亚诸人所撰，不下二百卷，盖人间之豪几尽矣。而以《四时御食志》《梁太官食法》按之，则十不得一焉。宇宙大矣，少所见，多所异耳。食者以为奇，知味者以为寻常，珍俎所供，岂藿肉家思议能到耶？昔断轮说剑，谑浪于蒙庄；佞幸滑稽，诙谐于司马。苟小道之可观，亦大方之不弃，况柯古擅武库于临淄，识时铁于太常，固唐代博古多闻之士，而所传仅此三十篇，忍使方平之麟脯，劈而不尝；茂先之龙炙，辨而弗咀哉！呜呼，老子藏室，王氏青箱，斯亦御史之掌故也夫，不佞亦犹行古之道也。万历戊申中秋日，赐进士第南京四川道监察御史内乡李云鹄书于清议堂。

赵琦美《酉阳杂俎序》

《文献通考》载："《酉阳杂俎》前集二十卷，续集十卷。"世仅行其前集。吴中廛市闹处，辄有书籍列入檐都下，谓之书摊子。所鬻者悉小说、门事、唱本之类。所谓门事，皆闺中儿女子之所唱说也，或有一二遗编断简，如玄珠落地，间为罔象得之。美每从吴门过，必于书摊子上觅书一遍。岁戊子，偶一摊见《杂俎》续集十卷宛然具存，乃以铢金易归，奋然思校，恨无善本。美堂兄可庵案头有校本《杂俎》前集，因询其据何本校定，兄曰："吾妇翁缪含斋可贞氏，平生好奇，读书尝见昆山俞质夫先生有宋刻《杂俎》，因雠是书，吾转录此册耳。"美喜甚，便携之归，开窗拂几，较三四过。其间错误，如数则合为一则者辄分之，脱者辄补之，鱼亥者就正之，不可胜屈指矣。又为搜广记、类书及杂说所引，随类续补。岁乙巳，嘉禾项群玉氏，复以数条见示，又所未备也，复为续之。乃知是书必经人删取，不然何放逸之多乎？美每欲刻之，而患力不胜。丁未，官留台侍御内乡李公，有士安、元凯之僻，与美同好，自美案头见之，欣然欲刻焉。美曰："子不语怪，而《杂俎》所记多怪事，奈何先生广斋谐也？"先生曰："否，否，禹铸九鼎而神奸别，周公序《山海经》而奇邪著，使人不逢不若焉。噫！世有颇行凉德者。"侍御既以章疏为经以别之矣，乃兹刻又大著怪事面广之，岂谓有若《尸穸》《诺皋》所记，存之于心，未见之于行事者？又章奏所不及攻，而人所不及避也。借此以诛其心、僇其意，使暗者、昧者皆趋朗日，不至烦白简矣，是亦息人心奇瑰之一端云。迪功郎南京督查院，照磨所照磨海虞赵琦美撰。

四库全书总目·酉阳杂俎提要

臣等谨案，《酉阳杂俎》二十卷，续集十卷，唐段成式撰。成式，字柯古，临淄人，宰相文昌之子，官至太常卿，事迹具《唐书》本传。其书首有自序，云："凡三十篇，为二十卷。"今自《忠志》至《肉攫部》，凡二十九篇，尚阙其一。考《语资篇》后有云："客征鼠虱事，余戏摭作《破虱录》。"今无所谓《破虱录》者，盖脱其一篇，独存其篇首引语，缀前篇之末耳。至其续集六篇十卷，合前集为三十卷，诸史志及诸家书目并同。而胡应麟《笔丛》云："《酉阳杂俎》世有二本，皆二十卷，无所谓续者。近于《太平广记》中抄出续记，不及十卷，而前集漏轶者甚多，悉抄入续记中，为十卷，俟好事者刻之。"又似乎其书已佚，应麟复为琐记之属。臣抄合者，然不知应麟何以得其篇目，岂以意为之耶。其书多诡怪不经之谈，荒渺无稽之物，而遗文秘籍，亦往往错出其中，故论者虽病其浮夸，而不能不相征引。自唐以来，推为小说之翘楚，莫或废也。其曰《酉阳杂俎》者，盖取梁元帝《赋》“访酉阳之逸典”语，其子目有曰《诺皋记》者，吴曾《能改斋漫录》以为，诺皋，太阴神名。语本《抱朴子》，未知确否。至其《贝编》《玉格》《天咫》《壶史》诸名，则在可解不可解之间，盖莫得而深考矣。乾隆四十六年九月恭校上，总纂官臣纪昀、臣陆锡熊、臣孙士毅，总校官臣陆费墀。

重刻北户录叙

《北户录》三卷，唐万年县尉段公路纂，崔龟图注。《新唐书·艺文志》作《北户杂录》。唐以前，书与今本题名往往参差，无足异也。《史纪·秦纪》：“南尽北户。”颜师古注《汉书》曰：“南郡在日之南。”所谓开北户以向日者，所记皆粤南事，故以“北户”名书。公路仕历不见史传，《艺文志》以为文昌孙。文昌，临淄人，相唐穆宗，子成式著《酉阳杂俎》，孙安节善乐律，见《唐书》本传。公路为成式之子，安节之弟，宜乎文采之可觑耳。《宰相世系表》有成式而无安节，故公路亦无名，当据传志捕其缺。书中称“咸通十年，往高凉”，又称“咸通辛卯年，从茂名归南海”，其人盖先仕于粤，而后官万年尉者。龟图结衔称登仕郎、前京兆府参军，余无可考。唐人著述，传世不多，可借以见古书崖略者，《书钞》《类聚》《初学记》而外，此其一也。惟徐、欧两书，元明以来，屡有精叶。此书自南宋尹氏而后，刊本罕传，其刊入《古今说海》者，或篇删其章，或章删其句，凡今本讹夺多者，所删亦多，讹夺少者，所删亦少，注则一字不录。又误以公路为东牟人，《学海类编》沿其陋而益甚。原本之传希如星凤，藏书家转辗传钞，愈久愈讹，几与《北堂书钞》原本无异。余所藏为《汲古毛氏影宋写本》，目录后有“临安府太庙前尹家书铺刊行”一行，首尾虽完，文字亦烂。思以曾慥《类说》所录正之，而今本待校之文，正《正说》节去之句，岂鲁鱼亥豕，宋刊已然乎？因以群书，旁参互校，改正数千字，而付之梓。吾乡严铁桥广文谓：“世间难校之书，以《北堂书钞》为第一。”是书虽比《书钞》才卌之一，而检阅之烦、思误之难则一然，仍有不可通者，拾遗纠缪，是所望于后之君子。光绪六年，岁在上章执徐，孟冬之月，归安陆心源叙。

四库全书总目·北户录提要

臣等谨案:《北户录》三卷，唐段公路撰。《学海类编》作公璐，盖字之讹。《新唐书·艺文志》称为宰相文昌之孙，则当为临淄人。《学海类编》作东牟人，亦未详所本。其历仕始末不可考，惟据书首结衔知，官京兆万年县尉。据书中称咸通十年，知为懿宗时人而已。是书载岭南风土，颇为赅备，而于物产为尤详，其征引亦极赅洽，如《淮南万毕术》《广志》《南越志》《南裔异物志》《会要》《灵枝图说》，陈藏器《本草》《唐韵》，郭缘生《述征记》《临海异物志》，陶朱公《养鱼经》《名苑》《毛诗义》《船神记》《字林》《广州记》《扶南传》，诸书今皆散佚，借此略见一二，即所引张华《博物志》，多今本所无，亦借此以考证真伪。条下注文颇为典赡，题登仕郎前参军龟图传，不题其姓，似为公路之族，然《唐书》宰相世系表不载其名，莫知其审矣。《唐书·艺文志》作《北户杂录》，疑传写误，衍一“杂”字，其作三卷，则与此本合。《学海类编》所载惟存一卷，凡物产五十一条，不为完本。曹溶所录古书往往如是，不足深诘也。乾隆四十六年四月，恭校上，总纂官臣纪昀、臣陆锡熊、臣孙士毅，总校官臣陆费墀。